Wenn sich von einem Buch sagen läßt, es habe auf das
Denken und Handeln seiner Leser eine sichtbare Wirkung
ausgeübt, so von Goethes Roman ‚Die Leiden des jungen
Werther'. Diese Wirkung setzte ein mit der Selbstmord-
epidemie à la Werther und reicht bis in unsere Tage, wenn
Edgar Wibeau in den ‚Neuen Leiden des jungen W.' des
DDR-Autors Ulrich Plenzdorf eine Lebenshaltung prakti-
ziert, wie sie Goethe zweihundert Jahre früher intendierte:
Nonkonformismus als Rebellion der Gefühle.
Goethe selbst hat die bündigste Inhaltsangabe zu seinem
‚Werther' gegeben: „Eine Geschichte . . ., darin ich einen
jungen Menschen darstelle, der, mit einer tiefen reinen
Empfindung und wahrer Penetration begabt, sich in schwärmende Träume verliert, sich durch Spekulation untergräbt,
bis er zuletzt durch dazutretende unglückliche Leidenschaften, besonders eine endlose Liebe zerrüttet, sich eine Kugel
vor den Kopf schießt." In diesem Roman, der auf radikalste
Weise mit der Ästhetik der Aufklärung brach, ist wie nirgends sonst die Zeitkrankheit der Empfindsamkeit poetisch
dokumentiert: eine übersteigerte Sensibilität, hohe geistige
Ansprüche, Aufgeschlossenheit, Hingabefreudigkeit und
dilettantische künstlerische Impulse. Bitter empfindet Werther den unüberbrückbaren Zwiespalt zwischen Geist und
Natur, zwischen Ich und Gesellschaft – ein durch die Form
des Briefromans von Goethe in höchste Subjektivität ge-
steigertes Leiden.
Die vorliegende Ausgabe beruht auf dem Text der Hamburger Ausgabe und enthält vielfältige Zeugnisse zur Geschichte des Romans sowie ein Nachwort, Anmerkungen
und ein ausführliches Literaturverzeichnis von Erich Trunz.

Literatur · Philosophie · Wissenschaft

Herausgegeben und kommentiert von Erich Trunz.
Text und Anhang sind mit freundlicher Genehmigung des
Verlags C. H. Beck, München, vollständig dem 6. Band der
Ausgabe ‚Goethes Werke‘ (Hamburger Ausgabe), 10., über-
arbeitete Auflage 1981, entnommen.

1. Auflage Oktober 1978
8. Auflage April 1987: 63. bis 72. Tausend
Deutscher Taschenbuch Verlag GmbH & Co. KG,
München
© 1977 C. H. Beck'sche Verlagsbuchhandlung (Oscar Beck),
München
Umschlaggestaltung: Celestino Piatti unter Verwendung
eines Kupferstichs von Daniel Chodowiecki
Gesamtherstellung: C. H. Beck'sche Buchdruckerei,
Nördlingen
Printed in Germany · ISBN 3-423-02048-2

INHALT

Was ich von der Geschichte des armen Werther nur habe auffinden können, habe ich mit Fleiß gesammelt und lege es euch hier vor, und weiß, daß ihr mir's danken werdet. Ihr könnt seinem Geist und seinem Charakter eure Bewunderung und Liebe, seinem Schicksale eure Tränen nicht versagen.

Und du gute Seele, die du eben den Drang fühlst wie er, schöpfe Trost aus seinem Leiden, und laß das Büchlein deinen Freund sein, wenn du aus Geschick oder eigener Schuld keinen nähern finden kannst.

ERSTES BUCH

Am 4. Mai 1771.

Wie froh bin ich, daß ich weg bin! Bester Freund, was ist das Herz des Menschen! Dich zu verlassen, den ich so liebe, von dem ich unzertrennlich war, und froh zu sein! Ich weiß, du verzeihst mir's. Waren nicht meine übrigen Verbindungen recht ausgesucht vom Schicksal, um ein Herz wie das meine zu ängstigen? Die arme Leonore! Und doch war ich unschuldig. Konnt' ich dafür, daß, während die eigensinnigen Reize ihrer Schwester mir eine angenehme Unterhaltung verschafften, daß eine Leidenschaft in dem armen Herzen sich bildete? Und doch – bin ich ganz unschuldig? Hab' ich nicht ihre Empfindungen genährt? hab' ich mich nicht an den ganz wahren Ausdrücken der Natur, die uns so oft zu lachen machten, so wenig lächerlich sie waren, selbst ergetzt? hab' ich nicht – O was ist der Mensch, daß er über sich klagen darf! Ich will, lieber Freund, ich verspreche dir's, ich will mich bessern, will nicht mehr ein bißchen Übel, das uns das Schicksal vorlegt, wiederkäuen, wie ich's immer getan habe; ich will das Gegenwärtige genießen, und das Vergangene soll mir vergangen sein. Gewiß, du hast recht, Bester, der Schmerzen wären minder unter den Menschen, wenn sie nicht – Gott weiß, warum sie so

gemacht sind! – mit so viel Emsigkeit der Einbildungskraft
sich beschäftigten, die Erinnerungen des vergangenen Übels
zurückzurufen, eher als eine gleichgültige Gegenwart zu
ertragen.

5   Du bist so gut, meiner Mutter zu sagen, daß ich ihr Geschäft bestens betreiben und ihr ehstens Nachricht davon
geben werde. Ich habe meine Tante gesprochen und bei
weitem das böse Weib nicht gefunden, das man bei uns aus
ihr macht. Sie ist eine muntere, heftige Frau von dem besten
10 Herzen. Ich erklärte ihr meiner Mutter Beschwerden über
den zurückgehaltenen Erbschaftsanteil; sie sagte mir ihre
Gründe, Ursachen und die Bedingungen, unter welchen sie
bereit wäre, alles herauszugeben, und mehr als wir verlang-
ten – Kurz, ich mag jetzt nichts davon schreiben, sage
15 meiner Mutter, es werde alles gut gehen. Und ich habe, mein
Lieber, wieder bei diesem kleinen Geschäft gefunden, daß
Mißverständnisse und Trägheit vielleicht mehr Irrungen in
der Welt machen als List und Bosheit. Wenigstens sind die
beiden letzteren gewiß seltener.

20   Übrigens befinde ich mich hier gar wohl. Die Einsamkeit
ist meinem Herzen köstlicher Balsam in dieser paradiesischen
Gegend, und diese Jahrszeit der Jugend wärmt mit aller
Fülle mein oft schauderndes Herz. Jeder Baum, jede Hecke
ist ein Strauß von Blüten, und man möchte zum Maienkäfer
25 werden, um in dem Meer von Wohlgerüchen herumschwe-
ben und alle seine Nahrung darin finden zu können.

Die Stadt selbst ist unangenehm, dagegen rings umher
eine unaussprechliche Schönheit der Natur. Das bewog den
verstorbenen Grafen von M.., einen Garten auf einem der
30 Hügel anzulegen, die mit der schönsten Mannigfaltigkeit
sich kreuzen und die lieblichsten Täler bilden. Der Garten
ist einfach, und man fühlt gleich bei dem Eintritte, daß nicht
ein wissenschaftlicher Gärtner, sondern ein fühlendes Herz
den Plan gezeichnet, das seiner selbst hier genießen wollte.
35 Schon manche Träne hab' ich dem Abgeschiedenen in dem
verfallenen Kabinettchen geweint, das sein Lieblingsplätz-
chen war und auch meines ist. Bald werde ich Herr vom
Garten sein; der Gärtner ist mir zugetan, nur seit den paar
Tagen, und er wird sich nicht übel dabei befinden.

Am 10. Mai.

Eine wunderbare Heiterkeit hat meine ganze Seele eingenommen, gleich den süßen Frühlingsmorgen, die ich mit
ganzem Herzen genieße. Ich bin allein und freue mich
meines Lebens in dieser Gegend, die für solche Seelen geschaffen ist wie die meine. Ich bin so glücklich, mein Bester,
so ganz in dem Gefühle von ruhigem Dasein versunken, daß
meine Kunst darunter leidet. Ich könnte jetzt nicht zeichnen,
nicht einen Strich, und bin nie ein größerer Maler gewesen
als in diesen Augenblicken. Wenn das liebe Tal um mich
dampft, und die hohe Sonne an der Oberfläche der undurch-
dringlichen Finsternis meines Waldes ruht, und nur einzelne
Strahlen sich in das innere Heiligtum stehlen, ich dann im
hohen Grase am fallenden Bache liege, und näher an der
Erde tausend mannigfaltige Gräschen mir merkwürdig werden; wenn ich das Wimmeln der kleinen Welt zwischen
Halmen, die unzähligen, unergründlichen Gestalten der
Würmchen, der Mückchen näher an meinem Herzen fühle,
und fühle die Gegenwart des Allmächtigen, der uns nach
seinem Bilde schuf, das Wehen des Alliebenden, der uns in
ewiger Wonne schwebend trägt und erhält; mein Freund!
wenn's dann um meine Augen dämmert, und die Welt um
mich her und der Himmel ganz in meiner Seele ruhn wie
die Gestalt einer Geliebten – dann sehne ich mich oft und
denke: Ach könntest du das wieder ausdrücken, könntest
du dem Papiere das einhauchen, was so voll, so warm in dir
lebt, daß es würde der Spiegel deiner Seele, wie deine Seele
ist der Spiegel des unendlichen Gottes! – Mein Freund –
Aber ich gehe darüber zugrunde, ich erliege unter der Gewalt der Herrlichkeit dieser Erscheinungen.

Am 12. Mai.

Ich weiß nicht, ob täuschende Geister um diese Gegend
schweben, oder ob die warme, himmlische Phantasie in meinem Herzen ist, die mir alles rings umher so paradiesisch
macht. Da ist gleich vor dem Orte ein Brunnen, ein Brunnen,
an den ich gebannt bin wie Melusine mit ihren Schwestern. –
Du gehst einen kleinen Hügel hinunter und findest dich vor
einem Gewölbe, da wohl zwanzig Stufen hinabgehen, wo

unten das klarste Wasser aus Marmorfelsen quillt. Die
kleine Mauer, die oben umher die Einfassung macht, die
hohen Bäume, die den Platz rings umher bedecken, die
Kühle des Orts; das hat alles so was Anzügliches, was
5 Schauerliches. Es vergeht kein Tag, daß ich nicht eine
Stunde da sitze. Da kommen dann die Mädchen aus der
Stadt und holen Wasser, das harmloseste Geschäft und das
nötigste, das ehemals die Töchter der Könige selbst ver-
richteten. Wenn ich da sitze, so lebt die patriarchalische Idee
10 so lebhaft um mich, wie sie, alle die Altväter, am Brunnen
Bekanntschaft machen und freien, und wie um die Brunnen
und Quellen wohltätige Geister schweben. O der muß nie
nach einer schweren Sommertagswanderung sich an des
Brunnens Kühle gelabt haben, der das nicht mitempfinden
kann.

15   Am 13. Mai.

Du fragst, ob du mir meine Bücher schicken sollst? —
Lieber, ich bitte dich um Gottes willen, laß mir sie vom
Halse! Ich will nicht mehr geleitet, ermuntert, angefeuert
sein, braust dieses Herz doch genug aus sich selbst; ich
20 brauche Wiegengesang, und den habe ich in seiner Fülle
gefunden in meinem Homer. Wie oft lull' ich mein empörtes
Blut zur Ruhe, denn so ungleich, so unstet hast du nichts
gesehn als dieses Herz. Lieber! brauch' ich dir das zu sagen,
der du so oft die Last getragen hast, mich vom Kummer
25 zur Ausschweifung und von süßer Melancholie zur ver-
derblichen Leidenschaft übergehen zu sehn? Auch halte ich
mein Herzchen wie ein krankes Kind; jeder Wille wird ihm
gestattet. Sage das nicht weiter; es gibt Leute, die mir es
verübeln würden.

30   Am 15. Mai.

Die geringen Leute des Ortes kennen mich schon und
lieben mich, besonders die Kinder. Eine traurige Bemerkung
hab' ich gemacht. Wie ich im Anfange mich zu ihnen gesellte, sie freundschaftlich fragte über dies und das, glaubten
35 einige, ich wollte ihrer spotten, und fertigten mich wohl gar
grob ab. Ich ließ mich das nicht verdrießen; nur fühlte ich,
was ich schon oft bemerkt habe, auf das lebhafteste: Leute

von einigem Stande werden sich immer in kalter Entfernung
vom gemeinen Volke halten, als glaubten sie durch An-
näherung zu verlieren; und dann gibt's Flüchtlinge und
üble Spaßvögel, die sich herabzulassen scheinen, um ihren
Übermut dem armen Volke desto empfindlicher zu machen. 5
  Ich weiß wohl, daß wir nicht gleich sind, noch sein können;
aber ich halte dafür, daß der, der nötig zu haben glaubt,
vom so genannten Pöbel sich zu entfernen, um den Respekt
zu erhalten, ebenso tadelhaft ist als ein Feiger, der sich vor
seinem Feinde verbirgt, weil er zu unterliegen fürchtet. 10
  Letzthin kam ich zum Brunnen und fand ein junges Dienst-
mädchen, das ihr Gefäß auf die unterste Treppe gesetzt
hatte und sich umsah, ob keine Kamerädin kommen wollte,
ihr es auf den Kopf zu helfen. Ich stieg hinunter und sah sie
an. – „Soll ich Ihr helfen, Jungfer?" sagte ich. – Sie ward 15
rot über und über. – „O nein, Herr!" sagte sie. – „Ohne
Umstände."– Sie legte ihren Kringen zurecht, und ich half
ihr. Sie dankte und stieg hinauf.

Den 17. Mai.

  Ich habe allerlei Bekanntschaft gemacht, Gesellschaft habe 20
ich noch keine gefunden. Ich weiß nicht, was ich Anzügliches
für die Menschen haben muß; es mögen mich ihrer so viele
und hängen sich an mich, und da tut mir's weh, wenn unser
Weg nur eine kleine Strecke miteinander geht. Wenn du
fragst, wie die Leute hier sind, muß ich dir sagen: wie über- 25
all! Es ist ein einförmiges Ding um das Menschengeschlecht.
Die meisten verarbeiten den größten Teil der Zeit, um zu
leben, und das bißchen, das ihnen von Freiheit übrig bleibt,
ängstigt sie so, daß sie alle Mittel aufsuchen, um es los zu
werden. O Bestimmung des Menschen! 30
  Aber eine recht gute Art Volks! Wenn ich mich manchmal vergesse, manchmal mit ihnen die Freuden genieße, die
den Menschen noch gewährt sind, an einem artig besetzten
Tisch mit aller Offen- und Treuherzigkeit sich herumzu-
spaßen, eine Spazierfahrt, einen Tanz zur rechten Zeit an- 35
zuordnen, und dergleichen, das tut eine ganz gute Wirkung
auf mich; nur muß mir nicht einfallen, daß noch so viele
andere Kräfte in mir ruhen, die alle ungenutzt vermodern

und die ich sorgfältig verbergen muß. Ach das engt das
ganze Herz so ein. – Und doch! mißverstanden zu werden,
ist das Schicksal von unsereinem.

Ach, daß die Freundin meiner Jugend dahin ist, ach,
daß ich sie je gekannt habe! – Ich würde sagen: Du bist
ein Tor! du suchst, was hienieden nicht zu finden ist! Aber
ich habe sie gehabt, ich habe das Herz gefühlt, die große
Seele, in deren Gegenwart ich mir schien mehr zu sein,
als ich war, weil ich alles war, was ich sein konnte. Guter
Gott! blieb da eine einzige Kraft meiner Seele ungenutzt?
Konnt' ich nicht vor ihr das ganze wunderbare Gefühl
entwickeln, mit dem mein Herz die Natur umfaßt? War
unser Umgang nicht ein ewiges Weben von der feinsten
Empfindung, dem schärfsten Witze, dessen Modifikationen,
bis zur Unart, alle mit dem Stempel des Genies bezeichnet waren? Und nun! – Ach ihre Jahre, die sie voraus
hatte, führten sie früher ans Grab als mich. Nie werde
ich sie vergessen, nie ihren festen Sinn und ihre göttliche
Duldung.

Vor wenig Tagen traf ich einen jungen V.. an, einen
offnen Jungen, mit einer gar glücklichen Gesichtsbildung.
Er kommt erst von Akademien, dünkt sich eben nicht weise,
aber glaubt doch, er wisse mehr als andere. Auch war er
fleißig, wie ich an allerlei spüre, kurz, er hat hübsche Kenntnisse. Da er hörte, daß ich viel zeichnete und Griechisch
könnte (zwei Meteore hierzulande), wandte er sich an mich
und kramte viel Wissens aus, von Batteux bis zu Wood, von
de Piles zu Winckelmann, und versicherte mich, er habe
Sulzers Theorie, den ersten Teil, ganz durchgelesen und
besitze ein Manuskript von Heynen über das Studium der
Antike. Ich ließ das gut sein.

Noch gar einen braven Mann habe ich kennen lernen, den
fürstlichen Amtmann, einen offenen, treuherzigen Menschen.
Man sagt, es soll eine Seelenfreude sein, ihn unter seinen
Kindern zu sehen, deren er neun hat; besonders macht man
viel Wesens von seiner ältesten Tochter. Er hat mich zu
sich gebeten, und ich will ihn ehster Tage besuchen. Er
wohnt auf einem fürstlichen Jagdhofe, anderthalb Stunden
von hier, wohin er nach dem Tode seiner Frau zu ziehen die

Erlaubnis erhielt, da ihm der Aufenthalt hier in der Stadt und im Amthause zu weh tat.

Sonst sind mir einige verzerrte Originale in den Weg gelaufen, an denen alles unausstehlich ist, am unerträglichsten ihre Freundschaftsbezeigungen.

Leb' wohl! der Brief wird dir recht sein, er ist ganz historisch.

Am 22. Mai.

Daß das Leben des Menschen nur ein Traum sei, ist manchem schon so vorgekommen, und auch mit mir zieht dieses Gefühl immer herum. Wenn ich die Einschränkung ansehe, in welcher die tätigen und forschenden Kräfte des Menschen eingesperrt sind; wenn ich sehe, wie alle Wirksamkeit dahinaus läuft, sich die Befriedigung von Bedürfnissen zu verschaffen, die wieder keinen Zweck haben, als unsere arme Existenz zu verlängern, und dann, daß alle Beruhigung über gewisse Punkte des Nachforschens nur eine träumende Resignation ist, da man sich die Wände, zwischen denen man gefangen sitzt, mit bunten Gestalten und lichten Aussichten bemalt – Das alles, Wilhelm, macht mich stumm. Ich kehre in mich selbst zurück, und finde eine Welt! Wieder mehr in Ahnung und dunkler Begier als in Darstellung und lebendiger Kraft. Und da schwimmt alles vor meinen Sinnen, und ich lächle dann so träumend weiter in die Welt.

Daß die Kinder nicht wissen, warum sie wollen, darin sind alle hochgelahrten Schul- und Hofmeister einig; daß aber auch Erwachsene gleich Kindern auf diesem Erdboden herumtaumeln und wie jene nicht wissen, woher sie kommen und wohin sie gehen, ebensowenig nach wahren Zwecken handeln, ebenso durch Biskuit und Kuchen und Birkenreiser regiert werden: das will niemand gern glauben, und mich dünkt, man kann es mit Händen greifen.

Ich gestehe dir gern, denn ich weiß, was du mir hierauf sagen möchtest, daß diejenigen die Glücklichsten sind, die gleich den Kindern in den Tag hinein leben, ihre Puppen herumschleppen, aus- und anziehen und mit großem Respekt um die Schublade umherschleichen, wo Mama das

Zuckerbrot hineingeschlossen hat, und, wenn sie das ge-
wünschte endlich erhaschen, es mit vollen Backen verzehren
und rufen: „Mehr!"– Das sind glückliche Geschöpfe. Auch
denen ist's wohl, die ihren Lumpenbeschäftigungen oder
5 wohl gar ihren Leidenschaften prächtige Titel geben und
sie dem Menschengeschlechte als Riesenoperationen zu dessen Heil und Wohlfahrt anschreiben. – Wohl dem, der so
sein kann! Wer aber in seiner Demut erkennt, wo das alles
hinausläuft, wer da sieht, wie artig jeder Bürger, dem es
10 wohl ist, sein Gärtchen zum Paradiese zuzustutzen weiß,
und wie unverdrossen auch der Unglückliche unter der
Bürde seinen Weg fortkeucht, und alle gleich interessiert
sind, das Licht dieser Sonne noch eine Minute länger zu
sehn – ja, der ist still und bildet auch seine Welt aus sich
15 selbst und ist auch glücklich, weil er ein Mensch ist. Und
dann, so eingeschränkt er ist, hält er doch immer im Herzen
das süße Gefühl der Freiheit, und daß er diesen Kerker
verlassen kann, wann er will.

Am 26. Mai.

20 Du kennst von alters her meine Art, mich anzubauen, mir
irgend an einem vertraulichen Orte ein Hüttchen aufzu-
schlagen und da mit aller Einschränkung zu herbergen. Auch
hier habe ich wieder ein Plätzchen angetroffen, das mich angezogen hat.

25 Ungefähr eine Stunde von der Stadt liegt ein Ort, den sie
Wahlheim*) nennen. Die Lage an einem Hügel ist sehr interessant, und wenn man oben auf dem Fußpfade zum Dorf
herausgeht, übersieht man auf einmal das ganze Tal. Eine
gute Wirtin, die gefällig und munter in ihrem Alter ist,
30 schenkt Wein, Bier, Kaffee; und was über alles geht, sind
zwei Linden, die mit ihren ausgebreiteten Ästen den kleinen
Platz vor der Kirche bedecken, der ringsum mit Bauer-
häusern, Scheuern und Höfen eingeschlossen ist. So vertraulich, so heimlich hab' ich nicht leicht ein Plätzchen ge-
35 funden, und dahin lass' ich mein Tischchen aus dem Wirts-

---

*) Der Leser wird sich keine Mühe geben, die hier genannten
Orte zu suchen; man hat sich genötigt gesehen, die im Originale be-
findlichen wahren Namen zu verändern.

hause bringen und meinen Stuhl, trinke meinen Kaffee da und lese meinen Homer. Das erstemal, als ich durch einen Zufall an einem schönen Nachmittage unter die Linden kam, fand ich das Plätzchen so einsam. Es war alles im Felde; nur ein Knabe von ungefähr vier Jahren saß an der Erde und hielt ein anderes, etwa halbjähriges, vor ihm zwischen seinen Füßen sitzendes Kind mit beiden Armen wider seine Brust, so daß er ihm zu einer Art von Sessel diente und ungeachtet der Munterkeit, womit er aus seinen schwarzen Augen herumschaute, ganz ruhig saß. Mich vergnügte der Anblick: ich setzte mich auf einen Pflug, der gegenüber stand, und zeichnete die brüderliche Stellung mit vielem Ergetzen. Ich fügte den nächsten Zaun, ein Scheunentor und einige gebrochene Wagenräder bei, alles, wie es hinter einander stand, und fand nach Verlauf einer Stunde, daß ich eine wohlgeordnete, sehr interessante Zeichnung verfertiget hatte, ohne das mindeste von dem Meinen hinzuzutun. Das bestärkte mich in meinem Vorsatze, mich künftig allein an die Natur zu halten. Sie allein ist unendlich reich, und sie allein bildet den großen Künstler. Man kann zum Vorteile der Regeln viel sagen, ungefähr was man zum Lobe der bürgerlichen Gesellschaft sagen kann. Ein Mensch, der sich nach ihnen bildet, wird nie etwas Abgeschmacktes und Schlechtes hervorbringen, wie einer, der sich durch Gesetze und Wohlstand modeln läßt, nie ein unerträglicher Nachbar, nie ein merkwürdiger Bösewicht werden kann; dagegen wird aber auch alle Regel, man rede was man wolle, das wahre Gefühl von Natur und den wahren Ausdruck derselben zerstören! Sag' du: ‚Das ist zu hart! sie schränkt nur ein, beschneidet die geilen Reben‘ etc. – Guter Freund, soll ich dir ein Gleichnis geben? Es ist damit wie mit der Liebe. Ein junges Herz hängt ganz an einem Mädchen, bringt alle Stunden seines Tages bei ihr zu, verschwendet alle seine Kräfte, all sein Vermögen, um ihr jeden Augenblick auszudrücken, daß er sich ganz ihr hingibt. Und da käme ein Philister, ein Mann, der in einem öffentlichen Amte steht, und sagte zu ihm: ‚Feiner junger Herr! Lieben ist menschlich, nur müßt Ihr menschlich lieben! Teilet Eure Stunden ein, die einen zur Arbeit, und die Erholungs-

stunden widmet Eurem Mädchen. Berechnet Euer Vermögen,
und was Euch von Eurer Notdurft übrig bleibt, davon ver-
wehr' ich Euch nicht, ihr ein Geschenk, nur nicht zu oft, zu
machen, etwa zu ihrem Geburts- und Namenstage' etc. –
Folgt der Mensch, so gibt's einen brauchbaren jungen
Menschen, und ich will selbst jedem Fürsten raten, ihn in
ein Kollegium zu setzen; nur mit seiner Liebe ist's am Ende
und, wenn er ein Künstler ist, mit seiner Kunst. O meine
Freunde! warum der Strom des Genies so selten ausbricht,
so selten in hohen Fluten hereinbraust und eure staunende
Seele erschüttert? – Liebe Freunde, da wohnen die gelas-
senen Herren auf beiden Seiten des Ufers, denen ihre Gartenhäuschen, Tulpenbeete und Krautfelder zugrunde gehen
würden, die daher in Zeiten mit Dämmen und Ableiten der
künftig drohenden Gefahr abzuwehren wissen.

Am 27. Mai.

Ich bin, wie ich sehe, in Verzückung, Gleichnisse und
Deklamation verfallen und habe darüber vergessen, dir aus-
zuerzählen, was mit den Kindern weiter geworden ist. Ich
saß, ganz in malerische Empfindung vertieft, die dir mein
gestriges Blatt sehr zerstückt darlegt, auf meinem Pfluge
wohl zwei Stunden. Da kommt gegen Abend eine junge
Frau auf die Kinder los, die sich indes nicht gerührt hatten,
mit einem Körbchen am Arm und ruft von weitem: „Philipps, du bist recht brav."– Sie grüßte mich, ich dankte ihr,
stand auf, trat näher hin und fragte sie, ob sie Mutter von
den Kindern wäre? Sie bejahte es, und indem sie dem ältesten einen halben Weck gab, nahm sie das kleine auf und
küßte es mit aller mütterlichen Liebe. – „Ich habe", sagte
sie, „meinem Philipps das Kleine zu halten gegeben und
bin mit meinem Ältesten in die Stadt gegangen, um weiß
Brot zu holen und Zucker und ein irden Breipfännchen."–
Ich sah das alles in dem Korbe, dessen Deckel abgefallen
war. – „Ich will meinem Hans (das war der Name des Jüngsten) ein Süppchen kochen zum Abende; der lose Vogel,
der Große, hat mir gestern das Pfännchen zerbrochen, als
er sich mit Philippsen um die Scharre des Breis zankte."–
Ich fragte nach dem Ältesten, und sie hatte mir kaum gesagt,

daß er sich auf der Wiese mit ein paar Gänsen herumjage, als er gesprungen kam und dem Zweiten eine Haselgerte mitbrachte. Ich unterhielt mich weiter mit dem Weibe und erfuhr, daß sie des Schulmeisters Tochter sei, und daß ihr Mann eine Reise in die Schweiz gemacht habe, um die Erbschaft eines Vetters zu holen. – „Sie haben ihn drum betriegen wollen", sagte sie, „und ihm auf seine Briefe nicht geantwortet; da ist er selbst hineingegangen. Wenn ihm nur kein Unglück widerfahren ist, ich höre nichts von ihm." – Es ward mir schwer, mich von dem Weibe los zu machen, gab jedem der Kinder einen Kreuzer, und auch fürs jüngste gab ich ihr einen, ihm einen Weck zur Suppe mitzubringen, wenn sie in die Stadt ginge, und so schieden wir von einander.

Ich sage dir, mein Schatz, wenn meine Sinne gar nicht mehr halten wollen, so lindert all den Tumult der Anblick eines solchen Geschöpfs, das in glücklicher Gelassenheit den engen Kreis seines Daseins hingeht, von einem Tage zum andern sich durchhilft, die Blätter abfallen sieht und nichts dabei denkt, als daß der Winter kommt.

Seit der Zeit bin ich oft draußen. Die Kinder sind ganz an mich gewöhnt, sie kriegen Zucker, wenn ich Kaffee trinke, und teilen das Butterbrot und die saure Milch mit mir des Abends. Sonntags fehlt ihnen der Kreuzer nie, und wenn ich nicht nach der Betstunde da bin, so hat die Wirtin Ordre, ihn auszuzahlen.

Sie sind vertraut, erzählen mir allerhand, und besonders ergetze ich mich an ihren Leidenschaften und simpeln Ausbrüchen des Begehrens, wenn mehr Kinder aus dem Dorfe sich versammeln.

Viel Mühe hat mich's gekostet, der Mutter ihre Besorgnis zu nehmen, sie möchten den Herrn inkommodieren.

Am 30. Mai.

Was ich dir neulich von der Malerei sagte, gilt gewiß auch von der Dichtkunst; es ist nur, daß man das Vortreffliche erkenne und es auszusprechen wage, und das ist freilich mit wenigem viel gesagt. Ich habe heute eine Szene gehabt, die, rein abgeschrieben, die schönste Idylle von der Welt gäbe;

doch was soll Dichtung, Szene und Idylle? muß es denn immer gebosselt sein, wenn wir teil an einer Naturerscheinung nehmen sollen?

Wenn du auf diesen Eingang viel Hohes und Vornehmes erwartest, so bist du wieder übel betrogen; es ist nichts als ein Bauerbursch, der mich zu dieser lebhaften Teilnehmung hingerissen hat. Ich werde, wie gewöhnlich, schlecht erzählen, und du wirst mich, wie gewöhnlich, denk' ich, übertrieben finden; es ist wieder Wahlheim, und immer Wahlheim, das diese Seltenheiten hervorbringt.

Es war eine Gesellschaft draußen unter den Linden, Kaffee zu trinken. Weil sie mir nicht ganz anstand, so blieb ich unter einem Vorwande zurück.

Ein Bauerbursch kam aus einem benachbarten Hause und beschäftigte sich, an dem Pfluge, den ich neulich gezeichnet hatte, etwas zurecht zu machen. Da mir sein Wesen gefiel, redete ich ihn an, fragte nach seinen Umständen, wir waren bald bekannt und, wie mir's gewöhnlich mit dieser Art Leuten geht, bald vertraut. Er erzählte mir, daß er bei einer Witwe in Diensten sei und von ihr gar wohl gehalten werde. Er sprach so vieles von ihr und lobte sie dergestalt, daß ich bald merken konnte, er sei ihr mit Leib und Seele zugetan. Sie sei nicht mehr jung, sagte er, sie sei von ihrem ersten Mann übel gehalten worden, wolle nicht mehr heiraten, und aus seiner Erzählung leuchtete so merklich hervor, wie schön, wie reizend sie für ihn sei, wie sehr er wünsche, daß sie ihn wählen möchte, um das Andenken der Fehler ihres ersten Mannes auszulöschen, daß ich Wort für Wort wiederholen müßte, um dir die reine Neigung, die Liebe und Treue dieses Menschen anschaulich zu machen. Ja, ich müßte die Gabe des größten Dichters besitzen, um dir zugleich den Ausdruck seiner Gebärden, die Harmonie seiner Stimme, das heimliche Feuer seiner Blicke lebendig darstellen zu können. Nein, es sprechen keine Worte die Zartheit aus, die in seinem ganzen Wesen und Ausdruck war; es ist alles nur plump, was ich wieder vorbringen könnte. Besonders rührte mich, wie er fürchtete, ich möchte über sein Verhältnis zu ihr ungleich denken und an ihrer guten Aufführung zweifeln. Wie reizend es war, wenn er von ihrer

Gestalt, von ihrem Körper sprach, der ihn ohne jugendliche Reize gewaltsam an sich zog und fesselte, kann ich mir nur in meiner innersten Seele wiederholen. Ich hab' in meinem Leben die dringende Begierde und das heiße, sehnliche Verlangen nicht in dieser Reinheit gesehen, ja wohl kann ich sagen, in dieser Reinheit nicht gedacht und geträumt. Schelte mich nicht, wenn ich dir sage, daß bei der Erinnerung dieser Unschuld und Wahrheit mir die innerste Seele glüht, und daß mich das Bild dieser Treue und Zärtlichkeit überall verfolgt, und daß ich, wie selbst davon entzündet, lechze und schmachte.

Ich will nun suchen, auch sie ehstens zu sehn, oder vielmehr, wenn ich's recht bedenke, ich will's vermeiden. Es ist besser, ich sehe sie durch die Augen ihres Liebhabers; vielleicht erscheint sie mir vor meinen eigenen Augen nicht so, wie sie jetzt vor mir steht, und warum soll ich mir das schöne Bild verderben?

Am 16. Junius.

Warum ich dir nicht schreibe? – Fragst du das und bist doch auch der Gelehrten einer. Du solltest raten, daß ich mich wohl befinde, und zwar – Kurz und gut, ich habe eine Bekanntschaft gemacht, die mein Herz näher angeht. Ich habe – ich weiß nicht.

Dir in der Ordnung zu erzählen, wie's zugegangen ist, daß ich eins der liebenswürdigsten Geschöpfe habe kennen lernen, wird schwer halten. Ich bin vergnügt und glücklich, und also kein guter Historienschreiber.

Einen Engel! – Pfui! das sagt jeder von der Seinigen, nicht wahr? Und doch bin ich nicht imstande, dir zu sagen, wie sie vollkommen ist, warum sie vollkommen ist; genug, sie hat allen meinen Sinn gefangengenommen.

So viel Einfalt bei so viel Verstand, so viel Güte bei so viel Festigkeit, und die Ruhe der Seele bei dem wahren Leben und der Tätigkeit. –

Das ist alles garstiges Gewäsch, was ich da von ihr sage, leidige Abstraktionen, die nicht einen Zug ihres Selbst ausdrücken. Ein andermal – nein, nicht ein andermal, jetzt gleich will ich dir's erzählen. Tu' ich's jetzt nicht, so geschäh'

es niemals. Denn, unter uns, seit ich angefangen habe zu
schreiben, war ich schon dreimal im Begriffe, die Feder
niederzulegen, mein Pferd satteln zu lassen und hinauszu-
reiten. Und doch schwur ich mir heute früh, nicht hinaus-
5 zureiten, und gehe doch alle Augenblick' ans Fenster, zu
sehen, wie hoch die Sonne noch steht. – – –

Ich hab's nicht überwinden können, ich mußte zu ihr
hinaus. Da bin ich wieder, Wilhelm, will mein Butterbrot
zu Nacht essen und dir schreiben. Welch eine Wonne das
10 für meine Seele ist, sie in dem Kreise der lieben, muntern
Kinder, ihrer acht Geschwister, zu sehen! –

Wenn ich so fortfahre, wirst du am Ende so klug sein wie
am Anfange. Höre denn, ich will mich zwingen, ins Detail
zu gehen.

15 Ich schrieb dir neulich, wie ich den Amtmann S . . habe
kennen lernen, und wie er mich gebeten habe, ihn bald in
seiner Einsiedelei oder vielmehr seinem kleinen Königreiche
zu besuchen. Ich vernachlässigte das, und wäre vielleicht nie
hingekommen, hätte mir der Zufall nicht den Schatz entdeckt,
20 der in der stillen Gegend verborgen liegt.

Unsere jungen Leute hatten einen Ball auf dem Lande an-
gestellt, zu dem ich mich denn auch willig finden ließ. Ich
bot einem hiesigen guten, schönen, übrigens unbedeutenden
Mädchen die Hand, und es wurde ausgemacht, daß ich eine
25 Kutsche nehmen, mit meiner Tänzerin und ihrer Base nach
dem Orte der Lustbarkeit hinausfahren und auf dem Wege
Charlotten S . . mitnehmen sollte. – „Sie werden ein schönes
Frauenzimmer kennenlernen." sagte meine Gesellschaf-
terin, da wir durch den weiten, ausgehauenen Wald nach
30 dem Jagdhause fuhren. – „Nehmen Sie sich in acht," versetzte die Base, „daß Sie sich nicht verlieben!" – „Wieso?"
sagte ich. – „Sie ist schon vergeben," antwortete jene, „an
einen sehr braven Mann, der weggereist ist, seine Sachen in
Ordnung zu bringen, weil sein Vater gestorben ist, und
35 sich um eine ansehnliche Versorgung zu bewerben." – Die
Nachricht war mir ziemlich gleichgültig.

Die Sonne war noch eine Viertelstunde vom Gebirge,
als wir vor dem Hoftore anfuhren. Es war sehr schwül, und
die Frauenzimmer äußerten ihre Besorgnis wegen eines

Gewitters, das sich in weißgrauen, dumpfichten Wölkchen
rings am Horizonte zusammenzuziehen schien. Ich täuschte
ihre Furcht mit anmaßlicher Wetterkunde, ob mir gleich
selbst zu ahnen anfing, unsere Lustbarkeit werde einen Stoß
leiden.   5

Ich war ausgestiegen, und eine Magd, die ans Tor kam,
bat uns, einen Augenblick zu verziehen, Mamsell Lottchen
würde gleich kommen. Ich ging durch den Hof nach dem
wohlgebauten Hause, und da ich die vorliegenden Treppen
hinaufgestiegen war und in die Tür trat, fiel mir das reizend-   10
ste Schauspiel in die Augen, das ich je gesehen habe. In
dem Vorsaale wimmelten sechs Kinder von eilf zu zwei
Jahren um ein Mädchen von schöner Gestalt, mittlerer
Größe, die ein simples weißes Kleid, mit blaßroten Schleifen
an Arm und Brust, anhatte. Sie hielt ein schwarzes Brot und   15
schnitt ihren Kleinen rings herum jedem sein Stück nach
Proportion ihres Alters und Appetits ab, gab's jedem mit
solcher Freundlichkeit, und jedes rief so ungekünstelt sein
„Danke!", indem es mit den kleinen Händchen lange in die
Höhe gereicht hatte, ehe es noch abgeschnitten war, und   20
nun mit seinem Abendbrote vergnügt entweder wegsprang,
oder nach seinem stillern Charakter gelassen davonging nach
dem Hoftore zu, um die Fremden und die Kutsche zu sehen,
darin ihre Lotte wegfahren sollte. – „Ich bitte um Vergebung," sagte sie, „daß ich Sie hereinbemühe und die   25
Frauenzimmer warten lasse. Über dem Anziehen und allerlei
Bestellungen fürs Haus in meiner Abwesenheit habe ich
vergessen, meinen Kindern ihr Vesperbrot zu geben, und
sie wollen von niemanden Brot geschnitten haben als von
mir." – Ich machte ihr ein unbedeutendes Kompliment,   30
meine ganze Seele ruhte auf der Gestalt, dem Tone, dem
Betragen, und ich hatte eben Zeit, mich von der Über-
raschung zu erholen, als sie in die Stube lief, ihre Hand-
schuhe und den Fächer zu holen. Die Kleinen sahen mich
in einiger Entfernung so von der Seite an, und ich ging auf   35
das jüngste los, das ein Kind von der glücklichsten Gesichtsbildung war. Es zog sich zurück, als eben Lotte zur Türe
herauskam und sagte: „Louis, gib dem Herrn Vetter eine
Hand." – Das tat der Knabe sehr freimütig, und ich konnte

mich nicht enthalten, ihn, ungeachtet seines kleinen Rotz-
näschens, herzlich zu küssen. – „Vetter?" sagte ich, indem
ich ihr die Hand reichte, „glauben Sie, daß ich des Glücks
wert sei, mit Ihnen verwandt zu sein?" – „O," sagte sie mit
einem leichtfertigen Lächeln, „unsere Vetterschaft ist sehr
weitläufig, und es wäre mir leid, wenn Sie der schlimmste
drunter sein sollten." – Im Gehen gab sie Sophien, der ältesten Schwester nach ihr, einem Mädchen von ungefähr
eilf Jahren, den Auftrag, wohl auf die Kinder acht zu haben
und den Papa zu grüßen, wenn er vom Spazierritte nach
Hause käme. Den Kleinen sagte sie, sie sollten ihrer Schwester Sophie folgen, als wenn sie's selber wäre, das denn auch
einige ausdrücklich versprachen. Eine kleine, naseweise
Blondine aber, von ungefähr sechs Jahren, sagte: „Du bist's
doch nicht, Lottchen, wir haben dich doch lieber." – Die
zwei ältesten Knaben waren hinten auf die Kutsche ge-
klettert, und auf mein Vorbitten erlaubte sie ihnen, bis vor
den Wald mitzufahren, wenn sie versprächen, sich nicht zu
necken und sich recht fest zu halten.

Wir hatten uns kaum zurecht gesetzt, die Frauenzimmer
sich bewillkommt, wechselsweise über den Anzug, vorzüg-
lich über die Hüte ihre Anmerkungen gemacht und die Gesellschaft, die man erwartete, gehörig durchgezogen, als
Lotte den Kutscher halten und ihre Brüder herabsteigen
ließ, die noch einmal ihre Hand zu küssen begehrten, das
denn der älteste mit aller Zärtlichkeit, die dem Alter von
fünfzehn Jahren eigen sein kann, der andere mit viel Heftigkeit und Leichtsinn tat. Sie ließ die Kleinen noch einmal
grüßen, und wir fuhren weiter.

Die Base fragte, ob sie mit dem Buche fertig wäre, das sie
ihr neulich geschickt hätte. – „Nein," sagte Lotte, „es gefällt mir nicht, Sie können's wiederhaben. Das vorige war
auch nicht besser." – Ich erstaunte, als ich fragte, was es
für Bücher wären, und sie mir antwortete:*) – Ich fand so

*) Man sieht sich genötiget, diese Stelle des Briefes zu unter-
drücken, um niemand Gelegenheit zu einiger Beschwerde zu geben.
Obgleich im Grunde jedem Autor wenig an dem Urteile eines einzelnen Mädchens und eines jungen, unsteten Menschen gelegen sein
kann.

viel Charakter in allem, was sie sagte, ich sah mit jedem Wort neue Reize, neue Strahlen des Geistes aus ihren Gesichtszügen hervorbrechen, die sich nach und nach vergnügt zu entfalten schienen, weil sie an mir fühlte, daß ich sie verstand.

„Wie ich jünger war", sagte sie, „liebte ich nichts so sehr als Romane. Weiß Gott, wie wohl mir's war, wenn ich mich Sonntags in so ein Eckchen setzen und mit ganzem Herzen an dem Glück und Unstern einer Miß Jenny teilnehmen konnte. Ich leugne auch nicht, daß die Art noch einige Reize für mich hat. Doch da ich so selten an ein Buch komme, so muß es auch recht nach meinem Geschmack sein. Und der Autor ist mir der liebste, in dem ich meine Welt wiederfinde, bei dem es zugeht wie um mich, und dessen Geschichte mir doch so interessant und herzlich wird als mein eigen häuslich Leben, das freilich kein Paradies, aber doch im ganzen eine Quelle unsäglicher Glückseligkeit ist."

Ich bemühte mich, meine Bewegungen über diese Worte zu verbergen. Das ging freilich nicht weit: denn da ich sie mit solcher Wahrheit im Vorbeigehen vom Landpriester von Wakefield, vom –*) reden hörte, kam ich ganz außer mich, sagte ihr alles, was ich mußte, und bemerkte erst nach einiger Zeit, da Lotte das Gespräch an die anderen wendete, daß diese die Zeit über mit offenen Augen, als säßen sie nicht da, dagesessen hatten. Die Base sah mich mehr als einmal mit einem spöttischen Näschen an, daran mir aber nichts gelegen war.

Das Gespräch fiel aufs Vergnügen am Tanze. – „Wenn diese Leidenschaft ein Fehler ist," sagte Lotte, „so gestehe ich Ihnen gern, ich weiß mir nichts übers Tanzen. Und wenn ich was im Kopfe habe und mir auf meinem verstimmten Klavier einen Contretanz vortrommle, so ist alles wieder gut."

Wie ich mich unter dem Gespräche in den schwarzen Augen weidete – wie die lebendigen Lippen und die frischen,

*) Man hat auch hier die Namen einiger vaterländischen Autoren weggelassen. Wer teil an Lottens Beifalle hat, wird es gewiß an seinem Herzen fühlen, wenn er diese Stelle lesen sollte, und sonst braucht es ja niemand zu wissen.

muntern Wangen meine ganze Seele anzogen – wie ich, in
den herrlichen Sinn ihrer Rede ganz versunken, oft gar die
Worte nicht hörte, mit denen sie sich ausdrückte – davon hast
du eine Vorstellung, weil du mich kennst. Kurz, ich stieg aus
5 dem Wagen wie ein Träumender, als wir vor dem Lusthause
stille hielten, und war so in Träumen rings in der dämmernden Welt verloren, daß ich auf die Musik kaum achtete, die
uns von dem erleuchteten Saal herunter entgegenschallte.

Die zwei Herren Audran und ein gewisser N. N. – wer
10 behält alle die Namen –, die der Base und Lottens Tänzer
waren, empfingen uns am Schlage, bemächtigten sich ihrer
Frauenzimmer, und ich führte das meinige hinauf.

Wir schlangen uns in Menuetts um einander herum; ich
forderte ein Frauenzimmer nach dem andern auf, und just
15 die unleidlichsten konnten nicht dazu kommen, einem die
Hand zu reichen und ein Ende zu machen. Lotte und ihr
Tänzer fingen einen Englischen an, und wie wohl mir's war,
als sie auch in der Reihe die Figur mit uns anfing, magst
du fühlen. Tanzen muß man sie sehen! Siehst du, sie ist so
20 mit ganzem Herzen und mit ganzer Seele dabei, ihr ganzer
Körper e i n e Harmonie, so sorglos, so unbefangen, als wenn
das eigentlich alles wäre, als wenn sie sonst nichts dächte,
nichts empfände; und in dem Augenblicke gewiß schwindet
alles andere vor ihr.

25 Ich bat sie um den zweiten Contretanz; sie sagte mir den
dritten zu, und mit der liebenswürdigsten Freimütigkeit von
der Welt versicherte sie mir, daß sie herzlich gern deutsch
tanze. – „Es ist hier so Mode," fuhr sie fort, „daß jedes
Paar, das zusammen gehört, beim Deutschen zusammen-
30 bleibt, und mein Chapeau walzt schlecht und dankt mir's,
wenn ich ihm die Arbeit erlasse. Ihr Frauenzimmer kann's
auch nicht und mag nicht, und ich habe im Englischen gesehen, daß Sie gut walzen; wenn Sie nun mein sein wollen
fürs Deutsche, so gehen Sie und bitten sich's von meinem
35 Herrn aus, und ich will zu Ihrer Dame gehen." – Ich gab
ihr die Hand darauf, und wir machten aus, daß ihr Tänzer
inzwischen meine Tänzerin unterhalten sollte.

Nun ging's an, und wir ergetzten uns eine Weile an mannigfaltigen Schlingungen der Arme. Mit welchem Reize,

mit welcher Flüchtigkeit bewegte sie sich! und da wir nun gar ans Walzen kamen und wie die Sphären um einander herumrollten, ging's freilich anfangs, weil's die wenigsten können, ein bißchen bunt durcheinander. Wir waren klug und ließen sie austoben, und als die Ungeschicktesten den Plan geräumt hatten, fielen wir ein und hielten mit noch einem Paare, mit Audran und seiner Tänzerin, wacker aus. Nie ist mir's so leicht vom Flecke gegangen. Ich war kein Mensch mehr. Das liebenswürdigste Geschöpf in den Armen zu haben und mit ihr herumzufliegen wie Wetter, daß alles rings umher verging, und – Wilhelm, um ehrlich zu sein, tat ich aber doch den Schwur, daß ein Mädchen, das ich liebte, auf das ich Ansprüche hätte, mir nie mit einem andern walzen sollte als mit mir, und wenn ich drüber zugrunde gehen müßte. Du verstehst mich!

Wir machten einige Touren gehend im Saale, um zu verschnaufen. Dann setzte sie sich, und die Orangen, die ich beiseite gebracht hatte, die nun die einzigen noch übrigen waren, taten vortreffliche Wirkung, nur daß mir mit jedem Schnittchen, das sie einer unbescheidenen Nachbarin ehrenhalben zuteilte, ein Stich durchs Herz ging.

Beim dritten englischen Tanz waren wir das zweite Paar. Wie wir die Reihe durchtanzten und ich, weiß Gott mit wieviel Wonne, an ihrem Arm und Auge hing, das voll vom wahrsten Ausdruck des offensten, reinsten Vergnügens war, kommen wir an eine Frau, die mir wegen ihrer liebenswürdigen Miene auf einem nicht mehr ganz jungen Gesichte merkwürdig gewesen war. Sie sieht Lotten lächelnd an, hebt einen drohenden Finger auf und nennt den Namen Albert zweimal im Vorbeifliegen mit viel Bedeutung.

„Wer ist Albert?" sagte ich zu Lotten, „wenn's nicht Vermessenheit ist zu fragen." – Sie war im Begriff zu antworten, als wir uns scheiden mußten, um die große Achte zu machen, und mich dünkte einiges Nachdenken auf ihrer Stirn zu sehen, als wir so vor einander vorbeikreuzten. – „Was soll ich's Ihnen leugnen," sagte sie, indem sie mir die Hand zur Promenade bot. „Albert ist ein braver Mensch, dem ich so gut als verlobt bin." – Nun war mir das nichts Neues (denn die Mädchen hatten mir's auf dem Wege

gesagt) und war mir doch so ganz neu, weil ich es noch nicht
im Verhältnis auf sie, die mir in so wenig Augenblicken
so wert geworden war, gedacht hatte. Genug, ich verwirrte
mich, vergaß mich und kam zwischen das unrechte Paar
hinein, daß alles drunter und drüber ging und Lottens ganze
Gegenwart und Zerren und Ziehen nötig war, um es schnell
wieder in Ordnung zu bringen.

Der Tanz war noch nicht zu Ende, als die Blitze, die wir
schon lange am Horizonte leuchten gesehn und die ich
immer für Wetterkühlen ausgegeben hatte, viel stärker zu
werden anfingen und der Donner die Musik überstimmte.
Drei Frauenzimmer liefen aus der Reihe, denen ihre Herren
folgten; die Unordnung wurde allgemein, und die Musik
hörte auf. Es ist natürlich, wenn uns ein Unglück oder
etwas Schreckliches im Vergnügen überrascht, daß es stär-
kere Eindrücke auf uns macht als sonst, teils wegen des
Gegensatzes, der sich so lebhaft empfinden läßt, teils und
noch mehr, weil unsere Sinne einmal der Fühlbarkeit geöffnet sind und also desto schneller einen Eindruck anneh-
men. Diesen Ursachen muß ich die wunderbaren Grimassen
zuschreiben, in die ich mehrere Frauenzimmer ausbrechen
sah. Die klügste setzte sich in eine Ecke, mit dem Rücken
gegen das Fenster, und hielt die Ohren zu. Eine andere
kniete vor ihr nieder und verbarg den Kopf in der ersten
Schoß. Eine dritte schob sich zwischen beide hinein und
umfaßte ihre Schwesterchen mit tausend Tränen. Einige
wollten nach Hause; andere, die noch weniger wußten, was
sie taten, hatten nicht so viel Besinnungskraft, den Keck-
heiten unserer jungen Schlucker zu steuern, die sehr beschäftigt zu sein schienen, alle die ängstlichen Gebete, die
dem Himmel bestimmt waren, von den Lippen der schönen
Bedrängten wegzufangen. Einige unserer Herren hatten
sich hinabbegeben, um ein Pfeifchen in Ruhe zu rauchen;
und die übrige Gesellschaft schlug es nicht aus, als die
Wirtin auf den klugen Einfall kam, uns ein Zimmer anzu-
weisen, das Läden und Vorhänge hätte. Kaum waren wir
da angelangt, als Lotte beschäftigt war, einen Kreis von
Stühlen zu stellen und, als sich die Gesellschaft auf ihre
Bitte gesetzt hatte, den Vortrag zu einem Spiele zu tun.

Ich sah manchen, der in Hoffnung auf ein saftiges Pfand
sein Mäulchen spitzte und seine Glieder reckte. – „Wir
spielen Zählens!" sagte sie. „Nun gebt acht! Ich geh' im
Kreise herum von der Rechten zur Linken, und so zählt ihr
auch rings herum, jeder die Zahl, die an ihn kommt, und
das muß gehen wie ein Lauffeuer, und wer stockt oder sich
irrt, kriegt eine Ohrfeige, und so bis tausend." – Nun war
das lustig anzusehen: Sie ging mit ausgestrecktem Arm im
Kreise herum. „Eins", fing der erste an, der Nachbar „zwei",
„drei" der folgende, und so fort. Dann fing sie an, geschwinder zu gehen, immer geschwinder; da versah's einer:
Patsch! eine Ohrfeige, und über das Gelächter der folgende
auch: Patsch! Und immer geschwinder. Ich selbst kriegte
zwei Maulschellen und glaubte mit innigem Vergnügen zu
bemerken, daß sie stärker seien, als sie den übrigen zu-
zumessen pflegte. Ein allgemeines Gelächter und Geschwärm
endigte das Spiel, ehe noch das Tausend ausgezählt war.
Die Vertrautesten zogen einander beiseite, das Gewitter war
vorüber, und ich folgte Lotten in den Saal. Unterwegs sagte
sie: „Über die Ohrfeigen haben sie Wetter und alles vergessen!" – Ich konnte ihr nichts antworten. – „Ich war",
fuhr sie fort, „eine der Furchtsamsten, und indem ich mich
herzhaft stellte, um den andern Mut zu geben, bin ich mutig
geworden." – Wir traten ans Fenster. Es donnerte abseit-
wärts, und der herrliche Regen säuselte auf das Land, und
der erquickendste Wohlgeruch stieg in aller Fülle einer
warmen Luft zu uns auf. Sie stand auf ihren Ellenbogen
gestützt, ihr Blick durchdrang die Gegend; sie sah gen
Himmel und auf mich, ich sah ihr Auge tränenvoll, sie legte
ihre Hand auf die meinige und sagte: „Klopstock!" – Ich
erinnerte mich sogleich der herrlichen Ode, die ihr in Gedanken lag, und versank in dem Strome von Empfindungen,
den sie in dieser Losung über mich ausgoß. Ich ertrug's
nicht, neigte mich auf ihre Hand und küßte sie unter den
wonnevollsten Tränen. Und sah nach ihrem Auge wieder –
Edler! hättest du deine Vergötterung in diesem Blicke gesehen, und möcht' ich nun deinen so oft entweihten Namen
nie wieder nennen hören!

Am 19. Junius.

Wo ich neulich mit meiner Erzählung geblieben bin, weiß ich nicht mehr; das weiß ich, daß es zwei Uhr des Nachts war, als ich zu Bette kam, und daß, wenn ich dir hätte vorschwatzen können, statt zu schreiben, ich dich vielleicht bis an den Morgen aufgehalten hätte.

Was auf unserer Hereinfahrt vom Balle geschehen ist, habe ich noch nicht erzählt, habe auch heute keinen Tag dazu.

Es war der herrlichste Sonnenaufgang. Der tröpfelnde Wald und das erfrischte Feld umher! Unsere Gesellschafterinnen nickten ein. Sie fragte mich, ob ich nicht auch von der Partie sein wollte; ihrentwegen sollt' ich unbekümmert sein. – „So lange ich diese Augen offen sehe", sagte ich und sah sie fest an, „so lange hat's keine Gefahr." – Und wir haben beide ausgehalten bis an ihr Tor, da ihr die Magd leise aufmachte und auf ihr Fragen versicherte, daß Vater und Kleine wohl seien und alle noch schliefen. Da verließ ich sie mit der Bitte, sie selbigen Tags noch sehen zu dürfen; sie gestand mir's zu, und ich bin gekommen – und seit der Zeit können Sonne, Mond und Sterne geruhig ihre Wirtschaft treiben, ich weiß weder daß Tag noch daß Nacht ist, und die ganze Welt verliert sich um mich her.

Am 21. Junius.

Ich lebe so glückliche Tage, wie sie Gott seinen Heiligen aufspart; und mit mir mag werden was will, so darf ich nicht sagen, daß ich die Freuden, die reinsten Freuden des Lebens nicht genossen habe. – Du kennst mein Wahlheim; dort bin ich völlig etabliert, von da habe ich nur eine halbe Stunde zu Lotten, dort fühl' ich mich selbst und alles Glück, das dem Menschen gegeben ist.

Hätt' ich gedacht, als ich mir Wahlheim zum Zwecke meiner Spaziergänge wählte, daß es so nahe am Himmel läge! Wie oft habe ich das Jagdhaus, das nun alle meine Wünsche einschließt, auf meinen weiten Wanderungen, bald vom Berge, bald von der Ebne über den Fluß gesehn!

Lieber Wilhelm, ich habe allerlei nachgedacht, über die Begier im Menschen, sich auszubreiten, neue Entdeckungen zu machen, herumzuschweifen; und dann wieder über den inneren Trieb, sich der Einschränkung willig zu ergeben, in dem Gleise der Gewohnheit so hinzufahren und sich weder um Rechts noch um Links zu bekümmern.

Es ist wunderbar: wie ich hierher kam und vom Hügel in das schöne Tal schaute, wie es mich rings umher anzog. – Dort das Wäldchen! – Ach könntest du dich in seine Schatten mischen! – Dort die Spitze des Berges! – Ach könntest du von da die weite Gegend überschauen! – Die in einander geketteten Hügel und vertraulichen Täler! – O könnte ich mich in ihnen verlieren! – – Ich eilte hin, und kehrte zurück, und hatte nicht gefunden, was ich hoffte. O es ist mit der Ferne wie mit der Zukunft! Ein großes dämmerndes Ganze ruht vor unserer Seele, unsere Empfindung verschwimmt darin wie unser Auge, und wir sehnen uns, ach! unser ganzes Wesen hinzugeben, uns mit aller Wonne eines einzigen, großen, herrlichen Gefühls ausfüllen zu lassen. – Und ach! wenn wir hinzueilen, wenn das Dort nun Hier wird, ist alles vor wie nach, und wir stehen in unserer Armut, in unserer Eingeschränktheit, und unsere Seele lechzt nach entschlüpftem Labsale.

So sehnt sich der unruhigste Vagabund zuletzt wieder nach seinem Vaterlande und findet in seiner Hütte, an der Brust seiner Gattin, in dem Kreise seiner Kinder, in den Geschäften zu ihrer Erhaltung die Wonne, die er in der weiten Welt vergebens suchte.

Wenn ich des Morgens mit Sonnenaufgange hinausgehe nach meinem Wahlheim und dort im Wirtsgarten mir meine Zuckererbsen selbst pflücke, mich hinsetze, sie abfädne und dazwischen in meinem Homer lese; wenn ich in der kleinen Küche mir einen Topf wähle, mir Butter aussteche, Schoten ans Feuer stelle, zudecke und mich dazusetze, sie manchmal umzuschütteln: da fühl' ich so lebhaft, wie die übermütigen Freier der Penelope Ochsen und Schweine schlachten, zerlegen und braten. Es ist nichts, das mich so mit einer stillen, wahren Empfindung ausfüllte als die Züge patriarchalischen Lebens, die ich, Gott sei Dank, ohne Affektation in meine Lebensart verweben kann.

Wie wohl ist mir's, daß mein Herz die simple, harmlose Wonne des Menschen fühlen kann, der ein Krauthaupt auf

seinen Tisch bringt, das er selbst gezogen, und nun nicht
den Kohl allein, sondern all die guten Tage, den schönen
Morgen, da er ihn pflanzte, die lieblichen Abende, da er
ihn begoß, und da er an dem fortschreitenden Wachstum
5 seine Freude hatte, alle in einem Augenblicke wieder mit-
genießt.

Am 29. Junius.

Vorgestern kam der Medikus hier aus der Stadt hinaus
zum Amtmann und fand mich auf der Erde unter Lottens
10 Kindern, wie einige auf mir herumkrabbelten, andere mich
neckten, und wie ich sie kitzelte und ein großes Geschrei
mit ihnen erregte. Der Doktor, der eine sehr dogmatische
Drahtpuppe ist, unterm Reden seine Manschetten in Falten
legt und einen Kräusel ohne Ende herauszupft, fand dieses
15 unter der Würde eines gescheiten Menschen; das merkte
ich an seiner Nase. Ich ließ mich aber in nichts stören, ließ
ihn sehr vernünftige Sachen abhandeln und baute den Kindern ihre Kartenhäuser wieder, die sie zerschlagen hatten.
Auch ging er darauf in der Stadt herum und beklagte, des
20 Amtmanns Kinder wären so schon ungezogen genug, der
Werther verderbe sie nun völlig.

Ja, lieber Wilhelm, meinem Herzen sind die Kinder am
nächsten auf der Erde. Wenn ich ihnen zusehe und in dem
kleinen Dinge die Keime aller Tugenden, aller Kräfte sehe,
25 die sie einmal so nötig brauchen werden; wenn ich in dem
Eigensinne künftige Standhaftigkeit und Festigkeit des
Charakters, in dem Mutwillen guten Humor und Leichtigkeit, über die Gefahren der Welt hinzuschlüpfen, erblicke,
alles so unverdorben, so ganz! – immer, immer wiederhole
30 ich dann die goldenen Worte des Lehrers der Menschen:
„Wenn ihr nicht werdet wie eines von diesen!" Und nun,
mein Bester, sie, die unseresgleichen sind, die wir als unsere
Muster ansehen sollten, behandeln wir als Untertanen. Sie
sollen keinen Willen haben! – Haben wir denn keinen? und
35 wo liegt das Vorrecht? – Weil wir älter sind und gescheiter! –
Guter Gott von deinem Himmel, alte Kinder siehst du und
junge Kinder, und nichts weiter; und an welchen du mehr
Freude hast, das hat dein Sohn schon lange verkündigt.

Aber sie glauben an ihn und hören ihn nicht – das ist auch
was Altes! – und bilden ihre Kinder nach sich und – Adieu,
Wilhelm! Ich mag darüber nicht weiter radotieren.

Am 1. Julius.

Was Lotte einem Kranken sein muß, fühl' ich an meinem
eigenen armen Herzen, das übler dran ist als manches, das
auf dem Siechbette verschmachtet. Sie wird einige Tage in
der Stadt bei einer rechtschaffnen Frau zubringen, die sich
nach der Aussage der Ärzte ihrem Ende naht und in diesen
letzten Augenblicken Lotten um sich haben will. Ich war
vorige Woche mit ihr, den Pfarrer von St.. zu besuchen; ein
Örtchen, das eine Stunde seitwärts im Gebirge liegt. Wir
kamen gegen vier dahin. Lotte hatte ihre zweite Schwester
mitgenommen. Als wir in den mit zwei hohen Nußbäumen
überschatteten Pfarrhof traten, saß der gute alte Mann auf
einer Bank vor der Haustür, und da er Lotten sah, ward er
wie neu belebt, vergaß seinen Knotenstock und wagte sich auf,
ihr entgegen. Sie lief hin zu ihm, nötigte ihn sich niederzu-
lassen, indem sie sich zu ihm setzte, brachte viele Grüße von
ihrem Vater, herzte seinen garstigen, schmutzigen jüngsten
Buben, das Quakelchen seines Alters. Du hättest sie sehen
sollen, wie sie den Alten beschäftigte, wie sie ihre Stimme
erhob, um seinen halb tauben Ohren vernehmlich zu werden,
wie sie ihm von jungen, robusten Leuten erzählte, die unvermutet gestorben wären, von der Vortrefflichkeit des
Karlsbades, und wie sie seinen Entschluß lobte, künftigen
Sommer hinzugehen, wie sie fand, daß er viel besser aus-
sähe, viel munterer sei als das letztemal, da sie ihn gesehn. –
Ich hatte indes der Frau Pfarrerin meine Höflichkeiten gemacht. Der Alte wurde ganz munter, und da ich nicht umhin
konnte, die schönen Nußbäume zu loben, die uns so lieblich
beschatteten, fing er an, uns, wiewohl mit einiger Beschwer-
lichkeit, die Geschichte davon zu geben. – „Den alten",
sagte er, „wissen wir nicht, wer den gepflanzt hat; einige
sagen dieser, andere jener Pfarrer. Der jüngere aber dort
hinten ist so alt als meine Frau, im Oktober funfzig Jahr.
Ihr Vater pflanzte ihn des Morgens, als sie gegen Abend
geboren wurde. Er war mein Vorfahr im Amt, und wie lieb

ihm der Baum war, ist nicht zu sagen; mir ist er's gewiß
nicht weniger. Meine Frau saß darunter auf einem Balken
und strickte, da ich vor siebenundzwanzig Jahren als ein
armer Student zum erstenmale hier in den Hof kam." –
Lotte fragte nach seiner Tochter; es hieß, sie sei mit Herrn
Schmidt auf die Wiese hinaus zu den Arbeitern, und der
Alte fuhr in seiner Erzählung fort: wie sein Vorfahr ihn lieb-
gewonnen und die Tochter dazu, und wie er erst sein Vikar
und dann sein Nachfolger geworden. Die Geschichte war
nicht lange zu Ende, als die Jungfer Pfarrerin mit dem so-
genannten Herrn Schmidt durch den Garten herkam: sie
bewillkommte Lotten mit herzlicher Wärme, und ich muß
sagen, sie gefiel mir nicht übel; eine rasche, wohlgewachsene
Brünette, die einen die kurze Zeit über auf dem Lande wohl
unterhalten hätte. Ihr Liebhaber (denn als solchen stellte
sich Herr Schmidt gleich dar), ein feiner, doch stiller Mensch,
der sich nicht in unsere Gespräche mischen wollte, ob ihn
gleich Lotte immer hereinzog. Was mich am meisten be-
trübte, war, daß ich an seinen Gesichtszügen zu bemerken
schien, es sei mehr Eigensinn und übler Humor als Eingeschränktheit des Verstandes, der ihn sich mitzuteilen hin-
derte. In der Folge ward dies leider nur zu deutlich; denn
als Friederike beim Spazierengehen mit Lotten und gelegentlich auch mit mir ging, wurde des Herrn Angesicht, das ohnedies einer bräunlichen Farbe war, so sichtlich verdunkelt,
daß es Zeit war, daß Lotte mich beim Ärmel zupfte und mir
zu verstehn gab, daß ich mit Friederiken zu artig getan.
Nun verdrießt mich nichts mehr, als wenn die Menschen
einander plagen, am meisten, wenn junge Leute in der Blüte
des Lebens, da sie am offensten für alle Freuden sein könnten,
einander die paar guten Tage mit Fratzen verderben und
nur erst zu spät das Unersetzliche ihrer Verschwendung
einsehen. Mich wurmte das, und ich konnte nicht umhin, da
wir gegen Abend in den Pfarrhof zurückkehrten und an
einem Tische Milch aßen und das Gespräch auf Freude und
Leid der Welt sich wendete, den Faden zu ergreifen und
recht herzlich gegen die üble Laune zu reden. – „Wir Menschen beklagen uns oft", fing ich an, „daß der guten Tage
so wenig sind und der schlimmen so viel, und, wie mich

dünkt, meist mit Unrecht. Wenn wir immer ein offenes Herz
hätten, das Gute zu genießen, das uns Gott für jeden Tag
bereitet, wir würden alsdann auch Kraft genug haben, das
Übel zu tragen, wenn es kommt." – „Wir haben aber unser
Gemüt nicht in unserer Gewalt;" versetzte die Pfarrerin; 5
„wie viel hängt vom Körper ab! Wenn einem nicht wohl
ist, ist's einem überall nicht recht." – Ich gestand ihr das
ein. – „Wir wollen es also", fuhr ich fort, „als eine Krankheit
ansehen und fragen, ob dafür kein Mittel ist?" – „Das läßt
sich hören," sagte Lotte, „ich glaube wenigstens, daß viel 10
von uns abhängt. Ich weiß es an mir. Wenn mich etwas
neckt und mich verdrießlich machen will, spring' ich auf
und sing' ein paar Contretänze den Garten auf und ab,
gleich ist's weg." – „Das war's, was ich sagen wollte," versetzte ich, „es ist mit der üblen Laune völlig wie mit der 15
Trägheit, denn es ist eine Art von Trägheit. Unsere Natur
hängt sehr dahin, und doch, wenn wir nur einmal die Kraft
haben, uns zu ermannen, geht uns die Arbeit frisch von der
Hand, und wir finden in der Tätigkeit ein wahres Vergnügen." – Friederike war sehr aufmerksam, und der junge 20
Mensch wandte mir ein, daß man nicht Herr über sich selbst
sei und am wenigsten über seine Empfindungen gebieten
könne. – „Es ist hier die Frage von einer unangenehmen
Empfindung", versetzte ich, „die doch jedermann gerne
los ist; und niemand weiß, wie weit seine Kräfte gehen, bis 25
er sie versucht hat. Gewiß, wer krank ist, wird bei allen
Ärzten herumfragen, und die größten Resignationen, die
bittersten Arzeneien wird er nicht abweisen, um seine ge-
wünschte Gesundheit zu erhalten." – Ich bemerkte, daß
der ehrliche Alte sein Gehör anstrengte, um an unserm 30
Diskurse teilzunehmen, ich erhob die Stimme, indem ich
die Rede gegen ihn wandte. „Man predigt gegen so viele
Laster," sagte ich, „ich habe noch nie gehört, daß man gegen
die üble Laune vom Predigtstuhle gearbeitet hätte."*) –
„Das müßten die Stadtpfarrer tun," sagte er, „die Bauern 35
haben keinen bösen Humor; doch könnte es auch zuweilen
nicht schaden, es wäre eine Lektion für seine Frau wenigstens

*) Wir haben nun von Lavatern eine treffliche Predigt hierüber,
unter denen über das Buch Jonas.

und für den Herrn Amtmann." – Die Gesellschaft lachte,
und er herzlich mit, bis er in einen Husten verfiel, der
unsern Diskurs eine Zeitlang unterbrach; darauf denn der
junge Mensch wieder das Wort nahm: „Sie nannten den
bösen Humor ein Laster; mich deucht, das ist übertrieben."
– „Mit nichten," gab ich zur Antwort, „wenn das, womit
man sich selbst und seinem Nächsten schadet, diesen Namen
verdient. Ist es nicht genug, daß wir einander nicht glücklich machen können, müssen wir auch noch einander das
Vergnügen rauben, das jedes Herz sich noch manchmal selbst
gewähren kann? Und nennen Sie mir den Menschen, der
übler Laune ist und so brav dabei, sie zu verbergen, sie
allein zu tragen, ohne die Freude um sich her zu zerstören!
Oder ist sie nicht vielmehr ein innerer Unmut über unsere
eigene Unwürdigkeit, ein Mißfallen an uns selbst, das immer
mit einem Neide verknüpft ist, der durch eine törichte Eitelkeit aufgehetzt wird? Wir sehen glückliche Menschen, die
wir nicht glücklich machen, und das ist unerträglich." –
Lotte lächelte mich an, da sie die Bewegung sah, mit der ich
redete, und eine Träne in Friederikens Auge spornte mich
fortzufahren. – „Wehe denen," sagte ich, „die sich der Gewalt bedienen, die sie über ein Herz haben, um ihm die einfachen Freuden zu rauben, die aus ihm selbst hervorkeimen.
Alle Geschenke, alle Gefälligkeiten der Welt ersetzen nicht
einen Augenblick Vergnügen an sich selbst, den uns eine
neidische Unbehaglichkeit unsers Tyrannen vergällt hat."

Mein ganzes Herz war voll in diesem Augenblicke; die
Erinnerung so manches Vergangenen drängte sich an meine
Seele, und die Tränen kamen mir in die Augen.

„Wer sich das nur täglich sagte:" rief ich aus, „du vermagst nichts auf deine Freunde, als ihnen ihre Freuden zu
lassen und ihr Glück zu vermehren, indem du es mit ihnen
genießest. Vermagst du, wenn ihre innere Seele von einer
ängstigenden Leidenschaft gequält, vom Kummer zerrüttet
ist, ihnen einen Tropfen Linderung zu geben?

Und wenn die letzte, bangste Krankheit dann über das
Geschöpf herfällt, das du in blühenden Tagen untergraben
hast, und sie nun daliegt in dem erbärmlichsten Ermatten,
das Auge gefühllos gen Himmel sieht, der Todesschweiß

auf der blassen Stirne abwechselt, und du vor dem Bette
stehst wie ein Verdammter, in dem innigsten Gefühl, daß
du nichts vermagst mit deinem ganzen Vermögen, und
die Angst dich inwendig krampft, daß du alles hingeben
möchtest, dem untergehenden Geschöpfe einen Tropfen
Stärkung, einen Funken Mut einflößen zu können."

Die Erinnerung einer solchen Szene, wobei ich gegenwärtig war, fiel mit ganzer Gewalt bei diesen Worten über
mich. Ich nahm das Schnupftuch vor die Augen und verließ
die Gesellschaft, und nur Lottens Stimme, die mir rief, wir
wollten fort, brachte mich zu mir selbst. Und wie sie mich
auf dem Wege schalt über den zu warmen Anteil an allem,
und daß ich drüber zugrunde gehen würde! daß ich mich
schonen sollte! – O der Engel! Um deinetwillen muß ich
leben!

                              Am 6. Julius.

Sie ist immer um ihre sterbende Freundin, und ist immer
dieselbe, immer das gegenwärtige, holde Geschöpf, das, wo
sie hinsieht, Schmerzen lindert und Glückliche macht. Sie
ging gestern abend mit Marianen und dem kleinen Malchen
spazieren, ich wußte es und traf sie an, und wir gingen zusammen. Nach einem Wege von anderthalb Stunden kamen
wir gegen die Stadt zurück, an den Brunnen, der mir so
wert und nun tausendmal werter ist. Lotte setzte sich aufs
Mäuerchen, wir standen vor ihr. Ich sah umher, ach, und
die Zeit, da mein Herz so allein war, lebte wieder vor mir
auf. – „Lieber Brunnen," sagte ich, „seither hab' ich nicht
mehr an deiner Kühle geruht, hab' in eilendem Vorübergehn
dich manchmal nicht angesehn."– Ich blickte hinab und sah,
daß Malchen mit einem Glase Wasser sehr beschäftigt
heraufstieg. – Ich sah Lotten an und fühlte alles, was ich an
ihr habe. Indem kommt Malchen mit einem Glase. Mariane
wollt' es ihr abnehmen: „Nein!" rief das Kind mit dem
süßesten Ausdrucke, „nein, Lottchen, du sollst zuerst trinken!"– Ich ward über die Wahrheit, über die Güte, womit
sie das ausrief, so entzückt, daß ich meine Empfindung mit
nichts ausdrücken konnte, als ich nahm das Kind von der
Erde und küßte es lebhaft, das sogleich zu schreien und zu

weinen anfing. – „Sie haben übel getan," sagte Lotte. – Ich
war betroffen. – „Komm, Malchen," fuhr sie fort, indem
sie es bei der Hand nahm und die Stufen hinabführte, „da
wasche dich aus der frischen Quelle geschwind, geschwind,
5 da tut's nichts."– Wie ich so dastand und zusah, mit welcher
Emsigkeit das Kleine mit seinen nassen Händchen die Backen
rieb, mit welchem Glauben, daß durch die Wunderquelle
alle Verunreinigung abgespült und die Schmach abgetan
würde, einen häßlichen Bart zu kriegen; wie Lotte sagte:
10 „Es ist genug!" und das Kind doch immer eifrig fortwusch,
als wenn Viel mehr täte als Wenig – ich sage dir, Wilhelm,
ich habe mit mehr Respekt nie einer Taufhandlung bei-
gewohnt; und als Lotte heraufkam, hätte ich mich gern vor
ihr niedergeworfen wie vor einem Propheten, der die Schul-
15 den einer Nation weggeweiht hat.

Des Abends konnte ich nicht umhin, in der Freude
meines Herzens den Vorfall einem Manne zu erzählen, dem
ich Menschensinn zutraute, weil er Verstand hat; aber wie
kam ich an! Er sagte, das sei sehr übel von Lotten gewesen;
20 man solle den Kindern nichts weis machen; dergleichen
gebe zu unzähligen Irrtümern und Aberglauben Anlaß, wo-
vor man die Kinder frühzeitig bewahren müsse. – Nun fiel
mir ein, daß der Mann vor acht Tagen hatte taufen lassen,
drum ließ ich's vorbeigehen und blieb in meinem Herzen
25 der Wahrheit getreu: Wir sollen es mit den Kindern machen
wie Gott mit uns, der uns am glücklichsten macht, wenn er
uns in freundlichem Wahne so hintaumeln läßt.

                                              Am 8. Julius.
Was man ein Kind ist! Was man nach so einem Blicke
30 geizt! Was man ein Kind ist! – Wir waren nach Wahlheim
gegangen. Die Frauenzimmer fuhren hinaus, und während
unserer Spaziergänge glaubte ich in Lottens schwarzen
Augen – ich bin ein Tor, verzeih mir's! du solltest sie sehen,
diese Augen. – Daß ich kurz bin (denn die Augen fallen mir
35 zu vor Schlaf): siehe, die Frauenzimmer stiegen ein, da
standen um die Kutsche der junge W.., Selstadt und Audran und ich. Da ward aus dem Schlage geplaudert mit den
Kerlchen, die freilich leicht und lüftig genug waren. – Ich

suchte Lottens Augen; ach, sie gingen von einem zum andern! Aber auf mich! mich! mich! der ganz allein auf sie
resigniert dastand, fielen sie nicht! – Mein Herz sagte ihr
tausend Adieu! Und sie sah mich nicht! Die Kutsche fuhr
vorbei, und eine Träne stand mir im Auge. Ich sah ihr nach 5
und sah Lottens Kopfputz sich zum Schlage herauslehnen,
und sie wandte sich um zu sehen, ach! nach mir? – Lieber!
In dieser Ungewißheit schwebe ich; das ist mein Trost:
vielleicht hat sie sich nach mir umgesehen! Vielleicht! –
Gute Nacht! O, was ich ein Kind bin! 10

Am 10. Julius.

Die alberne Figur, die ich mache, wenn in Gesellschaft
von ihr gesprochen wird, solltest du sehen! Wenn man mich
nun gar fragt, wie sie mir gefällt? – Gefällt! das Wort hasse
ich auf den Tod. Was muß das für ein Mensch sein, dem 15
Lotte gefällt, dem sie nicht alle Sinne, alle Empfindungen
ausfüllt! Gefällt! Neulich fragte mich einer, wie mir Ossian
gefiele!

Am 11. Julius.

Frau M.. ist sehr schlecht; ich bete für ihr Leben, weil 20
ich mit Lotten dulde. Ich sehe sie selten bei einer Freundin,
und heute hat sie mir einen wunderbaren Vorfall erzählt. –
Der alte M.. ist ein geiziger, rangiger Filz, der seine Frau
im Leben was Rechts geplagt und eingeschränkt hat; doch
hat sich die Frau immer durchzuhelfen gewußt. Vor wenigen 25
Tagen, als der Arzt ihr das Leben abgesprochen hatte, ließ
sie ihren Mann kommen (Lotte war im Zimmer) und redete
ihn also an: „Ich muß dir eine Sache gestehen, die nach
meinem Tode Verwirrung und Verdruß machen könnte. Ich
habe bisher die Haushaltung geführt, so ordentlich und spar- 30
sam als möglich; allein du wirst mir verzeihen, daß ich dich
diese dreißig Jahre her hintergangen habe. Du bestimmtest
im Anfange unserer Heirat ein Geringes für die Bestreitung
der Küche und anderer häuslichen Ausgaben. Als unsere
Haushaltung stärker wurde, unser Gewerbe größer, warst 35
du nicht zu bewegen, mein Wochengeld nach dem Verhältnisse zu vermehren; kurz, du weißt, daß du in den Zeiten,

da sie am größten war, verlangtest, ich solle mit sieben
Gulden die Woche auskommen. Die habe ich denn ohne
Widerrede genommen und mir den Überschuß wöchentlich
aus der Losung geholt, da niemand vermutete, daß die
5 Frau die Kasse bestehlen würde. Ich habe nichts verschwendet und wäre auch, ohne es zu bekennen, getrost der Ewigkeit entgegengegangen, wenn nicht diejenige, die nach mir
das Hauswesen zu führen hat, sich nicht zu helfen wissen
würde, und du doch immer darauf bestehen könntest, deine
10 erste Frau sei damit ausgekommen."

Ich redete mit Lotten über die unglaubliche Verblendung
des Menschensinns, daß einer nicht argwohnen soll, dahinter müsse was anders stecken, wenn eins mit sieben Gulden hinreicht, wo man den Aufwand vielleicht um zweimal
15 so viel sieht. Aber ich habe selbst Leute gekannt, die des
Propheten ewiges Ölkrüglein ohne Verwunderung in ihrem
Hause angenommen hätten.

Am 13. Julius.

Nein, ich betriege mich nicht! Ich lese in ihren schwarzen
20 Augen wahre Teilnehmung an mir und meinem Schicksal.
Ja ich fühle, und darin darf ich meinem Herzen trauen, daß
sie – o darf ich, kann ich den Himmel in diesen Worten aussprechen? – daß sie mich liebt!

Mich liebt! – Und wie wert ich mir selbst werde, wie ich –
25 dir darf ich's wohl sagen, du hast Sinn für so etwas – wie ich
mich selbst anbete, seitdem sie mich liebt!

Ob das Vermessenheit ist oder Gefühl des wahren Ver-
hältnisses? – Ich kenne den Menschen nicht, von dem ich
etwas in Lottens Herzen fürchtete. Und doch – wenn sie
30 von ihrem Bräutigam spricht, mit solcher Wärme, solcher
Liebe von ihm spricht – da ist mir's wie einem, der aller
seiner Ehren und Würden entsetzt und dem der Degen
genommen wird.

Am 16. Julius.

35 Ach wie mir das durch alle Adern läuft, wenn mein Finger
unversehens den ihrigen berührt, wenn unsere Füße sich
unter dem Tische begegnen! Ich ziehe zurück wie vom

Feuer, und eine geheime Kraft zieht mich wieder vorwärts–
mir wird's so schwindelig vor allen Sinnen.– O! und ihre
Unschuld, ihre unbefangne Seele fühlt nicht, wie sehr mich
die kleinen Vertraulichkeiten peinigen. Wenn sie gar im Gespräch ihre Hand auf die meinige legt und im Interesse der
Unterredung näher zu mir rückt, daß der himmlische Atem
ihres Mundes meine Lippen erreichen kann:– ich glaube zu
versinken, wie vom Wetter gerührt.– Und, Wilhelm! wenn ich
mich jemals unterstehe, diesen Himmel, dieses Vertrauen–!
Du verstehst mich. Nein, mein Herz ist so verderbt nicht!
Schwach! schwach genug!– Und ist das nicht Verderben?–

Sie ist mir heilig. Alle Begier schweigt in ihrer Gegenwart. Ich weiß nie, wie mir ist, wenn ich bei ihr bin; es ist,
als wenn die Seele sich mir in allen Nerven umkehrte.– Sie
hat eine Melodie, die sie auf dem Klaviere spielet mit der
Kraft eines Engels, so simpel und so geistvoll! Es ist ihr
Leiblied, und mich stellt es von aller Pein, Verwirrung und
Grillen her, wenn sie nur die erste Note davon greift.

Kein Wort von der Zauberkraft der alten Musik ist mir un-
wahrscheinlich. Wie mich der einfache Gesang angreift! Und
wie sie ihn anzubringen weiß, oft zur Zeit, wo ich mir eine
Kugel vor den Kopf schießen möchte! Die Irrung und Finsternis meiner Seele zerstreut sich, und ich atme wieder freier.

Am 18. Julius.

Wilhelm, was ist unserem Herzen die Welt ohne Liebe!
Was eine Zauberlaterne ist ohne Licht! Kaum bringst du
das Lämpchen hinein, so scheinen dir die buntesten Bilder
an deine weiße Wand! Und wenn's nichts wäre als das, als
vorübergehende Phantome, so macht's doch immer unser
Glück, wenn wir wie frische Jungen davor stehen und uns
über die Wundererscheinungen entzücken. Heute konnte
ich nicht zu Lotten, eine unvermeidliche Gesellschaft hielt
mich ab. Was war zu tun? Ich schickte meinen Diener hinaus,
nur um einen Menschen um mich zu haben, der ihr heute
nahe gekommen wäre. Mit welcher Ungeduld ich ihn erwartete, mit welcher Freude ich ihn wiedersah! Ich hätte
ihn gern beim Kopfe genommen und geküßt, wenn ich mich
nicht geschämt hätte.

Man erzählt von dem Bononischen Steine, daß er, wenn
man ihn in die Sonne legt, ihre Strahlen anzieht und eine
Weile bei Nacht leuchtet. So war mir's mit dem Burschen.
Das Gefühl, daß ihre Augen auf seinem Gesichte, seinen
Backen, seinen Rockknöpfen und dem Kragen am Surtout
geruht hatten, machte mir das alles so heilig, so wert! Ich
hätte in dem Augenblick den Jungen nicht um tausend
Taler gegeben. Es war mir so wohl in seiner Gegenwart. –
Bewahre dich Gott, daß du darüber lachest. Wilhelm, sind
das Phantome, wenn es uns wohl ist?

Den 19. Julius.

„Ich werde sie sehen!" ruf' ich morgens aus, wenn ich
mich ermuntere und mit aller Heiterkeit der schönen Sonne
entgegenblicke; „ich werde sie sehen!" Und da habe ich für
den ganzen Tag keinen Wunsch weiter. Alles, alles verschlingt
sich in dieser Aussicht.

Den 20. Julius.

Eure Idee will noch nicht die meinige werden, daß ich mit
dem Gesandten nach *** gehen soll. Ich liebe die Subordination nicht sehr, und wir wissen alle, daß der Mann noch
dazu ein widriger Mensch ist. Meine Mutter möchte mich
gern in Aktivität haben, sagst du, das hat mich zu lachen
gemacht. Bin ich jetzt nicht auch aktiv, und ist's im Grunde
nicht einerlei, ob ich Erbsen zähle oder Linsen? Alles in der
Welt läuft doch auf eine Lumperei hinaus, und ein Mensch,
der um anderer willen, ohne daß es seine eigene Leidenschaft, sein eigenes Bedürfnis ist, sich um Geld oder Ehre
oder sonst was abarbeitet, ist immer ein Tor.

Am 24. Julius.

Da dir so sehr daran gelegen ist, daß ich mein Zeichnen
nicht vernachlässige, möchte ich lieber die ganze Sache
übergehen als dir sagen, daß zeither wenig getan wird.
Noch nie war ich glücklicher, noch nie war meine Empfindung an der Natur, bis aufs Steinchen, aufs Gräschen herunter, voller und inniger, und doch – Ich weiß nicht, wie
ich mich ausdrücken soll, meine vorstellende Kraft ist so

schwach, alles schwimmt und schwankt so vor meiner Seele,
daß ich keinen Umriß packen kann; aber ich bilde mir ein,
wenn ich Ton hätte oder Wachs, so wollte ich's wohl heraus-
bilden. Ich werde auch Ton nehmen, wenn's länger währt,
und kneten, und sollten's Kuchen werden!

Lottens Porträt habe ich dreimal angefangen, und habe
mich dreimal prostituiert; das mich um so mehr verdrießt,
weil ich vor einiger Zeit sehr glücklich im Treffen war.
Darauf habe ich denn ihren Schattenriß gemacht, und
damit soll mir g'nügen.

Am 26. Julius.

Ja, liebe Lotte, ich will alles besorgen und bestellen; geben Sie mir nur mehr Aufträge, nur recht oft. Um eins bitte
ich Sie: keinen Sand mehr auf die Zettelchen, die Sie mir
schreiben. Heute führte ich es schnell nach der Lippe, und
die Zähne knisterten mir.

Am 26. Julius.

Ich habe mir schon manchmal vorgenommen, sie nicht
so oft zu sehn. Ja wer das halten könnte! Alle Tage unterlieg'
ich der Versuchung und verspreche mir heilig: morgen
willst du einmal wegbleiben. Und wenn der Morgen kommt,
finde ich doch wieder eine unwiderstehliche Ursache, und
ehe ich mich's versehe, bin ich bei ihr. Entweder sie hat des
Abends gesagt: „Sie kommen doch morgen?" – Wer könnte
da wegbleiben? Oder sie gibt mir einen Auftrag, und ich
finde schicklich, ihr selbst die Antwort zu bringen; oder der
Tag ist gar zu schön, ich gehe nach Wahlheim, und wenn
ich nun da bin, ist's nur noch eine halbe Stunde zu ihr! –
Ich bin zu nah in der Atmosphäre – Zuck! so bin ich dort.
Meine Großmutter hatte ein Märchen vom Magnetenberg:
die Schiffe, die zu nahe kamen, wurden auf einmal alles
Eisenwerks beraubt, die Nägel flogen dem Berge zu, und
die armen Elenden scheiterten zwischen den übereinander-
stürzenden Brettern.

Am 30. Julius.

Albert ist angekommen, und ich werde gehen; und wenn
er der beste, der edelste Mensch wäre, unter den ich mich

in jeder Betrachtung zu stellen bereit wäre, so wär's unerträglich, ihn vor meinem Angesicht im Besitz so vieler Voll-
kommenheiten zu sehen. – Besitz! – Genug, Wilhelm, der
Bräutigam ist da! Ein braver, lieber Mann, dem man gut
5 sein muß. Glücklicherweise war ich nicht beim Empfange!
Das hätte mir das Herz zerrissen. Auch ist er so ehrlich und
hat Lotten in meiner Gegenwart noch nicht ein einzigmal
geküßt. Das lohn' ihm Gott! Um des Respekts willen, den er
vor dem Mädchen hat, muß ich ihn lieben. Er will mir wohl,
10 und ich vermute, das ist Lottens Werk mehr als seiner eigenen Empfindung; denn darin sind die Weiber fein und haben
recht; wenn sie zwei Verehrer in gutem Vernehmen mit einander erhalten können, ist der Vorteil immer ihr, so selten
es auch angeht.

15   Indes kann ich Alberten meine Achtung nicht versagen.
Seine gelassene Außenseite sticht gegen die Unruhe meines
Charakters sehr lebhaft ab, die sich nicht verbergen läßt.
Er hat viel Gefühl und weiß, was er an Lotten hat. Er scheint
wenig üble Laune zu haben, und du weißt, das ist die Sünde,
20 die ich ärger hasse am Menschen als alle andre.

Er hält mich für einen Menschen von Sinn; und meine
Anhänglichkeit an Lotten, meine warme Freude, die ich an
allen ihren Handlungen habe, vermehrt seinen Triumph,
und er liebt sie nur desto mehr. Ob er sie nicht manchmal
25 mit kleiner Eifersüchtelei peinigt, das lasse ich dahingestellt
sein, wenigstens würd' ich an seinem Platze nicht ganz
sicher vor diesem Teufel bleiben.

Dem sei nun wie ihm wolle, meine Freude, bei Lotten zu
sein, ist hin. Soll ich das Torheit nennen oder Verblendung?
30 – Was braucht's Namen! erzählt die Sache an sich! – Ich
wußte alles, was ich jetzt weiß, ehe Albert kam; ich wußte,
daß ich keine Prätension an sie zu machen hatte, machte
auch keine – das heißt, insofern es möglich ist, bei so viel
Liebenswürdigkeit nicht zu begehren – Und jetzt macht
35 der Fratze große Augen, da der andere nun wirklich kommt
und ihm das Mädchen wegnimmt.

Ich beiße die Zähne auf einander und spotte über mein
Elend, und spottete derer doppelt und dreifach, die sagen
könnten, ich sollte mich resignieren, und weil es nun einmal

nicht anders sein könnte. – Schafft mir diese Strohmänner vom Halse! – Ich laufe in den Wäldern herum, und wenn ich zu Lotten komme, und Albert bei ihr sitzt im Gärtchen unter der Laube, und ich nicht weiter kann, so bin ich ausgelassen närrisch und fange viel Possen, viel verwirrtes Zeug an. – „Um Gottes willen," sagte mir Lotte heut, „ich bitte Sie, keine Szene wie die von gestern abend! Sie sind fürchterlich, wenn Sie so lustig sind." – Unter uns, ich passe die Zeit ab, wenn er zu tun hat; wutsch! bin ich drauß, und da ist mir's immer wohl, wenn ich sie allein finde.

Am 8. August.

Ich bitte dich, lieber Wilhelm, es war gewiß nicht auf dich geredet, wenn ich die Menschen unerträglich schalt, die von uns Ergebung in unvermeidliche Schicksale fordern. Ich dachte wahrlich nicht daran, daß du von ähnlicher Meinung sein könntest. Und im Grunde hast du recht. Nur eins, mein Bester! In der Welt ist es sehr selten mit dem Entweder-Oder getan; die Empfindungen und Handlungsweisen schattieren sich so mannigfaltig, als Abfälle zwischen einer Habichts- und Stumpfnase sind.

Du wirst mir also nicht übelnehmen, wenn ich dir dein ganzes Argument einräume und mich doch zwischen dem Entweder-Oder durchzustehlen suche.

Entweder, sagst du, hast du Hoffnung auf Lotten, oder du hast keine. Gut, im ersten Fall suche sie durchzutreiben, suche die Erfüllung deiner Wünsche zu umfassen: im anderen Fall ermanne dich und suche einer elenden Empfindung los zu werden, die alle deine Kräfte verzehren muß. – Bester! das ist wohl gesagt, und – bald gesagt.

Und kannst du von dem Unglücklichen, dessen Leben unter einer schleichenden Krankheit unaufhaltsam allmählich abstirbt, kannst du von ihm verlangen, er solle durch einen Dolchstoß der Qual auf einmal ein Ende machen? Und raubt das Übel, das ihm die Kräfte verzehrt, ihm nicht auch zugleich den Mut, sich davon zu befreien?

Zwar könntest du mir mit einem verwandten Gleichnisse antworten: Wer ließe sich nicht lieber den Arm abnehmen, als daß er durch Zaudern und Zagen sein Leben aufs Spiel

setzte? - Ich weiß nicht! - und wir wollen uns nicht in Gleich-
nissen herumbeißen. Genug - Ja, Wilhelm, ich habe manchmal so einen Augenblick aufspringenden, abschüttelnden
Muts, und da - wenn ich nur wüßte wohin, ich ginge wohl.

Abends.

Mein Tagebuch, das ich seit einiger Zeit vernachlässiget,
fiel mir heut wieder in die Hände, und ich bin erstaunt,
wie ich so wissentlich in das alles, Schritt vor Schritt, hineingegangen bin! Wie ich über meinen Zustand immer so klar
gesehen und doch gehandelt habe wie ein Kind, jetzt noch
so klar sehe, und es noch keinen Anschein zur Besserung hat.

Am 10. August.

Ich könnte das beste, glücklichste Leben führen, wenn
ich nicht ein Tor wäre. So schöne Umstände vereinigen
sich nicht leicht, eines Menschen Seele zu ergetzen, als die
sind, in denen ich mich jetzt befinde. Ach so gewiß ist's,
daß unser Herz allein sein Glück macht. - Ein Glied der
liebenswürdigen Familie zu sein, von dem Alten geliebt zu
werden wie ein Sohn, von den Kleinen wie ein Vater, und
von Lotten! - dann der ehrliche Albert, der durch keine
launische Unart mein Glück stört; der mich mit herzlicher
Freundschaft umfaßt; dem ich nach Lotten das Liebste auf
der Welt bin! - Wilhelm, es ist eine Freude, uns zu hören,
wenn wir spazierengehen und uns einander von Lotten
unterhalten: es ist in der Welt nichts Lächerlichers erfunden
worden als dieses Verhältnis, und doch kommen mir oft
darüber die Tränen in die Augen.
Wenn er mir von ihrer rechtschaffenen Mutter erzählt:
wie sie auf ihrem Todbette Lotten ihr Haus und ihre Kinder
übergeben und ihm Lotten anbefohlen habe, wie seit der
Zeit ein ganz anderer Geist Lotten belebt habe, wie sie, in
der Sorge für ihre Wirtschaft und in dem Ernste, eine
wahre Mutter geworden, wie kein Augenblick ihrer Zeit
ohne tätige Liebe, ohne Arbeit verstrichen, und dennoch
ihre Munterkeit, ihr leichter Sinn sie nie dabei verlassen
habe. - Ich gehe so neben ihm hin und pflücke Blumen am
Wege, füge sie sehr sorgfältig in einen Strauß und - werfe

sie in den vorüberfließenden Strom und sehe ihnen nach,
wie sie leise hinunterwallen. – Ich weiß nicht, ob ich dir geschrieben habe, daß Albert hier bleiben und ein Amt mit
einem artigen Auskommen vom Hofe erhalten wird, wo er
sehr beliebt ist. In Ordnung und Emsigkeit in Geschäften
habe ich wenig seinesgleichen gesehen.

Am 12. August.

   Gewiß, Albert ist der beste Mensch unter dem Himmel.
Ich habe gestern eine wunderbare Szene mit ihm gehabt.
Ich kam zu ihm, um Abschied von ihm zu nehmen; denn
mich wandelte die Lust an, ins Gebirge zu reiten, von woher
ich dir auch jetzt schreibe, und wie ich in der Stube auf
und ab gehe, fallen mir seine Pistolen in die Augen. – „Borge
mir die Pistolen", sagte ich, „zu meiner Reise." – „Meinet-
wegen," sagte er, „wenn du dir die Mühe nehmen willst,
sie zu laden; bei mir hängen sie nur pro forma." – Ich nahm
eine herunter, und er fuhr fort: „Seit mir meine Vorsicht
einen so unartigen Streich gespielt hat, mag ich mit dem
Zeuge nichts mehr zu tun haben." – Ich war neugierig, die
Geschichte zu wissen. – „Ich hielt mich", erzählte er, „wohl
ein Vierteljahr auf dem Lande bei einem Freunde auf, hatte
ein paar Terzerolen ungeladen und schlief ruhig. Einmal
an einem regnichten Nachmittage, da ich müßig sitze, weiß
ich nicht, wie mir einfällt: wir könnten überfallen werden,
wir könnten die Terzerolen nötig haben und könnten – du
weißt ja, wie das ist. – Ich gab sie dem Bedienten, sie zu
putzen und zu laden; und der dahlt mit den Mädchen, will
sie erschrecken, und Gott weiß wie, das Gewehr geht los,
da der Ladstock noch drin steckt, und schießt den Ladstock
einem Mädchen zur Maus herein an der rechten Hand und
zerschlägt ihr den Daumen. Da hatte ich das Lamentieren,
und die Kur zu bezahlen obendrein, und seit der Zeit lass'
ich alles Gewehr ungeladen. Lieber Schatz, was ist Vorsicht?
die Gefahr läßt sich nicht auslernen! Zwar..." – Nun
weißt du, daß ich den Menschen sehr lieb habe bis auf seine
Zwar; denn versteht sich's nicht von selbst, daß jeder allgemeine Satz Ausnahmen leidet? Aber so rechtfertig ist
der Mensch! wenn er glaubt, etwas Übereiltes, Allgemeines,

Halbwahres gesagt zu haben, so hört er dir nicht auf zu limitieren, zu modifizieren und ab- und zuzutun, bis zuletzt gar nichts mehr an der Sache ist. Und bei diesem Anlaß kam er sehr tief in Text: ich hörte endlich gar nicht weiter 5 auf ihn, verfiel in Grillen, und mit einer auffahrenden Gebärde drückte ich mir die Mündung der Pistole übers rechte Aug' an die Stirn. – „Pfui!" sagte Albert, indem er mir die Pistole herabzog, „was soll das?" – „Sie ist nicht geladen." sagte ich. – „Und auch so, was soll's?" versetzte er un-
10 geduldig. „Ich kann mir nicht vorstellen, wie ein Mensch so töricht sein kann, sich zu erschießen; der bloße Gedanke erregt mir Widerwillen."

„Daß ihr Menschen," rief ich aus, „um von einer Sache zu reden, gleich sprechen müßt: ‚das ist töricht, das ist klug, 15 das ist gut, das ist bös!' Und was will das alles heißen? Habt ihr deswegen die innern Verhältnisse einer Handlung erforscht? Wißt ihr mit Bestimmtheit die Ursachen zu entwickeln, warum sie geschah, warum sie geschehen mußte? Hättet ihr das, ihr würdet nicht so eilfertig mit euren Ur-
20 teilen sein."

„Du wirst mir zugeben," sagte Albert, „daß gewisse Handlungen lasterhaft bleiben, sie mögen geschehen, aus welchem Beweggrunde sie wollen."

Ich zuckte die Achseln und gab's ihm zu. – „Doch, mein 25 Lieber," fuhr ich fort, „finden sich auch hier einige Ausnahmen. Es ist wahr, der Diebstahl ist ein Laster: aber der Mensch, der, um sich und die Seinigen vom gegenwärtigen Hungertode zu erretten, auf Raub ausgeht, verdient der Mitleiden oder Strafe? Wer hebt den ersten Stein auf gegen 30 den Ehemann, der im gerechten Zorne sein untreues Weib und ihren nichtswürdigen Verführer aufopfert? Gegen das Mädchen, das in einer wonnevollen Stunde sich in den unaufhaltsamen Freuden der Liebe verliert? Unsere Gesetze selbst, diese kaltblütigen Pedanten, lassen sich rühren und 35 halten ihre Strafe zurück."

„Das ist ganz was anders," versetzte Albert, „weil ein Mensch, den seine Leidenschaften hinreißen, alle Besinnungskraft verliert und als ein Trunkener, als ein Wahnsinniger angesehen wird."

„Ach ihr vernünftigen Leute!" rief ich lächelnd aus. „Leidenschaft! Trunkenheit! Wahnsinn! Ihr steht so gelassen, so ohne Teilnehmung da, ihr sittlichen Menschen, scheltet den Trinker, verabscheut den Unsinnigen, geht vorbei wie der Priester und dankt Gott wie der Pharisäer, daß er euch nicht gemacht hat wie einen von diesen. Ich bin mehr als einmal trunken gewesen, meine Leidenschaften waren nie weit vom Wahnsinn, und beides reut mich nicht: denn ich habe in meinem Maße begreifen lernen, wie man alle außerordentlichen Menschen, die etwas Großes, etwas Unmöglichscheinendes wirkten, von jeher für Trunkene und Wahnsinnige ausschreien mußte.

Aber auch im gemeinen Leben ist's unerträglich, fast einem jeden bei halbweg einer freien, edlen, unerwarteten Tat nachrufen zu hören: ,Der Mensch ist trunken, der ist närrisch!' Schämt euch, ihr Nüchternen! Schämt euch, ihr Weisen!"

„Das sind nun wieder von deinen Grillen," sagte Albert, „du überspannst alles und hast wenigstens hier gewiß unrecht, daß du den Selbstmord, wovon jetzt die Rede ist, mit großen Handlungen vergleichst: da man es doch für nichts anders als eine Schwäche halten kann. Denn freilich ist es leichter zu sterben, als ein qualvolles Leben standhaft zu ertragen."

Ich war im Begriff abzubrechen; denn kein Argument bringt mich so aus der Fassung, als wenn einer mit einem unbedeutenden Gemeinspruche angezogen kommt, wenn ich aus ganzem Herzen rede. Doch faßte ich mich, weil ich's schon oft gehört und mich öfter darüber geärgert hatte, und versetzte ihm mit einiger Lebhaftigkeit: „Du nennst das Schwäche? Ich bitte dich, laß dich vom Anscheine nicht verführen. Ein Volk, das unter dem unerträglichen Joch eines Tyrannen seufzt, darfst du das schwach heißen, wenn es endlich aufgärt und seine Ketten zerreißt? Ein Mensch, der über dem Schrecken, daß Feuer sein Haus ergriffen hat, alle Kräfte gespannt fühlt und mit Leichtigkeit Lasten wegträgt, die er bei ruhigem Sinne kaum bewegen kann; einer, der in der Wut der Beleidigung es mit sechsen aufnimmt und sie überwältigt, sind die schwach zu nennen?

Und, mein Guter, wenn Anstrengung Stärke ist, warum
soll die Überspannung das Gegenteil sein?" – Albert sah
mich an und sagte: „Nimm mir's nicht übel, die Beispiele,
die du da gibst, scheinen hieher gar nicht zu gehören." –
5 „Es mag sein", sagte ich, „man hat mir schon öfters vorgeworfen, daß meine Kombinationsart manchmal an Radotage grenze. Laßt uns denn sehen, ob wir uns auf eine andere
Weise vorstellen können, wie dem Menschen zu Mute sein
mag, der sich entschließt, die sonst angenehme Bürde des
10 Lebens abzuwerfen. Denn nur insofern wir mitempfinden,
haben wir Ehre, von einer Sache zu reden.

Die menschliche Natur", fuhr ich fort, „hat ihre Grenzen: sie kann Freude, Leid, Schmerzen bis auf einen gewissen Grad ertragen und geht zugrunde, sobald der über-
15 stiegen ist. Hier ist also nicht die Frage, ob einer schwach
oder stark ist, sondern ob er das Maß seines Leidens aus-
dauern kann, es mag nun moralisch oder körperlich sein. Und
ich finde es ebenso wunderbar zu sagen, der Mensch ist feige,
der sich das Leben nimmt, als es ungehörig wäre, den einen
20 Feigen zu nennen, der an einem bösartigen Fieber stirbt."

„Paradox! sehr paradox!" rief Albert aus. –„Nicht so sehr,
als du denkst." versetzte ich. „Du gibst mir zu, wir nennen
das eine Krankheit zum Tode, wodurch die Natur so an-
gegriffen wird, daß teils ihre Kräfte verzehrt, teils so außer
25 Wirkung gesetzt werden, daß sie sich nicht wieder aufzu-
helfen, durch keine glückliche Revolution den gewöhnlichen
Umlauf des Lebens wieder herzustellen fähig ist.

Nun, mein Lieber, laß uns das auf den Geist anwenden.
Sieh den Menschen an in seiner Eingeschränktheit, wie
30 Eindrücke auf ihn wirken, Ideen sich bei ihm festsetzen,
bis endlich eine wachsende Leidenschaft ihn aller ruhigen
Sinneskraft beraubt und ihn zugrunde richtet.

Vergebens, daß der gelassene, vernünftige Mensch den
Zustand des Unglücklichen übersieht, vergebens, daß er
35 ihm zuredet! Ebenso wie ein Gesunder, der am Bette des
Kranken steht, ihm von seinen Kräften nicht das geringste
einflößen kann."

Alberten war das zu allgemein gesprochen. Ich erinnerte
ihn an ein Mädchen, das man vor weniger Zeit im Wasser

tot gefunden, und wiederholte ihm ihre Geschichte. – „Ein
gutes, junges Geschöpf, das in dem engen Kreise häuslicher
Beschäftigungen, wöchentlicher bestimmter Arbeit heran-
gewachsen war, das weiter keine Aussicht von Vergnügen
kannte, als etwa Sonntags in einem nach und nach zusam-
mengeschafften Putz mit ihresgleichen um die Stadt spa-
zierenzugehen, vielleicht alle hohen Feste einmal zu tanzen
und übrigens mit aller Lebhaftigkeit des herzlichsten Anteils manche Stunde über den Anlaß eines Gezänkes, einer
übeln Nachrede mit einer Nachbarin zu verplaudern – deren
feurige Natur fühlt nun endlich innigere Bedürfnisse, die
durch die Schmeicheleien der Männer vermehrt werden;
ihre vorigen Freuden werden ihr nach und nach unschmack-
haft, bis sie endlich einen Menschen antrifft, zu dem ein
unbekanntes Gefühl sie unwiderstehlich hinreißt, auf den
sie nun alle ihre Hoffnungen wirft, die Welt rings um sich
vergißt, nichts hört, nichts sieht, nichts fühlt als ihn, den
Einzigen, sich nur sehnt nach ihm, dem Einzigen. Durch
die leeren Vergnügungen einer unbeständigen Eitelkeit
nicht verdorben, zieht ihr Verlangen gerade nach dem Zweck,
sie will die Seinige werden, sie will in ewiger Verbindung
all das Glück antreffen, das ihr mangelt, die Vereinigung
aller Freuden genießen, nach denen sie sich sehnte. Wieder-
holtes Versprechen, das ihr die Gewißheit aller Hoffnungen
versiegelt, kühne Liebkosungen, die ihre Begierden vermehren, umfangen ganz ihre Seele; sie schwebt in einem
dumpfen Bewußtsein, in einem Vorgefühl aller Freuden,
sie ist bis auf den höchsten Grad gespannt, sie streckt endlich
ihre Arme aus, all ihre Wünsche zu umfassen – und ihr Geliebter verläßt sie. – Erstarrt, ohne Sinne steht sie vor einem
Abgrunde; alles ist Finsternis um sie her, keine Aussicht,
kein Trost, keine Ahnung! denn d e r hat sie verlassen, in dem
sie allein ihr Dasein fühlte. Sie sieht nicht die weite Welt,
die vor ihr liegt, nicht die vielen, die ihr den Verlust ersetzen könnten, sie fühlt sich allein, verlassen von aller Welt,
– und blind, in die Enge gepreßt von der entsetzlichen Not
ihres Herzens, stürzt sie sich hinunter, um in einem rings
umfangenden Tode alle ihre Qualen zu ersticken. – Sieh,
Albert, das ist die Geschichte so manches Menschen! und

sag', ist das nicht der Fall der Krankheit? Die Natur findet
keinen Ausweg aus dem Labyrinthe der verworrenen und
widersprechenden Kräfte, und der Mensch muß sterben.

Wehe dem, der zusehen und sagen könnte: ‚Die Törin!
5 Hätte sie gewartet, hätte sie die Zeit wirken lassen, die Ver-
zweifelung würde sich schon gelegt, es würde sich schon
ein anderer sie zu trösten vorgefunden haben.' – Das ist
eben, als wenn einer sagte: ‚Der Tor, stirbt am Fieber! Hätte
er gewartet, bis seine Kräfte sich erholt, seine Säfte sich
10 verbessert, der Tumult seines Blutes sich gelegt hätten:
alles wäre gut gegangen, und er lebte bis auf den heutigen
Tag!'"

Albert, dem die Vergleichung noch nicht anschaulich war,
wandte noch einiges ein, und unter andern: ich hätte nur
15 von einem einfältigen Mädchen gesprochen; wie aber ein
Mensch von Verstande, der nicht so eingeschränkt sei, der
mehr Verhältnisse übersehe, zu entschuldigen sein möchte,
könne er nicht begreifen. – „Mein Freund," rief ich aus,
„der Mensch ist Mensch, und das bißchen Verstand, das
20 einer haben mag, kommt wenig oder nicht in Anschlag,
wenn Leidenschaft wütet und die Grenzen der Menschheit
einen drängen. Vielmehr – Ein andermal davon…" sagte
ich und griff nach meinem Hute. O mir war das Herz so voll –
Und wir gingen auseinander, ohne einander verstanden zu
25 haben. Wie denn auf dieser Welt keiner leicht den andern
versteht.

                                        Am 15. August.

Es ist doch gewiß, daß in der Welt den Menschen nichts
notwendig macht als die Liebe. Ich fühl's an Lotten, daß sie
30 mich ungern verlöre, und die Kinder haben keinen andern
Begriff, als daß ich immer morgen wiederkommen würde.
Heute war ich hinausgegangen, Lottens Klavier zu stimmen,
ich konnte aber nicht dazu kommen, denn die Kleinen verfolgten mich um ein Märchen, und Lotte sagte selbst, ich
35 sollte ihnen den Willen tun. Ich schnitt ihnen das Abend-
brot, das sie nun fast so gern von mir als von Lotten anneh-
men, und erzählte ihnen das Hauptstückchen von der Prinzessin, die von Händen bedient wird. Ich lerne viel dabei,

das versichre ich dich, und ich bin erstaunt, was es auf sie für Eindrücke macht. Weil ich manchmal einen Inzidentpunkt erfinden muß, den ich beim zweitenmal vergesse, sagen sie gleich, das vorigemal wär' es anders gewesen, so daß ich mich jetzt übe, sie unveränderlich in einem singenden Silbenfall an einem Schnürchen weg zu rezitieren. Ich habe daraus gelernt, wie ein Autor durch eine zweite, veränderte Ausgabe seiner Geschichte, und wenn sie poetisch noch so besser geworden wäre, notwendig seinem Buche schaden muß. Der erste Eindruck findet uns willig, und der Mensch ist gemacht, daß man ihn das Abenteuerlichste überreden kann; das haftet aber auch gleich so fest, und wehe dem, der es wieder auskratzen und austilgen will!

Am 18. August.

Mußte denn das so sein, daß das, was des Menschen Glückseligkeit macht, wieder die Quelle seines Elendes würde?

Das volle, warme Gefühl meines Herzens an der lebendigen Natur, das mich mit so vieler Wonne überströmte, das rings umher die Welt mir zu einem Paradiese schuf, wird mir jetzt zu einem unerträglichen Peiniger, zu einem quälenden Geist, der mich auf allen Wegen verfolgt. Wenn ich sonst vom Felsen über den Fluß bis zu jenen Hügeln das fruchtbare Tal überschaute und alles um mich her keimen und quellen sah; wenn ich jene Berge, vom Fuße bis auf zum Gipfel, mit hohen, dichten Bäumen bekleidet, jene Täler in ihren mannigfaltigen Krümmungen von den lieblichsten Wäldern beschattet sah, und der sanfte Fluß zwischen den lispelnden Rohren dahingleitete und die lieben Wolken abspiegelte, die der sanfte Abendwind am Himmel herüberwiegte; wenn ich dann die Vögel um mich den Wald beleben hörte, und die Millionen Mückenschwärme im letzten roten Strahle der Sonne mutig tanzten, und ihr letzter zuckender Blick den summenden Käfer aus seinem Grase befreite, und das Schwirren und Weben um mich her mich auf den Boden aufmerksam machte, und das Moos, das meinem harten Felsen seine Nahrung abzwingt, und das Geniste, das den dürren Sandhügel hinunter wächst, mir

das innere, glühende, heilige Leben der Natur eröffnete:
wie faßte ich das alles in mein warmes Herz, fühlte mich in
der überfließenden Fülle wie vergöttert, und die herrlichen
Gestalten der unendlichen Welt bewegten sich allbelebend
5 in meiner Seele. Ungeheure Berge umgaben mich, Abgründe
lagen vor mir, und Wetterbäche stürzten herunter, die
Flüsse strömten unter mir, und Wald und Gebirg erklang;
und ich sah sie wirken und schaffen ineinander in den Tiefen der Erde, alle die unergründlichen Kräfte; und nun
10 über der Erde und unter dem Himmel wimmeln die Geschlechter der mannigfaltigen Geschöpfe. Alles, alles be-
völkert mit tausendfachen Gestalten; und die Menschen
dann sich in Häuslein zusammen sichern und sich annisten
und herrschen in ihrem Sinne über die weite Welt! Armer
15 Tor! der du alles so gering achtest, weil du so klein bist. –
Vom unzugänglichen Gebirge über die Einöde, die kein
Fuß betrat, bis ans Ende des unbekannten Ozeans weht der
Geist des Ewigschaffenden und freut sich jedes Staubes,
der ihn vernimmt und lebt. – Ach damals, wie oft habe ich
20 mich mit Fittichen eines Kranichs, der über mich hin flog,
zu dem Ufer des ungemessenen Meeres gesehnt, aus dem
schäumenden Becher des Unendlichen jene schwellende
Lebenswonne zu trinken und nur einen Augenblick in der
eingeschränkten Kraft meines Busens einen Tropfen der
25 Seligkeit des Wesens zu fühlen, das alles in sich und durch
sich hervorbringt.

    Bruder, nur die Erinnerung jener Stunden macht mir
wohl. Selbst diese Anstrengung, jene unsäglichen Gefühle
zurückzurufen, wieder auszusprechen, hebt meine Seele
30 über sich selbst und läßt mich dann das Bange des Zustandes doppelt empfinden, der mich jetzt umgibt.

    Es hat sich vor meiner Seele wie ein Vorhang weggezogen,
und der Schauplatz des unendlichen Lebens verwandelt sich
vor mir in den Abgrund des ewig offenen Grabes. Kannst
35 du sagen: Das ist! da alles vorübergeht? da alles mit der
Wetterschnelle vorüberrollt, so selten die ganze Kraft seines
Daseins ausdauert, ach, in den Strom fortgerissen, unter-
getaucht und an Felsen zerschmettert wird? Da ist kein
Augenblick, der nicht dich verzehrte und die Deinigen um

dich her, kein Augenblick, da du nicht ein Zerstörer bist, sein
mußt; der harmloseste Spaziergang kostet tausend armen
Würmchen das Leben, es zerrüttet ein Fußtritt die müh-
seligen Gebäude der Ameisen und stampft eine kleine Welt
in ein schmähliches Grab. Ha! nicht die große, seltne Not
der Welt, diese Fluten, die eure Dörfer wegspülen, diese
Erdbeben, die eure Städte verschlingen, rühren mich; mir
untergräbt das Herz die verzehrende Kraft, die in dem All
der Natur verborgen liegt; die nichts gebildet hat, das nicht
seinen Nachbar, nicht sich selbst zerstörte. Und so taumle
ich beängstigt. Himmel und Erde und ihre webenden Kräfte
um mich her: ich sehe nichts als ein ewig verschlingendes,
ewig wiederkäuendes Ungeheuer.

Am 21. August.

Umsonst strecke ich meine Arme nach ihr aus, morgens,
wenn ich von schweren Träumen aufdämmere, vergebens
suche ich sie nachts in meinem Bette, wenn mich ein glücklicher, unschuldiger Traum getäuscht hat, als säß' ich neben
ihr auf der Wiese und hielt' ihre Hand und deckte sie mit
tausend Küssen. Ach, wenn ich dann noch halb im Taumel
des Schlafes nach ihr tappe und drüber mich ermuntere –
ein Strom von Tränen bricht aus meinem gepreßten Herzen,
und ich weine trostlos einer finstern Zukunft entgegen.

Am 22. August.

Es ist ein Unglück, Wilhelm, meine tätigen Kräfte sind
zu einer unruhigen Lässigkeit verstimmt, ich kann nicht
müßig sein und kann doch auch nichts tun. Ich habe keine
Vorstellungskraft, kein Gefühl an der Natur, und die Bücher
ekeln mich an. Wenn wir uns selbst fehlen, fehlt uns doch
alles. Ich schwöre dir, manchmal wünschte ich, ein Tage-
löhner zu sein, um nur des Morgens beim Erwachen eine
Aussicht auf den künftigen Tag, einen Drang, eine Hoffnung
zu haben. Oft beneide ich Alberten, den ich über die Ohren
in Akten begraben sehe, und bilde mir ein, mir wäre wohl,
wenn ich an seiner Stelle wäre! Schon etlichemal ist mir's
so aufgefahren, ich wollte dir schreiben und dem Minister,
um die Stelle bei der Gesandtschaft anzuhalten, die, wie du

versicherst, mir nicht versagt werden würde. Ich glaube es
selbst. Der Minister liebt mich seit langer Zeit, hatte lange
mir angelegen, ich sollte mich irgendeinem Geschäfte widmen; und eine Stunde ist mir's auch wohl drum zu tun.
5 Hernach, wenn ich wieder dran denke und mir die Fabel
vom Pferde einfällt, das, seiner Freiheit ungeduldig, sich
Sattel und Zeug auflegen läßt und zuschanden geritten
wird – ich weiß nicht, was ich soll. – Und, mein Lieber! ist
nicht vielleicht das Sehnen in mir nach Veränderung des
10 Zustands eine innere, unbehagliche Ungeduld, die mich
überallhin verfolgen wird?

Am 28. August.

Es ist wahr, wenn meine Krankheit zu heilen wäre, so
würden diese Menschen es tun. Heute ist mein Geburtstag,
15 und in aller Frühe empfange ich ein Päckchen von Alberten.
Mir fällt beim Eröffnen sogleich eine der blaßroten Schleifen
in die Augen, die Lotte vor hatte, als ich sie kennen lernte,
und um die ich sie seither etlichemal gebeten hatte. Es
waren zwei Büchelchen in Duodez dabei, der kleine Wet-
20 steinische Homer, eine Ausgabe, nach der ich so oft verlangt, um mich auf dem Spaziergange mit dem Ernestischen
nicht zu schleppen. Sieh! so kommen sie meinen Wünschen
zuvor, so suchen sie alle die kleinen Gefälligkeiten der Freundschaft auf, die tausendmal werter sind als jene blendenden
25 Geschenke, wodurch uns die Eitelkeit des Gebers ernied-
rigt. Ich küsse diese Schleife tausendmal, und mit jedem
Atemzuge schlürfe ich die Erinnerung jener Seligkeiten ein,
mit denen mich jene wenigen, glücklichen, unwiederbring-
lichen Tage überfüllten. Wilhelm, es ist so, und ich murre
30 nicht, die Blüten des Lebens sind nur Erscheinungen! Wie
viele gehn vorüber, ohne eine Spur hinter sich zu lassen,
wie wenige setzen Frucht an, und wie wenige dieser Früchte
werden reif! Und doch sind deren noch genug da; und
doch – O mein Bruder! – können wir gereifte Früchte ver-
35 nachlässigen, verachten, ungenossen verfaulen lassen?

Lebe wohl! Es ist ein herrlicher Sommer; ich sitze oft
auf den Obstbäumen in Lottens Baumstück mit dem Obst-
brecher, der langen Stange, und hole die Birnen aus dem

Gipfel. Sie steht unten und nimmt sie ab, wenn ich sie ihr herunterlasse.

Am 30. August.

Unglücklicher! Bist du nicht ein Tor? Betriegst du dich nicht selbst? Was soll diese tobende, endlose Leidenschaft? Ich habe kein Gebet mehr als an sie; meiner Einbildungskraft erscheint keine andere Gestalt als die ihrige, und alles in der Welt um mich her sehe ich nur im Verhältnisse mit ihr. Und das macht mir denn so manche glückliche Stunde – bis ich mich wieder von ihr losreißen muß! Ach Wilhelm! wozu mich mein Herz oft drängt! – Wenn ich bei ihr gesessen bin, zwei, drei Stunden, und mich an ihrer Gestalt, an ihrem Betragen, an dem himmlischen Ausdruck ihrer Worte geweidet habe, und nun nach und nach alle meine Sinne aufgespannt werden, mir es düster vor den Augen wird, ich kaum noch höre, und es mich an die Gurgel faßt wie ein Meuchelmörder, dann mein Herz in wilden Schlägen den bedrängten Sinnen Luft zu machen sucht und ihre Verwirrung nur vermehrt – Wilhelm, ich weiß oft nicht, ob ich auf der Welt bin! Und – wenn nicht manchmal die Wehmut das Übergewicht nimmt und Lotte mir den elenden Trost erlaubt, auf ihrer Hand meine Beklemmung auszuweinen, – so muß ich fort, muß hinaus, und schweife dann weit im Felde umher; einen jähen Berg zu klettern ist dann meine Freude, durch einen unwegsamen Wald einen Pfad durchzuarbeiten, durch die Hecken, die mich verletzen, durch die Dornen, die mich zerreißen! Da wird mir's etwas besser! Etwas! Und wenn ich vor Müdigkeit und Durst manchmal unterwegs liegen bleibe, manchmal in der tiefen Nacht, wenn der hohe Vollmond über mir steht, im einsamen Walde auf einen krumm gewachsenen Baum mich setze, um meinen verwundeten Sohlen nur einige Linderung zu verschaffen, und dann in einer ermattenden Ruhe in dem Dämmerschein hinschlummre! O Wilhelm! die einsame Wohnung einer Zelle, das härene Gewand und der Stachelgürtel wären Labsale, nach denen meine Seele schmachtet. Adieu! Ich sehe dieses Elendes kein Ende als das Grab.

Am 3. September.

Ich muß fort! Ich danke dir, Wilhelm, daß du meinen
wankenden Entschluß bestimmt hast. Schon vierzehn Tage
gehe ich mit dem Gedanken um, sie zu verlassen. Ich muß
fort. Sie ist wieder in der Stadt bei einer Freundin. Und
Albert – und – ich muß fort!

Am 10. September.

Das war eine Nacht! Wilhelm! nun überstehe ich alles.
Ich werde sie nicht wiedersehn! O daß ich nicht an deinen
Hals fliegen, dir mit tausend Tränen und Entzückungen
ausdrücken kann, mein Bester, die Empfindungen, die mein
Herz bestürmen. Hier sitze ich und schnappe nach Luft,
suche mich zu beruhigen, erwarte den Morgen, und mit
Sonnenaufgang sind die Pferde bestellt.

Ach, sie schläft ruhig und denkt nicht, daß sie mich nie
wieder sehen wird. Ich habe mich losgerissen, bin stark genug gewesen, in einem Gespräch von zwei Stunden mein
Vorhaben nicht zu verraten. Und Gott, welch ein Gespräch!

Albert hatte mir versprochen, gleich nach dem Nachtessen
mit Lotten im Garten zu sein. Ich stand auf der Terrasse
unter den hohen Kastanienbäumen und sah der Sonne nach,
die mir nun zum letztenmale über dem lieblichen Tale, über
dem sanften Fluß unterging. So oft hatte ich hier gestanden
mit ihr und eben dem herrlichen Schauspiele zugesehen,
und nun – Ich ging in der Allee auf und ab, die mir so lieb
war; ein geheimer sympathetischer Zug hatte mich hier so
oft gehalten, ehe ich noch Lotten kannte, und wie freuten
wir uns, als wir im Anfang unserer Bekanntschaft die wechselseitige Neigung zu diesem Plätzchen entdeckten, das wahr-
haftig eins von den romantischsten ist, die ich von der Kunst
hervorgebracht gesehen habe.

Erst hast du zwischen den Kastanienbäumen die weite
Aussicht – ach, ich erinnere mich, ich habe dir, denk' ich,
schon viel davon geschrieben, wie hohe Buchenwände einen
endlich einschließen und durch ein daranstoßendes Boskett
die Allee immer düsterer wird, bis zuletzt alles sich in ein
geschlossenes Plätzchen endigt, das alle Schauer der Einsamkeit umschweben. Ich fühle es noch, wie heimlich mir's

ward, als ich zum erstenmale an einem hohen Mittage hineintrat; ich ahnete ganz leise, was für ein Schauplatz das noch werden sollte von Seligkeit und Schmerz.

Ich hatte mich etwa eine halbe Stunde in den schmachtenden, süßen Gedanken des Abscheidens, des Wiedersehens geweidet, als ich sie die Terrasse heraufsteigen hörte. Ich lief ihnen entgegen, mit einem Schauer faßte ich ihre Hand und küßte sie. Wir waren eben heraufgetreten, als der Mond hinter dem buschigen Hügel aufging; wir redeten mancherlei und kamen unvermerkt dem düstern Kabinette näher. Lotte trat hinein und setzte sich, Albert neben sie, ich auch; doch meine Unruhe ließ mich nicht lange sitzen; ich stand auf, trat vor sie, ging auf und ab, setzte mich wieder: es war ein ängstlicher Zustand. Sie machte uns aufmerksam auf die schöne Wirkung des Mondenlichtes, das am Ende der Buchenwände die ganze Terrasse vor uns erleuchtete: ein herrlicher Anblick, der um so viel frappanter war, weil uns rings eine tiefe Dämmerung einschloß. Wir waren still, und sie fing nach einer Weile an: „Niemals gehe ich im Mondenlichte spazieren, niemals, daß mir nicht der Gedanke an meine Verstorbenen begegnete, daß nicht das Gefühl von Tod, von Zukunft über mich käme. Wir werden sein!" fuhr sie mit der Stimme des herrlichsten Gefühls fort; „aber, Werther, sollen wir uns wieder finden? wieder erkennen? Was ahnen Sie? Was sagen Sie?"

„Lotte," sagte ich, indem ich ihr die Hand reichte und mir die Augen voll Tränen wurden, „wir werden uns wiedersehn! Hier und dort wiedersehn!" – Ich konnte nicht weiterreden – Wilhelm, mußte sie mich das fragen, da ich diesen ängstlichen Abschied im Herzen hatte!

„Und ob die lieben Abgeschiednen von uns wissen," fuhr sie fort, „ob sie fühlen, wann's uns wohl geht, daß wir mit warmer Liebe uns ihrer erinnern? O! die Gestalt meiner Mutter schwebt immer um mich, wenn ich am stillen Abend unter ihren Kindern, unter meinen Kindern sitze und sie um mich versammelt sind, wie sie um sie versammelt waren. Wenn ich dann mit einer sehnenden Träne gen Himmel sehe und wünsche, daß sie hereinschauen könnte einen Augenblick, wie ich mein Wort halte, das ich ihr in der

Stunde des Todes gab: die Mutter ihrer Kinder zu sein.
Mit welcher Empfindung rufe ich aus: ‚Verzeihe mir's,
Teuerste, wenn ich ihnen nicht bin, was du ihnen warst.
Ach! tue ich doch alles, was ich kann; sind sie doch gekleidet,
genährt, ach, und, was mehr ist als das alles, gepflegt und
geliebt. Könntest du unsere Eintracht sehen, liebe Heilige!
du würdest mit dem heißesten Danke den Gott verherrlichen,
den du mit den letzten, bittersten Tränen um die Wohlfahrt
deiner Kinder batest.'" –

Sie sagte das! o Wilhelm, wer kann wiederholen, was sie
sagte! Wie kann der kalte, tote Buchstabe diese himmlische
Blüte des Geistes darstellen! Albert fiel ihr sanft in die Rede:
„Es greift Sie zu stark an, liebe Lotte! ich weiß, Ihre Seele
hängt sehr nach diesen Ideen, aber ich bitte Sie..." – „O
Albert," sagte sie, „ich weiß, du vergissest nicht die Abende,
da wir zusammensaßen an dem kleinen, runden Tischchen,
wenn der Papa verreist war, und wir die Kleinen schlafen
geschickt hatten. Du hattest oft ein gutes Buch und kamst
so selten dazu, etwas zu lesen – War der Umgang dieser
herrlichen Seele nicht mehr als alles? Die schöne, sanfte,
muntere und immer tätige Frau! Gott kennt meine Tränen,
mit denen ich mich oft in meinem Bette vor ihn hinwarf:
er möchte mich ihr gleich machen."

„Lotte!" rief ich aus, indem ich mich vor sie hinwarf,
ihre Hand nahm und mit tausend Tränen netzte, „Lotte! der
Segen Gottes ruht über dir und der Geist deiner Mutter!" –
„Wenn Sie sie gekannt hätten," sagte sie, indem sie mir die
Hand drückte, – „sie war wert, von Ihnen gekannt zu sein!"
– Ich glaubte zu vergehen. Nie war ein größeres, stolzeres
Wort über mich ausgesprochen worden – und sie fuhr fort:
„Und diese Frau mußte in der Blüte ihrer Jahre dahin, da
ihr jüngster Sohn nicht sechs Monate alt war! Ihre Krankheit dauerte nicht lange; sie war ruhig, hingegeben, nur ihre
Kinder taten ihr weh, besonders das kleine. Wie es gegen
das Ende ging und sie zu mir sagte: ‚Bringe mir sie herauf!'
und wie ich sie hereinführte, die kleinen, die nicht wußten,
und die ältesten, die ohne Sinne waren, wie sie ums Bette
standen, und wie sie die Hände aufhob und über sie betete,
und sie küßte nach einander und sie wegschickte und zu

mir sagte: ,Sei ihre Mutter!' – Ich gab ihr die Hand drauf! –
,Du versprichst viel, meine Tochter', sagte sie, ,das Herz
einer Mutter und das Aug' einer Mutter. Ich habe oft an
deinen dankbaren Tränen gesehen, daß du fühlst, was das
sei. Habe es für deine Geschwister, und für deinen Vater
die Treue und den Gehorsam einer Frau. Du wirst ihn
trösten.' – Sie fragte nach ihm, er war ausgegangen, um
uns den unerträglichen Kummer zu verbergen, den er fühlte,
der Mann war ganz zerrissen.

Albert, du warst im Zimmer. Sie hörte jemand gehn
und fragte und forderte dich zu sich, und wie sie dich ansah
und mich, mit dem getrösteten, ruhigen Blicke, daß wir
glücklich sein, zusammen glücklich sein würden..." – Albert fiel ihr um den Hals und küßte sie und rief: ,,Wir sind
es! wir werden es sein!" – Der ruhige Albert war ganz
aus seiner Fassung, und ich wußte nichts von mir selber.

,,Werther," fing sie an, ,,und diese Frau sollte dahin sein!
Gott! wenn ich manchmal denke, wie man das Liebste seines
Lebens wegtragen läßt, und niemand als die Kinder das so
scharf fühlt, die sich noch lange beklagten, die schwarzen
Männer hätten die Mama weggetragen!"

Sie stand auf, und ich ward erweckt und erschüttert,
blieb sitzen und hielt ihre Hand. – ,,Wir wollen fort," sagte
sie, ,,es wird Zeit." – Sie wollte ihre Hand zurückziehen,
und ich hielt sie fester. – ,,Wir werden uns wieder sehen,"
rief ich, ,,wir werden uns finden, unter allen Gestalten werden wir uns erkennen. Ich gehe," fuhr ich fort, ,,ich gehe
willig, und doch, wenn ich sagen sollte auf ewig, ich würde
es nicht aushalten. Leb' wohl, Lotte! Leb' wohl, Albert!
Wir sehn uns wieder." – ,,Morgen, denke ich." versetzte
sie scherzend. – Ich fühlte das Morgen! Ach, sie wußte
nicht, als sie ihre Hand aus der meinen zog – Sie gingen die
Allee hinaus, ich stand, sah ihnen nach im Mondscheine
und warf mich an die Erde und weinte mich aus und sprang
auf und lief auf die Terrasse hervor und sah noch dort unten
im Schatten der hohen Lindenbäume ihr weißes Kleid nach
der Gartentür schimmern, ich streckte meine Arme aus, und
es verschwand.

ZWEITES BUCH

Am 20. Oktober 1771.

Gestern sind wir hier angelangt. Der Gesandte ist unpaß und wird sich also einige Tage einhalten. Wenn er nur nicht so unhold wäre, wär' alles gut. Ich merke, ich merke, das Schicksal hat mir harte Prüfungen zugedacht. Doch gutes Muts! Ein leichter Sinn trägt alles! Ein leichter Sinn? Das macht mich zu lachen, wie das Wort in meine Feder kommt. O ein bißchen leichteres Blut würde mich zum Glücklichsten unter der Sonne machen. Was! da, wo andere mit ihrem bißchen Kraft und Talent vor mir in behaglicher Selbstgefälligkeit herumschwadronieren, verzweifle ich an meiner Kraft, an meinen Gaben? Guter Gott, der du mir das alles schenktest, warum hieltest du nicht die Hälfte zurück und gabst mir Selbstvertrauen und Genügsamkeit?

Geduld! Geduld! es wird besser werden. Denn ich sage dir, Lieber, du hast recht. Seit ich unter dem Volke alle Tage herumgetrieben werde und sehe, was sie tun und wie sie's treiben, stehe ich viel besser mit mir selbst. Gewiß, weil wir doch einmal so gemacht sind, daß wir alles mit uns und uns mit allem vergleichen, so liegt Glück oder Elend in den Gegenständen, womit wir uns zusammenhalten, und da ist nichts gefährlicher als die Einsamkeit. Unsere Einbildungskraft, durch ihre Natur gedrungen sich zu erheben, durch die phantastischen Bilder der Dichtkunst genährt, bildet sich eine Reihe Wesen hinauf, wo wir das unterste sind und alles außer uns herrlicher erscheint, jeder andere vollkommner ist. Und das geht ganz natürlich zu. Wir fühlen so oft, daß uns manches mangelt, und eben was uns fehlt, scheint uns oft ein anderer zu besitzen, dem wir denn auch alles dazu geben, was wir haben, und noch eine gewisse idealische Behaglichkeit dazu. Und so ist der Glückliche vollkommen fertig, das Geschöpf unserer selbst.

Dagegen, wenn wir mit all unserer Schwachheit und Mühseligkeit nur gerade fortarbeiten, so finden wir gar oft, daß
wir mit unserem Schlendern und Lavieren es weiter bringen
als andere mit ihrem Segeln und Rudern – und – das ist
doch ein wahres Gefühl seiner selbst, wenn man andern
gleich oder gar vorläuft.

Am 26. November 1771.

Ich fange an, mich insofern ganz leidlich hier zu befinden.
Das beste ist, daß es zu tun genug gibt; und dann die vieler-
lei Menschen, die allerlei neuen Gestalten machen mir ein
buntes Schauspiel vor meiner Seele. Ich habe den Grafen
C.. kennen lernen, einen Mann, den ich jeden Tag mehr
verehren muß, einen weiten, großen Kopf, und der deswegen
nicht kalt ist, weil er viel übersieht; aus dessen Umgange
so viel Empfindung für Freundschaft und Liebe hervor-
leuchtet. Er nahm teil an mir, als ich einen Geschäftsauf-
trag an ihn ausrichtete und er bei den ersten Worten merkte,
daß wir uns verstanden, daß er mit mir reden konnte wie
nicht mit jedem. Auch kann ich sein offnes Betragen gegen
mich nicht genug rühmen. So eine wahre, warme Freude
ist nicht in der Welt, als eine große Seele zu sehen, die sich
gegen einen öffnet.

Am 24. Dezember 1771.

Der Gesandte macht mir viel Verdruß, ich habe es vor-
ausgesehn. Er ist der pünktlichste Narr, den es nur geben
kann; Schritt vor Schritt und umständlich wie eine Base;
ein Mensch, der nie mit sich selbst zufrieden ist, und dem
es daher niemand zu Danke machen kann. Ich arbeite gern
leicht weg, und wie es steht, so steht es; da ist er imstande,
mir einen Aufsatz zurückzugeben und zu sagen: „Er ist
gut, aber sehen Sie ihn durch, man findet immer ein besseres
Wort, eine reinere Partikel." – Da möchte ich des Teufels
werden. Kein Und, kein Bindewörtchen darf außenbleiben,
und von allen Inversionen, die mir manchmal entfahren,
ist er ein Todfeind; wenn man seinen Period nicht nach der
hergebrachten Melodie heraborgelt, so versteht er gar nichts
drin. Das ist ein Leiden, mit so einem Menschen zu tun zu
haben.

Das Vertrauen des Grafen von C.. ist noch das einzige, was mich schadlos hält. Er sagte mir letzthin ganz aufrichtig, wie unzufrieden er mit der Langsamkeit und Bedenklichkeit meines Gesandten sei. „Die Leute erschweren es sich und
5 andern. Doch", sagte er, „man muß sich darein resignieren wie ein Reisender, der über einen Berg muß; freilich, wäre der Berg nicht da, so wäre der Weg viel bequemer und kürzer; er ist nun aber da, und man soll hinüber!" –

Mein Alter spürt auch wohl den Vorzug, den mir der Graf
10 vor ihm gibt, und das ärgert ihn, und er ergreift jede Gelegenheit, Übels gegen mich vom Grafen zu reden, ich halte, wie natürlich, Widerpart, und dadurch wird die Sache nur schlimmer. Gestern gar brachte er mich auf, denn ich war mit gemeint: zu so Weltgeschäften sei der Graf ganz gut,
15 er habe viele Leichtigkeit zu arbeiten und führe eine gute Feder, doch an gründlicher Gelehrsamkeit mangle es ihm wie allen Belletristen. Dazu machte er eine Miene, als ob er sagen wollte: „Fühlst du den Stich?" Aber es tat bei mir nicht die Wirkung; ich verachtete den Menschen, der so
20 denken und sich so betragen konnte. Ich hielt ihm stand und focht mit ziemlicher Heftigkeit. Ich sagte, der Graf sei ein Mann, vor dem man Achtung haben müsse, wegen seines Charakters sowohl als wegen seiner Kenntnisse. „Ich habe", sagt' ich, „niemand gekannt, dem es so geglückt wäre, seinen
25 Geist zu erweitern, ihn über unzählige Gegenstände zu verbreiten und doch diese Tätigkeit fürs gemeine Leben zu behalten." – Das waren dem Gehirne spanische Dörfer, und ich empfahl mich, um nicht über ein weiteres Deraisonnement noch mehr Galle zu schlucken.
30 Und daran seid ihr alle schuld, die ihr mich in das Joch geschwatzt und mir so viel von Aktivität vorgesungen habt. Aktivität! Wenn nicht der mehr tut, der Kartoffeln legt und in die Stadt reitet, sein Korn zu verkaufen, als ich, so will ich zehn Jahre noch mich auf der Galeere abarbeiten, auf
35 der ich nun angeschmiedet bin.

Und das glänzende Elend, die Langeweile unter dem garstigen Volke, das sich hier neben einander sieht! die Rangsucht unter ihnen, wie sie nur wachen und aufpassen, einander ein Schrittchen abzugewinnen; die elendesten,

erbärmlichsten Leidenschaften, ganz ohne Röckchen. Da ist
ein Weib, zum Exempel, die jedermann von ihrem Adel
und ihrem Lande unterhält, so daß jeder Fremde denken
muß: Das ist eine Närrin, die sich auf das bißchen Adel und
auf den Ruf ihres Landes Wunderstreiche einbildet. – Aber
es ist noch viel ärger: eben das Weib ist hier aus der Nachbarschaft eine Amtschreiberstochter. – Sieh, ich kann das
Menschengeschlecht nicht begreifen, das so wenig Sinn
hat, um sich so platt zu prostituieren.

Zwar ich merke täglich mehr, mein Lieber, wie töricht
man ist, andere nach sich zu berechnen. Und weil ich so
viel mit mir selbst zu tun habe und dieses Herz so stürmisch
ist – ach ich lasse gern die andern ihres Pfades gehen, wenn
sie mich auch nur könnten gehen lassen.

Was mich am meisten neckt, sind die fatalen bürgerlichen
Verhältnisse. Zwar weiß ich so gut als einer, wie nötig der
Unterschied der Stände ist, wie viel Vorteile er mir selbst
verschafft: nur soll er mir nicht eben gerade im Wege stehen,
wo ich noch ein wenig Freude, einen Schimmer von Glück
auf dieser Erde genießen könnte. Ich lernte neulich auf dem
Spaziergange ein Fräulein von B.. kennen, ein liebens-
würdiges Geschöpf, das sehr viele Natur mitten in dem stei-
fen Leben erhalten hat. Wir gefielen uns in unserem Gespräche, und da wir schieden, bat ich sie um Erlaubnis,
sie bei sich sehen zu dürfen. Sie gestattete mir das mit so
vieler Freimütigkeit, daß ich den schicklichen Augenblick
kaum erwarten konnte, zu ihr zu gehen. Sie ist nicht von
hier und wohnt bei einer Tante im Hause. Die Physiognomie
der Alten gefiel mir nicht. Ich bezeigte ihr viel Aufmerksamkeit, mein Gespräch war meist an sie gewandt, und in
minder als einer halben Stunde hatte ich so ziemlich weg,
was mir das Fräulein nachher selbst gestand: daß die liebe
Tante in ihrem Alter Mangel von allem, kein anständiges
Vermögen, keinen Geist und keine Stütze hat als die Reihe
ihrer Vorfahren, keinen Schirm als den Stand, in den sie
sich verpalisadiert, und kein Ergetzen, als von ihrem Stock-
werk herab über die bürgerlichen Häupter wegzusehen. In
ihrer Jugend soll sie schön gewesen sein und ihr Leben
weggegaukelt, erst mit ihrem Eigensinne manchen armen

Jungen gequält, und in den reifern Jahren sich unter den
Gehorsam eines alten Offiziers geduckt haben, der gegen
diesen Preis und einen leidlichen Unterhalt das eherne Jahrhundert mit ihr zubrachte und starb. Nun sieht sie im
eisernen sich allein und würde nicht angesehn, wär' ihre
Nichte nicht so liebenswürdig.

Den 8. Januar 1772.

Was das für Menschen sind, deren ganze Seele auf dem
Zeremoniell ruht, deren Dichten und Trachten jahrelang
dahin geht, wie sie um einen Stuhl weiter hinauf bei Tische
sich einschieben wollen! Und nicht, daß sie sonst keine
Angelegenheit hätten: nein, vielmehr häufen sich die Arbeiten, eben weil man über den kleinen Verdrießlichkeiten
von Beförderung der wichtigen Sachen abgehalten wird.
Vorige Woche gab es bei der Schlittenfahrt Händel, und
der ganze Spaß wurde verdorben.

Die Toren, die nicht sehen, daß es eigentlich auf den Platz
gar nicht ankommt, und daß der, der den ersten hat, so
selten die erste Rolle spielt! Wie mancher König wird durch
seinen Minister, wie mancher Minister durch seinen Se-
kretär regiert! Und wer ist dann der Erste? Der, dünkt mich,
der die andern übersieht und so viel Gewalt oder List hat,
ihre Kräfte und Leidenschaften zu Ausführung seiner Plane
anzuspannen.

Am 20. Januar.

Ich muß Ihnen schreiben, liebe Lotte, hier in der Stube
einer geringen Bauernherberge, in die ich mich vor einem
schweren Wetter geflüchtet habe. Solange ich in dem traurigen Nest D . . unter dem fremden, meinem Herzen ganz
fremden Volke herumziehe, habe ich keinen Augenblick
gehabt, keinen, an dem mein Herz mich geheißen hätte,
Ihnen zu schreiben; und jetzt in dieser Hütte, in dieser
Einsamkeit, in dieser Einschränkung, da Schnee und
Schloßen wider mein Fensterchen wüten, hier waren Sie
mein erster Gedanke. Wie ich hereintrat, überfiel mich Ihre
Gestalt, Ihr Andenken, o Lotte! so heilig, so warm! Guter
Gott! der erste glückliche Augenblick wieder.

Wenn Sie mich sähen, meine Beste, in dem Schwall von Zerstreuung! Wie ausgetrocknet meine Sinne werden! Nicht einen Augenblick der Fülle des Herzens, nicht eine selige Stunde! nichts! nichts! Ich stehe wie vor einem Raritätenkasten und sehe die Männchen und Gäulchen vor mir herumrücken, und frage mich oft, ob es nicht optischer Betrug ist. Ich spiele mit, vielmehr, ich werde gespielt wie eine Marionette und fasse manchmal meinen Nachbar an der hölzernen Hand und schaudere zurück. Des Abends nehme ich mir vor, den Sonnenaufgang zu genießen, und komme nicht aus dem Bette; am Tage hoffe ich, mich des Mondscheins zu erfreuen, und bleibe in meiner Stube. Ich weiß nicht recht, warum ich aufstehe, warum ich schlafen gehe.

Der Sauerteig, der mein Leben in Bewegung setzte, fehlt; der Reiz, der mich in tiefen Nächten munter erhielt, ist hin, der mich des Morgens aus dem Schlafe weckte, ist weg.

Ein einzig weibliches Geschöpf habe ich hier gefunden, eine Fräulein von B.., sie gleicht Ihnen, liebe Lotte, wenn man Ihnen gleichen kann. „Ei!" werden Sie sagen, „der Mensch legt sich auf niedliche Komplimente!" Ganz unwahr ist es nicht. Seit einiger Zeit bin ich sehr artig, weil ich doch nicht anders sein kann, habe viel Witz, und die Frauenzimmer sagen, es wüßte niemand so fein zu loben als ich (und zu lügen, setzen Sie hinzu, denn ohne das geht es nicht ab, verstehen Sie?). Ich wollte von Fräulein B.. reden. Sie hat viel Seele, die voll aus ihren blauen Augen hervorblickt. Ihr Stand ist ihr zur Last, der keinen der Wünsche ihres Herzens befriedigt. Sie sehnt sich aus dem Getümmel, und wir verphantasieren manche Stunde in ländlichen Szenen von ungemischter Glückseligkeit; ach! und von Ihnen! Wie oft muß sie Ihnen huldigen, muß nicht, tut es freiwillig, hört so gern von Ihnen, liebt Sie. –

O säß' ich zu Ihren Füßen in dem lieben, vertraulichen Zimmerchen, und unsere kleinen Lieben wälzten sich mit einander um mich herum, und wenn sie Ihnen zu laut würden, wollte ich sie mit einem schauerlichen Märchen um mich zur Ruhe versammeln.

Die Sonne geht herrlich unter über der schneeglänzenden Gegend, der Sturm ist hinüber gezogen, und ich – muß

mich wieder in meinen Käfig sperren. – Adieu! Ist Albert
bei Ihnen? Und wie –? Gott verzeihe mir diese Frage!

                                         Den 8. Februar.

Wir haben seit acht Tagen das abscheulichste Wetter, und
5 mir ist es wohltätig. Denn so lang ich hier bin, ist mir noch
kein schöner Tag am Himmel erschienen, den mir nicht
jemand verdorben oder verleidet hätte. Wenn's nun recht
regnet und stöbert und fröstelt und taut: Ha! denk' ich,
kann's doch zu Hause nicht schlimmer werden, als es drau-
10 ßen ist, oder umgekehrt, und so ist's gut. Geht die Sonne
des Morgens auf und verspricht einen feinen Tag, erwehr'
ich mir niemals auszurufen: Da haben sie doch wieder ein
himmlisches Gut, worum sie einander bringen können! Es
ist nichts, worum sie einander nicht bringen. Gesundheit,
15 guter Name, Freudigkeit, Erholung! Und meist aus Albern-
heit, Unbegriff und Enge und, wenn man sie anhört, mit
der besten Meinung. Manchmal möcht' ich sie auf den
Knieen bitten, nicht so rasend in ihre eigenen Eingeweide
zu wüten.

20   Am 17. Februar.

Ich fürchte, mein Gesandter und ich halten es zusammen
nicht mehr lange aus. Der Mann ist ganz und gar unerträglich. Seine Art zu arbeiten und Geschäfte zu treiben ist so
lächerlich, daß ich mich nicht enthalten kann, ihm zu wider-
25 sprechen und oft eine Sache nach meinem Kopf und meiner
Art zu machen, das ihm denn, wie natürlich, niemals recht
ist. Darüber hat er mich neulich bei Hofe verklagt, und der
Minister gab mir einen zwar sanften Verweis, aber es war
doch ein Verweis, und ich stand im Begriffe, meinen Ab-
30 schied zu begehren, als ich einen Privatbrief*) von ihm erhielt, einen Brief, vor dem ich niedergekniet, und den hohen,
edlen, weisen Sinn angebetet habe. Wie er meine allzu
große Empfindlichkeit zurechtweiset, wie er meine über-

---

*) Man hat aus Ehrfurcht für diesen trefflichen Herrn gedachten
35 Brief und einen andern, dessen weiter hinten erwähnt wird, dieser
Sammlung entzogen, weil man nicht glaubte, eine solche Kühnheit
durch den wärmsten Dank des Publikums entschuldigen zu können.

spannten Ideen von Wirksamkeit, von Einfluß auf andere, von Durchdringen in Geschäften als jugendlichen guten Mut zwar ehrt, sie nicht auszurotten, nur zu mildern und dahin zu leiten sucht, wo sie ihr wahres Spiel haben, ihre kräftige Wirkung tun können. Auch bin ich auf acht Tage gestärkt und in mir selbst einig geworden. Die Ruhe der Seele ist ein herrliches Ding und die Freude an sich selbst. Lieber Freund, wenn nur das Kleinod nicht eben so zerbrechlich wäre, als es schön und kostbar ist.

Am 20. Februar.

Gott segne euch, meine Lieben, geb' euch alle die guten Tage, die er mir abzieht!

Ich danke dir, Albert, daß du mich betrogen hast: ich wartete auf Nachricht, wann euer Hochzeittag sein würde, und hatte mir vorgenommen, feierlichst an demselben Lottens Schattenriß von der Wand zu nehmen und ihn unter andere Papiere zu begraben. Nun seid ihr ein Paar, und ihr Bild ist noch hier! Nun, so soll es bleiben! Und warum nicht? Ich weiß, ich bin ja auch bei euch, bin dir unbeschadet in Lottens Herzen, habe, ja ich habe den zweiten Platz darin und will und muß ihn behalten. O ich würde rasend werden, wenn sie vergessen könnte – Albert, in dem Gedanken liegt eine Hölle. Albert, leb' wohl! Leb' wohl, Engel des Himmels! Leb' wohl, Lotte!

Den 15. März.

Ich habe einen Verdruß gehabt, der mich von hier wegtreiben wird. Ich knirsche mit den Zähnen! Teufel! er ist nicht zu ersetzen, und ihr seid doch allein schuld daran, die ihr mich spornet und triebt und quältet, mich in einen Posten zu begeben, der nicht nach meinem Sinne war. Nun habe ich's! nun habt ihr's! Und daß du nicht wieder sagst, meine überspannten Ideen verdürben alles, so hast du hier, lieber Herr, eine Erzählung, plan und nett, wie ein Chronikenschreiber das aufzeichnen würde.

Der Graf von C.. liebt mich, distinguiert mich, das ist bekannt, das habe ich dir schon hundertmal gesagt. Nun war ich gestern bei ihm zu Tafel, eben an dem Tage, da

abends die noble Gesellschaft von Herren und Frauen bei
ihm zusammenkommt, an die ich nie gedacht habe, auch
mir nie aufgefallen ist, daß wir Subalternen nicht hinein-
gehören. Gut. Ich speise bei dem Grafen, und nach Tische
gehn wir in dem großen Saal auf und ab, ich rede mit ihm,
mit dem Obristen B.., der dazu kommt, und so rückt die
Stunde der Gesellschaft heran. Ich denke, Gott weiß, an
nichts. Da tritt herein die übergnädige Dame von S.. mit
ihrem Herrn Gemahl und wohl ausgebrüteten Gänslein
Tochter mit der flachen Brust und niedlichem Schnürleibe,
machen en passant ihre hergebrachten, hochadeligen Augen
und Naslöcher, und wie mir die Nation von Herzen zuwider
ist, wollte ich mich eben empfehlen und wartete nur, bis
der Graf vom garstigen Gewäsche frei wäre, als meine
Fräulein B.. hereintrat. Da mir das Herz immer ein bißchen aufgeht, wenn ich sie sehe, blieb ich eben, stellte mich
hinter ihrem Stuhl und bemerkte erst nach einiger Zeit, daß
sie mit weniger Offenheit als sonst, mit einiger Verlegenheit
mit mir redete. Das fiel mir auf. Ist sie auch wie all das
Volk, dacht' ich, und war angestochen und wollte gehen,
und doch blieb ich, weil ich sie gerne entschuldigt hätte und
es nicht glaubte und noch ein gut Wort von ihr hoffte und
was du willst. Unterdessen füllt sich die Gesellschaft. Der
Baron F.. mit der ganzen Garderobe von den Krönungszeiten Franz des Ersten her, der Hofrat R.., hier aber in
qualitate Herr von R.. genannt, mit seiner tauben Frau etc.,
den übel fournierten J.. nicht zu vergessen, der die Lücken
seiner altfränkischen Garderobe mit neumodischen Lappen
ausflickt, das kommt zu Hauf, und ich rede mit einigen
meiner Bekanntschaft, die alle sehr lakonisch sind. Ich dachte
– und gab nur auf meine B.. acht. Ich merkte nicht, daß die
Weiber am Ende des Saales sich in die Ohren flüsterten, daß
es auf die Männer zirkulierte, daß Frau von S.. mit dem
Grafen redete (das alles hat mir Fräulein B.. nachher erzählt), bis endlich der Graf auf mich losging und mich in
ein Fenster nahm. – „Sie wissen", sagt' er, „unsere wunderbaren Verhältnisse; die Gesellschaft ist unzufrieden, merke
ich, Sie hier zu sehn. Ich wollte nicht um alles" – „Ihro
Exzellenz", fiel ich ein, „ich bitte tausendmal um Verzeihung;

ich hätte eher dran denken sollen, und ich weiß, Sie vergeben mir diese Inkonsequenz; ich wollte schon vorhin mich empfehlen. Ein böser Genius hat mich zurückgehalten." setzte ich lächelnd hinzu, indem ich mich neigte. – Der Graf drückte meine Hände mit einer Empfindung, die alles sagte. Ich strich mich sacht aus der vornehmen Gesellschaft, ging, setzte mich in ein Kabriolett und fuhr nach M.., dort vom Hügel die Sonne untergehen zu sehen und dabei in meinem Homer den herrlichen Gesang zu lesen, wie Ulyß von dem trefflichen Schweinhirten bewirtet wird. Das war alles gut.

Des Abends komm' ich zurück zu Tische, es waren noch wenige in der Gaststube; die würfelten auf einer Ecke, hatten das Tischtuch zurückgeschlagen. Da kommt der ehrliche Adelin hinein, legt seinen Hut nieder, indem er mich ansieht, tritt zu mir und sagt leise: „Du hast Verdruß gehabt?" – „Ich?" sagt' ich. – „Der Graf hat dich aus der Gesellschaft gewiesen." – „Hol' sie der Teufel!" sagt' ich, „mir war's lieb, daß ich in die freie Luft kam." – „Gut," sagt' er, „daß du's auf die leichte Achsel nimmst. Nur verdrießt mich's, es ist schon überall herum." – Da fing mich das Ding erst an zu wurmen. Alle, die zu Tische kamen und mich ansahen, dachte ich, die sehen dich darum an! Das gab böses Blut.

Und da man nun heute gar, wo ich hintrete, mich bedauert, da ich höre, daß meine Neider nun triumphieren und sagen: da sähe man's, wo es mit den Übermütigen hinausginge, die sich ihres bißchen Kopfs überhöben und glaubten, sich darum über alle Verhältnisse hinaussetzen zu dürfen, und was des Hundegeschwätzes mehr ist – da möchte man sich ein Messer ins Herz bohren; denn man rede von Selbständigkeit was man will, den will ich sehen, der dulden kann, daß Schurken über ihn reden, wenn sie einen Vorteil über ihn haben; wenn ihr Geschwätze leer ist, ach da kann man sie leicht lassen.

Am 16. März.

Es hetzt mich alles. Heut' treff' ich die Fräulein B.. in der Allee, ich konnte mich nicht enthalten, sie anzureden und

ihr, sobald wir etwas entfernt von der Gesellschaft waren,
meine Empfindlichkeit über ihr neuliches Betragen zu zeigen. – „O Werther", sagte sie mit einem innigen Tone,
„konnten Sie meine Verwirrung so auslegen, da Sie mein
5 Herz kennen? Was ich gelitten habe um Ihrentwillen, von
dem Augenblicke an, da ich in den Saal trat! Ich sah alles
voraus, hundertmal saß mir's auf der Zunge, es Ihnen zu
sagen. Ich wußte, daß die von S.. und T.. mit ihren Män-
nern eher aufbrechen würden, als in Ihrer Gesellschaft zu
10 bleiben; ich wußte, daß der Graf es mit ihnen nicht verderben darf, – und jetzt der Lärm!" – „Wie, Fräulein?"
sagt' ich und verbarg meinen Schrecken; denn alles, was
Adelin mir ehegestern gesagt hatte, lief mir wie siedend
Wasser durch die Adern in diesem Augenblicke. – „Was
15 hat mich es schon gekostet!" sagte das süße Geschöpf, indem ihr die Tränen in den Augen standen. – Ich war nicht
Herr mehr von mir selbst, war im Begriffe, mich ihr zu
Füßen zu werfen. – „Erklären Sie sich!" rief ich. – Die
Tränen liefen ihr die Wangen herunter. Ich war außer mir.
20 Sie trocknete sie ab, ohne sie verbergen zu wollen. – „Meine
Tante kennen Sie," fing sie an, „sie war gegenwärtig und
hat – o, mit was für Augen hat sie das angesehen! Werther,
ich habe gestern nacht ausgestanden und heute früh eine
Predigt über meinen Umgang mit Ihnen, und ich habe
25 müssen zuhören Sie herabsetzen, erniedrigen, und konnte
und durfte Sie nur halb verteidigen."

Jedes Wort, das sie sprach, ging mir wie ein Schwert
durchs Herz. Sie fühlte nicht, welche Barmherzigkeit es
gewesen wäre, mir das alles zu verschweigen, und nun fügte
30 sie noch hinzu, was weiter würde geträtscht werden, was eine
Art Menschen darüber triumphieren würde. Wie man sich
nunmehr über die Strafe meines Übermuts und meiner
Geringschätzung anderer, die sie mir schon lange vor-
werfen, kitzeln und freuen würde. Das alles, Wilhelm, von
35 ihr zu hören, mit der Stimme der wahrsten Teilnehmung –
ich war zerstört und bin noch wütend in mir. Ich wollte, daß
sich einer unterstünde, mir's vorzuwerfen, daß ich ihm den
Degen durch den Leib stoßen könnte; wenn ich Blut sähe,
würde mir's besser werden. Ach, ich hab' hundertmal ein

Messer ergriffen, um diesem gedrängten Herzen Luft zu machen. Man erzählt von einer edlen Art Pferde, die, wenn sie schrecklich erhitzt und aufgejagt sind, sich selbst aus Instinkt eine Ader aufbeißen, um sich zum Atem zu helfen. So ist mir's oft, ich möchte mir eine Ader öffnen, die mir die ewige Freiheit schaffte.

Am 24. März.

Ich habe meine Entlassung vom Hofe verlangt und werde sie, hoffe ich, erhalten, und ihr werdet mir verzeihen, daß ich nicht erst Erlaubnis dazu bei euch geholt habe. Ich mußte nun einmal fort, und was ihr zu sagen hattet, um mir das Bleiben einzureden, weiß ich alles, und also – Bringe das meiner Mutter in einem Säftchen bei, ich kann mir selbst nicht helfen, und sie mag sich gefallen lassen, wenn ich ihr auch nicht helfen kann. Freilich muß es ihr wehe tun. Den schönen Lauf, den ihr Sohn gerade zum Geheimenrat und Gesandten ansetzte, so auf einmal Halte zu sehen, und rückwärts mit dem Tierchen in den Stall! Macht nun daraus, was ihr wollt, und kombiniert die möglichen Fälle, unter denen ich hätte bleiben können und sollen; genug, ich gehe, und damit ihr wißt, wo ich hinkomme, so ist hier der Fürst **, der vielen Geschmack an meiner Gesellschaft findet; der hat mich gebeten, da er von meiner Absicht hörte, mit ihm auf seine Güter zu gehen und den schönen Frühling da zuzubringen. Ich soll ganz mir selbst gelassen sein, hat er mir versprochen, und da wir uns zusammen bis auf einen gewissen Punkt verstehn, so will ich es denn auf gut Glück wagen und mit ihm gehen.

Zur Nachricht.

Am 19. April.

Danke für deine beiden Briefe. Ich antwortete nicht, weil ich dieses Blatt liegen ließ, bis mein Abschied vom Hofe da wäre; ich fürchtete, meine Mutter möchte sich an den Minister wenden und mir mein Vorhaben erschweren. Nun aber ist es geschehen, mein Abschied ist da. Ich mag euch nicht sagen, wie ungern man mir ihn gegeben hat, und was

mir der Minister schreibt – ihr würdet in neue Lamentatio-
nen ausbrechen. Der Erbprinz hat mir zum Abschiede
fünfundzwanzig Dukaten geschickt, mit einem Wort, das
mich bis zu Tränen gerührt hat; also brauche ich von der
5 Mutter das Geld nicht, um das ich neulich schrieb.

Am 5. Mai.

Morgen gehe ich von hier ab, und weil mein Geburtsort
nur sechs Meilen vom Wege liegt, so will ich den auch
wiedersehen, will mich der alten, glücklich verträumten
10 Tage erinnern. Zu eben dem Tore will ich hinein gehn,
aus dem meine Mutter mit mir heraus fuhr, als sie nach
dem Tode meines Vaters den lieben, vertraulichen Ort verließ, um sich in ihre unerträgliche Stadt einzusperren. Adieu,
Wilhelm, du sollst von meinem Zuge hören.

Am 9. Mai.

15 Ich habe die Wallfahrt nach meiner Heimat mit aller Andacht eines Pilgrims vollendet, und manche unerwarteten
Gefühle haben mich ergriffen. An der großen Linde, die
eine Viertelstunde vor der Stadt nach S.. zu steht, ließ ich
20 halten, stieg aus und hieß den Postillon fortfahren, um zu
Fuße jede Erinnerung ganz neu, lebhaft, nach meinem Herzen zu kosten. Da stand ich nun unter der Linde, die ehedem,
als Knabe, das Ziel und die Grenze meiner Spaziergänge
gewesen. Wie anders! Damals sehnte ich mich in glücklicher
25 Unwissenheit hinaus in die unbekannte Welt, wo ich für
mein Herz so viele Nahrung, so vielen Genuß hoffte, meinen
strebenden, sehnenden Busen auszufüllen und zu befriedi-
gen. Jetzt komme ich zurück aus der weiten Welt – o mein
Freund, mit wie viel fehlgeschlagenen Hoffnungen, mit
30 wie viel zerstörten Planen! – Ich sah das Gebirge vor mir
liegen, das so tausendmal der Gegenstand meiner Wünsche
gewesen war. Stundenlang konnt' ich hier sitzen und mich
hinüber sehnen, mit inniger Seele mich in den Wäldern,
den Tälern verlieren, die sich meinen Augen so freundlich-
35 dämmernd darstellten; und wenn ich dann um die bestimmte
Zeit wieder zurück mußte, mit welchem Widerwillen verließ ich nicht den lieben Platz! – Ich kam der Stadt näher,

alle die alten, bekannten Gartenhäuschen wurden von mir
gegrüßt, die neuen waren mir zuwider, so auch alle Veränderungen, die man sonst vorgenommen hatte. Ich trat
zum Tor hinein und fand mich doch gleich und ganz wieder.
Lieber, ich mag nicht ins Detail gehn; so reizend, als es mir
war, so einförmig würde es in der Erzählung werden. Ich
hatte beschlossen, auf dem Markte zu wohnen, gleich neben
unserem alten Hause. Im Hingehen bemerkte ich, daß die
Schulstube, wo ein ehrliches altes Weib unsere Kindheit
zusammengepfercht hatte, in einen Kramladen verwandelt
war. Ich erinnerte mich der Unruhe, der Tränen, der Dumpf-
heit des Sinnes, der Herzensangst, die ich in dem Loche ausgestanden hatte. – Ich tat keinen Schritt, der nicht merkwürdig war. Ein Pilger im heiligen Lande trifft nicht so viele
Stätten religiöser Erinnerungen an, und seine Seele ist
schwerlich so voll heiliger Bewegung. – Noch eins für tausend. Ich ging den Fluß hinab, bis an einen gewissen Hof;
das war sonst auch mein Weg, und die Plätzchen, wo wir
Knaben uns übten, die meisten Sprünge der flachen Steine
im Wasser hervorzubringen. Ich erinnerte mich so lebhaft,
wenn ich manchmal stand und dem Wasser nachsah, mit
wie wunderbaren Ahnungen ich es verfolgte, wie abenteuer-
lich ich mir die Gegenden vorstellte, wo es nun hinflösse,
und wie ich da so bald Grenzen meiner Vorstellungskraft
fand; und doch mußte das weiter gehen, immer weiter, bis
ich mich ganz in dem Anschauen einer unsichtbaren Ferne
verlor. – Sieh, mein Lieber, so beschränkt und so glücklich
waren die herrlichen Altväter! so kindlich ihr Gefühl, ihre
Dichtung! Wenn Ulyß von dem ungemeßnen Meer und
von der unendlichen Erde spricht, das ist so wahr, menschlich, innig, eng und geheimnisvoll. Was hilft mich's, daß
ich jetzt mit jedem Schulknaben nachsagen kann, daß sie
rund sei? Der Mensch braucht nur wenige Erdschollen,
um drauf zu genießen, weniger, um drunter zu ruhen.

Nun bin ich hier, auf dem fürstlichen Jagdschloß. Es läßt
sich noch ganz wohl mit dem Herrn leben, er ist wahr und
einfach. Wunderliche Menschen sind um ihn herum, die
ich gar nicht begreife. Sie scheinen keine Schelmen und
haben doch auch nicht das Ansehen von ehrlichen Leuten.

Manchmal kommen sie mir ehrlich vor, und ich kann ihnen
doch nicht trauen. Was mir noch leid tut, ist, daß er oft von
Sachen redet, die er nur gehört und gelesen hat, und zwar
aus eben dem Gesichtspunkte, wie sie ihm der andere vor-
5 stellen mochte.

Auch schätzt er meinen Verstand und meine Talente mehr
als dies Herz, das doch mein einziger Stolz ist, das ganz
allein die Quelle von allem ist, aller Kraft, aller Seligkeit
und alles Elendes. Ach, was ich weiß, kann jeder wissen –
10 mein Herz habe ich allein.

Am 25. Mai.

Ich hatte etwas im Kopfe, davon ich euch nichts sagen
wollte, bis es ausgeführt wäre: jetzt, da nichts draus wird,
ist es ebenso gut. Ich wollte in den Krieg; das hat mir lange
15 am Herzen gelegen. Vornehmlich darum bin ich dem Fürsten hierher gefolgt, der General in ***schen Diensten ist.
Auf einem Spaziergang entdeckte ich ihm mein Vorhaben;
er widerriet mir es, und es müßte bei mir mehr Leidenschaft als Grille gewesen sein, wenn ich seinen Gründen
20 nicht hätte Gehör geben wollen.

Am 11. Junius.

Sage was du willst, ich kann nicht länger bleiben. Was soll
ich hier? die Zeit wird mir lang. Der Fürst hält mich, so gut
man nur kann, und doch bin ich nicht in meiner Lage. Wir
25 haben im Grunde nichts gemein mit einander. Er ist ein
Mann von Verstande, aber von ganz gemeinem Verstande;
sein Umgang unterhält mich nicht mehr, als wenn ich ein
wohl geschriebenes Buch lese. Noch acht Tage bleibe ich,
und dann ziehe ich wieder in der Irre herum. Das Beste,
30 was ich hier getan habe, ist mein Zeichnen. Der Fürst fühlt
in der Kunst und würde noch stärker fühlen, wenn er nicht
durch das garstige wissenschaftliche Wesen und durch
die gewöhnliche Terminologie eingeschränkt wäre. Manchmal knirsche ich mit den Zähnen, wenn ich ihn mit warmer
35 Imagination an Natur und Kunst herumführe und er es
auf einmal recht gut zu machen denkt, wenn er mit einem
gestempelten Kunstworte dreinstolpert.

                                          Am 16. Junius.

Ja wohl bin ich nur ein Wandrer, ein Waller auf der
Erde! Seid ihr denn mehr?

                                          Am 18. Junius.

Wo ich hin will? Das laß dir im Vertrauen eröffnen. Vierzehn Tage muß ich doch noch hier bleiben, und dann habe
ich mir weisgemacht, daß ich die Bergwerke im **schen besuchen wollte; ist aber im Grunde nichts dran, ich will nur
Lotten wieder näher, das ist alles. Und ich lache über mein
eigenes Herz – und tu' ihm seinen Willen.

                                          Am 29. Julius.

Nein, es ist gut! es ist alles gut! – Ich – ihr Mann! O Gott,
der du mich machtest, wenn du mir diese Seligkeit bereitet
hättest, mein ganzes Leben sollte ein anhaltendes Gebet
sein. Ich will nicht rechten, und verzeihe mir diese Tränen,
verzeihe mir meine vergeblichen Wünsche! – Sie meine
Frau! Wenn ich das liebste Geschöpf unter der Sonne in
meine Arme geschlossen hätte – Es geht mir ein Schauder
durch den ganzen Körper, Wilhelm, wenn Albert sie um
den schlanken Leib faßt.

Und, darf ich es sagen? Warum nicht, Wilhelm? Sie wäre
mit mir glücklicher geworden als mit ihm! O er ist nicht
der Mensch, die Wünsche dieses Herzens alle zu füllen.
Ein gewisser Mangel an Fühlbarkeit, ein Mangel – nimm
es, wie du willst; daß sein Herz nicht sympathetisch schlägt
bei – o! – bei der Stelle eines lieben Buches, wo mein Herz
und Lottens in einem zusammentreffen; in hundert andern
Vorfällen, wenn es kommt, daß unsere Empfindungen über
eine Handlung eines Dritten laut werden. Lieber Wilhelm! –
Zwar er liebt sie von ganzer Seele, und so eine Liebe, was
verdient die nicht! –

Ein unerträglicher Mensch hat mich unterbrochen. Meine
Tränen sind getrocknet. Ich bin zerstreut. Adieu, Lieber!

                                          Am 4. August.

Es geht mir nicht allein so. Alle Menschen werden in
ihren Hoffnungen getäuscht, in ihren Erwartungen be-

trogen. Ich besuchte mein gutes Weib unter der Linde.
Der älteste Junge lief mir entgegen, sein Freudengeschrei
führte die Mutter herbei, die sehr niedergeschlagen aussah.
Ihr erstes Wort war: „Guter Herr, ach, mein Hans ist mir
5 gestorben!" – Es war der jüngste ihrer Knaben. Ich war
stille. – „Und mein Mann", sagte sie, „ist aus der Schweiz
zurück und hat nichts mitgebracht, und ohne gute Leute
hätte er sich heraus betteln müssen, er hatte das Fieber
unterwegs gekriegt." – Ich konnte ihr nichts sagen und
10 schenkte dem Kleinen was; sie bat mich, einige Äpfel
anzunehmen, das ich tat und den Ort des traurigen An-
denkens verließ.

Am 21. August.

Wie man eine Hand umwendet, ist es anders mit mir.
15 Manchmal will wohl ein freudiger Blick des Lebens wieder
aufdämmern, ach, nur für einen Augenblick! – Wenn ich
mich so in Träumen verliere, kann ich mich des Gedankens
nicht erwehren: wie, wenn Albert stürbe? Du würdest!
ja, sie würde – und dann laufe ich dem Hirngespinste nach,
20 bis es mich an Abgründe führet, vor denen ich zurückbebe.

Wenn ich zum Tor hinausgehe, den Weg, den ich zum
erstenmal fuhr, Lotten zum Tanze zu holen, wie war das
so ganz anders! Alles, alles ist vorübergegangen! Kein Wink
der vorigen Welt, kein Pulsschlag meines damaligen Ge-
25 fühles. Mir ist es, wie es einem Geiste sein müßte, der in
das ausgebrannte, zerstörte Schloß zurückkehrte, das er
als blühender Fürst einst gebaut und mit allen Gaben der
Herrlichkeit ausgestattet, sterbend seinem geliebten Sohne
hoffnungsvoll hinterlassen hätte.

30   Am 3. September.

Ich begreife manchmal nicht, wie sie ein anderer lieb
haben kann, lieb haben darf, da ich sie so ganz allein, so
innig, so voll liebe, nichts anders kenne, noch weiß, noch
habe als sie!

35   Am 4. September.

Ja, es ist so. Wie die Natur sich zum Herbste neigt, wird
es Herbst in mir und um mich her. Meine Blätter werden

gelb, und schon sind die Blätter der benachbarten Bäume
abgefallen. Hab' ich dir nicht einmal von einem Bauer-
burschen geschrieben, gleich da ich herkam? Jetzt erkundigte ich mich wieder nach ihm in Wahlheim; es hieß, er
sei aus dem Dienste gejagt worden, und niemand wollte 5
was weiter von ihm wissen. Gestern traf ich ihn von ungefähr auf dem Wege nach einem andern Dorfe, ich redete ihn
an, und er erzählte mir seine Geschichte, die mich doppelt
und dreifach gerührt hat, wie du leicht begreifen wirst,
wenn ich dir sie wiedererzähle. Doch wozu das alles? war- 10
um behalt' ich nicht für mich, was mich ängstigt und
kränkt? warum betrüb' ich noch dich? warum geb' ich
dir immer Gelegenheit, mich zu bedauern und mich zu
schelten? Sei's denn, auch das mag zu meinem Schicksal
gehören! 15

Mit einer stillen Traurigkeit, in der ich ein wenig scheues
Wesen zu bemerken schien, antwortete der Mensch mir erst
auf meine Fragen; aber gar bald offner, als wenn er sich und
mich auf einmal wiedererkennte, gestand er mir seine Fehler,
klagte er mir sein Unglück. Könnt' ich dir, mein Freund, 20
jedes seiner Worte vor Gericht stellen! Er bekannte, ja er
erzählte mit einer Art von Genuß und Glück der Wieder-
erinnerung, daß die Leidenschaft zu seiner Hausfrau sich
in ihm tagtäglich vermehrt, daß er zuletzt nicht gewußt
habe, was er tue, nicht, wie er sich ausdrückte, wo er mit 25
dem Kopfe hingesollt. Er habe weder essen noch trinken
noch schlafen können, es habe ihm an der Kehle gestockt,
er habe getan, was er nicht tun sollen; was ihm aufgetragen
worden, hab' er vergessen, er sei als wie von einem bösen
Geist verfolgt gewesen, bis er eines Tages, als er sie in einer 30
obern Kammer gewußt, ihr nachgegangen, ja vielmehr ihr
nachgezogen worden sei; da sie seinen Bitten kein Gehör
gegeben, hab' er sich ihrer mit Gewalt bemächtigen wollen;
er wisse nicht, wie ihm geschehen sei, und nehme Gott
zum Zeugen, daß seine Absichten gegen sie immer redlich 35
gewesen, und daß er nichts sehnlicher gewünscht, als daß
sie ihn heiraten, daß sie mit ihm ihr Leben zubringen
möchte. Da er eine Zeitlang geredet hatte, fing er an zu
stocken, wie einer, der noch etwas zu sagen hat und sich es

nicht herauszusagen getraut; endlich gestand er mir auch
mit Schüchternheit, was sie ihm für kleine Vertraulichkeiten
erlaubt, und welche Nähe sie ihm vergönnet. Er brach zwei-,
dreimal ab und wiederholte die lebhaftesten Protestationen,
5 daß er das nicht sage, um sie schlecht zu machen, wie er
sich ausdrückte, daß er sie liebe und schätze wie vorher,
daß so etwas nicht über seinen Mund gekommen sei und
daß er es mir nur sage, um mich zu überzeugen, daß er kein
ganz verkehrter und unsinniger Mensch sei. – Und hier,
10 mein Bester, fang' ich mein altes Lied wieder an, das ich
ewig anstimmen werde: Könnt' ich dir den Menschen vorstellen, wie er vor mir stand, wie er noch vor mir steht!
Könnt' ich dir alles recht sagen, damit du fühltest, wie ich
an seinem Schicksale teilnehme, teilnehmen muß! Doch ge-
15 nug, da du auch mein Schicksal kennst, auch mich kennst,
so weißt du nur zu wohl, was mich zu allen Unglücklichen,
was mich besonders zu diesem Unglücklichen hinzieht.

Da ich das Blatt wieder durchlese, seh' ich, daß ich das
Ende der Geschichte zu erzählen vergessen habe, das sich
20 aber leicht hinzudenken läßt. Sie erwehrte sich sein; ihr
Bruder kam dazu, der ihn schon lange gehaßt, der ihn schon
lange aus dem Hause gewünscht hatte, weil er fürchtet,
durch eine neue Heirat der Schwester werde seinen Kindern
die Erbschaft entgehn, die ihnen jetzt, da sie kinderlos ist,
25 schöne Hoffnungen gibt; dieser habe ihn gleich zum Hause
hinausgestoßen und einen solchen Lärm von der Sache gemacht, daß die Frau, auch selbst wenn sie gewollt, ihn nicht
wieder hätte aufnehmen können. Jetzt habe sie wieder einen
andern Knecht genommen, auch über den, sage man, sei
30 sie mit dem Bruder zerfallen, und man behaupte für gewiß,
sie werde ihn heiraten, aber er sei fest entschlossen, das
nicht zu erleben.

Was ich dir erzähle, ist nicht übertrieben, nichts verzärtelt,
ja ich darf wohl sagen, schwach, schwach hab' ich's erzählt,
35 und vergröbert hab' ich's, indem ich's mit unsern hergebrachten sittlichen Worten vorgetragen habe.

Diese Liebe, diese Treue, diese Leidenschaft ist also keine
dichterische Erfindung. Sie lebt, sie ist in ihrer größten
Reinheit unter der Klasse von Menschen, die wir ungebildet,

die wir roh nennen. Wir Gebildeten – zu Nichts Verbildeten!
Lies die Geschichte mit Andacht, ich bitte dich. Ich bin
heute still, indem ich das hinschreibe; du siehst an meiner
Hand, daß ich nicht so strudele und sudele wie sonst. Lies,
mein Geliebter, und denke dabei, daß es auch die Geschichte
deines Freundes ist. Ja so ist mir's gegangen, so wird mir's
gehn, und ich bin nicht halb so brav, nicht halb so entschlossen als der arme Unglückliche, mit dem ich mich zu
vergleichen mich fast nicht getraue.

Am 5. September.

Sie hatte ein Zettelchen an ihren Mann aufs Land geschrieben, wo er sich Geschäfte wegen aufhielt. Es fing an:
„Bester, Liebster, komme, sobald du kannst, ich erwarte
dich mit tausend Freuden." – Ein Freund, der hereinkam,
brachte Nachricht, daß er wegen gewisser Umstände so
bald noch nicht zurückkehren würde. Das Billett blieb liegen
und fiel mir abends in die Hände. Ich las es und lächelte;
sie fragte worüber? – „Was die Einbildungskraft für ein
göttliches Geschenk ist," rief ich aus, „ich konnte mir einen
Augenblick vorspiegeln, als wäre es an mich geschrieben."
– Sie brach ab, es schien ihr zu mißfallen, und ich schwieg.

Am 6. September.

Es hat schwer gehalten, bis ich mich entschloß, meinen
blauen einfachen Frack, in dem ich mit Lotten zum erstenmale tanzte, abzulegen, er ward aber zuletzt gar unscheinbar. Auch habe ich mir einen machen lassen ganz wie den
vorigen, Kragen und Aufschlag, und auch wieder so gelbe
Weste und Beinkleider dazu.

Ganz will es doch die Wirkung nicht tun. Ich weiß nicht –
Ich denke, mit der Zeit soll mir der auch lieber werden.

Am 12. September.

Sie war einige Tage verreist, Alberten abzuholen. Heute
trat ich in ihre Stube, sie kam mir entgegen, und ich küßte
ihre Hand mit tausend Freuden.

Ein Kanarienvogel flog von dem Spiegel ihr auf die
Schulter. – „Einen neuen Freund," sagte sie und lockte ihn

auf ihre Hand, „er ist meinen Kleinen zugedacht. Er tut
gar zu lieb! Sehen Sie ihn! Wenn ich ihm Brot gebe, flattert
er mit den Flügeln und pickt so artig. Er küßt mich auch,
sehen Sie!"

Als sie dem Tierchen den Mund hinhielt, drückte es sich
so lieblich in die süßen Lippen, als wenn es die Seligkeit hätte
fühlen können, die es genoß.

„Er soll Sie auch küssen." sagte sie und reichte den Vogel
herüber. – Das Schnäbelchen machte den Weg von ihrem
Munde zu dem meinigen, und die pickende Berührung war
wie ein Hauch, eine Ahnung liebevollen Genusses.

„Sein Kuß", sagte ich, „ist nicht ganz ohne Begierde, er
sucht Nahrung und kehrt unbefriedigt von der leeren Lieb-
kosung zurück."

„Er ißt mir auch aus dem Munde." sagte sie. – Sie reichte
ihm einige Brosamen mit ihren Lippen, aus denen die Freuden unschuldig teilnehmender Liebe in aller Wonne lächel-
ten.

Ich kehrte das Gesicht weg. Sie sollte es nicht tun, sollte
nicht meine Einbildungskraft mit diesen Bildern himmlischer
Unschuld und Seligkeit reizen und mein Herz aus dem
Schlafe, in den es manchmal die Gleichgültigkeit des Lebens wiegt, nicht wecken! – Und warum nicht? – Sie traut
mir so! sie weiß, wie ich sie liebe!

Am 15. September.

Man möchte rasend werden, Wilhelm, daß es Menschen
geben soll ohne Sinn und Gefühl an dem wenigen, was auf
Erden noch einen Wert hat. Du kennst die Nußbäume, unter
denen ich bei dem ehrlichen Pfarrer zu St.. mit Lotten
gesessen, die herrlichen Nußbäume, die mich, Gott weiß,
immer mit dem größten Seelenvergnügen füllten! Wie vertraulich sie den Pfarrhof machten, wie kühl! und wie herrlich
die Äste waren! Und die Erinnerung bis zu den ehrlichen
Geistlichen, die sie vor vielen Jahren pflanzten. Der Schulmeister hat uns den einen Namen oft genannt, den er von
seinem Großvater gehört hatte; und so ein braver Mann soll
er gewesen sein, und sein Andenken war mir immer heilig
unter den Bäumen. Ich sage dir, dem Schulmeister standen

die Tränen in den Augen, da wir gestern davon redeten, daß
sie abgehauen worden – abgehauen! Ich möchte toll werden,
ich könnte den Hund ermorden, der den ersten Hieb dran
tat. Ich, der ich mich vertrauern könnte, wenn so ein paar
Bäume in meinem Hofe stünden und einer davon stürbe 5
vor Alter ab, ich muß zusehen. Lieber Schatz, eins ist doch
dabei: Was Menschengefühl ist! Das ganze Dorf murrt, und
ich hoffe, die Frau Pfarrerin soll es an Butter und Eiern und
übrigem Zutrauen spüren, was für eine Wunde sie ihrem
Orte gegeben hat. Denn sie ist es, die Frau des neuen Pfar- 10
rers (unser alter ist auch gestorben), ein hageres, kränkliches
Geschöpf, das sehr Ursache hat, an der Welt keinen Anteil
zu nehmen, denn niemand nimmt Anteil an ihr. Eine Närrin,
die sich abgibt, gelehrt zu sein, sich in die Untersuchung
des Kanons meliert, gar viel an der neumodischen, moralisch- 15
kritischen Reformation des Christentumes arbeitet und
über Lavaters Schwärmereien die Achseln zuckt, eine ganz
zerrüttete Gesundheit hat und deswegen auf Gottes Erdboden keine Freude. So einer Kreatur war es auch allein
möglich, meine Nußbäume abzuhauen. Siehst du, ich kom- 20
me nicht zu mir! Stelle dir vor: die abfallenden Blätter
machen ihr den Hof unrein und dumpfig, die Bäume nehmen ihr das Tageslicht, und wenn die Nüsse reif sind, so
werfen die Knaben mit Steinen darnach, und das fällt ihr
auf die Nerven, das stört sie in ihren tiefen Überlegungen, 25
wenn sie Kennikot, Semler und Michaelis gegen einander
abwiegt. Da ich die Leute im Dorfe, besonders die alten,
so unzufrieden sah, sagte ich: „Warum habt ihr es gelitten?"
– „Wenn der Schulze will, hier zu Lande," sagten sie, „was
kann man machen?" – Aber eins ist recht geschehen. Der 30
Schulze und der Pfarrer, der doch auch von seiner Frauen
Grillen, die ihm ohnedies die Suppen nicht fett machen,
was haben wollte, dachten es mit einander zu teilen; da
erfuhr es die Kammer und sagte: „Hier herein!" Denn sie
hatte noch alte Prätensionen an den Teil des Pfarrhofes, wo 35
die Bäume standen, und verkaufte sie an den Meistbietenden.
Sie liegen! O, wenn ich Fürst wäre! Ich wollte die Pfarrerin,
den Schulzen und die Kammer – Fürst! – Ja wenn ich Fürst
wäre, was kümmerten mich die Bäume in meinem Lande!

Am 10. Oktober.

Wenn ich nur ihre schwarzen Augen sehe, ist mir es schon wohl! Sieh, und was mich verdrießt, ist, daß Albert nicht so beglückt zu sein scheinet, als er – hoffte – als ich – zu sein glaubte – wenn – Ich mache nicht gern Gedankenstriche, aber hier kann ich mich nicht anders ausdrücken – und mich dünkt deutlich genug.

Am 12. Oktober.

Ossian hat in meinem Herzen den Homer verdrängt. Welch eine Welt, in die der Herrliche mich führt! Zu wandern über die Heide, umsaust vom Sturmwinde, der in dampfenden Nebeln die Geister der Väter im dämmernden Lichte des Mondes hinführt. Zu hören vom Gebirge her, im Gebrülle des Waldstroms, halb verwehtes Ächzen der Geister aus ihren Höhlen, und die Wehklagen des zu Tode sich jammernden Mädchens, um die vier moosbedeckten, grasbewachsenen Steine des Edelgefallnen, ihres Geliebten. Wenn ich ihn dann finde, den wandelnden grauen Barden, der auf der weiten Heide die Fußstapfen seiner Väter sucht und, ach, ihre Grabsteine findet und dann jammernd nach dem lieben Sterne des Abends hinblickt, der sich ins rollende Meer verbirgt, und die Zeiten der Vergangenheit in des Helden Seele lebendig werden, da noch der freundliche Strahl den Gefahren der Tapferen leuchtete und der Mond ihr bekränztes, siegrückkehrendes Schiff beschien. Wenn ich den tiefen Kummer auf seiner Stirn lese, den letzten verlassenen Herrlichen in aller Ermattung dem Grabe zuwanken sehe, wie er immer neue, schmerzlich glühende Freuden in der kraftlosen Gegenwart der Schatten seiner Abgeschiedenen einsaugt und nach der kalten Erde, dem hohen, wehenden Grase niedersieht und ausruft: „Der Wanderer wird kommen, kommen, der mich kannte in meiner Schönheit, und fragen: ‚Wo ist der Sänger, Fingals trefflicher Sohn?‘ Sein Fußtritt geht über mein Grab hin, und er fragt vergebens nach mir auf der Erde." – O Freund! ich möchte gleich einem edlen Waffenträger das Schwert ziehen, meinen Fürsten von der zückenden Qual des langsam absterbenden Lebens auf einmal befreien und dem befreiten Halbgott meine Seele nachsenden.

Am 19. Oktober.

Ach diese Lücke! diese entsetzliche Lücke, die ich hier in
meinem Busen fühle! – Ich denke oft, wenn du sie nur einmal, nur einmal an dieses Herz drücken könntest, diese
ganze Lücke würde ausgefüllt sein.

Am 26. Oktober.

Ja es wird mir gewiß, Lieber, gewiß und immer gewisser,
daß an dem Dasein eines Geschöpfes wenig gelegen ist,
ganz wenig. Es kam eine Freundin zu Lotten, und ich ging
herein ins Nebenzimmer, ein Buch zu nehmen, und konnte
nicht lesen, und dann nahm ich eine Feder, zu schreiben.
Ich hörte sie leise reden; sie erzählten einander unbedeu-
tende Sachen, Stadtneuigkeiten: Wie diese heiratet, wie
jene krank, sehr krank ist. – „Sie hat einen trocknen Husten,
die Knochen stehn ihr zum Gesichte heraus, und kriegt
Ohnmachten; ich gebe keinen Kreuzer für ihr Leben."
sagte die eine. – „Der N. N. ist auch so übel dran." sagte
Lotte. – „Er ist schon geschwollen." sagte die andere. –
Und meine lebhafte Einbildungskraft versetzte mich ans
Bett dieser Armen; ich sah sie, mit welchem Widerwillen sie
dem Leben den Rücken wandten, wie sie – Wilhelm! und
meine Weibchen redeten davon, wie man eben davon redet –
daß ein Fremder stirbt. – Und wenn ich mich umsehe und
sehe das Zimmer an, und rings um mich Lottens Kleider
und Alberts Skripturen und diese Möbeln, denen ich nun
so befreundet bin, sogar diesem Dintenfaß, und denke:
Siehe, was du nun diesem Hause bist! Alles in allem. Deine
Freunde ehren dich! Du machst oft ihre Freude, und deinem Herzen scheint es, als wenn es ohne sie nicht sein
könnte; und doch – wenn du nun gingst, wenn du aus diesem Kreise schiedest? würden sie, wie lange würden sie die
Lücke fühlen, die dein Verlust in ihr Schicksal reißt? wie
lange? – O, so vergänglich ist der Mensch, daß er auch da,
wo er seines Daseins eigentliche Gewißheit hat, da, wo er
den einzigen wahren Eindruck seiner Gegenwart macht,
in dem Andenken, in der Seele seiner Lieben, daß er auch
da verlöschen, verschwinden muß, und das so bald!

Am 27. Oktober.

Ich möchte mir oft die Brust zerreißen und das Gehirn einstoßen, daß man einander so wenig sein kann. Ach die Liebe, Freude, Wärme und Wonne, die ich nicht hinzubringe, wird mir der andere nicht geben, und mit einem ganzen Herzen voll Seligkeit werde ich den andern nicht beglücken, der kalt und kraftlos vor mir steht.

Am 27. Oktober abends.

Ich habe so viel, und die Empfindung an ihr verschlingt alles; ich habe so viel, und ohne sie wird mir alles zu Nichts.

Am 30. Oktober.

Wenn ich nicht schon hundertmal auf dem Punkte gestanden bin, ihr um den Hals zu fallen! Weiß der große Gott, wie einem das tut, so viele Liebenswürdigkeit vor einem herumkreuzen zu sehen und nicht zugreifen zu dürfen; und das Zugreifen ist doch der natürlichste Trieb der Menschheit. Greifen die Kinder nicht nach allem, was ihnen in den Sinn fällt? – Und ich?

Am 3. November.

Weiß Gott! ich lege mich so oft zu Bette mit dem Wunsche, ja manchmal mit der Hoffnung, nicht wieder zu erwachen: und morgens schlage ich die Augen auf, sehe die Sonne wieder, und bin elend. O daß ich launisch sein könnte, könnte die Schuld aufs Wetter, auf einen Dritten, auf eine fehlgeschlagene Unternehmung schieben, so würde die unerträgliche Last des Unwillens doch nur halb auf mir ruhen. Wehe mir! ich fühle zu wahr, daß an mir allein alle Schuld liegt – nicht Schuld! Genug, daß in mir die Quelle alles Elendes verborgen ist, wie ehemals die Quelle aller Seligkeiten. Bin ich nicht noch ebenderselbe, der ehemals in aller Fülle der Empfindung herumschwebte, dem auf jedem Tritte ein Paradies folgte, der ein Herz hatte, eine ganze Welt liebevoll zu umfassen? Und dies Herz ist jetzt tot, aus ihm fließen keine Entzückungen mehr, meine Augen sind trocken, und meine Sinne, die nicht mehr von erquickenden Tränen gelabt werden, ziehen ängstlich meine Stirn zusammen. Ich

leide viel, denn ich habe verloren, was meines Lebens einzige
Wonne war, die heilige, belebende Kraft, mit der ich Welten
um mich schuf; sie ist dahin! – Wenn ich zu meinem Fenster hinaus an den fernen Hügel sehe, wie die Morgensonne
über ihn her den Nebel durchbricht und den stillen Wiesen-
grund bescheint, und der sanfte Fluß zwischen seinen ent-
blätterten Weiden zu mir herschlängelt, – o! wenn da diese
herrliche Natur so starr vor mir steht wie ein lackiertes Bildchen, und alle die Wonne keinen Tropfen Seligkeit aus meinem Herzen herauf in das Gehirn pumpen kann, und der
ganze Kerl vor Gottes Angesicht steht wie ein versiegter
Brunnen, wie ein verlechter Eimer. Ich habe mich oft auf den
Boden geworfen und Gott um Tränen gebeten, wie ein
Ackersmann um Regen, wenn der Himmel ehern über ihm
ist und um ihn die Erde verdürstet.

Aber, ach, ich fühle es, Gott gibt Regen und Sonnenschein
nicht unserm ungestümen Bitten, und jene Zeiten, deren
Andenken mich quält, warum waren sie so selig, als weil ich
mit Geduld seinen Geist erwartete und die Wonne, die er
über mich ausgoß, mit ganzem, innig dankbarem Herzen
aufnahm!

Am 8. November.

Sie hat mir meine Exzesse vorgeworfen! Ach, mit so viel
Liebenswürdigkeit! Meine Exzesse, daß ich mich manchmal von einem Glase Wein verleiten lasse, eine Bouteille zu
trinken. – „Tun Sie es nicht!" sagte sie, „denken Sie an
Lotten!" – „Denken!" sagte ich, „brauchen Sie mir das zu
heißen? Ich denke! – ich denke nicht! Sie sind immer vor
meiner Seele. Heute saß ich an dem Flecke, wo Sie neulich
aus der Kutsche stiegen…" – Sie redete was anders, um
mich nicht tiefer in den Text kommen zu lassen. Bester, ich
bin dahin! sie kann mit mir machen, was sie will.

Am 15. November.

Ich danke dir, Wilhelm, für deinen herzlichen Anteil, für
deinen wohlmeinenden Rat und bitte dich, ruhig zu sein.
Laß mich ausdulden, ich habe bei aller meiner Müdseligkeit
noch Kraft genug durchzusetzen. Ich ehre die Religion, das

weißt du, ich fühle, daß sie manchem Ermatteten Stab, manchem Verschmachtenden Erquickung ist. Nur – kann sie
denn, muß sie denn das einem jeden sein? Wenn du die
große Welt ansiehst, so siehst du Tausende, denen sie es
5 nicht war, Tausende, denen sie es nicht sein wird, gepredigt
oder ungepredigt, und muß sie mir es denn sein? Sagt
nicht selbst der Sohn Gottes, daß die um ihn sein würden,
die ihm der Vater gegeben hat? Wenn ich ihm nun nicht
gegeben bin? Wenn mich nun der Vater für sich behalten
10 will, wie mir mein Herz sagt? – Ich bitte dich, lege das nicht
falsch aus; sieh nicht etwa Spott in diesen unschuldigen
Worten; es ist meine ganze Seele, die ich dir vorlege; sonst
wollte ich lieber, ich hätte geschwiegen: wie ich denn über
alles das, wovon jedermann so wenig weiß als ich, nicht gern
15 ein Wort verliere. Was ist es anders als Menschenschicksal,
sein Maß auszuleiden, seinen Becher auszutrinken? – Und
ward der Kelch dem Gott vom Himmel auf seiner Menschenlippe zu bitter, warum soll ich großtun und mich stellen,
als schmeckte er mir süß? Und warum sollte ich mich
20 schämen, in dem schrecklichen Augenblick, da mein ganzes
Wesen zwischen Sein und Nichtsein zittert, da die Vergangenheit wie ein Blitz über dem finstern Abgrunde der
Zukunft leuchtet und alles um mich her versinkt und mit
mir die Welt untergeht? Ist es da nicht die Stimme der ganz
25 in sich gedrängten, sich selbst ermangelnden und unaufhaltsam hinabstürzenden Kreatur, in den innern Tiefen ihrer
vergebens aufarbeitenden Kräfte zu knirschen: „Mein Gott!
mein Gott! warum hast du mich verlassen?" Und sollt'
ich mich des Ausdruckes schämen, sollte mir es vor dem
30 Augenblicke bange sein, da ihm der nicht entging, der die
Himmel zusammenrollt wie ein Tuch?

Am 21. November.

Sie sieht nicht, sie fühlt nicht, daß sie ein Gift bereitet,
das mich und sie zugrunde richten wird; und ich mit voller
35 Wollust schlürfe den Becher aus, den sie mir zu meinem Verderben reicht. Was soll der gütige Blick, mit dem sie mich
oft – oft? – nein, nicht oft, aber doch manchmal ansieht, die
Gefälligkeit, womit sie einen unwillkürlichen Ausdruck

meines Gefühls aufnimmt, das Mitleiden mit meiner Duldung, das sich auf ihrer Stirne zeichnet?

Gestern, als ich wegging, reichte sie mir die Hand und sagte: „Adieu, lieber Werther!" – Lieber Werther! Es war das erstemal, daß sie mich Lieber hieß, und es ging mir durch Mark und Bein. Ich habe es mir hundertmal wiederholt, und gestern nacht, da ich zu Bette gehen wollte und mit mir selbst allerlei schwatzte, sagte ich so auf einmal: „Gute Nacht, lieber Werther!" und mußte hernach selbst über mich lachen.

Am 22. November.

Ich kann nicht beten: „Laß mir sie!" und doch kommt sie mir oft als die Meine vor. Ich kann nicht beten: „Gib mir sie!" Denn sie ist eines andern. Ich witzle mich mit meinen Schmerzen herum; wenn ich mir's nachließe, es gäbe eine ganze Litanei von Antithesen.

Am 24. November.

Sie fühlt, was ich dulde. Heute ist mir ihr Blick tief durchs Herz gedrungen. Ich fand sie allein; ich sagte nichts, und sie sah mich an. Und ich sah nicht mehr in ihr die liebliche Schönheit, nicht mehr das Leuchten des trefflichen Geistes, das war alles vor meinen Augen verschwunden. Ein weit herrlicherer Blick wirkte auf mich, voll Ausdruck des innigsten Anteils, des süßesten Mitleidens. Warum durft' ich mich nicht ihr zu Füßen werfen? warum durft' ich nicht an ihrem Halse mit tausend Küssen antworten? Sie nahm ihre Zuflucht zum Klavier und hauchte mit süßer, leiser Stimme harmonische Laute zu ihrem Spiele. Nie habe ich ihre Lippen so reizend gesehn; es war, als wenn sie sich lechzend öffneten, jene süßen Töne in sich zu schlürfen, die aus dem Instrument hervorquollen, und nur der heimliche Widerschall aus dem reinen Munde zurückklänge – Ja wenn ich dir das so sagen könnte! – Ich widerstand nicht länger, neigte mich und schwur: Nie will ich es wagen, einen Kuß euch aufzudrücken, Lippen, auf denen die Geister des Himmels schweben. – Und doch – ich will – Ha! siehst du, das steht wie eine Scheidewand vor meiner Seele – diese

Seligkeit – und dann untergegangen, diese Sünde abzu-
büßen – Sünde?

Am 26. November.

Manchmal sag' ich mir: Dein Schicksal ist einzig; preise
die übrigen glücklich – so ist noch keiner gequält worden. –
Dann lese ich einen Dichter der Vorzeit, und es ist mir, als
säh' ich in mein eignes Herz. Ich habe so viel auszustehen!
Ach, sind denn Menschen vor mir schon so elend gewesen?

Am 30. November.

Ich soll, ich soll nicht zu mir selbst kommen! Wo ich
hintrete, begegnet mir eine Erscheinung, die mich aus aller
Fassung bringt. Heute! o Schicksal! o Menschheit!

Ich gehe an dem Wasser hin in der Mittagsstunde, ich
hatte keine Lust zu essen. Alles war öde, ein naßkalter
Abendwind blies vom Berge, und die grauen Regenwolken
zogen das Tal hinein. Von fern seh' ich einen Menschen in
einem grünen, schlechten Rocke, der zwischen den Felsen
herumkrabbelte und Kräuter zu suchen schien. Als ich näher
zu ihm kam und er sich auf das Geräusch, das ich machte,
herumdrehte, sah ich eine gar interessante Physiognomie,
darin eine stille Trauer den Hauptzug machte, die aber
sonst nichts als einen geraden guten Sinn ausdrückte; seine
schwarzen Haare waren mit Nadeln in zwei Rollen gesteckt,
und die übrigen in einen starken Zopf geflochten, der ihm
den Rücken herunter hing. Da mir seine Kleidung einen
Menschen von geringem Stande zu bezeichnen schien,
glaubte ich, er würde es nicht übelnehmen, wenn ich auf
seine Beschäftigung aufmerksam wäre, und daher fragte ich
ihn, was er suchte? – „Ich suche", antwortete er mit einem
tiefen Seufzer, „Blumen – und finde keine." – „Das ist auch
die Jahrszeit nicht." sagte ich lächelnd. – „Es gibt so viele
Blumen." sagte er, indem er zu mir herunterkam. „In meinem Garten sind Rosen und Jelängerjelieber zweierlei Sorten,
eine hat mir mein Vater gegeben, sie wachsen wie Unkraut;
ich suche schon zwei Tage darnach und kann sie nicht finden.
Da haußen sind auch immer Blumen, gelbe und blaue und
rote, und das Tausendgüldenkraut hat ein schönes Blümchen.

Keines kann ich finden." – Ich merkte was Unheimliches,
und drum fragte ich durch einen Umweg: „Was will
Er denn mit den Blumen?" – Ein wunderbares, zuckendes
Lächeln verzog sein Gesicht. „Wenn Er mich nicht verraten will," sagte er, indem er den Finger auf den Mund
drückte, „ich habe meinem Schatz einen Strauß versprochen." – „Das ist brav." sagte ich. – „O!" sagte er, „sie hat
viel andere Sachen, sie ist reich." – „Und doch hat sie Seinen
Strauß lieb." versetzte ich. – „O!" fuhr er fort, „sie hat
Juwelen und eine Krone." – „Wie heißt sie denn?" – „Wenn
mich die Generalstaaten bezahlen wollten," versetzte er,
„ich wär' ein anderer Mensch! Ja, es war einmal eine Zeit,
da mir es so wohl war! Jetzt ist es aus mit mir. Ich bin nun...."
Ein nasser Blick zum Himmel drückte alles aus. – „Er war
also glücklich?" fragte ich. – „Ach ich wollte, ich wäre
wieder so!" sagte er. „Da war mir es so wohl, so lustig, so
leicht wie einem Fisch im Wasser!" – „Heinrich!" rief eine
alte Frau, die den Weg herkam, „Heinrich, wo steckst du?
Wir haben dich überall gesucht, komm zum Essen." – „Ist
das Euer Sohn?" fragt' ich, zu ihr tretend. – „Wohl, mein
armer Sohn!" versetzte sie. „Gott hat mir ein schweres
Kreuz aufgelegt." – „Wie lange ist er so?" fragte ich. –
„So stille", sagte sie, „ist er nun ein halbes Jahr. Gott sei
Dank, daß er nur so weit ist, vorher war er ein ganzes Jahr
rasend, da hat er an Ketten im Tollhause gelegen. Jetzt tut
er niemand nichts, nur hat er immer mit Königen und Kaisern
zu schaffen. Er war ein so guter, stiller Mensch, der mich
ernähren half, seine schöne Hand schrieb, und auf einmal
wird er tiefsinnig, fällt in ein hitziges Fieber, daraus in Ra-
serei, und nun ist er, wie Sie ihn sehen. Wenn ich Ihnen erzählen sollte, Herr..." – Ich unterbrach den Strom ihrer
Worte mit der Frage: „Was war denn das für eine Zeit, von
der er rühmt, daß er so glücklich, so wohl darin gewesen
sei?" – „Der törichte Mensch!" rief sie mit mitleidigem
Lächeln, „da meint er die Zeit, da er von sich war, das
rühmt er immer; das ist die Zeit, da er im Tollhause war,
wo er nichts von sich wußte." – Das fiel mir auf wie ein
Donnerschlag, ich drückte ihr ein Stück Geld in die Hand
und verließ sie eilend.

Da du glücklich warst! rief ich aus, schnell vor mich hin
nach der Stadt zu gehend, da dir es wohl war wie einem
Fisch im Wasser! – Gott im Himmel! hast du das zum
Schicksale der Menschen gemacht, daß sie nicht glücklich
⁵ sind, als ehe sie zu ihrem Verstande kommen und wenn sie
ihn wieder verlieren! – Elender! und auch wie beneide ich
deinen Trübsinn, die Verwirrung deiner Sinne, in der du
verschmachtest! Du gehst hoffnungsvoll aus, deiner Köni-
gin Blumen zu pflücken – im Winter – und trauerst, da du
¹⁰ keine findest, und begreifst nicht, warum du keine finden
kannst. Und ich – und ich gehe ohne Hoffnung, ohne Zweck
heraus und kehre wieder heim, wie ich gekommen bin. –
Du wähnst, welcher Mensch du sein würdest, wenn die
Generalstaaten dich bezahlten. Seliges Geschöpf, das den
¹⁵ Mangel seiner Glückseligkeit einer irdischen Hindernis zuschreiben kann! Du fühlst nicht, du fühlst nicht, daß in
deinem zerstörten Herzen, in deinem zerrütteten Gehirne
dein Elend liegt, wovon alle Könige der Erde dir nicht
helfen können.

²⁰ Müsse der trostlos umkommen, der eines Kranken spottet,
der nach der entferntesten Quelle reist, die seine Krankheit
vermehren, sein Ausleben schmerzhafter machen wird! der
sich über das bedrängte Herz erhebt, das, um seine Ge-
wissensbisse loszuwerden und die Leiden seiner Seele ab-
²⁵ zutun, eine Pilgrimschaft nach dem heiligen Grabe tut.
Jeder Fußtritt, der seine Sohlen auf ungebahntem Wege
durchschneidet, ist ein Linderungstropfen der geängsteten
Seele, und mit jeder ausgedauerten Tagereise legt sich das
Herz um viele Bedrängnisse leichter nieder. – Und dürft
³⁰ ihr das Wahn nennen, ihr Wortkrämer auf euren Polstern? –
Wahn! – O Gott! du siehst meine Tränen! Mußtest du, der
du den Menschen arm genug erschufst, ihm auch Brüder
zugeben, die ihm das bißchen Armut, das bißchen Vertrauen noch raubten, das er auf dich hat, auf dich, du All-
³⁵ liebender! Denn das Vertrauen zu einer heilenden Wurzel,
zu den Tränen des Weinstockes, was ist es als Vertrauen
zu dir, daß du in alles, was uns umgibt, Heil- und Linde-
rungskraft gelegt hast, der wir so stündlich bedürfen? Vater,
den ich nicht kenne! Vater, der sonst meine ganze Seele

füllte und nun sein Angesicht von mir gewendet hat, rufe mich zu dir! Schweige nicht länger! Dein Schweigen wird diese dürstende Seele nicht aufhalten – Und würde ein Mensch, ein Vater, zürnen können, dem sein unvermutet rückkehrender Sohn um den Hals fiele und riefe: „Ich bin wieder da, mein Vater! Zürne nicht, daß ich die Wanderschaft abbreche, die ich nach deinem Willen länger aushalten sollte. Die Welt ist überall einerlei, auf Mühe und Arbeit Lohn und Freude; aber was soll mir das? mir ist nur wohl, wo du bist, und vor deinem Angesichte will ich leiden und genießen." – Und du, lieber himmlischer Vater, solltest ihn von dir weisen?

Am 1. Dezember.

Wilhelm! Der Mensch, von dem ich dir schrieb, der glückliche Unglückliche, war Schreiber bei Lottens Vater, und eine Leidenschaft zu ihr, die er nährte, verbarg, entdeckte und worüber er aus dem Dienst geschickt wurde, hat ihn rasend gemacht. Fühle bei diesen trocknen Worten, mit welchem Unsinne mich die Geschichte ergriffen hat, da mir sie Albert ebenso gelassen erzählte, als du sie vielleicht liesest.

Am 4. Dezember.

Ich bitte dich – Siehst du, mit mir ist's aus, ich trag' es nicht länger! Heute saß ich bei ihr – saß, sie spielte auf ihrem Klavier, mannigfaltige Melodien, und all den Ausdruck! all! – all! – Was willst du? – Ihr Schwesterchen putzte ihre Puppe auf meinem Knie. Mir kamen die Tränen in die Augen. Ich neigte mich, und ihr Trauring fiel mir ins Gesicht – meine Tränen flossen – Und auf einmal fiel sie in die alte, himmelsüße Melodie ein, so auf einmal, und mir durch die Seele gehn ein Trostgefühl und eine Erinnerung des Vergangenen, der Zeiten, da ich das Lied gehört, der düstern Zwischenräume des Verdrusses, der fehlgeschlagenen Hoffnungen, und dann – Ich ging in der Stube auf und nieder, mein Herz erstickte unter dem Zudringen. – „Um Gottes willen," sagte ich, mit einem heftigen Ausbruch hin gegen sie fahrend, „um Gottes willen, hören Sie auf!" –

Sie hielt und sah mich starr an. „Werther," sagte sie mit
einem Lächeln, das mir durch die Seele ging, „Werther, Sie
sind sehr krank, Ihre Lieblingsgerichte widerstehen Ihnen.
Gehen Sie! Ich bitte Sie, beruhigen Sie sich." – Ich riß
5 mich von ihr weg und – Gott! du siehst mein Elend und
wirst es enden.

Am 6. Dezember.

Wie mich die Gestalt verfolgt! Wachend und träumend
füllt sie meine ganze Seele! Hier, wenn ich die Augen
10 schließe, hier in meiner Stirne, wo die innere Sehkraft sich
vereinigt, stehen ihre schwarzen Augen. Hier! ich kann dir
es nicht ausdrücken. Mache ich meine Augen zu, so sind
sie da; wie ein Meer, wie ein Abgrund ruhen sie vor mir,
in mir, füllen die Sinne meiner Stirn.

15 Was ist der Mensch, der gepriesene Halbgott! Ermangeln
ihm nicht eben da die Kräfte, wo er sie am nötigsten braucht?
Und wenn er in Freude sich aufschwingt oder im Leiden
versinkt, wird er nicht in beiden eben da aufgehalten, eben
da zu dem stumpfen, kalten Bewußtsein wieder zurück-
20 gebracht, da er sich in der Fülle des Unendlichen zu verlieren sehnte?

Der Herausgeber an den Leser

Wie sehr wünscht' ich, daß uns von den letzten merkwür-
digen Tagen unsers Freundes so viel eigenhändige Zeug-
25 nisse übrig geblieben wären, daß ich nicht nötig hätte, die
Folge seiner hinterlaßnen Briefe durch Erzählung zu unter-
brechen.

Ich habe mir angelegen sein lassen, genaue Nachrichten
aus dem Munde derer zu sammeln, die von seiner Ge-
30 schichte wohl unterrichtet sein konnten; sie ist einfach, und
es kommen alle Erzählungen davon bis auf wenige Kleinig-
keiten miteinander überein; nur über die Sinnesarten der
handelnden Personen sind die Meinungen verschieden und
die Urteile geteilt.

35 Was bleibt uns übrig, als dasjenige, was wir mit wieder-

holter Mühe erfahren können, gewissenhaft zu erzählen, die von dem Abscheidenden hinterlaßnen Briefe einzuschalten und das kleinste aufgefundene Blättchen nicht gering zu achten; zumal da es so schwer ist, die eigensten, wahren Triebfedern auch nur einer einzelnen Handlung zu entdecken, wenn sie unter Menschen vorgeht, die nicht gemeiner Art sind.

Unmut und Unlust hatten in Werthers Seele immer tiefer Wurzel geschlagen, sich fester untereinander verschlungen und sein ganzes Wesen nach und nach eingenommen. Die Harmonie seines Geistes war völlig zerstört, eine innerliche Hitze und Heftigkeit, die alle Kräfte seiner Natur durcheinanderarbeitete, brachte die widrigsten Wirkungen hervor und ließ ihm zuletzt nur eine Ermattung übrig, aus der er noch ängstlicher empor strebte, als er mit allen Übeln bisher gekämpft hatte. Die Beängstigung seines Herzens zehrte die übrigen Kräfte seines Geistes, seine Lebhaftigkeit, seinen Scharfsinn auf, er ward ein trauriger Gesellschafter, immer unglücklicher, und immer ungerechter, je unglücklicher er ward. Wenigstens sagen dies Alberts Freunde; sie behaupten, daß Werther einen reinen, ruhigen Mann, der nun eines lang gewünschten Glückes teilhaftig geworden, und sein Betragen, sich dieses Glück auch auf die Zukunft zu erhalten, nicht habe beurteilen können, er, der gleichsam mit jedem Tage sein ganzes Vermögen verzehrte, um an dem Abend zu leiden und zu darben. Albert, sagen sie, hatte sich in so kurzer Zeit nicht verändert, er war noch immer derselbige, den Werther so vom Anfang her kannte, so sehr schätzte und ehrte. Er liebte Lotten über alles, er war stolz auf sie und wünschte sie auch von jedermann als das herrlichste Geschöpf anerkannt zu wissen. War es ihm daher zu verdenken, wenn er auch jeden Schein des Verdachtes abzuwenden wünschte, wenn er in dem Augenblicke mit niemand diesen köstlichen Besitz auch auf die unschuldigste Weise zu teilen Lust hatte? Sie gestehen ein, daß Albert oft das Zimmer seiner Frau verlassen, wenn Werther bei ihr war, aber nicht aus Haß noch Abneigung gegen seinen Freund, sondern nur weil er gefühlt habe, daß dieser von seiner Gegenwart gedrückt sei.

Lottens Vater war von einem Übel befallen worden, das ihn in der Stube hielt, er schickte ihr seinen Wagen, und sie fuhr hinaus. Es war ein schöner Wintertag, der erste Schnee war stark gefallen und deckte die ganze Gegend.

5 Werther ging ihr den andern Morgen nach, um, wenn Albert sie nicht abzuholen käme, sie hereinzubegleiten.

Das klare Wetter konnte wenig auf sein trübes Gemüt wirken, ein dumpfer Druck lag auf seiner Seele, die traurigen Bilder hatten sich bei ihm festgesetzt, und sein Gemüt
10 kannte keine Bewegung als von einem schmerzlichen Gedanken zum andern.

Wie er mit sich in ewigem Unfrieden lebte, schien ihm auch der Zustand andrer nur bedenklicher und verworrner, er glaubte, das schöne Verhältnis zwischen Albert und seiner
15 Gattin gestört zu haben, er machte sich Vorwürfe darüber, in die sich ein heimlicher Unwille gegen den Gatten mischte.

Seine Gedanken fielen auch unterwegs auf diesen Gegenstand. „Ja, ja," sagte er zu sich selbst, mit heimlichem Zähneknirschen, „das ist der vertraute, freundliche, zärt-
20 liche, an allem teilnehmende Umgang, die ruhige, dauernde Treue! Sattigkeit ist's und Gleichgültigkeit! Zieht ihn nicht jedes elende Geschäft mehr an als die teure, köstliche Frau? Weiß er sein Glück zu schätzen? Weiß er sie zu achten, wie sie es verdient? Er hat sie, nun gut, er hat sie – Ich weiß
25 das, wie ich was anders auch weiß, ich glaube an den Gedanken gewöhnt zu sein, er wird mich noch rasend machen, er wird mich noch umbringen – Und hat denn die Freundschaft zu mir Stich gehalten? Sieht er nicht in meiner Anhänglichkeit an Lotten schon einen Eingriff in seine Rechte,
30 in meiner Aufmerksamkeit für sie einen stillen Vorwurf? Ich weiß es wohl, ich fühl' es, er sieht mich ungern, er wünscht meine Entfernung, meine Gegenwart ist ihm beschwerlich."

Oft hielt er seinen raschen Schritt an, oft stand er stille und schien umkehren zu wollen; allein er richtete seinen
35 Gang immer wieder vorwärts und war mit diesen Gedanken und Selbstgesprächen endlich gleichsam wider Willen bei dem Jagdhause angekommen.

Er trat in die Tür, fragte nach dem Alten und nach Lotten, er fand das Haus in einiger Bewegung. Der älteste

Knabe sagte ihm, es sei drüben in Wahlheim ein Unglück
geschehn, es sei ein Bauer erschlagen worden! – Es machte
das weiter keinen Eindruck auf ihn. – Er trat in die Stube
und fand Lotten beschäftigt, dem Alten zuzureden, der
ungeachtet seiner Krankheit hinüber wollte, um an Ort und
Stelle die Tat zu untersuchen. Der Täter war noch unbekannt,
man hatte den Erschlagenen des Morgens vor der Haustür
gefunden, man hatte Mutmaßungen: der Entleibte war
Knecht einer Witwe, die vorher einen andern im Dienste
gehabt, der mit Unfrieden aus dem Hause gekommen war.

Da Werther dieses hörte, fuhr er mit Heftigkeit auf. –
„Ist's möglich!" rief er aus, „ich muß hinüber, ich kann
nicht einen Augenblick ruhn." – Er eilte nach Wahlheim zu,
jede Erinnerung ward ihm lebendig, und er zweifelte nicht
einen Augenblick, daß jener Mensch die Tat begangen, den
er so manchmal gesprochen, der ihm so wert geworden war.

Da er durch die Linden mußte, um nach der Schenke zu
kommen, wo sie den Körper hingelegt hatten, entsetzt' er
sich vor dem sonst so geliebten Platze. Jene Schwelle, worauf die Nachbarskinder so oft gespielt hatten, war mit Blut
besudelt. Liebe und Treue, die schönsten menschlichen
Empfindungen, hatten sich in Gewalt und Mord verwandelt.
Die starken Bäume standen ohne Laub und bereift, die
schönen Hecken, die sich über die niedrige Kirchhofmauer
wölbten, waren entblättert, und die Grabsteine sahen mit
Schnee bedeckt durch die Lücken hervor.

Als er sich der Schenke näherte, vor welcher das ganze
Dorf versammelt war, entstand auf einmal ein Geschrei.
Man erblickte von fern einen Trupp bewaffneter Männer,
und ein jeder rief, daß man den Täter herbeiführe. Werther
sah hin und blieb nicht lange zweifelhaft. Ja, es war der
Knecht, der jene Witwe so sehr liebte, den er vor einiger
Zeit mit dem stillen Grimme, mit der heimlichen Verzweif-
lung umhergehend angetroffen hatte.

„Was hast du begangen, Unglücklicher!" rief Werther aus,
indem er auf den Gefangnen losging. – Dieser sah ihn still
an, schwieg und versetzte endlich ganz gelassen: „Keiner
wird sie haben, sie wird keinen haben." – Man brachte den
Gefangnen in die Schenke, und Werther eilte fort.

Durch die entsetzliche, gewaltige Berührung war alles, was in seinem Wesen lag, durcheinandergeschüttelt worden. Aus seiner Trauer, seinem Mißmut, seiner gleichgültigen Hingegebenheit wurde er auf einen Augenblick heraus-
5 gerissen; unüberwindlich bemächtigte sich die Teilnehmung seiner, und es ergriff ihn eine unsägliche Begierde, den Menschen zu retten. Er fühlte ihn so unglücklich, er fand ihn als Verbrecher selbst so schuldlos, er setzte sich so tief in seine Lage, daß er gewiß glaubte, auch andere da-
10 von zu überzeugen. Schon wünschte er für ihn sprechen zu können, schon drängte sich der lebhafteste Vortrag nach seinen Lippen, er eilte nach dem Jagdhause und konnte sich unterwegs nicht enthalten, alles das, was er dem Amtmann vorstellen wollte, schon halblaut auszusprechen.
15 Als er in die Stube trat, fand er Alberten gegenwärtig, dies verstimmte ihn einen Augenblick; doch faßte er sich bald wieder und trug dem Amtmann feurig seine Gesinnungen vor. Dieser schüttelte einigemal den Kopf, und obgleich Werther mit der größten Lebhaftigkeit, Leidenschaft
20 und Wahrheit alles vorbrachte, was ein Mensch zur Entschuldigung eines Menschen sagen kann, so war doch, wie sich's leicht denken läßt, der Amtmann dadurch nicht gerührt. Er ließ vielmehr unsern Freund nicht ausreden, widersprach ihm eifrig und tadelte ihn, daß er einen Meuchelmörder
25 in Schutz nehme; er zeigte ihm, daß auf diese Weise jedes Gesetz aufgehoben, alle Sicherheit des Staats zugrund gerichtet werde; auch setzte er hinzu, daß er in einer solchen Sache nichts tun könne, ohne sich die größte Verantwortung aufzuladen, es müsse alles in der Ordnung, in dem vorge-
30 schriebenen Gang gehen.

Werther ergab sich noch nicht, sondern bat nur, der Amtmann möchte durch die Finger sehn, wenn man dem Menschen zur Flucht behülflich wäre! Auch damit wies ihn der Amtmann ab. Albert, der sich endlich ins Gespräch mischte,
35 trat auch auf des Alten Seite. Werther wurde überstimmt, und mit einem entsetzlichen Leiden machte er sich auf den Weg, nachdem ihm der Amtmann einigemal gesagt hatte: „Nein, er ist nicht zu retten!"

Wie sehr ihm diese Worte aufgefallen sein müssen, sehn

wir aus einem Zettelchen, das sich unter seinen Papieren
fand und das gewiß an dem nämlichen Tage geschrieben
worden:

„Du bist nicht zu retten, Unglücklicher! ich sehe wohl,
daß wir nicht zu retten sind."   5

Was Albert zuletzt über die Sache des Gefangenen in
Gegenwart des Amtmanns gesprochen, war Werthern höchst
zuwider gewesen: er glaubte einige Empfindlichkeit gegen
sich darin bemerkt zu haben, und wenn gleich bei mehre-
rem Nachdenken seinem Scharfsinne nicht entging, daß   10
beide Männer recht haben möchten, so war es ihm doch,
als ob er seinem innersten Dasein entsagen müßte, wenn er
es gestehen, wenn er es zugeben sollte.
Ein Blättchen, das sich darauf bezieht, das vielleicht sein
ganzes Verhältnis zu Albert ausdrückt, finden wir unter   15
seinen Papieren:

„Was hilft es, daß ich mir's sage und wieder sage, er ist
brav und gut, aber es zerreißt mir mein inneres Eingeweide;
ich kann nicht gerecht sein."

Weil es ein gelinder Abend war und das Wetter anfing,   20
sich zum Tauen zu neigen, ging Lotte mit Alberten zu Fuße
zurück. Unterwegs sah sie sich hier und da um, eben als
wenn sie Werthers Begleitung vermißte. Albert fing von
ihm an zu reden, er tadelte ihn, indem er ihm Gerechtigkeit
widerfahren ließ. Er berührte seine unglückliche Leiden-   25
schaft und wünschte, daß es möglich sein möchte, ihn zu
entfernen. – „Ich wünsch' es auch um unsertwillen," sagt'
er, „und ich bitte dich," fuhr er fort, „siehe zu, seinem Betragen gegen dich eine andere Richtung zu geben, seine
öftern Besuche zu vermindern. Die Leute werden aufmerk- 30
sam, und ich weiß, daß man hier und da drüber gesprochen
hat." – Lotte schwieg, und Albert schien ihr Schweigen empfunden zu haben, wenigstens seit der Zeit erwähnte er
Werthers nicht mehr gegen sie, und wenn sie seiner erwähnte, ließ er das Gespräch fallen oder lenkte es woanders hin. 35

Der vergebliche Versuch, den Werther zur Rettung des Unglücklichen gemacht hatte, war das letzte Auflodern der Flamme eines verlöschenden Lichtes; er versank nur desto tiefer in Schmerz und Untätigkeit; besonders kam er fast
5 außer sich, als er hörte, daß man ihn vielleicht gar zum Zeugen gegen den Menschen, der sich nun aufs Leugnen legte, auffordern könnte.

Alles was ihm Unangenehmes jemals in seinem wirksamen Leben begegnet war, der Verdruß bei der Gesandt-
10 schaft, alles was ihm sonst mißlungen war, was ihn je gekränkt hatte, ging in seiner Seele auf und nieder. Er fand sich durch alles dieses wie zur Untätigkeit berechtigt, er fand sich abgeschnitten von aller Aussicht, unfähig, irgendeine Handhabe zu ergreifen, mit denen man die Geschäfte
15 des gemeinen Lebens anfaßt; und so rückte er endlich, ganz seiner wunderbaren Empfindung, Denkart und einer endlosen Leidenschaft hingegeben, in dem ewigen Einerlei eines traurigen Umgangs mit dem liebenswürdigen und geliebten Geschöpfe, dessen Ruhe er störte, in seine Kräfte
20 stürmend, sie ohne Zweck und Aussicht abarbeitend, immer einem traurigen Ende näher.

Von seiner Verworrenheit, Leidenschaft, von seinem rastlosen Treiben und Streben, von seiner Lebensmüde sind einige hinterlaßne Briefe die stärksten Zeugnisse, die wir
25 hier einrücken wollen.

„Am 12. Dezember.

Lieber Wilhelm, ich bin in einem Zustande, in dem jene Unglücklichen gewesen sein müssen, von denen man glaubte, sie würden von einem bösen Geiste umhergetrieben.
30 Manchmal ergreift mich's; es ist nicht Angst, nicht Begier — es ist ein inneres, unbekanntes Toben, das meine Brust zu zerreißen droht, das mir die Gurgel zupreßt! Wehe! wehe! und dann schweife ich umher in den furchtbaren nächtlichen Szenen dieser menschenfeindlichen Jahrszeit.

35 Gestern abend mußte ich hinaus. Es war plötzlich Tauwetter eingefallen, ich hatte gehört, der Fluß sei übergetreten, alle Bäche geschwollen und von Wahlheim herunter mein liebes Tal überschwemmt! Nachts nach eilfe rannte ich

hinaus. Ein fürchterliches Schauspiel, vom Fels herunter die wühlenden Fluten in dem Mondlichte wirbeln zu sehen, über Äcker und Wiesen und Hecken und alles, und das weite Tal hinauf und hinab eine stürmende See im Sausen des Windes! Und wenn dann der Mond wieder hervortrat und über der schwarzen Wolke ruhte, und vor mir hinaus die Flut in fürchterlich herrlichem Widerschein rollte und klang: da überfiel mich ein Schauer, und wieder ein Sehnen! Ach, mit offenen Armen stand ich gegen den Abgrund und atmete hinab! hinab! und verlor mich in der Wonne, meine Qualen, meine Leiden da hinabzustürmen! dahinzubrausen wie die Wellen! O! – und den Fuß vom Boden zu heben vermochtest du nicht, und alle Qualen zu enden! – Meine Uhr ist noch nicht ausgelaufen, ich fühle es! O Wilhelm! wie gern hätte ich mein Menschsein drum gegeben, mit jenem Sturmwinde die Wolken zu zerreißen, die Fluten zu fassen! Ha! und wird nicht vielleicht dem Eingekerkerten einmal diese Wonne zuteil? –

Und wie ich wehmütig hinabsah auf ein Plätzchen, wo ich mit Lotten unter einer Weide geruht, auf einem heißen Spaziergange, – das war auch überschwemmt, und kaum daß ich die Weide erkannte! Wilhelm! Und ihre Wiesen, dachte ich, die Gegend um ihr Jagdhaus! wie verstört jetzt vom reißenden Strome unsere Laube! dacht' ich. Und der Vergangenheit Sonnenstrahl blickte herein, wie einem Gefangenen ein Traum von Herden, Wiesen und Ehrenämtern. Ich stand! – Ich schelte mich nicht, denn ich habe Mut zu sterben. – Ich hätte – Nun sitze ich hier wie ein altes Weib, das ihr Holz von Zäunen stoppelt und ihr Brot an den Türen, um ihr hinsterbendes, freudeloses Dasein noch einen Augenblick zu verlängern und zu erleichtern."

„Am 14. Dezember.

Was ist das, mein Lieber? Ich erschrecke vor mir selbst! Ist nicht meine Liebe zu ihr die heiligste, reinste, brüderlichste Liebe? Habe ich jemals einen strafbaren Wunsch in meiner Seele gefühlt? – Ich will nicht beteuern – Und nun, Träume! O wie wahr fühlten die Menschen, die so widersprechende Wirkungen fremden Mächten zuschrieben!

Diese Nacht! ich zittere, es zu sagen, hielt ich sie in meinen
Armen, fest an meinen Busen gedrückt, und deckte ihren
liebelispelnden Mund mit unendlichen Küssen; mein Auge
schwamm in der Trunkenheit des ihrigen! Gott! bin ich
5 strafbar, daß ich auch jetzt noch eine Seligkeit fühle, mir
diese glühenden Freuden mit voller Innigkeit zurückzurufen? Lotte! Lotte! – Und mit mir ist es aus! Meine Sinne
verwirren sich, schon acht Tage habe ich keine Besinnungskraft mehr, meine Augen sind voll Tränen. Ich bin nirgend
10 wohl, und überall wohl. Ich wünsche nichts, verlange nichts.
Mir wäre besser, ich ginge."

Der Entschluß, die Welt zu verlassen, hatte in dieser
Zeit, unter solchen Umständen in Werthers Seele immer
mehr Kraft gewonnen. Seit der Rückkehr zu Lotten war
15 es immer seine letzte Aussicht und Hoffnung gewesen;
doch hatte er sich gesagt, es solle keine übereilte, keine
rasche Tat sein, er wolle mit der besten Überzeugung, mit
der möglichst ruhigen Entschlossenheit diesen Schritt tun.
Seine Zweifel, sein Streit mit sich selbst blicken aus
20 einem Zettelchen hervor, das wahrscheinlich ein angefan-
gener Brief an Wilhelm ist und ohne Datum unter seinen
Papieren gefunden worden:

„Ihre Gegenwart, ihr Schicksal, ihre Teilnehmung an
dem meinigen preßt noch die letzten Tränen aus meinem
25 versengten Gehirne.

Den Vorhang aufzuheben und dahinter zu treten! das ist
alles! Und warum das Zaudern und Zagen? Weil man nicht
weiß, wie es dahinten aussieht? und man nicht wiederkehrt?
Und daß das nun die Eigenschaft unseres Geistes ist, da
30 Verwirrung und Finsternis zu ahnen, wovon wir nichts
Bestimmtes wissen."

Endlich ward er mit dem traurigen Gedanken immer
mehr verwandt und befreundet und sein Vorsatz fest und
unwiderruflich, wovon folgender zweideutige Brief, den er
35 an seinen Freund schrieb, ein Zeugnis abgibt.

„Am 20. Dezember.

Ich danke deiner Liebe, Wilhelm, daß du das Wort so aufgefangen hast. Ja, du hast recht: mir wäre besser, ich ginge. Der Vorschlag, den du zu einer Rückkehr zu euch tust, gefällt mir nicht ganz; wenigstens möchte ich noch gern einen Umweg machen, besonders da wir anhaltenden Frost und gute Wege zu hoffen haben. Auch ist mir es sehr lieb, daß du kommen willst, mich abzuholen; verziehe nur noch vierzehn Tage, und erwarte noch einen Brief von mir mit dem Weiteren. Es ist nötig, daß nichts gepflückt werde, ehe es reif ist. Und vierzehn Tage auf oder ab tun viel. Meiner Mutter sollst du sagen: daß sie für ihren Sohn beten soll, und daß ich sie um Vergebung bitte wegen alles Verdrusses, den ich ihr gemacht habe. Das war nun mein Schicksal, die zu betrüben, denen ich Freude schuldig war. Leb' wohl, mein Teuerster! Allen Segen des Himmels über dich! Leb' wohl!"

Was in dieser Zeit in Lottens Seele vorging, wie ihre Gesinnungen gegen ihren Mann, gegen ihren unglücklichen Freund gewesen, getrauen wir uns kaum mit Worten auszudrücken, ob wir uns gleich davon, nach der Kenntnis ihres Charakters, wohl einen stillen Begriff machen können, und eine schöne weibliche Seele sich in die ihrige denken und mit ihr empfinden kann.

So viel ist gewiß, sie war fest bei sich entschlossen, alles zu tun, um Werthern zu entfernen, und wenn sie zauderte, so war es eine herzliche, freundschaftliche Schonung, weil sie wußte, wie viel es ihm kosten, ja daß es ihm beinahe unmöglich sein würde. Doch ward sie in dieser Zeit mehr gedrängt, Ernst zu machen; es schwieg ihr Mann ganz über dies Verhältnis, wie sie auch immer darüber geschwiegen hatte, und um so mehr war ihr angelegen, ihm durch die Tat zu beweisen, wie ihre Gesinnungen der seinigen wert seien.

An demselben Tage, als Werther den zuletzt eingeschalteten Brief an seinen Freund geschrieben, es war der Sonntag vor Weihnachten, kam er abends zu Lotten und fand sie allein. Sie beschäftigte sich, einige Spielwerke in Ordnung

zu bringen, die sie ihren kleinen Geschwistern zum Christgeschenke zurecht gemacht hatte. Er redete von dem Vergnügen, das die Kleinen haben würden, und von den Zeiten,
da einen die unerwartete Öffnung der Tür und die Erscheinung eines aufgeputzten Baumes mit Wachslichtern, Zucker-
werk und Äpfeln in paradiesische Entzückung setzte. – „Sie
sollen," sagte Lotte, indem sie ihre Verlegenheit unter ein
liebes Lächeln verbarg, „Sie sollen auch beschert kriegen,
wenn Sie recht geschickt sind; ein Wachsstöckchen und
noch was." – „Und was heißen Sie geschickt sein?" rief er
aus; „wie soll ich sein? wie kann ich sein? beste Lotte!" –
„Donnerstag abend", sagte sie, „ist Weihnachtsabend, da
kommen die Kinder, mein Vater auch, da kriegt jedes das
Seinige, da kommen Sie auch – aber nicht eher." – Werther
stutzte. – „Ich bitte Sie," fuhr sie fort, „es ist nun einmal so,
ich bitte Sie um meiner Ruhe willen, es kann nicht, es kann
nicht so bleiben." – Er wendete seine Augen von ihr und
ging in der Stube auf und ab und murmelte das „Es kann
nicht so bleiben!" zwischen den Zähnen. – Lotte, die den
schrecklichen Zustand fühlte, worein ihn diese Worte ver-
setzt hatten, suchte durch allerlei Fragen seine Gedanken
abzulenken, aber vergebens. – „Nein, Lotte," rief er aus,
„ich werde Sie nicht wiedersehen!" – „Warum das?" versetzte sie, „Werther, Sie können, Sie müssen uns wiedersehen, nur mäßigen Sie sich. O warum mußten Sie mit
dieser Heftigkeit, dieser unbezwinglich haftenden Leidenschaft für alles, was Sie einmal anfassen, geboren werden!
Ich bitte Sie," fuhr sie fort, indem sie ihn bei der Hand
nahm, „mäßigen Sie sich! Ihr Geist, Ihre Wissenschaften,
Ihre Talente, was bieten die Ihnen für mannigfaltige Er-
getzungen dar! Sein Sie ein Mann, wenden Sie diese traurige Anhänglichkeit von einem Geschöpf, das nichts tun
kann als Sie bedauern." – Er knirrte mit den Zähnen und
sah sie düster an. – Sie hielt seine Hand. „Nur einen Augenblick ruhigen Sinn, Werther!" sagte sie. „Fühlen Sie nicht,
daß Sie sich betriegen, sich mit Willen zugrunde richten!
Warum denn mich, Werther? just mich, das Eigentum
eines andern? just das? Ich fürchte, ich fürchte, es ist nur
die Unmöglichkeit, mich zu besitzen, die Ihnen diesen

Wunsch so reizend macht." – Er zog seine Hand aus der
ihrigen, indem er sie mit einem starren, unwilligen Blick
ansah. „Weise!" rief er, „sehr weise! hat vielleicht Albert
diese Anmerkung gemacht? Politisch! sehr politisch!" –
„Es kann sie jeder machen." versetzte sie drauf. „Und   5
sollte denn in der weiten Welt kein Mädchen sein, das die
Wünsche Ihres Herzens erfüllte? Gewinnen Sie's über sich,
suchen Sie darnach, und ich schwöre Ihnen, Sie werden
sie finden; denn schon lange ängstigt mich, für Sie und uns,
die Einschränkung, in die Sie sich diese Zeit her selbst   10
gebannt haben. Gewinnen Sie es über sich, eine Reise wird
Sie, muß Sie zerstreuen! Suchen Sie, finden Sie einen
werten Gegenstand Ihrer Liebe, und kehren Sie zurück,
und lassen Sie uns zusammen die Seligkeit einer wahren
Freundschaft genießen."   15
   „Das könnte man", sagte er mit einem kalten Lachen,
„drucken lassen und allen Hofmeistern empfehlen. Liebe
Lotte! lassen Sie mir noch ein klein wenig Ruh, es wird
alles werden!" – „Nur das, Werther, daß Sie nicht eher
kommen als Weihnachtsabend!" – Er wollte antworten,   20
und Albert trat in die Stube. Man bot sich einen frostigen
Guten Abend und ging verlegen im Zimmer neben einander
auf und nieder. Werther fing einen unbedeutenden Diskurs
an, der bald aus war, Albert desgleichen, der sodann seine
Frau nach gewissen Aufträgen fragte und, als er hörte, sie 25
seien noch nicht ausgerichtet, ihr einige Worte sagte, die
Werthern kalt, ja gar hart vorkamen. Er wollte gehen, er
konnte nicht und zauderte bis acht, da sich denn sein Unmut
und Unwillen immer vermehrte, bis der Tisch gedeckt
wurde, und er Hut und Stock nahm. Albert lud ihn zu   30
bleiben, er aber, der nur ein unbedeutendes Kompliment
zu hören glaubte, dankte kalt dagegen und ging weg.
   Er kam nach Hause, nahm seinem Burschen, der ihm
leuchten wollte, das Licht aus der Hand und ging allein in
sein Zimmer, weinte laut, redete aufgebracht mit sich selbst, 35
ging heftig die Stube auf und ab und warf sich endlich in
seinen Kleidern aufs Bette, wo ihn der Bediente fand, der
es gegen eilfe wagte hineinzugehn, um zu fragen, ob er dem
Herrn die Stiefeln ausziehen sollte, das er denn zuließ und

dem Bedienten verbot, den andern Morgen ins Zimmer zu
kommen, bis er ihm rufen würde.

Montags früh, den einundzwanzigsten Dezember, schrieb
er folgenden Brief an Lotten, den man nach seinem Tode
versiegelt auf seinem Schreibtische gefunden und ihr über-
bracht hat, und den ich absatzweise hier einrücken will, so
wie aus den Umständen erhellet, daß er ihn geschrieben
habe.

„Es ist beschlossen, Lotte, ich will sterben, und das
schreibe ich dir ohne romantische Überspannung, gelassen,
an dem Morgen des Tages, an dem ich dich zum letzten
Male sehen werde. Wenn du dieses liesest, meine Beste,
deckt schon das kühle Grab die erstarrten Reste des Unruhigen, Unglücklichen, der für die letzten Augenblicke
seines Lebens keine größere Süßigkeit weiß, als sich mit dir
zu unterhalten. Ich habe eine schreckliche Nacht gehabt
und, ach, eine wohltätige Nacht. Sie ist es, die meinen Entschluß befestiget, bestimmt hat: ich will sterben! Wie ich
mich gestern von dir riß, in der fürchterlichen Empörung
meiner Sinne, wie sich alles das nach meinem Herzen drängte und mein hoffnungsloses, freudeloses Dasein neben dir
in gräßlicher Kälte mich anpackte – ich erreichte kaum mein
Zimmer, ich warf mich außer mir auf meine Knie, und o
Gott! du gewährtest mir das letzte Labsal der bittersten
Tränen! Tausend Anschläge, tausend Aussichten wüteten
durch meine Seele, und zuletzt stand er da, fest, ganz, der
letzte, einzige Gedanke: ich will sterben! – Ich legte mich
nieder, und morgens, in der Ruhe des Erwachens, steht
er noch fest, noch ganz stark in meinem Herzen: ich will
sterben! – Es ist nicht Verzweiflung, es ist Gewißheit, daß
ich ausgetragen habe, und daß ich mich opfere für dich.
Ja, Lotte! warum sollte ich es verschweigen? Eins von uns
dreien muß hinweg, und das will ich sein! O meine Beste!
in diesem zerrissenen Herzen ist es wütend herumgeschlichen, oft – deinen Mann zu ermorden! – dich! – mich! – So
sei es denn! – Wenn du hinaufsteigst auf den Berg, an einem
schönen Sommerabende, dann erinnere dich meiner, wie
ich so oft das Tal heraufkam, und dann blicke nach dem

Kirchhofe hinüber nach meinem Grabe, wie der Wind das hohe Gras im Scheine der sinkenden Sonne hin und her wiegt. – Ich war ruhig, da ich anfing, nun, nun weine ich wie ein Kind, da alles das so lebhaft um mich wird. –"

Gegen zehn Uhr rief Werther seinem Bedienten, und unter dem Anziehen sagte er ihm, wie er in einigen Tagen verreisen würde, er solle daher die Kleider auskehren und alles zum Einpacken zurecht machen; auch gab er ihm Befehl, überall Kontos zu fordern, einige ausgeliehene Bücher abzuholen und einigen Armen, denen er wöchentlich etwas zu geben gewohnt war, ihr Zugeteiltes auf zwei Monate voraus zu bezahlen.

Er ließ sich das Essen auf die Stube bringen, und nach Tische ritt er hinaus zum Amtmanne, den er nicht zu Hause antraf. Er ging tiefsinnig im Garten auf und ab und schien noch zuletzt alle Schwermut der Erinnerung auf sich häufen zu wollen.

Die Kleinen ließen ihn nicht lange in Ruhe, sie verfolgten ihn, sprangen an ihm hinauf, erzählten ihm, daß, wenn morgen, und wieder morgen, und noch ein Tag wäre, sie die Christgeschenke bei Lotten holten, und erzählten ihm Wunder, die sich ihre kleine Einbildungskraft versprach. – „Morgen!" rief er aus, „und wieder morgen! und noch ein Tag!" – und küßte sie alle herzlich und wollte sie verlassen, als ihm der Kleine noch etwas in das Ohr sagen wollte. Der verriet ihm, die großen Brüder hätten schöne Neujahrs-wünsche geschrieben, so groß! und einen für den Papa, für Albert und Lotten einen und auch einen für Herrn Werther; die wollten sie am Neujahrstage früh überreichen. Das über-mannte ihn, er schenkte jedem etwas, setzte sich zu Pferde, ließ den Alten grüßen und ritt mit Tränen in den Augen davon.

Gegen fünf kam er nach Hause, befahl der Magd, nach dem Feuer zu sehen und es bis in die Nacht zu unterhalten. Den Bedienten hieß er Bücher und Wäsche unten in den Koffer packen und die Kleider einnähen. Darauf schrieb er wahrscheinlich folgenden Absatz seines letzten Briefes an Lotten.

„Du erwartest mich nicht! du glaubst, ich würde ge-
horchen und erst Weihnachtsabend dich wieder sehn. O
Lotte! heut oder nie mehr. Weihnachtsabend hältst du
dieses Papier in deiner Hand, zitterst und benetzest es mit
deinen lieben Tränen. Ich will, ich muß! O wie wohl ist es
mir, daß ich entschlossen bin."

Lotte war indes in einen sonderbaren Zustand geraten.
Nach der letzten Unterredung mit Werthern hatte sie empfunden, wie schwer es ihr fallen werde, sich von ihm zu
trennen, was er leiden würde, wenn er sich von ihr entfernen
sollte.

Es war wie im Vorübergehn in Alberts Gegenwart gesagt
worden, daß Werther vor Weihnachtsabend nicht wieder
kommen werde, und Albert war zu einem Beamten in der
Nachbarschaft geritten, mit dem er Geschäfte abzutun
hatte, und wo er über Nacht ausbleiben mußte.

Sie saß nun allein, keins von ihren Geschwistern war um
sie, sie überließ sich ihren Gedanken, die stille über ihren
Verhältnissen herumschweiften. Sie sah sich nun mit dem
Mann auf ewig verbunden, dessen Liebe und Treue sie kannte, dem sie von Herzen zugetan war, dessen Ruhe, dessen
Zuverlässigkeit recht vom Himmel dazu bestimmt zu sein
schien, daß eine wackere Frau das Glück ihres Lebens darauf
gründen sollte; sie fühlte, was er ihr und ihren Kindern
auf immer sein würde. Auf der andern Seite war ihr Werther
so teuer geworden, gleich von dem ersten Augenblick ihrer
Bekanntschaft an hatte sich die Übereinstimmung ihrer
Gemüter so schön gezeigt, der lange dauernde Umgang
mit ihm, so manche durchlebte Situationen hatten einen un-
auslöschlichen Eindruck auf ihr Herz gemacht. Alles, was
sie Interessantes fühlte und dachte, war sie gewohnt mit
ihm zu teilen, und seine Entfernung drohete in ihr ganzes
Wesen eine Lücke zu reißen, die nicht wieder ausgefüllt
werden konnte. O, hätte sie ihn in dem Augenblick zum
Bruder umwandeln können, wie glücklich wäre sie gewesen!
Hätte sie ihn einer ihrer Freundinnen verheiraten dürfen,
hätte sie hoffen können, auch sein Verhältnis gegen Albert
ganz wieder herzustellen!

Sie hatte ihre Freundinnen der Reihe nach durchge-
dacht und fand bei einer jeglichen etwas auszusetzen, fand
keine, der sie ihn gegönnt hätte.

Über allen diesen Betrachtungen fühlte sie erst tief, ohne
sich es deutlich zu machen, daß ihr herzliches, heimliches 5
Verlangen sei, ihn für sich zu behalten, und sagte sich daneben, daß sie ihn nicht behalten könne, behalten dürfe;
ihr reines, schönes, sonst so leichtes und leicht sich helfendes
Gemüt empfand den Druck einer Schwermut, dem die
Aussicht zum Glück verschlossen ist. Ihr Herz war gepreßt, 10
und eine trübe Wolke lag über ihrem Auge.

So war es halb sieben geworden, als sie Werthern die
Treppe heraufkommen hörte und seinen Tritt, seine Stimme,
die nach ihr fragte, bald erkannte. Wie schlug ihr Herz,
und wir dürfen fast sagen zum erstenmal, bei seiner An- 15
kunft. Sie hätte sich gern vor ihm verleugnen lassen, und
als er hereintrat, rief sie ihm mit einer Art von leidenschaftlicher Verwirrung entgegen: „Sie haben nicht Wort gehalten." – „Ich habe nichts versprochen." war seine Antwort. –
„So hätten Sie wenigstens meiner Bitte stattgeben sollen," 20
versetzte sie, „ich bat Sie um unser beider Ruhe."

Sie wußte nicht recht, was sie sagte, ebensowenig was sie
tat, als sie nach einigen Freundinnen schickte, um nicht mit
Werthern allein zu sein. Er legte einige Bücher hin, die er
gebracht hatte, fragte nach andern, und sie wünschte, bald 25
daß ihre Freundinnen kommen, bald daß sie wegbleiben
möchten. Das Mädchen kam zurück und brachte die Nachricht, daß sich beide entschuldigen ließen.

Sie wollte das Mädchen mit ihrer Arbeit in das Nebenzimmer sitzen lassen; dann besann sie sich wieder anders. 30
Werther ging in der Stube auf und ab, sie trat ans Klavier
und fing eine Menuett an, sie wollte nicht fließen. Sie nahm
sich zusammen und setzte sich gelassen zu Werthern, der
seinen gewöhnlichen Platz auf dem Kanapee eingenommen
hatte. 35

„Haben Sie nichts zu lesen?" sagte sie. – Er hatte nichts.
– „Da drin in meiner Schublade", fing sie an, „liegt Ihre
Übersetzung einiger Gesänge Ossians; ich habe sie noch
nicht gelesen, denn ich hoffte immer, sie von Ihnen zu

hören; aber zeither hat sich's nicht finden, nicht machen
wollen." – Er lächelte, holte die Lieder, ein Schauer überfiel
ihn, als er sie in die Hände nahm, und die Augen standen ihm
voll Tränen, als er hineinsah. Er setzte sich nieder und las.

5   „Stern der dämmernden Nacht, schön funkelst du in
Westen, hebst dein strahlend Haupt aus deiner Wolke,
wandelst stattlich deinen Hügel hin. Wornach blickst du
auf die Heide? Die stürmenden Winde haben sich gelegt;
von ferne kommt des Gießbachs Murmeln; rauschende
10 Wellen spielen am Felsen ferne; das Gesumme der Abend-
fliegen schwärmet übers Feld. Wornach siehst du, schönes
Licht? Aber du lächelst und gehst, freudig umgeben dich die
Wellen und baden dein liebliches Haar. Lebe wohl, ruhiger
Strahl. Erscheine, du herrliches Licht von Ossians Seele!
15   Und es erscheint in seiner Kraft. Ich sehe meine geschiedenen Freunde, sie sammeln sich auf Lora, wie in den Tagen, die vorüber sind. – Fingal kommt wie eine feuchte
Nebelsäule; um ihn sind seine Helden, und, siehe! die Barden des Gesanges: Grauer Ullin! stattlicher Ryno! Alpin,
20 lieblicher Sänger! und du, sanft klagende Minona! – Wie
verändert seid ihr, meine Freunde, seit den festlichen Tagen
auf Selma, da wir buhlten um die Ehre des Gesanges, wie
Frühlingslüfte den Hügel hin wechselnd beugen das
schwach lispelnde Gras.
25   Da trat Minona hervor in ihrer Schönheit, mit nieder-
geschlagenem Blick und tränenvollem Auge, schwer floß
ihr Haar im unsteten Winde, der von dem Hügel herstieß. –
Düster ward's in der Seele der Helden, als sie die liebliche
Stimme erhob; denn oft hatten sie das Grab Salgars gesehen,
30 oft die finstere Wohnung der weißen Colma. Colma, verlassen auf dem Hügel, mit der harmonischen Stimme;
Salgar versprach zu kommen; aber ringsum zog sich die
Nacht. Höret Colmas Stimme, da sie auf dem Hügel allein saß.

Colma

35   Es ist Nacht! – Ich bin allein, verloren auf dem stürmischen Hügel. Der Wind saust im Gebirge. Der Strom heult

den Felsen hinab. Keine Hütte schützt mich vor Regen, mich Verlaßne auf dem stürmischen Hügel.

Tritt, o Mond, aus deinen Wolken, erscheinet, Sterne der Nacht! Leite mich irgend ein Strahl zu dem Orte, wo meine Liebe ruht von den Beschwerden der Jagd, sein Bogen neben ihm abgespannt, seine Hunde schnobend um ihn! Aber hier muß ich sitzen allein auf dem Felsen des verwachsenen Stroms. Der Strom und der Sturm saust, ich höre nicht die Stimme meines Geliebten.

Warum zaudert mein Salgar? Hat er sein Wort vergessen? – Da ist der Fels und der Baum und hier der rauschende Strom! Mit einbrechender Nacht versprachst du hier zu sein; ach! wohin hat sich mein Salgar verirrt? Mit dir wollt' ich fliehen, verlassen Vater und Bruder, die stolzen! Lange sind unsere Geschlechter Feinde, aber wir sind keine Feinde, o Salgar!

Schweig eine Weile, o Wind! still eine kleine Weile, o Strom, daß meine Stimme klinge durchs Tal, daß mein Wanderer mich höre. Salgar! ich bin's, die ruft! Hier ist der Baum und der Fels! Salgar! mein Lieber! hier bin ich; warum zauderst du zu kommen?

Sieh, der Mond erscheint, die Flut glänzt im Tale, die Felsen stehen grau den Hügel hinauf; aber ich seh' ihn nicht auf der Höhe, seine Hunde vor ihm her verkündigen nicht seine Ankunft. Hier muß ich sitzen allein.

Aber wer sind, die dort unten liegen auf der Heide? – Mein Geliebter? Mein Bruder? – Redet, o meine Freunde! Sie antworten nicht. Wie geängstet ist meine Seele! – Ach sie sind tot! Ihre Schwerter rot vom Gefechte! O mein Bruder, mein Bruder, warum hast du meinen Salgar erschlagen? O mein Salgar, warum hast du meinen Bruder erschlagen? Ihr wart mir beide so lieb! O du warst schön an dem Hügel unter Tausenden! Es war schrecklich in der Schlacht. Antwortet mir! hört meine Stimme, meine Geliebten! Aber ach, sie sind stumm, stumm auf ewig! Kalt wie die Erde ist ihr Busen!

O von dem Felsen des Hügels, von dem Gipfel des stürmenden Berges, redet, Geister der Toten! redet! mir soll es nicht grausen! – Wohin seid ihr zur Ruhe gegangen? In

welcher Gruft des Gebirges soll ich euch finden? – Keine
schwache Stimme vernehme ich im Winde, keine wehende
Antwort im Sturme des Hügels.

   Ich sitze in meinem Jammer, ich harre auf den Morgen in
5 meinen Tränen. Wühlet das Grab, ihr Freunde der Toten,
aber schließt es nicht, bis ich komme. Mein Leben schwindet
wie ein Traum; wie sollt' ich zurückbleiben! Hier will ich
wohnen mit meinen Freunden an dem Strome des klingenden
Felsens – Wenn's Nacht wird auf dem Hügel, und Wind
10 kommt über die Heide, soll mein Geist im Winde stehn und
trauern den Tod meiner Freunde. Der Jäger hört mich aus
seiner Laube, fürchtet meine Stimme und liebt sie; denn
süß soll meine Stimme sein um meine Freunde, sie waren
mir beide so lieb!

15   Das war dein Gesang, o Minona, Tormans sanft errötende
Tochter. Unsere Tränen flossen um Colma, und unsere
Seele ward düster.

   Ullin trat auf mit der Harfe und gab uns Alpins Gesang –
Alpins Stimme war freundlich, Rynos Seele ein Feuerstrahl.
20 Aber schon ruhten sie im engen Hause, und ihre Stimme
war verhallet in Selma. Einst kehrte Ullin zurück von der
Jagd, ehe die Helden noch fielen. Er hörte ihren Wettegesang
auf dem Hügel. Ihr Lied war sanft, aber traurig. Sie klagten
Morars Fall, des ersten der Helden. Seine Seele war wie
25 Fingals Seele, sein Schwert wie das Schwert Oskars – Aber
er fiel, und sein Vater jammerte, und seiner Schwester
Augen waren voll Tränen, Minonas Augen waren voll Tränen, der Schwester des herrlichen Morars. Sie trat zurück
vor Ullins Gesang, wie der Mond in Westen, der den Sturm-
30 regen voraussieht und sein schönes Haupt in eine Wolke verbirgt. – Ich schlug die Harfe mit Ullin zum Gesange des
Jammers.

Ryno

   Vorbei sind Wind und Regen, der Mittag ist so heiter, die
35 Wolken teilen sich. Fliehend bescheint den Hügel die un-
beständige Sonne. Rötlich fließt der Strom des Bergs im Tale

hin. Süß ist dein Murmeln, Strom; doch süßer die Stimme,
die ich höre. Es ist Alpins Stimme, er bejammert den Toten.
Sein Haupt ist vor Alter gebeugt und rot sein tränendes
Auge. Alpin, trefflicher Sänger, warum allein auf dem
schweigenden Hügel? Warum jammerst du wie ein Wind- 5
stoß im Walde, wie eine Welle am fernen Gestade?

Alpin

Meine Tränen, Ryno, sind für den Toten, meine Stimme
für die Bewohner des Grabs. Schlank bist du auf dem
Hügel, schön unter den Söhnen der Heide. Aber du wirst 10
fallen wie Morar, und auf deinem Grabe wird der Trauernde
sitzen. Die Hügel werden dich vergessen, dein Bogen in der
Halle liegen ungespannt.

Du warst schnell, o Morar, wie ein Reh auf dem Hügel,
schrecklich wie die Nachtfeuer am Himmel. Dein Grimm 15
war ein Sturm, dein Schwert in der Schlacht wie Wetterleuchten über der Heide. Deine Stimme glich dem Waldstrome nach dem Regen, dem Donner auf fernen Hügeln.
Manche fielen von deinem Arm, die Flamme deines Grimmes
verzehrte sie. Aber wenn du wiederkehrtest vom Kriege, 20
wie friedlich war deine Stirne! dein Angesicht war gleich
der Sonne nach dem Gewitter, gleich dem Monde in der
schweigenden Nacht, ruhig deine Brust wie der See, wenn
sich des Windes Brausen gelegt hat.

Eng ist nun deine Wohnung, finster deine Stätte! Mit 25
drei Schritten mess' ich dein Grab, o du, der du ehe so groß
warst! Vier Steine mit moosigen Häuptern sind dein ein-
ziges Gedächtnis; ein entblätterter Baum, langes Gras, das
im Winde wispelt, deutet dem Auge des Jägers das Grab
des mächtigen Morars. Keine Mutter hast du, dich zu be- 30
weinen, kein Mädchen mit Tränen der Liebe. Tot ist, die
dich gebar, gefallen die Tochter von Morglan.

Wer auf seinem Stabe ist das? Wer ist es, dessen Haupt
weiß ist vor Alter, dessen Augen rot sind von Tränen? Es
ist dein Vater, o Morar, der Vater keines Sohnes außer dir. 35
Er hörte von deinem Ruf in der Schlacht, er hörte von zer-
stobenen Feinden; er hörte Morars Ruhm! Ach! nichts von

seiner Wunde? Weine, Vater Morars, weine! Aber dein
Sohn hört dich nicht. Tief ist der Schlaf der Toten, niedrig
ihr Kissen von Staube. Nimmer achtet er auf die Stimme,
nie erwacht er auf deinen Ruf. O wann wird es Morgen im
5 Grabe, zu bieten dem Schlummerer: Erwache!

Lebe wohl, edelster der Menschen, du Eroberer im Felde!
Aber nimmer wird dich das Feld sehen, nimmer der düstere Wald leuchten vom Glanze deines Stahls. Du hinter-
ließest keinen Sohn, aber der Gesang soll deinen Namen
10 erhalten, künftige Zeiten sollen von dir hören, hören von
dem gefallenen Morar. –

Laut war die Trauer der Helden, am lautesten Armins
berstender Seufzer. Ihn erinnerte es an den Tod seines
Sohnes, er fiel in den Tagen der Jugend. Carmor saß nah
15 bei dem Helden, der Fürst des hallenden Galmal. ‚Warum
schluchzet der Seufzer Armins?' sprach er, ‚was ist hier zu
weinen? Klingt nicht Lied und Gesang, die Seele zu
schmelzen und zu ergetzen? sie sind wie sanfter Nebel, der
steigend vom See aufs Tal sprüht, und die blühenden
20 Blumen füllet das Naß; aber die Sonne kommt wieder in
ihrer Kraft, und der Nebel ist gegangen. Warum bist du so
jammervoll, Armin, Herrscher des seeumflossenen Gorma?'

‚Jammervoll! Wohl das bin ich, und nicht gering die Ursache meines Wehs. – Carmor, du verlorst keinen Sohn,
25 verlorst keine blühende Tochter; Colgar, der Tapfere, lebt,
und Annira, die schönste der Mädchen. Die Zweige deines
Hauses blühen, o Carmor; aber Armin ist der Letzte seines
Stammes. Finster ist dein Bett, o Daura! dumpf ist dein
Schlaf in dem Grabe – Wann erwachst du mit deinen Ge-
30 sängen, mit deiner melodischen Stimme? Auf, ihr Winde des
Herbstes! auf, stürmt über die finstere Heide! Waldströme,
braust! Heult, Stürme, im Gipfel der Eichen! Wandle durch
gebrochene Wolken, o Mond, zeige wechselnd dein bleiches
Gesicht! Erinnre mich der schrecklichen Nacht, da meine
35 Kinder umkamen, da Arindal, der Mächtige, fiel, Daura,
die Liebe, verging.

Daura, meine Tochter, du warst schön, schön wie der
Mond auf den Hügeln von Fura, weiß wie der gefallene

Schnee, süß wie die atmende Luft! Arindal, dein Bogen war stark, dein Speer schnell auf dem Felde, dein Blick wie Nebel auf der Welle, dein Schild eine Feuerwolke im Sturme!

Armar, berühmt im Kriege, kam und warb um Dauras Liebe; sie widerstand nicht lange. Schön waren die Hoffnungen ihrer Freunde.

Erath, der Sohn Odgals, grollte, denn sein Bruder lag erschlagen von Armar. Er kam, in einen Schiffer verkleidet. Schön war sein Nachen auf der Welle, weiß seine Locken vor Alter, ruhig sein ernstes Gesicht. ‚Schönste der Mädchen,‘ sagte er, ‚liebliche Tochter von Armin, dort am Felsen, nicht fern in der See, wo die rote Frucht vom Baume herblinkt, dort wartet Armar auf Daura; ich komme, seine Liebe zu führen über die rollende See.‘

Sie folgt' ihm und rief nach Armar; nichts antwortete als die Stimme des Felsens. ‚Armar! mein Lieber! mein Lieber! warum ängstest du mich so? Höre, Sohn Arnarths! höre! Daura ist's, die dich ruft!‘

Erath, der Verräter, floh lachend zum Lande. Sie erhob ihre Stimme, rief nach ihrem Vater und Bruder: ‚Arindal! Armin! Ist keiner, seine Daura zu retten?‘

Ihre Stimme kam über die See. Arindal, mein Sohn, stieg vom Hügel herab, rauh in der Beute der Jagd, seine Pfeile rasselten an seiner Seite, seinen Bogen trug er in der Hand, fünf schwarzgraue Doggen waren um ihn. Er sah den kühnen Erath am Ufer, faßt' und band ihn an die Eiche, fest umflocht er seine Hüften, der Gefesselte füllte mit Ächzen die Winde.

Arindal betritt die Wellen in seinem Boote, Daura herüber zu bringen. Armar kam in seinem Grimme, drückt' ab den grau befiederten Pfeil, er klang, er sank in dein Herz, o Arindal, mein Sohn! Statt Eraths, des Verräters, kamst du um, das Boot erreichte den Felsen, er sank dran nieder und starb. Zu deinen Füßen floß deines Bruders Blut, welch war dein Jammer, o Daura!

Die Wellen zerschmettern das Boot. Armar stürzt sich in die See, seine Daura zu retten oder zu sterben. Schnell stürmte ein Stoß vom Hügel in die Wellen, er sank und hob sich nicht wieder.

Allein auf dem seebespülten Felsen hört' ich die Klagen
meiner Tochter. Viel und laut war ihr Schreien, doch konnt'
sie ihr Vater nicht retten. Die ganze Nacht stand ich am
Ufer, ich sah sie im schwachen Strahle des Mondes, die
5 ganze Nacht hört' ich ihr Schreien, laut war der Wind, und
der Regen schlug scharf nach der Seite des Berges. Ihre
Stimme ward schwach, ehe der Morgen erschien, sie starb
weg wie die Abendluft zwischen dem Grase der Felsen. Be-
laden mit Jammer starb sie und ließ Armin allein! Dahin ist
10 meine Stärke im Kriege, gefallen mein Stolz unter den Mädchen.

Wenn die Stürme des Berges kommen, wenn der Nord
die Wellen hochhebt, sitz' ich am schallenden Ufer, schaue
nach dem schrecklichen Felsen. Oft im sinkenden Monde
15 seh' ich die Geister meiner Kinder, halb dämmernd wandeln
sie zusammen in trauriger Eintracht.' "

Ein Strom von Tränen, der aus Lottens Augen brach und
ihrem gepreßten Herzen Luft machte, hemmte Werthers
Gesang. Er warf das Papier hin, faßte ihre Hand und weinte
20 die bittersten Tränen. Lotte ruhte auf der andern und verbarg ihre Augen ins Schnupftuch. Die Bewegung beider war
fürchterlich. Sie fühlten ihr eigenes Elend in dem Schicksale der Edlen, fühlten es zusammen, und ihre Tränen ver-
einigten sich. Die Lippen und Augen Werthers glühten an
25 Lottens Arme; ein Schauer überfiel sie; sie wollte sich
entfernen, und Schmerz und Anteil lagen betäubend wie
Blei auf ihr. Sie atmete, sich zu erholen, und bat ihn schluchzend fortzufahren, bat mit der ganzen Stimme des Himmels!
Werther zitterte, sein Herz wollte bersten, er hob das Blatt
30 auf und las halb gebrochen:

„Warum weckst du mich, Frühlingsluft? Du buhlst und
sprichst: Ich betaue mit Tropfen des Himmels! Aber die
Zeit meines Welkens ist nahe, nahe der Sturm, der meine
Blätter herabstört! Morgen wird der Wanderer kommen,
35 kommen der mich sah in meiner Schönheit, ringsum wird
sein Auge im Felde mich suchen und wird mich nicht
finden. –"

Die ganze Gewalt dieser Worte fiel über den Unglücklichen. Er warf sich vor Lotten nieder in der vollen Ver-
zweifelung, faßte ihre Hände, drückte sie in seine Augen,
wider seine Stirn, und ihr schien eine Ahnung seines
schrecklichen Vorhabens durch die Seele zu fliegen. Ihre 5
Sinne verwirrten sich, sie drückte seine Hände, drückte sie
wider ihre Brust, neigte sich mit einer wehmütigen Bewegung zu ihm, und ihre glühenden Wangen berührten sich.
Die Welt verging ihnen. Er schlang seine Arme um sie her,
preßte sie an seine Brust und deckte ihre zitternden, stam- 10
melnden Lippen mit wütenden Küssen. – „Werther!" rief
sie mit erstickter Stimme, sich abwendend, „Werther!",
und drückte mit schwacher Hand seine Brust von der ihrigen;
„Werther!" rief sie mit dem gefaßten Tone des edelsten
Gefühles. – Er widerstand nicht, ließ sie aus seinen Armen 15
und warf sich unsinnig vor sie hin. – Sie riß sich auf, und in
ängstlicher Verwirrung, bebend zwischen Liebe und Zorn,
sagte sie: „Das ist das letzte Mal! Werther! Sie sehn mich
nicht wieder." Und mit dem vollsten Blick der Liebe auf den
Elenden eilte sie ins Nebenzimmer und schloß hinter sich 20
zu. – Werther streckte ihr die Arme nach, getraute sich
nicht, sie zu halten. Er lag an der Erde, den Kopf auf dem
Kanapee, und in dieser Stellung blieb er über eine halbe
Stunde, bis ihn ein Geräusch zu sich selbst rief. Es war das
Mädchen, das den Tisch decken wollte. Er ging im Zimmer 25
auf und ab, und da er sich wieder allein sah, ging er zur
Türe des Kabinetts und rief mit leiser Stimme: „Lotte!
Lotte! nur noch ein Wort! Ein Lebewohl!" – Sie schwieg. –
Er harrte und bat und harrte; dann riß er sich weg und rief:
„Lebe wohl, Lotte! Auf ewig lebe wohl!"   30

Er kam ans Stadttor. Die Wächter, die ihn schon gewohnt
waren, ließen ihn stillschweigend hinaus. Es stiebte zwischen
Regen und Schnee, und erst gegen eilfe klopfte er wieder.
Sein Diener bemerkte, als Werther nach Hause kam, daß
seinem Herrn der Hut fehlte. Er getraute sich nicht, etwas 35
zu sagen, entkleidete ihn, alles war naß. Man hat nachher
den Hut auf einem Felsen, der an dem Abhange des Hügels
ins Tal sieht, gefunden, und es ist unbegreiflich, wie er ihn in
einer finstern, feuchten Nacht, ohne zu stürzen, erstiegen hat.

Er legte sich zu Bette und schlief lange. Der Bediente
fand ihn schreibend, als er ihm den andern Morgen auf sein
Rufen den Kaffee brachte. Er schrieb folgendes am Briefe
an Lotten:

5   „Zum letztenmale denn, zum letztenmale schlage ich
diese Augen auf. Sie sollen, ach, die Sonne nicht mehr
sehn, ein trüber, neblichter Tag hält sie bedeckt. So traure
denn, Natur! dein Sohn, dein Freund, dein Geliebter naht
sich seinem Ende. Lotte, das ist ein Gefühl ohnegleichen,
10 und doch kommt es dem dämmernden Traum am nächsten,
zu sich zu sagen: das ist der letzte Morgen. Der letzte!
Lotte, ich habe keinen Sinn für das Wort: der letzte! Stehe
ich nicht da in meiner ganzen Kraft, und morgen liege ich
ausgestreckt und schlaff am Boden. Sterben! was heißt das?
15 Siehe, wir träumen, wenn wir vom Tode reden. Ich habe
manchen sterben sehen; aber so eingeschränkt ist die Menschheit, daß sie für ihres Daseins Anfang und Ende keinen Sinn
hat. Jetzt noch mein, dein! dein, o Geliebte! Und einen
Augenblick – getrennt, geschieden – vielleicht auf ewig? –
20 Nein, Lotte, nein – Wie kann ich vergehen? wie kannst du
vergehen? Wir sind ja! – Vergehen! – Was heißt das? Das
ist wieder ein Wort, ein leerer Schall, ohne Gefühl für mein
Herz. – – Tot, Lotte! eingescharrt der kalten Erde, so eng!
so finster! – Ich hatte eine Freundin, die mein alles war
25 meiner hülflosen Jugend; sie starb, und ich folgte ihrer
Leiche und stand an dem Grabe, wie sie den Sarg hinunter-
ließen und die Seile schnurrend unter ihm weg und wieder
herauf schnellten, dann die erste Schaufel hinunterschollerte,
und die ängstliche Lade einen dumpfen Ton wiedergab,
30 und dumpfer und immer dumpfer, und endlich bedeckt
war! – Ich stürzte neben das Grab hin – ergriffen, erschüttert, geängstet, zerrissen mein Innerstes, aber ich wußte
nicht, wie mir geschah – wie mir geschehen wird – Sterben!
Grab! ich verstehe die Worte nicht!
35   O vergib mir! vergib mir! Gestern! Es hätte der letzte
Augenblick meines Lebens sein sollen. O du Engel! Zum
ersten Male, zum ersten Male ganz ohne Zweifel durch
mein innig Innerstes durchglühte mich das Wonnegefühl:

Sie liebt mich! Sie liebt mich! Es brennt noch auf meinen Lippen das heilige Feuer, das von den deinigen strömte, neue, warme Wonne ist in meinem Herzen. Vergib mir! vergib mir!

Ach, ich wußte, daß du mich liebtest, wußte es an den ersten seelenvollen Blicken, an dem ersten Händedruck, und doch, wenn ich wieder weg war, wenn ich Alberten an deiner Seite sah, verzagte ich wieder in fieberhaften Zweifeln.

Erinnerst du dich der Blumen, die du mir schicktest, als du in jener fatalen Gesellschaft mir kein Wort sagen, keine Hand reichen konntest? o, ich habe die halbe Nacht davor gekniet, und sie versiegelten mir deine Liebe. Aber ach! diese Eindrücke gingen vorüber, wie das Gefühl der Gnade seines Gottes allmählich wieder aus der Seele des Gläubigen weicht, die ihm mit ganzer Himmelsfülle in heiligen, sichtbaren Zeichen gereicht ward.

Alles das ist vergänglich, aber keine Ewigkeit soll das glühende Leben auslöschen, das ich gestern auf deinen Lippen genoß, das ich in mir fühle! Sie liebt mich! Dieser Arm hat sie umfaßt, diese Lippen haben auf ihren Lippen gezittert, dieser Mund hat an dem ihrigen gestammelt. Sie ist mein! du bist mein! ja, Lotte, auf ewig.

Und was ist das, daß Albert dein Mann ist? Mann! Das wäre denn für diese Welt – und für diese Welt Sünde, daß ich dich liebe, daß ich dich aus seinen Armen in die meinigen reißen möchte? Sünde? Gut, und ich strafe mich dafür; ich habe sie in ihrer ganzen Himmelswonne geschmeckt, diese Sünde, habe Lebensbalsam und Kraft in mein Herz gesaugt. Du bist von diesem Augenblicke mein! mein, o Lotte! Ich gehe voran! gehe zu meinem Vater, zu deinem Vater. Dem will ich's klagen, und er wird mich trösten, bis du kommst, und ich fliege dir entgegen und fasse dich und bleibe bei dir vor dem Angesichte des Unendlichen in ewigen Umarmungen.

Ich träume nicht, ich wähne nicht! Nahe am Grabe wird mir es heller. Wir werden sein! wir werden uns wieder sehen! Deine Mutter sehen! ich werde sie sehen, werde sie finden, ach, und vor ihr mein ganzes Herz ausschütten! Deine Mutter, dein Ebenbild."

Gegen eilfe fragte Werther seinen Bedienten, ob wohl
Albert zurückgekommen sei? Der Bediente sagte: ja, er
habe dessen Pferd dahinführen sehen. Darauf gibt ihm
der Herr ein offenes Zettelchen des Inhalts:

5   „Wollten Sie mir wohl zu einer vorhabenden Reise Ihre
Pistolen leihen? Leben Sie recht wohl!"

Die liebe Frau hatte die letzte Nacht wenig geschlafen;
was sie gefürchtet hatte, war entschieden, auf eine Weise
entschieden, die sie weder ahnen noch fürchten konnte. Ihr
10 sonst so rein und leicht fließendes Blut war in einer fieberhaften Empörung, tausenderlei Empfindungen zerrütteten
das schöne Herz. War es das Feuer von Werthers Umarmungen, das sie in ihrem Busen fühlte? War es Unwille
über seine Verwegenheit? War es eine unmutige Ver-
15 gleichung ihres gegenwärtigen Zustandes mit jenen Tagen
ganz unbefangener, freier Unschuld und sorglosen Zu-
trauens an sich selbst? Wie sollte sie ihrem Manne ent-
gegengehen, wie ihm eine Szene bekennen, die sie so gut
gestehen durfte, und die sie sich doch zu gestehen nicht ge-
20 traute? Sie hatten so lange gegen einander geschwiegen,
und sollte sie die erste sein, die das Stillschweigen bräche
und eben zur unrechten Zeit ihrem Gatten eine so unerwartete Entdeckung machte? Schon fürchtete sie, die
bloße Nachricht von Werthers Besuch werde ihm einen
25 unangenehmen Eindruck machen, und nun gar diese unerwartete Katastrophe! Konnte sie wohl hoffen, daß ihr
Mann sie ganz im rechten Lichte sehen, ganz ohne Vor-
urteil aufnehmen würde? Und konnte sie wünschen, daß
er in ihrer Seele lesen möchte? Und doch wieder, konnte
30 sie sich verstellen gegen den Mann, vor dem sie immer wie
ein kristallhelles Glas offen und frei gestanden und dem
sie keine ihrer Empfindungen jemals verheimlicht noch
verheimlichen können? Eins und das andre machte ihr
Sorgen und setzte sie in Verlegenheit; und immer kehrten
35 ihre Gedanken wieder zu Werthern, der für sie verloren
war, den sie nicht lassen konnte, den sie – leider! – sich selbst
überlassen mußte, und dem, wenn er sie verloren hatte,
nichts mehr übrig blieb.

Wie schwer lag jetzt, was sie sich in dem Augenblick nicht deutlich machen konnte, die Stockung auf ihr, die sich unter ihnen festgesetzt hatte! So verständige, so gute Menschen fingen wegen gewisser heimlicher Verschiedenheiten unter einander zu schweigen an, jedes dachte seinem Recht und dem Unrechte des andern nach, und die Verhältnisse verwickelten und verhetzten sich dergestalt, daß es unmöglich ward, den Knoten eben in dem kritischen Momente, vor dem alles abhing, zu lösen. Hätte eine glückliche Vertraulichkeit sie früher wieder einander näher gebracht, wäre Liebe und Nachsicht wechselsweise unter ihnen lebendig worden und hätte ihre Herzen aufgeschlossen, vielleicht wäre unser Freund noch zu retten gewesen.

Noch ein sonderbarer Umstand kam dazu. Werther hatte, wie wir aus seinen Briefen wissen, nie ein Geheimnis daraus gemacht, daß er sich diese Welt zu verlassen sehnte. Albert hatte ihn oft bestritten, auch war zwischen Lotten und ihrem Mann manchmal die Rede davon gewesen. Dieser, wie er einen entschiedenen Widerwillen gegen die Tat empfand, hatte auch gar oft mit einer Art von Empfindlichkeit, die sonst ganz außer seinem Charakter lag, zu erkennen gegeben, daß er an dem Ernst eines solchen Vorsatzes sehr zu zweifeln Ursach' finde, er hatte sich sogar darüber einigen Scherz erlaubt und seinen Unglauben Lotten mitgeteilt. Dies beruhigte sie zwar von einer Seite, wenn ihre Gedanken ihr das traurige Bild vorführten, von der andern aber fühlte sie sich auch dadurch gehindert, ihrem Manne die Besorgnisse mitzuteilen, die sie in dem Augenblicke quälten.

Albert kam zurück, und Lotte ging ihm mit einer verlegenen Hastigkeit entgegen, er war nicht heiter, sein Geschäft war nicht vollbracht, er hatte an dem benachbarten Amtmanne einen unbiegsamen, kleinsinnigen Menschen gefunden. Der üble Weg auch hatte ihn verdrießlich gemacht.

Er fragte, ob nichts vorgefallen sei, und sie antwortete mit Übereilung: Werther sei gestern abends dagewesen. Er fragte, ob Briefe gekommen, und er erhielt zur Antwort, daß ein Brief und Pakete auf seiner Stube lägen. Er ging hinüber, und Lotte blieb allein. Die Gegenwart des

Mannes, den sie liebte und ehrte, hatte einen neuen Eindruck in ihr Herz gemacht. Das Andenken seines Edelmuts, seiner Liebe und Güte hatte ihr Gemüt mehr beruhigt, sie fühlte einen heimlichen Zug, ihm zu folgen,
5 sie nahm ihre Arbeit und ging auf sein Zimmer, wie sie mehr zu tun pflegte. Sie fand ihn beschäftigt, die Pakete zu erbrechen und zu lesen. Einige schienen nicht das Angenehmste zu enthalten. Sie tat einige Fragen an ihn, die er kurz beantwortete, und sich an den Pult stellte, zu
10 schreiben.

Sie waren auf diese Weise eine Stunde nebeneinander gewesen, und es ward immer dunkler in Lottens Gemüt. Sie fühlte, wie schwer es ihr werden würde, ihrem Mann, auch wenn er bei dem besten Humor wäre, das zu ent-
15 decken, was ihr auf dem Herzen lag; sie verfiel in eine Wehmut, die ihr um desto ängstlicher ward, als sie solche zu verbergen und ihre Tränen zu verschlucken suchte.

Die Erscheinung von Werthers Knaben setzte sie in die größte Verlegenheit; er überreichte Alberten das Zettel-
20 chen, der sich gelassen nach seiner Frau wendete und sagte: „Gib ihm die Pistolen." – „Ich lasse ihm glückliche Reise wünschen." sagte er zum Jungen. – Das fiel auf sie wie ein Donnerschlag, sie schwankte aufzustehen, sie wußte nicht, wie ihr geschah. Langsam ging sie nach der Wand, zitternd
25 nahm sie das Gewehr herunter, putzte den Staub ab und zauderte, und hätte noch lange gezögert, wenn nicht Albert durch einen fragenden Blick sie gedrängt hätte. Sie gab das unglückliche Werkzeug dem Knaben, ohne ein Wort vorbringen zu können, und als der zum Hause hinaus war,
30 machte sie ihre Arbeit zusammen, ging in ihr Zimmer, in dem Zustande der unaussprechlichsten Ungewißheit. Ihr Herz weissagte ihr alle Schrecknisse. Bald war sie im Begriffe, sich zu den Füßen ihres Mannes zu werfen, ihm alles zu entdecken, die Geschichte des gestrigen Abends, ihre
35 Schuld und ihre Ahnungen. Dann sah sie wieder keinen Ausgang des Unternehmens, am wenigsten konnte sie hoffen, ihren Mann zu einem Gange nach Werthern zu bereden. Der Tisch ward gedeckt, und eine gute Freundin, die nur etwas zu fragen kam, gleich gehen wollte – und

blieb, machte die Unterhaltung bei Tische erträglich; man zwang sich, man redete, man erzählte, man vergaß sich.

Der Knabe kam mit den Pistolen zu Werthern, der sie ihm mit Entzücken abnahm, als er hörte, Lotte habe sie ihm gegeben. Er ließ sich Brot und Wein bringen, hieß den Knaben zu Tische gehen und setzte sich nieder, zu schreiben.

„Sie sind durch deine Hände gegangen, du hast den Staub davon geputzt, ich küsse sie tausendmal, du hast sie berührt! Und du, Geist des Himmels, begünstigst meinen Entschluß, und du, Lotte, reichst mir das Werkzeug, du, von deren Händen ich den Tod zu empfangen wünschte, und ach! nun empfange. O ich habe meinen Jungen ausgefragt. Du zittertest, als du sie ihm reichtest, du sagtest kein Lebewohl! – Wehe! wehe! kein Lebewohl! – Solltest du dein Herz für mich verschlossen haben, um des Augenblicks willen, der mich ewig an dich befestigte? Lotte, kein Jahrtausend vermag den Eindruck auszulöschen! und ich fühle es, du kannst den nicht hassen, der so für dich glüht."

Nach Tische hieß er den Knaben alles vollends einpacken, zerriß viele Papiere, ging aus und brachte noch kleine Schulden in Ordnung. Er kam wieder nach Hause, ging wieder aus vors Tor, ungeachtet des Regens, in den gräflichen Garten, schweifte weiter in der Gegend umher und kam mit anbrechender Nacht zurück und schrieb.

„Wilhelm, ich habe zum letzten Male Feld und Wald und den Himmel gesehen. Leb wohl auch du! Liebe Mutter, verzeiht mir! Tröste sie, Wilhelm! Gott segne euch! Meine Sachen sind alle in Ordnung. Lebt wohl! wir sehen uns wieder und freudiger."

„Ich habe dir übel gelohnt, Albert, und du vergibst mir. Ich habe den Frieden deines Hauses gestört, ich habe Mißtrauen zwischen euch gebracht. Lebe wohl! ich will es enden. O daß ihr glücklich wäret durch meinen Tod! Albert! Albert! mache den Engel glücklich! Und so wohne Gottes Segen über dir!"

Er kramte den Abend noch viel in seinen Papieren, zerriß vieles und warf es in den Ofen, versiegelte einige
Päcke mit den Adressen an Wilhelm. Sie enthielten
kleine Aufsätze, abgerissene Gedanken, deren ich verschie-
5 dene gesehen habe; und nachdem er um zehn Uhr Feuer
hatte nachlegen und sich eine Flasche Wein geben lassen,
schickte er den Bedienten, dessen Kammer wie auch die
Schlafzimmer der Hausleute weit hinten hinaus waren, zu
Bette, der sich dann in seinen Kleidern niederlegte, um
10 frühe bei der Hand zu sein; denn sein Herr hatte gesagt,
die Postpferde würden vor sechse vors Haus kommen.

,,Nach eilfe.

Alles ist so still um mich her, und so ruhig meine Seele.
Ich danke dir, Gott, der du diesen letzten Augenblicken
15 diese Wärme, diese Kraft schenkest.

Ich trete an das Fenster, meine Beste, und sehe, und sehe
noch durch die stürmenden, vorüberfliehenden Wolken einzelne Sterne des ewigen Himmels! Nein, ihr werdet nicht
fallen! der Ewige trägt euch an seinem Herzen, und mich.
20 Ich sehe die Deichselsterne des Wagens, des liebsten unter
allen Gestirnen. Wenn ich nachts von dir ging, wie ich aus
deinem Tore trat, stand er gegen mir über. Mit welcher
Trunkenheit habe ich ihn oft angesehen, oft mit aufgehobe-
nen Händen ihn zum Zeichen, zum heiligen Merksteine mei-
25 ner gegenwärtigen Seligkeit gemacht! und noch – O Lotte,
was erinnert mich nicht an dich! umgibst du mich nicht! und
habe ich nicht, gleich einem Kinde, ungenügsam allerlei Klei-
nigkeiten zu mir gerissen, die du Heilige berührt hattest!

Liebes Schattenbild! Ich vermache dir es zurück, Lotte,
30 und bitte dich, es zu ehren. Tausend, tausend Küsse habe
ich darauf gedrückt, tausend Grüße ihm zugewinkt, wenn
ich ausging oder nach Hause kam.

Ich habe deinen Vater in einem Zettelchen gebeten,
meine Leiche zu schützen. Auf dem Kirchhofe sind zwei
35 Lindenbäume, hinten in der Ecke nach dem Felde zu; dort
wünsche ich zu ruhen. Er kann, er wird das für seinen
Freund tun. Bitte ihn auch. Ich will frommen Christen
nicht zumuten, ihren Körper neben einen armen Unglück-

lichen zu legen. Ach, ich wollte, ihr begrübt mich am
Wege, oder im einsamen Tale, daß Priester und Levit vor
dem bezeichneten Steine sich segnend vorübergingen und
der Samariter eine Träne weinte.

Hier, Lotte! Ich schaudre nicht, den kalten, schrecklichen
Kelch zu fassen, aus dem ich den Taumel des Todes trinken
soll! Du reichtest mir ihn, und ich zage nicht. All! all! So sind
alle die Wünsche und Hoffnungen meines Lebens erfüllt! So
kalt, so starr an der ehernen Pforte des Todes anzuklopfen.

Daß ich des Glückes hätte teilhaftig werden können, für
dich zu sterben! Lotte, für dich mich hinzugeben! Ich
wollte mutig, ich wollte freudig sterben, wenn ich dir die
Ruhe, die Wonne deines Lebens wiederschaffen könnte.
Aber ach! das ward nur wenigen Edeln gegeben, ihr Blut
für die Ihrigen zu vergießen und durch ihren Tod ein neues,
hundertfältiges Leben ihren Freunden anzufachen.

In diesen Kleidern, Lotte, will ich begraben sein, du hast
sie berührt, geheiligt; ich habe auch deinen Vater darum
gebeten. Meine Seele schwebt über dem Sarge. Man soll
meine Taschen nicht aussuchen. Diese blaßrote Schleife,
die du am Busen hattest, als ich dich zum ersten Male unter
deinen Kindern fand – O küsse sie tausendmal und erzähle
ihnen das Schicksal ihres unglücklichen Freundes. Die
Lieben! sie wimmeln um mich. Ach wie ich mich an dich
schloß! seit dem ersten Augenblicke dich nicht lassen
konnte! – Diese Schleife soll mit mir begraben werden. An
meinem Geburtstage schenktest du sie mir! Wie ich das alles
verschlang! – Ach, ich dachte nicht, daß mich der Weg
hierher führen sollte! – – Sei ruhig! ich bitte dich, sei ruhig! –

Sie sind geladen – Es schlägt zwölfe! So sei es denn! –
Lotte! Lotte, lebe wohl! lebe wohl!"

Ein Nachbar sah den Blick vom Pulver und hörte den Schuß
fallen; da aber alles stille blieb, achtete er nicht weiter drauf.

Morgens um sechse tritt der Bediente herein mit dem
Lichte. Er findet seinen Herrn an der Erde, die Pistole und
Blut. Er ruft, er faßt ihn an; keine Antwort, er röchelt nur
noch. Er läuft nach den Ärzten, nach Alberten. Lotte hört
die Schelle ziehen, ein Zittern ergreift alle ihre Glieder. Sie

weckt ihren Mann, sie stehen auf, der Bediente bringt
heulend und stotternd die Nachricht, Lotte sinkt ohnmäch-
tig vor Alberten nieder.

Als der Medikus zu dem Unglücklichen kam, fand er ihn
an der Erde ohne Rettung, der Puls schlug, die Glieder
waren alle gelähmt. Über dem rechten Auge hatte er sich
durch den Kopf geschossen, das Gehirn war herausgetrieben.
Man ließ ihm zum Überfluß eine Ader am Arme, das Blut
lief, er holte noch immer Atem.

Aus dem Blut auf der Lehne des Sessels konnte man
schließen, er habe sitzend vor dem Schreibtische die Tat
vollbracht, dann ist er heruntergesunken, hat sich konvul-
sivisch um den Stuhl herumgewälzt. Er lag gegen das
Fenster entkräftet auf dem Rücken, war in völliger Kleidung, gestiefelt, im blauen Frack mit gelber Weste.

Das Haus, die Nachbarschaft, die Stadt kam in Aufruhr.
Albert trat herein. Werthern hatte man auf das Bett gelegt,
die Stirn verbunden, sein Gesicht schon wie eines Toten,
er rührte kein Glied. Die Lunge röchelte noch fürchterlich,
bald schwach, bald stärker; man erwartete sein Ende.

Von dem Weine hatte er nur ein Glas getrunken. „Emilia
Galotti" lag auf dem Pulte aufgeschlagen.

Von Alberts Bestürzung, von Lottens Jammer laßt mich
nichts sagen.

Der alte Amtmann kam auf die Nachricht hereinge-
sprengt, er küßte den Sterbenden unter den heißesten Tränen. Seine ältesten Söhne kamen bald nach ihm zu Fuße,
sie fielen neben dem Bette nieder im Ausdrucke des un-
bändigsten Schmerzens, küßten ihm die Hände und den
Mund, und der älteste, den er immer am meisten geliebt,
hing an seinen Lippen, bis er verschieden war und man den
Knaben mit Gewalt wegriß. Um zwölfe mittags starb er. Die
Gegenwart des Amtmannes und seine Anstalten tuschten
einen Auflauf. Nachts gegen eilfe ließ er ihn an die Stätte
begraben, die er sich erwählt hatte. Der Alte folgte der
Leiche und die Söhne, Albert vermocht's nicht. Man
fürchtete für Lottens Leben. Handwerker trugen ihn. Kein
Geistlicher hat ihn begleitet.

Sämtliche Verweise des Anhangs mit bloßen Band- und Seitenangaben beziehen sich auf die von Erich Trunz und anderen herausgegebene kommentierte Ausgabe „Goethes Werke" in 14 Bänden, die als ‚Hamburger Ausgabe' bekannt geworden ist. Verwiesen wird ferner auf die Ausgabe „Goethes Briefe" in vier Bänden *(Goethes Briefe, Hbg. Ausg.)* sowie auf die „Briefe an Goethe" in zwei Bänden (Briefe HA), herausgegeben von Karl Robert Mandelkow. Alle Ausgaben sind im Verlag C. H. Beck, München, erschienen.

QUELLEN UND DATEN ZUR GESCHICHTE
DES „WERTHER"-ROMANS

*Einzeichnung in die Matrikel des Reichs-Kammer-Gerichts zu Wetzlar.
Johann Wolfgang Goethe von Frankfurt am Main. 25. Mai 1772.*

*1772, Ende Mai – 11. September: Goethe in Wetzlar; Umgang mit
dem Schriftsteller Gotter, dem Juristen und Schriftsteller Friedrich August v. Goué und mehreren jüngeren Juristen am Reichskammergericht.
Gelegentlich sieht Goethe den Braunschweigischen Legationssekretär
Carl Wilhelm Jerusalem (geb. 1747), den er schon aus seiner Leipziger
Studentenzeit kennt. Jerusalem ist ebenso wie Goethe am 9. Juni auf
dem Ball in Volpertshausen. Hier lernt Goethe Charlotte Buff (geb.
1753) und deren Verlobten, den Hannoverschen Gesandtschafts-Sekre-
tär Johann Christian Kestner (geb. 1741), kennen; bald darauf Lottes
Vater, den verwitweten Amtmann des Deutschen Ordens Henrich
Adam Buff (1710 bis 1795), und seine Kinder; außer Lotte, der Zweiäl-
testen, sind es noch 10: die Älteste ist Caroline (geb. 1751), nach Lotte
folgt Hans (geb. 1757), der Jüngste ist Ernst (geb. 1767).*

Vgl. Goethes Briefe, Hbg. Ausg., Bd. I, S. 134ff.

Aus Kestners Tagebuch.

Le 9ᵐᵉ Juin fut un bal à Volpertshausen, village à deux lieues de
Wetzlar. Il était composé de 25 personnes. On s'y rendit le soir en
carosses et à cheval et on en revint le lendemain matin ... Je partis à
7 heures du soir à cheval tout seul ...

(Ende Juni:) Nachher und wie ich meine Arbeit getan, geh' ich zu
meinem Mädchen, ich finde den Dr. Goethe da ... Er liebt sie, und ob
er gleich ein Philosoph und mir gut ist, sieht er mich doch nicht gern
kommen, um mit meinem Mädchen vergnügt zu sein. Und ich, ob ich
ihm gleich recht gut bin, so sehe ich doch auch nicht gern, daß er bei
meinem Mädchen allein bleiben und sie unterhalten soll ...

9. August. Morgens ging ich mit dem Dr. Goethe dem Lottchen entgegen. Sie begegnete uns jenseits Garbenheim ... Nachmittags waren
wir wieder bei ihr, lasen im Garten ... unterhielten uns ... Dann ging
ich mit Goethe nach Garbenheim ... Unterwegs handelten wir ein ganzes System von des Menschen Bestimmung hier und dort ab; eine merkwürdige wichtige Unterredung ...

15. August ... Ich ging mit Goethe noch Nachts bis 12 Uhr auf der Gasse spazieren. Merkwürdiges Gespräch, da er voll Unmut war und allerhand Phantasien hatte, worüber wir am Ende im Mondschein an eine Mauer gelehnt lachten.

16. August. Bekam Goethe von Lottchen gepredigt: sie declariert ihm daß er nichts als Freundschaft hoffen dürfe; er ward blaß und sehr niedergeschlagen. Wir gingen aus dem Neustädter Tor spazieren ...

10. September. Mittags aß Dr. Goethe bei mir im Garten. Ich wußte nicht, daß es das letzte Mal war ... Abends kam Dr. Goethe nach dem Deutschen Hause. Er, Lottchen und ich hatten ein merkwürdiges Gespräch von dem Zustand nach diesem Leben, vom Weggehen und Wiederkommen usw., welches nicht er, sondern Lottchen anfing. Wir machten miteinander aus, wer zuerst von uns stürbe, sollte, wenn er könnte, den Lebenden Nachricht von dem Zustande jenes Lebens geben. Goethe wurde ganz niedergeschlagen, denn er wußte, daß er am andern Morgen weggehen wollte.

11. September. Morgens um 7 Uhr ist Goethe weggereiset, ohne Abschied zu nehmen ... Unter den Kindern im Deutschen Hause sagte jedes: ,,Doktor Goethe ist fort!" ... Nachmittags brachte ich die Billets von Goethe an Lottchen. Sie war betrübt über seine Abreise, es kamen ihr die Tränen beim Lesen in die Augen. Doch war es ihr lieb, daß er fort war, da sie ihm das nicht geben konnte, was er wünschte ... Wir sprachen nur von ihm. Ich konnte auch nicht anders als an ihn denken, verteidigte die Art seiner Abreise, welche von einem Unverständigen getadelt wurde ...

12. September. Nach dem Essen begleitete ich Lottchen bis gegen Garbenheim ... Auf dem Berge sah ich ihr mit Perspektiv nach, ich sah sie mit einer Bauersfrau unterwegs, die bei ihr stillstand, reden. Es war des Dr. Goethe Freundin in Garbenheim, eine Frau, welche ziemlich gut aussieht, eine freundliche unschuldige Miene hat und gut, jedoch ganz ohne Kunst reden kann; sie hat drei Kinder, welchen Dr. Goethe oft etwas mitbrachte, daher sie ihn lieb hatten, die Frau sah ihn auch gern ...

Kestner an seinen Freund August v. Hennings. 1772.

Kestner hat über Goethe und über die Beziehung von Leben und Dichtung in ,,Werther" ausführlich an seinen Freund Hennings berichtet. Bisher kannte man lange nur Entwürfe zu diesen Briefen, die sich in Kestners Nachlaß erhalten haben. (Schon 1854 von A. Kestner S. 35–41, 74–82, 224–231, 236–239 gedruckt, dann bei Morris.) Hennings hat sich von einigen Briefen Kestners genaue Abschriften hergestellt; diese befinden sich in seinem Nachlaß in der Staats-Bibliothek Hamburg und sind hier herangezogen worden.

Im Frühjahr kam hier ein gewisser Goethe aus Frankfurt, seiner Hantierung nach Dr. Juris, 23 Jahre alt, einziger Sohn eines sehr reichen Vaters, um sich hier – dies war seines Vaters Absicht – in Praxi umzusehen, der seinigen nach aber, den Homer, Pindar usw. zu studieren, und was sein Genie, seine Denkungsart und sein Herz ihm weiter für Beschäftigungen eingeben würden. . . .

Den 9. Juni 1772 fügte es sich, daß Goethe mit bei einem Ball auf dem Lande war, wo mein Mädchen und auch ich waren. Ich konnte erst nachkommen und ritt dahin. Mein Mädchen fuhr also in einer andern Gesellschaft hin. Der Dr. Goethe war mit im Wagen und lernte Lottchen hier zuerst kennen . . . Er wußte nicht, daß sie nicht mehr frei war. Ich kam ein paar Stunden später. Und es ist nie unsere Gewohnheit, an öffentlichen Orten mehr als Freundschaft gegen einander zu äußern. Er war den Tag ausgelassen lustig – dieses ist er manchmal, dagegen zur andern Zeit melancholisch –, Lottchen eroberte ihn ganz, um desto mehr, da sie sich keine Mühe gab, sondern sich nur dem Vergnügen überließ. Andern Tags konnte es nicht fehlen, daß Goethe sich nach Lottchens Befinden nach dem Ball erkundigte. Vorhin hatte er in ihr ein fröhliches Mädchen kennen gelernt, das den Tanz und das ungetrübte Vergnügen liebt; nun lernte er sie auch erst von der Seite, wo sie ihre Stärke hat, von der häuslichen Seite kennen . . .

Es konnte ihm nicht lange unbekannt bleiben, daß sie ihm nichts als Freundschaft geben konnte; und ihr Betragen gegen ihn gab wiederum ein Muster ab. Dieser gleiche Geschmack, und da wir uns näher kennen lernten, knüpfte zwischen ihm und mir das festeste Band der Freundschaft, so daß er bei mir gleich auf meinen lieben Hennings folgt . . . Lottchen wußte ihn so kurz zu halten und auf eine solche Art zu behandeln, daß keine Hoffnung bei ihm aufkeimen konnte und er sie in ihrer Art, zu verfahren, noch selbst bewundern mußte. Seine Ruhe litt sehr dabei. Es gab mancherlei merkwürdige Szenen, wobei Lottchen bei mir gewann und er er mir als Freund auch werter werden mußte, ich aber doch manchmal bei mir erstaunen mußte, wie die Liebe so gar wunderliche Geschöpfe selbst aus den stärksten und sonst für sich selbständigen Menschen machen kann . . . Er fing nach einigen Monaten an einzusehen, daß er zu seiner Ruhe Gewalt brauchen mußte. In einem Augenblick, da er sich darüber völlig determiniert hatte, reisete er ohne Abschied davon, nachdem er schon öfters vergebliche Versuche zur Flucht gemacht hatte. Er ist zu Frankfurt, und wir reden fleißig durch Briefe miteinander. Bald schrieb er, nunmehr wieder seiner mächtig zu sein, gleich darauf fand ich wieder Veränderungen bei ihm. Kürzlich konnte er es doch nicht lassen, mit einem Freunde, der hier Geschäfte hatte, herüber zu kommen; er würde vielleicht noch hier sein, wenn seines Begleiters Geschäfte nicht in einigen Tagen beendet worden wären, und dieser gleiche Bewegungsgründe gehabt hätte, zurückzueilen; denn er folgt seiner nächsten Idee und bekümmert sich nicht um die Folgen, und dieses fließt aus seinem Charakter, der ganz Original ist.

Goethe, Aus einer Rezension in den „Frankfurter Gelehrten Anzeigen".

Das besprochene Buch ist: „Gedichte von einem Polnischen Juden. Mitau, 1772." Goethe findet die Gedichte konventionell und leer. Er fügt ziemlich unvermittelt dann folgendes an:

Laß, o Genius unsers Vaterlandes, bald einen Jüngling aufblühen, der voller Jugendkraft und Munterkeit zuerst für seinen Kreis der beste Gesellschafter wäre, das artigste Spiel angäbe, das freudigste Liedchen sänge, im Rundgesange den Chor belebte, dem die beste Tänzerin freudig die Hand reichte, den neuesten mannigfaltigsten Reihen vorzutanzen, den zu fangen die Schöne, die Witzige, die Muntre alle ihre Reize ausstellten, dessen empfindendes Herz sich auch wohl fangen ließe, sich aber stolz im Augenblicke wieder losriß, wenn er aus dem dichtenden Traum erwachend fände, daß seine Göttin nur schön, nur witzig, nur munter sei ... Aber dann, o Genius, daß offenbar werde, nicht Fläche, Weichheit des Herzens sei an seiner Unbestimmtheit schuld, laß ihn ein Mädchen finden, seiner wert! Wenn ihn heiligere Gefühle ... in die Einsamkeit leiten, laß ihn auf seiner Wallfahrt ein Mädchen entdecken, deren Seele ganz Güte, zugleich mit einer Gestalt ganz Anmut, sich in stillem Familienkreis häuslicher tätiger Liebe glücklich entfaltet hat; die Liebling, Freundin, Beistand ihrer Mutter, die zweite Mutter ihres Hauses ist, deren stets liebwirkende Seele jedes Herz unwiderstehlich an sich reißt ... Ja, wenn sie in Stunden einsamer Ruhe fühlt, daß ihr bei all dem Liebeverbreiten noch etwas fehlt, ein Herz, das jung und warm wie sie, mit ihr ... nach all den goldnen Aussichten von ewigem Beisammensein, daurender Vereinigung, unsterblich webender Liebe fest angeschlossen hinstrebte – laß die beiden sich finden! Beim ersten Nahen werden sie dunkel und mächtig ahnden, was jedes für einen Inbegriff von Glückseligkeit in dem andern ergreift ... Wahrheit wird in seinen Liedern sein und lebendige Schönheit, nicht bunte Seifenblasenideale ... Doch ob's solche Mädchen gibt? Ob's solche Jünglinge geben kann?

11. September 1772. Goethe verläßt Wetzlar und reist durch das Lahntal nach Ehrenbreitstein, wo er Sophie v. La Roche (geb. 1731) und ihre Tochter Maximiliane (geb. 1756) besucht. Weiterfahrt nach Frankfurt.

21.–23. September 1772: Kestner in Frankfurt bei Goethe.

Goethe an Kestner. 10. Oktober 1772.

Seit der Abreise aus Wetzlar ist Goethe mit Kestner und Lotte durch einen lebhaften Briefwechsel verbunden, der erst in den Weimarer Jah-

ren allmählich ins Stocken kommt. (Hierher gehören u.a. die Briefge-
dichte Bd. I, S. 87 und 88.) Anfang Oktober 1772 erhält Goethe die
Nachricht – die sich später als falsch herausstellt –, Goué in Wetzlar habe
Selbstmord begangen.

Schreiben Sie mir doch gleich, wie sich die Nachrichten von Goué
konfirmieren. Ich ehre auch solche Tat und bejammre die Menschheit
und laß alle Scheißkerle von Philistern Tobakrauchsbetrachtungen drüber machen ... Ich hoffe nie meinen Freunden mit einer solchen Nachricht beschwerlich zu werden.

Kestners Tagebuch. 30. Oktober 1772. (Selbstmord Jerusalems.)

Aujourd'hui est arrivée cette malheureuse catastrophe de Mr. Jerusalem. Toute la ville le regrette généralement.

Goethe an Kestner. Anfang November 1772.

Der unglückliche Jerusalem! Die Nachricht war mir schröcklich und
unerwartet; es war gräßlich: zum angenehmsten Geschenk der Liebe
diese Nachricht zur Beilage ... Der arme Junge! Wenn ich zurückkam
vom Spaziergang und er mir begegnete hinaus im Mondschein, sagt ich:
er ist verliebt ... Gott weiß, die Einsamkeit hat sein Herz untergraben,
und – seit 7 Jahren kenn' ich die Gestalt, ich habe wenig mit ihm geredt;
bei meiner Abreise nahm ich ihm ein Buch mit, das will ich behalten
und sein gedenken, so lang ich lebe.

6.–11. November 1772: Goethe mit Johann Georg Schlosser in
Wetzlar.

Goethe an Kestner. Friedberg, 11. November 1772.

... Gewiß, Kestner, es war Zeit, daß ich ging. Gestern Abend hatt'
ich rechte hängerliche und hängenswerte Gedanken, auf dem Cana-
pee ...

Aus: Kestners Bericht über Jerusalem an Goethe. November 1772. (Voll-
ständiger Abdruck: Goethe und Werther. Hrsg. v. A. Kestner. Stuttg. u.
Tüb. 1854. S. 86–99 und in: Fischer-Lamberg Bd. 4, 1968, S. 351–356.)

Jerusalem ist die ganze Zeit seines hiesigen Aufenthalts mißvergnügt
gewesen, es sei nun überhaupt wegen der Stelle, die er hier bekleidete
und daß ihm gleich anfangs (bei Graf Bassenheim) der Zutritt in den
großen Gesellschaften auf eine unangenehme Art versagt worden, oder
insbesondere wegen des Braunschweigischen Gesandten, mit dem er
bald nach seiner Ankunft kundbar heftige Streitigkeiten hatte, die ihm
Verweise vom Hofe zuzogen und noch weitere verdrießliche Folgen für
ihn gehabt haben. Er wünschte längst, und arbeitete daran, von hier
wieder wegzukommen; sein hiesiger Aufenthalt war ihm verhaßt, wie er

oft gegen seine Bekannte geäußert hat; und durch meinen Bedienten, dem es der seinige oft gesagt, wußte ich dieses längst ... Neben dieser Unzufriedenheit war er auch in des Pfälzischen Sekretärs Herd Frau verliebt. Ich glaube nicht, daß diese zu dergleichen Galanterien aufgelegt ist; mithin, da der Mann noch dazu sehr eifersüchtig war, mußte diese Liebe vollends seiner Zufriedenheit und Ruhe den Stoß geben. – Er entzog sich allezeit der menschlichen Gesellschaft und den übrigen Zeitvertreiben und Zerstreuungen, liebte einsame Spaziergänge im Mondenscheine, ging oft viele Meilen weit und hing da seinem Verdruß und seiner Liebe ohne Hoffnung nach ... Oft beklagte er sich gegen Kielmannsegge über die engen Grenzen, welche dem menschlichen Verstande gesetzt wären, wenigstens dem seinigen; er konnte äußerst betrübt werden, wenn er davon sprach, was er wissen möchte, was er nicht ergründen könne etc ... Mendelssohns „Phädon" war seine liebste Lektüre; in der Materie vom Selbstmorde war er aber immer mit ihm unzufrieden; wobei zu bemerken ist, daß er denselben auch bei der Gewißheit von der Unsterblichkeit der Seele, die er glaubte, erlaubt hielt. Leibnitzens Werke las er mit großem Fleiße. Als letzthin das Gerücht vom Goué sich verbreitete, glaubte er diesen zwar nicht zum Selbstmorde fähig, stritt aber in Thesi eifrig für diesen, wie mir Kielmannsegge und viele, die um ihn gewesen, versichert haben. Ein paar Tage vor dem unglücklichen, da die Rede vom Selbstmorde war, sagte er zu Schleunitz, es müsse aber doch eine dumme Sache sein, wenn das Erschießen mißriete ... Diesen Nachmittag (Mittwochs) ist Jerusalem allein bei Herds gewesen, was da vorgefallen, weiß man nicht; vielleicht liegt hierin der Grund zum Folgenden ... Donnerstags ... isset er zu Haus, schickt um 1 Uhr ein Billet an mich ... Ich war inzwischen zu Haus gekommen, es mochte ¼ Uhr sein, als ich das Billet bekam: „Dürfte ich Ew. Wohlgeb. wohl zu einer vorhabenden Reise um Ihre Pistolen gehorsamst ersuchen? J." – Da ich nun von alle dem vorher Erzählten und von seinen Grundsätzen nichts wußte, indem ich nie besonderen Umgang mit ihm gehabt – so hatte ich nicht den mindesten Anstand, ihm die Pistolen sogleich zu schicken ... Den ganzen Nachmittag war Jerusalem für sich allein beschäftigt, kramte in seinen Papieren, schrieb, ging, wie die Leute unten im Hause gehört, oft im Zimmer heftig auf und nieder. Er ist auch verschiedene Mal ausgegangen, hat seine kleinen Schulden ... bezahlt ... Etwa um 7 Uhr kam der Italienische Sprachmeister ... Vor 9 Uhr kommt er zu Haus, sagt dem Bedienten, es müsse im Ofen noch etwas nachgelegt werden, weil er so bald nicht zu Bette ginge, auch solle er auf Morgen früh 6 Uhr alles zurecht machen; läßt sich auch noch einen Schoppen Wein geben ... Da nun Jerusalem allein war, scheint er alles zu der schrecklichen Handlung vorbereitet zu haben ... Er hat zwei Briefe, einen an seine Verwandte, den andern an

Herd geschrieben. Erster, den der Medicus andern Morgens gesehen, hat überhaupt nur folgendes enthalten, wie Dr. Held, der ihn gelesen, mir erzählt: „Lieber Vater, liebe Mutter, liebe Schwestern und Schwager, verzeihen Sie Ihrem unglücklichen Sohn und Bruder; Gott, Gott segne Euch!" In dem zweiten hat er Herd um Verzeihung gebeten, daß er die Ruhe und das Glück seiner Ehe gestört . . . Er soll drei Blätter groß gewesen sein und sich damit geschlossen haben: „Um 1 Uhr. In jenem Leben sehen wir uns wieder." (vermutlich hat er sich sogleich erschossen, da er diesen Brief geendigt.) Diesen ungefähren Inhalt habe ich von jemand, dem der Gesandte Höfler ihn im Vertrauen gesagt . . . Der Gesandte, deucht mich, sucht auch die Aufmerksamkeit ganz von sich auf diese Liebesbegebenheit zu lenken, da der Verdruß von ihm wohl zugleich Jerusalem determiniert hat . . . Nach diesen Vorbereitungen, etwa gegen 1 Uhr, hat er sich denn über das rechte Auge hinein durch den Kopf geschossen. Man findet die Kugel nirgends. Niemand im Hause hat den Schuß gehört sondern der Franziskaner Pater Guardian, der auch den Blick vom Pulver gesehen, weil es aber stille geworden, nicht darauf geachtet hat. Der Bediente hatte die vorige Nacht wenig geschlafen und hat sein Zimmer weit hinten hinaus, wie auch die Leute im Haus, welche unten hinten hinaus schlafen. – Es scheint sitzend im Lehnstuhl vor seinem Schreibtisch geschehen zu sein. Der Stuhl hinten im Sitz war blutig, auch die Armlehnen. Darauf ist er vom Stuhle heruntergesunken, auf der Erde war noch viel Blut . . . Er war in völliger Kleidung, gestiefelt, im blauen Rock mit gelber Weste. Morgens vor 6 Uhr geht der Bediente zu seinem Herrn ins Zimmer, ihn zu wekken. Das Licht war ausgebrannt, es war dunkel, er sieht Jerusalem auf der Erde liegen . . ., ruft: „Mein Gott, Herr Assessor, was haben Sie angefangen?", schüttelt ihn, er gibt keine Antwort und röchelt nur noch. Er läuft zu Medicis und Wundärzten . . . Dr. Held erzählt mir, als er zu ihm gekommen, habe er auf der Erde gelegen, der Puls noch geschlagen; doch ohne Hülfe . . . Zum Überflusse habe ihm eine Ader am Arm geöffnet . . . Das Gerücht von dieser Begebenheit verbreitete sich schnell; die ganze Stadt war in Schrecken und Aufruhr. Ich hörte es erst um 9 Uhr, meine Pistolen fielen mir ein, und ich weiß nicht, daß ich kurzens so sehr erschrocken bin. Ich zog mich an und ging hin. Er war auf das Bett gelegt, die Stirne bedeckt, sein Gesicht schon wie eines Toten . . . Von dem Wein hatte er nur ein Glas getrunken. Hin und wieder lagen Bücher und von seinen eignen schriftlichen Aufsätzen. „Emilia Galotti" lag auf einem Pult am Fenster aufgeschlagen; daneben ein Manuskript, ohngefähr fingerdick in Quart, philosophischen Inhalts, der I. Teil oder Brief war überschrieben: „Von der Freiheit" . . . Gegen 12 Uhr starb er. Abends ¾11 Uhr ward er auf dem gewöhnlichen Kirchhof begraben . . . in der Stille mit 12 Lanternen und einigen

Goethe an Sophie v. La Roche. Mitte Februar 1774.

Das liebe Weibchen *(Maximiliane Brentano-v. La Roche)* hat Ihnen was von einer Arbeit geschrieben, die ich angefangen habe, seit Sie weg sind, wirklich angefangen – denn ich hatte nie die Idee, aus dem Sujet ein einzelnes Ganze zu machen. Sie sollen's haben, sobald's fertig ist.

Goethe an Kestner. März 1774.

Anfang Februar hatte die Niederschrift des „Werther" begonnen.

Die Max La Roche ist hierher verheiratet, und das macht einem das Leben noch erträglich, wenn anders dran was erträglich zu machen ist. Wie oft ich bei Euch bin – heißt das: in Zeiten der Vergangenheit –, werdet Ihr vielleicht ehestens ein Dokument zu Gesichte kriegen.

Goethe an Charlotte Kestner. März 1774.

... Du bist diese ganze Zeit, vielleicht mehr als jemals ... mit mir gewesen. Ich lasse es Dir eh'stens drucken. Es wird gut, meine Beste. Denn ist mir's nicht wohl, wenn ich an Euch denke?

Goethe an Lavater. 26. April 1774.

Ich will verschaffen, daß ein Manuskript Dir zugeschickt werde. Denn bis zum Druck währt's eine Weile. Du wirst großen Teil nehmen an den Leiden des lieben Jungen, den ich darstelle. Wir gingen neben-einander an die sechs Jahre, ohne uns zu nähern. Und nun hab ich seiner Geschichte meine Empfindungen geliehen, und so macht's ein wunderbares Ganze.

Goethe an Sophie v. La Roche. (Mai oder Juni 1774.)

Sie werden sehn, wie Sie meinem Rad Schwung geben, wenn Sie meinen „Werther" lesen. Den fing ich an, als Sie weg waren, den andern Tag – und an einem fort! – fertig ist er.

Sophie v. La Roche war am 31. Januar 1774 von Frankfurt abgereist.

Goethe an Sophie v. La Roche. Ende Mai 1774.

Meinen „Werther" mußt' ich eilend zum Drucke schicken.

Goethe an Gottlieb Friedrich Ernst Schönborn. 1. Juni 1774.

Allerhand Neues hab ich gemacht. Eine Geschichte des Titels „Die Leiden des jungen Werthers", darin ich einen jungen Menschen dar-stelle, der, mit einer tiefen reinen Empfindung und wahrer Penetration begabt, sich in schwärmende Träume verliert, sich durch Speculation untergräbt, bis er zuletzt durch dazutretende unglückliche Leidenschaf-ten, besonders eine endlose Liebe zerrüttet, sich eine Kugel vor den Kopf schießt.

Goethe an Charlotte Kestner. 16. Juni 1774.

Adieu, liebe Lotte, ich schick' Euch ehstens einen Freund, der viel Ähnliches mit mir hat, und hoffe, Ihr sollt ihn gut aufnehmen – er heißt Werther ...

Goethe an Sophie v. La Roche. 16. Juni 1774.

Glauben Sie mir, daß das Opfer, das ich Ihrer Max mache, sie nicht mehr zu sehn, werter ist als die Assiduität des feurigsten Liebhabers, daß es im Grunde doch Assiduität ist. Ich will gar nicht anrechnen, was es mich gekostet hat, denn es ist ein Kapital, von dem wir beide Interessen ziehen.

Kestner in Hannover an Goethe. Ende September oder Anfang Oktober 1774. Brief-Entwurf. (Briefe an Goethe, HA, Bd. I, S. 36f.)

Euer „Werther" würde mir großes Vergnügen machen können, da er mich an manche interessante Szene und Begebenheit erinnern könnte. So aber, wie er da ist, hat er mich in gewissem Betracht schlecht erbaut. Ihr wißt, ich rede gern, wie es mir ist. – Ihr habt zwar in jede Person etwas Fremdes gewebt oder mehrere in eine geschmolzen ... Aber wenn Ihr bei dem Verweben und Zusammenschmelzen Euer Herz ein wenig mit raten lassen, so würden die wirklichen Personen, von denen Ihr Züge entlehnet, nicht dabei so prostituiert sein ...

Goethe an das Ehepaar Kestner. Oktober 1774.

Ich muß Euch gleich schreiben, meine Lieben, meine Erzürnten, daß mir's vom Herzen komme. Es ist getan, es ist ausgegeben. Verzeiht mir, wenn Ihr könnt. – Ich will nichts – ich bitte Euch – ich will nichts von Euch hören, bis der Ausgang bestätigt haben wird, daß Eure Besorgnisse zu hoch gespannt waren, bis Ihr dann auch im Buche selbst das unschuldige Gemisch von Wahrheit und Lüge reiner an Euerm Herzen gefühlt haben werdet ...

Friedrich Heinrich Jacobi an Goethe. 21. Oktober 1774.

Da bin ich zurück! Ich war hinausgegangen anzubeten, habe angebetet, gepriesen mit süßen wonnevollen Tränen den, der da schuf Dich, Deine Welt und für ebendiese Welt den glühenden, kräftigen Sinn in mir ... Ich habe „Werthers Leiden" und habe sie dreimal gelesen. Dein Herz, Dein Herz ist mir alles. Dein Herz ist's, was Dich erleuchtet, kräftiget, gründet. Ich weiß, daß es so ist, denn auch ich höre die Stimme, die Stimme des Eingebornen Sohns Gottes, des Mittlers zwischen dem Vater und uns. Meine Seele ist zu voll, Lieber, alles unaussprechlich; drum für heut Adieu!

Lessing an Johann Joachim Eschenburg. 26. Oktober 1774.

Haben Sie tausend Dank für das Vergnügen, welches Sie mir durch Mitteilung des Goetheschen Romans gemacht haben ... Wenn aber ein so warmes Produkt nicht mehr Unheil als Gutes stiften soll: meinen Sie nicht, daß es noch eine kleine kalte Schlußrede haben müßte?

Kestner an seinen Freund August v. Hennings. 7. November 1774.

Im 1. Teile des ,,Werthers" ist Werther Goethe selbst. In Lotte und Albert hat er von uns, meiner Frau und mir, Züge entlehnt. Viele von den Szenen sind ganz wahr, aber doch zum Teil verändert; andere sind, in unserer Geschichte wenigstens, fremd. Um des 2. Teils willen und um den Tod des Werthers vorzubereiten, hat er im ersten Teile Verschiedenes hinzugedichtet, das uns garnicht zukommt. Lotte hat z. B. weder mit Goethe noch mit sonst einem anderen in dem ziemlich genauen Verhältnis gestanden, wie da beschrieben ist. Dies haben wir ihm allerdings sehr übelzunehmen, indem verschiedene Nebenumstände zu wahr und zu bekannt sind, als daß man nicht auf uns hätte fallen sollen ... Sonst ist in Werthern viel von Goethes Charakter und Denkungsart. Lottens Porträt ist im Ganzen das von meiner Frau. Albert hätte ein wenig wärmer sein mögen. So viel vom 1. Teile. Der zweite geht uns garnichts an. Da ist Werther der junge Jerusalem, Albert der Pfälzische Legations-Sekretär und Lotte des letzteren Frau, was nämlich die Geschichte anbetrifft; denn die Charaktere sind diesen drei Leuten größtenteils nur angedichtet ... Jerusalem kannte ich nur wenig und meine Frau noch weniger; denn er entfernte sich die mehrste Zeit von den Menschen ... Er war nur zweimal bei mir gewesen ... Er schrieb mir das eingerückte Billet *(118,5f.)* wirklich, und aus Höflichkeit schickte ich ihm die Pistolen, ohne Bedenken; sie waren nicht geladen, ich hatte nie damit geschossen ... Diese Jerusalemische Geschichte, die ich möglichst genau erforschte, weil sie merkwürdig war, schrieb ich mit allen Umständen auf und schickte sie Goethen nach Frankfurt; der hat dann den Gebrauch im 2. Teil seines ,,Werthers" davon gemacht und nach Gefallen etwas hinzugetan ... Goethe hat's gewiß nicht übel gemeint; er schätzte meine Frau und mich dazu zu hoch. Seine Briefe und seine andern Handlungen beweisen es. Er betrug sich auch viel größer, als er sich im Werther zum Teil geschildert hat. Übrigens kann uns die Geschichte bei denen, die uns nur halb kennen, nicht schaden. Der Augenschein ist zu sichtbar für uns, da unser gutes Verständnis unter einander bekannt ist.

Auguste Gräfin Stolberg an Heinr. Chr. Boie. 14. November 1774.

Die 21jährige Comtesse, in einem adligen Damenstift lebend, war durch ihre Brüder Christian und Friedrich Leopold in Berührung mit

*dem literarischen Leben der Zeit. Ihre Brüder waren als Mitglieder des
Göttinger „Hains" befreundet mit Boie, der den Göttinger „Musenalm-
anach" herausgab. (Abgedruckt nach: Briefe an H. Chr. Boie. Mittei-
lungen aus dem Literaturarchiv in Berlin, Bd. 3. 1905. S. 335 f.)*

Sagen Sie mir, ich bitte Sie, was sagen Sie zu ,,Die Leiden des jungen
Werther"? Ich kann Ihnen versichern, daß ich fast nichts – ich nehme
allein unsern Klopstock aus – mit dem Entzücken gelesen habe. Ich
weiß fast das ganze Buch auswendig. Der erste Teil insonderheit hat
ganz göttliche Stellen, und der zweite ist schrecklich schön. – Goethe
muß ein trefflicher Mann sein! Sagen Sie mir, kennen Sie ihn? Ich möchte ihn wohl kennen. Welches warme, überfließende Herz! Welche lebhafte Empfindungen! Wie offen muß sein Herz jeder Schönheit der
Natur, des Geistes und des Herzens sein! Man fühlt es ihm in jeder
Zeile ab, wie mich dünkt, daß er so und eben so denkt und empfindet,
als er schreibt. – Nur wollte ich, daß er die Irrtümer in Werthers Art zu
denken widerlegte oder zum wenigsten es den Leser fühlen lassen, daß
es Irrtümer sind. Ich fürchte, viele werden glauben, daß Goethe selbst
so denkt . . .

Goethe an Kestner. 21. November 1774.

Da hab ich Deinen Brief, Kestner! . . . habe Deinen Brief und muß
Dir zurufen: Dank, Dank, Lieber! Du bist immer der Gute! O, könnt
ich Dir an Hals springen, mich zu Lottens Füßen werfen . . . Könntet
Ihr den tausendsten Teil fühlen, was ,,Werther" tausend Herzen ist, Ihr
würdet die Unkosten nicht berechnen, die Ihr dazu hergebt! . . . Ich
wollt' um meines eignen Lebens Gefahr willen ,,Werthern" nicht zu-
rückrufen . . . ,,Werther" muß – muß sein! Ihr fühlt ihn nicht, Ihr fühlt
nur mich und Euch, und was Ihr ,,angeklebt" heißt und was – trutz
Euch und andern – eingewoben ist. – Wenn ich noch lebe, so bist Du's,
dem ich's danke – bist also nicht Albert. Und also – Gib Lotten eine
Hand ganz warm von mir, und sag' ihr: Ihren Namen von tausend
heiligen Lippen mit Ehrfurcht ausgesprochen zu wissen, sei doch ein
Äquivalent gegen Besorgnisse . . . Lotte, leb wohl – Kestner, Du – Habt
mich lieb – und: Nagt mich nicht . . .

Christian Daniel Schubart in: Deutsche Chronik, 1774, 5. Dezember.

Da sitz' ich mit zerfloßnem Herzen, mit klopfender Brust und mit
Augen, aus welchen wollüstiger Schmerz tröpfelt, und sag Dir, Leser,
daß ich eben ,,Die Leiden des jungen Werthers" von meinem lieben
Goethe – gelesen? – nein, verschlungen habe. Kritisieren soll ich?
Könnt' ich's, so hätt' ich kein Herz . . . Soll ich einige schöne Stellen
herausheben? Kann nicht. Das hieße mit dem Brennglas Schwamm an-

zünden und sagen: Schau, Mensch, das ist Sonnenfeuer! – Kauf's Buch und lies selbst! Nimm aber dein Herz mit! – Wollte lieber ewig arm sein, auf Stroh liegen, Wasser trinken und Wurzeln essen, als einem solchen sentimentalischen Schriftsteller nicht nachempfinden können.

Im Anfang des Jahres 1775 erscheint bereits die erste französische „Werther"-Übersetzung, der bald weitere Übersetzungen und deren neue Auflagen folgen.

Friedrich Nicolai, Freuden des jungen Werthers. Berlin 1775.

Satire auf Empfindsamkeit und Sturm und Drang, auch auf deren Stil: Formen wie 's von 'em karikieren die von Herder empfohlenen und von den Sturm-und-Drang-Dichtern zeitweilig übertriebenen Apostrophierungen.

Als Albert aus seinem Zimmer zurückkam, wo er mehr hin- und hergegangen war und sich gesammelt als seine Pakete durchgesehen hatte, kam er wieder zu Lotten und fragte lächelnd: „Und was wollte Werther? Sie wußten ja so gewiß, daß er vor Weihnachten nicht wiederkommen würde!" – Nach Hin- und Widerreden gestand Lotte aufrichtig wie ein edles deutsches Mädchen den ganzen Vorgang des gestrigen Abends . . . Lotte weinte bitterlich. Albert nahm sie bei der Hand und sagte sehr ernsthaft: „Beruhigen Sie sich, liebstes Kind. Sie lieben den Jungen; er ist's wert, daß Sie ihn lieben, Sie haben's ihm gesagt, mit dem Munde oder mit den Augen, 's ist einerlei." – Lotte fiel ihm schluchzend in die Rede . . . Indem kam der Knabe, der Werthers Zettelchen brachte, worin er Alberten um die Pistolen bat. – Albert las den Zettel, murmelte vor sich hin: „Der Querkopf!", ging in sein Zimmer, ergriff die Pistolen, lud sie selbst und gab sie dem Knaben. „Da, bring sie" sagt' er „deinem Herrn. Sage ihm, er soll sich wohl damit in acht nehmen, sie wären geladen. Und ich ließe ihm eine glückliche Reise wünschen."

Lotte staunte. – Albert erklärte ihr nun weitläufig, er gebe nach reifer Überlegung alle Ansprüche an sie auf. Er wolle eine zärtliche wechselseitige Liebe nicht stören . . . Aber er wolle ihr Freund bleiben . . .

Werther erhielt indessen die Pistolen, setzt' eine vor den Kopf, drückte los, fiel zurück auf den Boden. Die Nachbarn liefen zu, und weil man noch Leben an ihm verspürte, ward er auf sein Bette gelegt . . . Albert . . . fand ihn auf dem Bette liegend, das Gesicht und das Kleid mit Blut bedeckt . . . Die Umstehenden traten weg und ließen beide allein . . . Werther stieß – für einen so hart Verwundeten beinahe mit zu heftiger Stimme – viel unzusammenhängendes garstiges Gewäsche aus zum Lobe des süßen Gefühls der Freiheit, diesen Kerker zu verlassen, wenn man will. – Albert: „Armer Tor, der du alles so gering achtest, weil du

so klein bist! Konnt'st nicht? 's war keine Hülfe da? Konnt' ich nicht,
der ich dich liebe, weil ein braver Junge bist, dir Lotten abtreten? Faß'n
Mut, Werther, 'ch will's noch itzt tun!" – Werther richtete sich halb
auf: ,,Wie? Was? Du könntest, du wolltest?" ...

Albert: ,,Guter Werther, bist'n Tor! ... Da, laß dir's Blut abwischen!
... Da lud ich dir die Pistolen mit 'ner Blase voll Blut, 's von 'em Huhn,
das heute abend mit Lotten verzehren sollt'." – Werther sprang auf:
,,Seligkeit – Wonne!" usw. – Er umarmte Alberten. Er wollte es noch
kaum glauben, daß sein Freund so großmütig gegen ihn handeln könne
...

Und so gingen sie zum Abendessen. – In wenigen Monaten ward
Werthers und Lottens Hochzeit vollzogen. Ihre ganzen Tage waren
Liebe, warm und heiter wie die Frühlingstage, in denen sie lebten ...
Nach zehn Monaten war die Geburt eines Sohnes die Losung unaus-
sprechlicher Freude.

*Goethe an F. H. Jacobi. März 1775, nach der Lektüre von Nicolai,
,,Freuden des jungen Werthers".*

> Vor Werthers Leiden,
> Mehr noch vor seinen Freuden
> Bewahr' uns, lieber Herre Gott.

Auguste Gräfin Stolberg an Heinrich Christian Boie. 7. März 1775.

Ich weiß meinen ,,Werther" bald auswendig. O, es ist doch ein gar zu
göttliches Buch! Und doch geht es mir oft, wie es Ihnen geht: ich
wollte, daß es nicht gedruckt wäre; ich denke immer, es ist zu gut für
diese Welt ... Sie kennen meine Liebe zum Englischen. Die ist noch
immer dieselbe. ,,Werther" aber hat die deutsche Waagschale sehr sin-
ken machen. Als ein Meisterstück des Genies ist der Roman doch von
allen englischen, selbst Richardson seinen, wie mich dünkt, so unendlich unterschieden, daß man sie gar nicht vergleichen kann.

*Mit dem Erscheinen des ,,Werther" hat eine Fülle von Rezensionen
eingesetzt. Ebenso spielt das Werk in den Briefwechseln der Zeit jetzt
überall eine überragende Rolle. (Vgl. die Bibliographie.) Rezensionen
findet man zusammengestellt in den Sammlungen von Braun, Blumenthal und Mandelkow; Rezensionen und Briefe bei Gräf; eine Fundgrube
für Brief-Äußerungen ist die Sammlung von Bode, ,,Goethe in vertraulichen Briefen seiner Zeitgenossen". (Darin auch der obige Brief, S. 115.)*

*Johann Melchior Goeze in: Freiwillige Beiträge zu den Hamburgischen
Nachrichten aus dem Reiche der Gelehrsamkeit. 1775, 4. April. – Auch
als Sonderdruck. Hamburg 1775.*

Einem jeden Christen, der für das Wort des Heilandes „Ich sage euch, wer ein Weib ansiehet, ihrer zu begehren, der hat schon die Ehe mit ihr gebrochen in seinem Herzen." (Matth. 5,28) noch einige Ehrerbietung hat, der die Worte des heiligen Johannes „Wir wissen, daß ein Totschläger nicht hat das ewige Leben bei ihm bleibend." (1. Joh. 3,15) als einen Lehrsatz ansiehet, welcher sich auf ein unveränderliches Urteil unsers allerheiligsten und allerhöchsten Richters gründet, muß notwendig das Herz bluten, wenn er „Die Leiden des jungen Werthers" lieset ... Man bedenke um Gottes willen, wie viele unsrer Jünglinge mit Werthern in gleiche Umstände geraten können und solches insonderheit in der gegenwärtigen Epoche, da es als höchste Weisheit angesehen wird, junge Seelen nicht sowohl durch Gründe der Religion in eine recht christliche Fassung zu setzen als vielmehr dieselben mit lauter phantastischen Bildern anzufüllen und die Empfindungen in ihnen weit über ihre Grenzen hinaus zu treiben ...

Christian Garve in: Der Philosoph für die Welt. 1775, I. Teil, 2. Stück.

... Man hat die „Leiden Werthers" hie und da für ein gefährliches Buch gehalten, das zum Selbstmord verführte ... Zum Selbstmord wird man schwerlich verführt. Aber dennoch ... war es freilich unrecht, die spitzfindigsten Scheingründe für die Tat mit aller Stärke der Beredsamkeit vorzutragen, indes die wahren Gründe dawider übergangen oder ungeschickt verfochten wurden.

Anonyme Rezension in: Auserlesene Bibliothek der neuesten deutschen Literatur. Lemgo, 1775. Bd. 8, S. 500–510.

Dieses Buch gehört unter diejenigen, die dem ganzen Publikum schon bekannt sind, ehe sie irgend ein Rezensent ankündigen kann. Durch seine Vortrefflichkeit verdiente das freilich dieser kleine Roman. Allein es sind noch andere Umstände hinzugekommen, die die Neugier des ganzen lesenden Deutschlands von einem Ende bis zum andern nach diesem Buche so erstaunlich rege gemacht haben, als es seit langer Zeit bei keinem anderen geschehen ist ... Der Hauptvorzug dieses Romans besteht in der vollkommnen Bearbeitung des Charakters der Hauptperson, der so ein Ganzes ausmacht ..., daß man sich kein wahreres und nach der Natur getreuer gezeichnetes Bild eines menschlichen Charakters vorstellen kann. Die Schlußkatastrophe, worauf alles abzweckt, entspringt nicht nur natürlich aus dem Charakter und läßt sich wohl damit zusammenreimen – das findet man in mehrern Romanen und Gedichten – hier aber (und dazu gehört gewiß ein besonderes Genie) sieht man, daß es unmöglich ist, daß die Katastrophe nicht erfolge. Kurz, „Die Leiden des jungen Werthers" sind die allervortrefflichste Erläuterung durch ein Beispiel von dem Satze: Die Menschen werden

zu ihren jedesmaligen Handlungen durch die zusammengesetzte Wirkung der Umstände und ihres Charakters unwiderstehlich bestimmt ...
Die Kunst, womit der Hauptcharakter angelegt ist, so, daß er bei vielen
Fehlern höchst interessant bleibt, die Energie des Ausdrucks, die frap-
panten Gedanken, die Werthers eigentümliche Art, die Dinge der Welt
zu betrachten, an unzähligen Orten hervorbringt – das alles sind Dinge,
die gewiß keinem Leser von Gefühl entgangen sind ... Wir wollen dafür
zwo Klagen erörtern, die man gegen das Buch geführt hat: erstlich, daß
es gefährlich sei, indem es den Selbstmord lehre und dazu anreize;
zweitens, daß der Verfasser Unrecht getan hat, eine gewisse wahre Geschichte zum Grunde seines Werks zu legen ... Ein Buch sei deswegen
gefährlich, weil es zum Selbstmord ermuntere ... O, man braucht gewiß
nicht zu besorgen, daß diese Sünde jemals unter den Menschen Mode
werde, dafür hat die Natur wohl gesorgt. In der Tat, es gehören besondre Umstände, eine ganz besondre, einem Krankheitszustande sehr
ähnliche Gemütsbeschaffenheit dazu ... Und so eine Gemütsbeschaffenheit bringt kein Buch hervor ... Zudem lobt und verteidigt der
Verfasser nirgend seines Helden Tat ... Noch unbilliger erscheint uns
die zwote gegen denselben erregte Klage ... Es ist dies so wenig das Bild
des bewußten Jünglings, als der Roman dessen Geschichte enthält. Einige Umstände sind daher genommen, die Schilderung einiger Örter
gleicht denen, wo die Geschichte sich zugetragen hat. Das hat hirnlosen
Anekdotenjägern Gelegenheit gegeben, in die Welt zu schreien: ,,Die
Leiden des jungen Werthers" ist die Geschichte von dem und dem. Es
ist hart, wenn das nicht diesen Anekdotenjägern, sondern dem Verfasser
zur Last gelegt werden soll. Jene muß man schelten, nicht ihn.

Goethe, Motto-Verse zur 2. Auflage des ,,Werther". 1775.
                          (vor dem 1. Buch:)
          Jeder Jüngling sehnt sich, so zu lieben,
          Jedes Mädchen, so geliebt zu sein.
          Ach, der heiligste von unsern Trieben,
          Warum quillt aus ihm die grimme Pein?

                          (vor dem 2. Buch:)
          Du beweinst, du liebst ihn, liebe Seele,
          Rettest sein Gedächtnis von der Schmach;
          Sieh, dir winkt sein Geist aus seiner Höhle;
          Sei ein Mann und folge mir nicht nach.

   Die Verse wurden in späteren Auflagen nicht wieder verwendet. (Vgl.
Bd. 1, S. 92 und die Anmkg. dazu.)

Jakob Michael Reinhold Lenz, Briefe über die Moralität der „Leiden des jungen Werthers". 1775 im Freundeskreis von Goethe, Lenz, Jacobi und Wagner handschriftlich verbreitet. (Gedruckt erst 1918.)

Lieber Freund! Wie, Sie wünschen in ganzem Ernste, Goethe hätte die „Leiden des jungen Werthers" nie sollen drucken lassen? Verzeihen Sie, der Wunsch ist zu seltsam, als daß ich von einem Freunde, dessen Verstand und Herz ich hochzuschätzen habe, nicht mit Recht fordern könnte, er solle und müsse ihn verantworten ... Ich weiß, daß die Schönen Künste den höchsten Reiz Ihres Lebens ausmachen ... Nun sehen Sie Werthers Leiden nur als Produkt des Schönen an ... – und wagen Sie es noch einmal, einen so ungerechten Urteilsspruch mit Ihrem Namen zu unterschreiben. – Sie halten ihn für eine subtile Verteidigung des Selbstmords? Das gemahnt mich, als ob man Homers Iliade für eine subtile Aufmunterung zu Zorn, Hader und Feindschaft ausgeben wollte ... Die Darstellung so heftiger Leidenschaften wäre dem Publikum gefährlich? ... Laßt uns also einmal die Moralität dieses Romans untersuchen, nicht den moralischen Endzweck, den sich der Dichter vorgesetzt (denn da hört er auf, Dichter zu sein), sondern die moralische Wirkung, die das Leben dieses Romans auf die Herzen des Publikums haben könne und haben müsse ... Eben darin besteht Werthers Verdienst, daß er uns mit Leidenschaften und Empfindungen bekannt macht, die jeder in sich dunkel fühlt, die er aber nicht mit Namen zu nennen weiß. Darin besteht das Verdienst jedes Dichters ... Die Gleichgültigkeit gegen alles, was schön und fürtrefflich ist, ist das einzige Laster auf der Welt ... Und ich weiß dem Dichter für kein Geheimnis seiner Kunst größeren Dank, als daß er ebenda, wo die Herren das Gift zu finden fürchten, das Gegengift für dies verzehrende Feuer gütig hingelegt hat ... Bedenkt ihr denn nicht, daß der Dichter nur eine Seite der Seele malen kann, die zu seinem Zweck dient, und die andere dem Nachdenken überlassen muß? ... Daß Werther ein Bild ist, welchem vollkommen nachzuahmen eine physische und metaphysische Unmöglichkeit ist? Daß, eh ihr das aus euch macht, was er war, eh er anfing zu leiden, und was er doch sein mußte, um so leiden zu können, euer halbes Leben hingehen könnte? Daß ihr also nicht sogleich von Nachahmung schwatzen müßt, eh ihr die Möglichkeit in euch fühlt, ihm nachahmen zu können? Und daß es alsdann mit der Nachahmung keine Gefahr haben würde?

Christian Friedrich v. Blankenburg in: Neue Bibliothek der Schönen Wissenschaften und der freien Künste. Lpz. 1775. Bd. 18, I. Stück.

Wie konnte der Dichter den Mann, der nichts war und sein sollte als Gefühl, besser in Handlung setzen, d. h. wann konnten alle seine Eigen-

schaften tätiger sein und uns also anschauender dargelegt werden, als
wann dieser Mann sein Herz reden und sich ergießen läßt? Und gegen
wen kann er dies, oder gegen wen sonst kann er es als gegen seinen
Freund? Daher dünkt uns hier die Wahl der Einkleidung in Briefen dem
Manne, der sie schreibt und was er schreibt und schreiben soll, so wohl
angemessen, als wir diesen Roman für einen der ersten halten, dem diese
Einkleidung ganz zupasse.

Es folgt eine ausführliche Auslegung des Romans als Kunstwerk.

1779 erscheint die erste englische „Werther"-Übersetzung.

Goethe an Charlotte v. Stein. 2. November 1779. Genf.

Daß man bei den Franzosen auch von meinem „Werther" bezaubert
ist, hätt' ich mir nicht vermutet. Man macht mir viel Komplimente, und
ich versichre dagegen, daß es mir unerwartet ist; man fragt mich, ob ich
nicht mehr dergleichen schriebe, und ich sage: Gott möge mich behü-
ten, daß ich nicht je wieder in den Fall komme, einen zu schreiben und
schreiben zu können.

Goethe, Tagebuch. 30. April 1780.

Las meinen „Werther", seit er gedruckt ist, das erstemal ganz und
verwunderte mich.

1781 erscheint die erste italienische „Werther"-Übersetzung.

Goethe an Knebel. 21. November 1782.

Meinen „Werther" hab ich durchgegangen und lasse ihn wieder in's
Manuskript schreiben; er kehrt in seiner Mutter Leib zurück; Du sollst
ihn nach seiner Wiedergeburt sehen. Da ich sehr gesammelt bin, so
fühle ich mich zu so einer delikaten und gefährlichen Arbeit geschickt.

An Johann Christian Kestner. 2. Mai 1783.

Ich habe in ruhigen Stunden meinen „Werther" wieder vorgenommen und denke, ohne die Hand an das zu legen, was so viel Sensation
gemacht hat, ihn noch einige Stufen höher zu schrauben. Dabei war
unter andern meine Intention, Alberten so zu stellen, daß ihn wohl der
leidenschaftliche Jüngling, aber doch der Leser nicht verkennt. Dies
wird den gewünschten und besten Effekt tun. Ich hoffe, Ihr werdet
zufrieden sein.

An Charlotte v. Stein. 25. Juni 1786.

Ich korrigiere am „Werther" und finde immer, daß der Verfasser übel
getan hat, sich nicht nach geendigter Schrift zu erschießen.

Goethe an Charlotte v. Stein. Karlsbad, 22. August 1786.

Nun muß ich auch meiner Liebsten schreiben, nachdem ich mein schwerstes Pensum geendigt habe. Die Erzählung am Schlusse „Werthers" ist verändert. Gebe Gott, daß sie gut geraten sei. Noch weiß nichts *(d. h.: niemand)* davon, Herder hat sie noch nicht gesehn.

1786–1788. Goethe auf seiner italienischen Reise wird immer wieder als Autor des „Werther" angesprochen, und immer wieder bemerkt er, daß man seinen Roman nicht als Kunstwerk sieht, sondern wissen will, „ob auch alles wahr sei". Er berichtet darüber in Briefen nach Weimar; und dementsprechend enthält auch das später zusammengestellte Buch „Italienische Reise" viele auf „Werther" bezügliche Stellen (Bd. 11, S. 142, 223, 242, 324 f., 427, 443, 516). Sein Unmut machte sich in Versen Luft, die er aber nicht zum Druck brachte. (In unserer Ausgabe abgedruckt im Kommentar zu den „Römischen Elegien", Bd. 1.) Auch eins der „Venetianischen Epigramme" spricht von der Wirkung des Romans. (Bd. 1, S. 179, Nr. 17, V. 11–16.) – Typisch sind folgende Worte aus einem Brief (Rom, 1. Februar 1788) und aus einem zurückgehaltenen Elegien-Text:

Hier sekkieren sie mich mit den Übersetzungen meines „Werthers" . . . und fragen, welches die beste sei und ob auch alles wahr sei! Das ist nun ein Unheil, was mich bis nach Indien verfolgen würde. *(Bd. 11, S. 516.)*

Ob denn auch Werther gelebt? Ob denn auch alles fein wahr sei?
   Welche Stadt sich mit Recht Lottens, der einzigen, rühmt?
Ach, wie hab' ich so oft die törichten Blätter verwünschet,
   Die mein jugendlich Leid unter die Menschen gebracht! . . .
                                    (Bd. 1, Anmerkungen zu S. 157 ff.)

Wilhelm v. Humboldt an seine Braut Caroline v. Dacheröden. 30. Mai 1789.

„Werther" las ich diesen Winter zum erstenmal. Ich fand ihn einen Abend auf dem Tisch eines meiner Freunde, und ich konnte nicht aufhören, bis ich am Morgen damit fertig war. O, Lina, welch ein Buch! Nicht sowohl seine Liebe, seine daraus entspringende Melancholie, seine Verzweiflung, überhaupt nicht sowohl Teilnahme an seinem Schicksal reißt mich so hin, aber die Fülle der Empfindung und der Ideen, mit der er alle Gegenstände umfaßt, die Bemerkungen über Menschen, Leben, Schicksal, die herrlichen Naturbeschreibungen, die Wahrheit, die so gerade, ohne Umweg ans Herz geht, und dann die unnachahmliche Darstellung, die meisterhafte Zeichnung des Charakters bis in seine kleinsten Züge hinein, die Sprache so wahr, so einfach, so eingreifend, so bezaubernd. Mehr als alles haben mich die Kinderszenen gerührt. Es ist so viel Einfachheit, Unschuld, Reinheit der Seele darin, so garnichts Verstimmtes, Überspanntes, Verdrehtes ... Verzeih die lange Stelle über ein so bekanntes, so oft beurteiltes Buch. Aber mir war's neu, und es freut mich, daß es mir neu war. Ich hätt' es verschlungen, wäre mir's früher in die Hände gefallen. Nun hab' ich's genossen.

Hemsterhuis an Amalia v. Gallitzin. 1. Dezember 1789.

J'ai lu pour la première fois Das Leiden des jungen Werthers de Goethe. J'ai été souvent frappé de sa grande connoissance de l'homme et du cœur humain ...D'ailleurs il me paroît que ce brillant auteur n'a pas eu le bonheur d'avoir un ami ou une amie (qui aurait dû être à la vérité à peu près de son étage) pour tenir la bride à son imagination quelque fois trop ardente et fougueuse et surtout à son génie qui souvent est indocile à tout frein.

Hemsterhuis knüpft daran weitere Betrachtungen über den Charakter des Romans, seine Stellung in Goethes Werk und in der euopäischen Literatur der Zeit. Er hat den Eindruck, daß Goethe hier stark – zu stark – die zeitgenössische englische Weltschmerz-Dichtung habe auf sich wirken lassen. (Briefe vom 1. und 4. Dezember 1789. Gedruckt in: Goethe und der Kreis von Münster. 1971. 2. Aufl. 1975. S. 71.)

Schiller, Über naive und sentimentalische Dichtung. Erstdruck in: Die Horen. 1795.

Ein Charakter, der mit glühender Empfindung ein Ideal umfaßt und die Wirklichkeit fliehet, um nach einem wesenlosen Unendlichen zu ringen, der, was er in sich selbst unaufhörlich zerstört, unaufhörlich außer sich suchet, dem nur seine Träume das Reelle, seine Erfahrungen ewig nur Schranken sind, der endlich in seinem eigenen Dasein nur eine Schranke sieht und auch diese, wie billig ist, noch einreißt, um zu der wahren Realität durchzudringen – dieses gefährliche Extrem des sentimentalischen Charakters ist der Stoff eines Dichters geworden, in welchem die Natur getreuer und reiner als in irgendeinem andern wirkt, und der sich unter modernen Dichtern vielleicht am wenigsten von der sinnlichen Wahrheit der Dinge entfernt. – Es ist interessant zu sehen, mit welchem glücklichen Instinkt alles, was dem sentimentalischen Charakter Nahrung gibt, im „Werther" zusammengedrängt ist: schwärmerische unglückliche Liebe, Empfindsamkeit für Natur, Religionsgefühle, philosophischer Kontemplationsgeist, endlich, um nichts zu vergessen, die düstre, gestaltlose, schwermütige Ossianische Welt. Rechnet man dazu, wie wenig empfehlend, ja wie feindlich die Wirklichkeit dagegen gestellt ist und wie von außen her alles sich vereinigt, den Gequälten in seine Idealwelt zurückzudrängen, so sieht man keine Möglichkeit, wie ein solcher Charakter aus einem solchen Kreise sich hätte retten können.

1799 erscheint in Italien von Ugo Foscolo (1778–1827) der Roman „Ultime Lettere di Jacopo Ortis" (Letzte Briefe des Jacopo Ortis), ein bedeutendes, selbständiges Werk, das aber zugleich deutlich sich an „Werther" anschließt, die Geschichte eines jungen schwärmerischen Mannes, der durch politische Enttäuschung und Verzweiflung und durch unglückliche Liebe zum Selbstmord getrieben wird; in Briefen an einen Freund.

Friedrich Gottlieb Welcker, Bericht über ein Gespräch mit Goethe. Herbst 1805. (Gräf S. 573 f.)

Das Gespräch fiel auch auf Wetzlar, und da ich naiv genug war, auch Werthersche Lokalitäten zu berühren, sagte er: „Ja, das war ein Stoff, bei dem man sich zusammenhalten oder zu Grunde gehen mußte."

Gespräch zwischen Goethe und Napoleon in Erfurt. 2. Oktober 1808.

Auch für Napoleon ist Goethe der Dichter des „Werther", und er bringt das Gespräch auf dieses Werk. Über dieses Gespräch hat Goethe später, 1824, einen Bericht geschrieben. Er hat außerdem dem Kanzler v. Müller über das Gespräch erzählt, und dieser hat in seinen „Erinnerungen" mitgeteilt, was ihm in der Erinnerung geblieben war.₁ (Bd. 10, S. 543–547)

Goethes Bericht:

. . . Er wandte sodann das Gespräch auf den „Werther", den er durch und durch mochte studiert haben. Nach verschiedenen ganz richtigen Bemerkungen bezeichnete er eine gewisse Stelle und sagte: Warum habt Ihr das getan? Es ist nicht naturgemäß – welches er weitläufig und vollkommen richtig auseinandersetzte. Ich hörte ihm mit heiterem Gesichte zu und antwortete mit einem vergnügten Lächeln, daß ich zwar nicht wisse, ob mir irgend jemand denselben Vorwurf gemacht habe, aber ich finde ihn ganz richtig und gestehe, daß an dieser Stelle etwas Unwahres nachzuweisen sei. Allein, setzte ich hinzu, es wäre dem Dichter vielleicht zu verzeihen, wenn er sich eines nicht leicht zu entdeckenden Kunstgriffs bediene, um gewisse Wirkungen hervorzubringen, die er auf einem einfachen natürlichen Wege nicht hätte erreichen können. Der Kaiser schien damit zufrieden . . .

Friedrich v. Müllers Bericht:

„Werthers Leiden" versicherte er, siebenmal gelesen zu haben, und machte zum Beweise dessen eine tief eindringende Analyse dieses Ro-

mans, wobei er jedoch an gewissen Stellen eine Vermischung der Motive
des gekränkten Ehrgeizes mit denen der leidenschaftlichen Liebe finden
wollte. „Das ist nicht naturgemäß und schwächt bei dem Leser die
Vorstellung von dem übermächtigen Einfluß, den die Liebe auf Werther
gehabt. Warum haben Sie das getan?" – Goethe fand die weitere Begründung dieses kaiserlichen Tadels so richtig und scharfsinnig, daß er
ihn späterhin oftmals gegen mich mit dem Gutachten eines kunstver-
ständigen Kleidermachers verglich, der an einem angeblich ohne Naht
gearbeiteten Ärmel sobald die fein versteckte Naht entdeckt. – Dem
Kaiser erwiderte er, es habe ihm noch niemand diesen Vorwurf gemacht, allein er müsse ihn als ganz richtig anerkennen; einem Dichter
dürfte jedoch zu verzeihen sein, wenn er sich mitunter eines nicht leicht
zu entdeckenden Kunstgriffs bediene, um eine gewisse Wirkung hervorzubringen, die er auf einfachem, natürlichem Wege nicht hervorbringen zu können glaube.

Caroline Sartorius an ihren Bruder. 27. Oktober 1808.

*Der Göttinger Historiker Georg Sartorius und seine Gattin Caroline,
geb. v. Voigt, waren im Oktober 1808 eine Woche lang Hausgäste bei
Goethe, mit dem sie seit 1801 befreundet waren. Christiane war zu
dieser Zeit in Frankfurt. Goethe bat Frau Sartorius, bei Besuchen die
Honneurs an Stelle der Hausfrau zu machen. Am 15. Oktober waren
der berühmte französische Schauspieler Talma und seine Gattin bei
Goethe zum Essen geladen. Auch für Talma ist Goethe der Dichter des
„Werther". Caroline Sartorius hat mit gespannter Aufmerksamkeit dem
Gespräch zugehört; und da ihr Bericht nur wenige Tage später geschrie-
ben ist, dürfte er besonders zuverlässig sein. (Goethes Briefwechsel mit
Georg u. Caroline Sartorius. Hrsg. v. Else v. Monroy. Weimar 1931.
S. 75 f.)*

Talmas baten ihn dringend, nach Paris zu kommen und bei ihnen zu
logieren. Das Glück, den Autor von „Werther" bei sich zu besitzen,
würde ganz Frankreich ihnen beneiden ... in allen Boudoirs würde er
sein Buch finden, das immer von neuem gelesen, von neuem übersetzt,
jetzt wie vor 30 Jahren den Reiz der Neuheit besäße ... Talma fragte
jetzt ziemlich indiskret, ob es wahr sei, wie man allgemein versichere,
daß eine wahre Geschichte dem Roman zugrunde läge. Besorgt über die
Wirkung dieser Frage blickte ich auf Goethe, auf dessen Gesicht aber
sich keine Spur von Verstimmung zeigte. „Diese Frage", erwiderte er
freundlich, „ist mir schon oft vorgelegt worden; und da pflege ich zu
antworten, daß es zwei Personen in einer gewesen, wovon die eine
untergegangen, die andere aber lebengeblieben ist, um die Geschichte
der ersteren zu schreiben, so wie es im Hiob (1,16) heißt: Herr, alle

Deine Schafe und Knechte sind erschlagen worden, und ich bin allein entronnen, Dir Kunde zu bringen." Unser lautester Beifall lohnte den herrlichen Einfall. Ernsthafter, mit einem unbeschreiblich tiefen Ausdruck setzte er hinzu, so etwas schreibe sich indes nicht mit heiler Haut. Er hatte bisher französisch gesprochen, diese Worte aber sprach er deutsch . . .

Goethe an Zelter, als dessen Stiefsohn Selbstmord begangen hatte. 3. Dezember 1812.

Wenn das ,,taedium vitae" den Menschen ergreift, so ist er nur zu bedauern, nicht zu schelten. Daß alle Symptome dieser wunderlichen, so natürlichen als unnatürlichen Krankheit auch einmal mein Innerstes durchrast haben, daran läßt ,,Werther" wohl niemand zweifeln. Ich weiß recht gut, was es mich für Entschlüsse und Anstrengungen kostete, damals den Wellen des Todes zu entkommen, so wie ich mich aus manchem spätern Schiffbruch auch mühsam rettete und mühselig erholte . . . Ich getraute mir, einen neuen ,,Werther" zu schreiben, über den dem Volke die Haare noch mehr zu Berge stehn sollten als über den ersten.

Goethe, Dichtung und Wahrheit.

,,Dichtung und Wahrheit" berichtet im 3. Teil ausführlich über ,,Werther". Goethe hat diese Partien in den Jahren 1812 und 1813 geschrieben. Er verteilt die Darstellung auf zwei Stellen. Er schreibt im 12. Buch über: Naturschwärmerei, Kestner (ohne Namensnennung, nur ,,der Bräutigam" genannt), Lotte und Jerusalem (Bd. 9, S. 541–546); im 13. Buch über: Fortspinnen von Erlebtem in dichterischer Phantasie (allgemein); sentimental-pessimistische Zeitströmung; Ossian; Selbstmordgedanken; Jerusalems Tod; Maxe v. La Roche; Entstehung, Druck und Wirkung des ,,Werther" (Bd. 9, S. 577–593). – Der Bericht über den biographischen Hintergrund wahrt rücksichtsvollste Zurückhaltung, und der Leser wird mehrfach aufgefordert, nicht aus der Dichtung das heraussondern zu wollen, was ,,wahr" sei, sondern sie als Ganzes zu nehmen und in ihrem Kunstcharakter zu würdigen.

Goethe an Zelter, als dessen jüngster Sohn gestorben war. 26. März 1816.

Dir war freilich abermals eine harte Aufgabe zugedacht. Leider bleibt das immer die alte Leier, daß lange leben soviel heißt als viele überleben; und zuletzt weiß man denn doch nicht, was es hat heißen sollen. Vor einigen Tagen kam mir zufälligerweise die erste Ausgabe meines ,,Werthers" in die Hände, und dieses bei mir längst verschollene Lied fing wieder an zu klingen. Da begreift man denn nun nicht, wie es ein

Mensch noch 40 Jahre in einer Welt hat aushalten können, die ihm in
früher Jugend schon so absurd vorkam ... Beseh' ich es recht genau, so
ist es ganz allein das Talent, das in mir steckt, was mir durch alle die
Zustände durchhilft, die mir nicht gemäß sind und in die ich mich durch
falsche Richtung, Zufall und Verschränkung verwickelt sehe.

Gespräch mit Eckermann, 2. Januar 1824.

*Über die eigene Beziehung zu „Werther"; Napoleon und „Werther";
„Werther" in Beziehung zu einer Zeitepoche (Empfindsamkeit); „Werther", in Beziehung zu einer Entwicklungsepoche jedes einzelnen Menschen.*

Das ist auch so ein Geschöpf, das ich gleich dem Pelikan mit dem
Blute meines eigenen Herzens gefüttert habe ... Es sind lauter Brandraketen! Es wird mir unheimlich dabei, und ich fürchte, den pathologi-
schen Zustand wieder durchzuempfinden, aus dem es hervorging ...
Auch hätte ich kaum nötig gehabt, *(in „Dichtung und Wahrheit")* meinen eigenen jugendlichen Trübsinn aus allgemeinen Einflüssen meiner
Zeit und aus der Lektüre einzelner englischer Autoren herzuleiten. Es
waren vielmehr individuelle, naheliegende Verhältnisse, die mir auf die
Nägel brannten und mir zu schaffen machten ... Ich hatte gelebt, geliebt und sehr viel gelitten! ... es müßte schlimm sein, wenn nicht jeder
einmal in seinem Leben eine Epoche haben sollte, wo ihm der „Werther" käme, als wäre er bloß für ihn geschrieben.

Goethe, An Werther. (Bd. I, S. 380f.)

*Im März 1824 trat der Leipziger Verlag Weygand, in welchem im
Herbst 1774 „Werther" erschienen war, an Goethe heran mit der Bitte,
zur 50jährigen Wiederkehr jenes Tages eine besonders schön ausgestatte-
te Ausgabe des „Werther" zu genehmigen und, wenn möglich, ein Vorwort dazu zu schreiben. Die Ausgabe kam zustande, Goethe erhielt von
ihrem Titelblatt und ihrem Text Korrekturbogen, sah diese mit Freude
und Sorgfalt an und hieß sie gut. Später hat er gern Exemplare dieser
Ausgabe verschenkt. – Auf Grund dieser Anregung las er neu in dem
alten Roman; bisher hatte er es immer vermieden, in diese Abgründe
wieder hineinzublicken, und nun, wie gefürchtet, öffneten sie sich gefährlich. Jetzt riß die Wunde wieder auf, die kaum vernarbte, welche er
im Sommer 1823 empfangen hatte, als er aus Marienbad und Karlsbad
geschieden war. Mit Erschütterung fühlte er, daß er immer noch Werther sei; das einst Gestaltete und jüngst Erlebte schob sich bei ihm ineinander, und es bildete sich das Gedicht „An Werther", das mehr als jedes
Vorwort sagt, was dieses Werk für den Dichter bedeutete. Er fügte es an
Stelle eines Vorworts dem Drucke bei, und bald darauf stellte er es mit*

zwei anderen Gedichten zusammen zu der „Trilogie der Leidenschaft"
(Bd. 1, S. 380–386). – Das Tagebuch verzeichnet:

24. März. Nachts für mich; an die neue Ausgabe von „Werthers Leiden" gedenkend. – 25. März. War das Gedicht zur neuen Ausgabe von „Werther" fertig geworden.

Friedrich Bouterwek, Geschichte der Poesie und Beredsamkeit. Band 11, Göttingen 1819, S. 385

Der „Torquato Tasso" ... konnte für einen dramatisierten „Werther" in höherem Stil angesehen werden.

Gespräch mit Eckermann. 3. Mai 1827.

Ampère ... beurteilt die verschiedenen poetischen Produktionen als verschiedene Früchte verschiedener Lebensepochen des Dichters ... Sehr treffend nennt er ... den „Tasso" einen gesteigerten „Werther".

Bei Ampère kommt ein Satz über Tasso als gesteigerten Werther nicht vor. „Steigern" (und „Steigerung") gehört zu den Formelwörtern des Goetheschen Alters.

Henry Crabb Robinson, Bericht über ein Gespräch mit Goethe. 2. August 1829. (Robinson, Diary. Ed. by Th. Sadler. Vol. 2. London 1869. S. 432. – Gräf S. 687f.)

Something led him to speak of Ossian with comtempt. I remarked: The taste for Ossian is to be ascribed to you in a great measure. It was "Werther" that set the fashion. He smiled and said: "That's partly true; but it was never perceived by the critics that Werther praised Homer while he retained his senses, and Ossian when he was going mad. But reviewers do not notice such things." I reminded Goethe that Napoleon loved Ossian. "It was the contrast with his own nature," Goethe replied, "He loved soft and melancholy music. 'Werther' was among his books at St. Helena."

NACHWORT

Goethe war ein Dichter des Lebens in seiner Ganzheit. Diese Ganzheit ist polarer Rhythmus: Ich und Welt, Einatmen und Ausatmen.

> *Im Atemholen sind zweierlei Gnaden:*
> *Die Luft einziehn, sich ihrer entladen.*
> *Jenes bedrängt, dieses erfrischt;*
> *So wunderbar ist das Leben gemischt.*
> *Du danke Gott, wenn er dich preßt,*
> *Und dank' ihm, wenn er dich wieder entläßt.* (Bd. 2, S. 10.)

So heißt es im *Divan.* So erlebt es Faust, wenn ihn nach bitterster Not die Naturgeister heilen und er im *Abglanz* das Unendliche gewahrt (Bd. 3, S. 146–149). Es ist der Rhythmus des Lebens.

Wie aber, wenn dieser Rhythmus stockt? Wenn nur noch das Bedrängende da ist und das Erfrischende ausbleibt? Wenn der Mensch nur noch *gepreßt* wird? Wenn ihm aus seiner Enge kein Weg zur Welt mehr offen steht? – Dies ist der Fall Werthers. Er fühlt: *Wenn ... es mich an die Gurgel faßt wie ein Meuchelmörder ...* (55,11–17). *Es ist ein inneres, unbekanntes Toben, das ... mir die Gurgel zupreßt ...* (98,31 f.) Und was ihn so preßt, ist keine feindliche irdische Macht. Es ist ein höheres Schicksal. In dem großen Brief der religiösen Verzweiflung (vom 15. Nov.) mit dem Bild der *in sich gedrängten Kreatur* (86,25 f.) scheut sich Werther nicht, das Bibelwort zu brauchen: *Mein Gott! warum hast du mich verlassen?* (86,27 f.).

Der Rhythmus, von dem Goethe sonst immer spricht, hört hier auf. Der Mensch stirbt. Hieraus erklärt sich die Stellung, die Goethe selbst zu seinem *Werther*-Roman einnahm. Gegen kein anderes Werk hat er sich so wie gegen dieses verhalten. Aus seinen anderen Werken las er vor, aus *Werther* nie. Er las ihn auch nicht für sich selbst, außer in den 80er Jahren, als er ihn für die Ausgabe seiner Schriften umarbeiten mußte. Und dann las er ihn noch einmal viele Jahrzehnte danach, 1824, und da war es ein düsteres, schwermütiges Lesen. Er umging ihn scheu. Mitten im plaudernden, witzigen Gespräch, wenn die Rede auf *Werther* kommt, wird er ernst: *So etwas schreibt sich nicht mit heiler Haut* (Oktober 1808). Oder zu Eckermann: *Es sind lauter Brandraketen! Es wird mir unheimlich dabei ...* (2. Jan. 1824). Er schreibt im Alter das düstere Gedicht *An Werther* (Bd. 1, S. 380), welches Werther wie einen Jugendgefährten anspricht, nicht wie eine Dichtungsgestalt. An keine andere seiner Gestalten hat Goethe ein solches Gedicht gemacht; es ist ein Selbstbildnis mit Werther; erst gingen sie zusammen, dann kam die

Trennung: *zum Bleiben ich, zum Scheiden du erkoren.* ... Doch die Leidenschaft, welche Werther beseelte, war auch in dem, der blieb, und sie ist nicht gewichen. Das Gedicht *An Werther* steht in der *Trilogie der Leidenschaft,* die noch einmal Wertherische Klänge enthält. Da ist wie in dem Jugendroman das Herz das einzige Organ der Verbindung zur Welt; und es ist *verschlossen in sich selbst, als hätte dies Herz sich nie geöffnet* (Bd. 1, S. 382); und damit stockt der Rhythmus des Lebens: *Mir ist das All, ich bin mir selbst verloren.* – Noch einmal also Werther, wieder Werther – war es ein Krankheitsherd, der mühsam verkapselt, im Innern weiterlebte? Trug nicht auch Tasso diese Gefahr in sich? Und auch Mignon? Doch neben Tasso steht Antonio, neben Mignon steht Natalie. Und der Verzweifelte der *Elegie* sagt zu sich:

> *Ist denn die Welt nicht übrig? Felsenwände,*
> *Sind sie nicht mehr gekrönt von heiligen Schatten?*

Trotz der Verzweiflung: die Welt ist da. Und die Natur als Felsenwand und Farbe ist *heilig,* sie offenbart ein Unendliches; der Dichter der *Elegie* weiß es, auch wenn im Augenblick sein Sinn tot ist. Die Natur bleibt wahr und rein und bleibt Offenbarung. Für Werther bleibt sie es nicht.

Immer also eine Werther-Gefahr, aber letztlich doch deren Überwindung. Was also unterscheidet den Dichter des *Faust,* des *Meister,* der *Trilogie der Leidenschaft,* den Dichter des *Werther* von der Person Werthers? Letztlich dies, daß er immer wieder auf vielen Wegen den Abglanz des Unendlichen im Endlichen findet, Werther aber nicht.

Für Goethes Weltschau ist die Welt Abglanz des Absoluten. Dieser Abglanz offenbart sich zunächst als Natur. Goethe beginnt mit dem leidenschaftlich-gefühlvollen Naturerleben des Gedichtes *Ganymed* (Bd. 1, S. 46), und es wandelt sich allmählich zu dem scharfen Hinblikken des Naturforschers, der aber zugleich immer religiös bleibt (Bd. 1, S. 357 u. 367, Bd. 13, S. 305, 26ff.). Dieses Wissen um die Heiligkeit der Natur wird ihm zum stetem Besitz. Anders Werther: zu Beginn erscheint ihm die Natur als Offenbarung der Unendlichkeit (9,2–30), später aber nur als Spiegel seines Ich, *ein lackiertes Bildchen,* das nur wiedergibt, was er hineinlegt. (85,8f.).

Noch einen anderen Weg gibt es für Goethe und seine Zeit, im Endlichen das Unendliche zu erfahren. Im Menschen ist das sittliche Gesetz. Es enthält Wahrheiten, die göttlich sind. Mit ihm, mit dem sittlichen Imperativ, hat der Mensch Anteil an einer Welt, die über menschlichen Bereich hinausgeht. Goethe spricht davon im Gedicht *Das Göttliche* (Bd. 1, S. 147ff.) und in der Sternwarten-Szene der *Wanderjahre* (Bd. 8, S. 119,16–120,5). Er sah diese Berührung des Unendlichen in Kants und Schillers Philosophie. Aber Werther, der Gefühlsmensch, ist kein sittlicher Philosoph, kein Denker in Kants oder Schillers Art. Auch dieser

Weg, um im Endlichen das Unendliche zu finden, ist für ihn nicht
möglich.

Neben Natur und Idee tritt die Tätigkeit. Hier wird das eine, was
man recht tut, zum Gleichnis von allem, was recht getan wird; man
fragt nicht, ob das Tun groß oder klein sei, sondern ob es richtig oder
falsch sei. Goethe hat diese Haltung seinen Gestalten in *Hermann und
Dorothea*, in den *Lehrjahren* und *Wanderjahren* mitgegeben. Aber
Werther ist dieser Haltung ganz fern. Tätigkeit ist ihm Zwang und Last.
Seine Berufsarbeit gibt ihm nie das Gefühl, sinnvoll an einem Platze zu
stehen und eine Funktion zu erfüllen. Es gäbe noch eine andere Art von
Tätigkeit: die des Künstlers, der für das Werk da ist, der sein Schaffen
empfindet als Bewegung in der großen kosmischen Bewegung des Welt-
geistes. Aber auch diese Tätigkeit ist für Werther nicht möglich. Er
bleibt Dilettant. Das Zeichnen ist für ihn da, nicht er für das Zeichnen.
Nie gehört seine Leidenschaft einem Werk, das er schaffen muß.

In diesen Bereichen also empfand Goethe den Abglanz des Unendlichen: in Natur, Idee und Tätigkeit. Es waren Wege, um dem Ich seinen
Ort im All zu gewinnen. Aber Werther findet diese Wege nicht. Es ist
müßig, zu fragen, ob er in reiferem Alter sie gefunden hätte. In der
Lebensspanne, in der wir ihn sehen, ist er jung. In ihm sind die Organe
für jene Wege noch wenig entfaltet. Zwar trägt das soziale Gefüge
Aufgaben an ihn heran (61,8 ff., 66,21 ff.), doch sie sind nicht derart, daß
er in ihnen einen verpflichtenden Sinn sehen könnte.

Aber ist Werther denn überhaupt imstande, im Endlichen das
Unendliche zu sehen und dadurch für sich seinen Ort in der Welt zu
finden? Natur, Idee, Tätigkeit sind nicht seine Wege – aber nun öffnet
sich ein Bereich, der ihn weiterführt: die Liebe. Weil kein anderer Weg
für ihn Geltung hat, hängt nun sein ganzes Dasein davon ab, wohin
dieser Weg ihn führt. Was Werther letztlich sucht, ist eine neue Existenz mit einer religiösen Dimension. Der Weg dazu ist für ihn die
Liebe. Darin besteht das Besondere dieses Romans, daß in seinem Mittelpunkt die religiöse Bedeutung der Liebe steht. Dieser Zusammenhang macht den Roman zu einem durchaus neuzeitlichen Werk. Denn
er ist nur möglich in einem Gefüge, in welchem der Mensch im Endlichen das Unendliche erfahren kann, d. h. in der neuzeitlichen säkulari-
sierten Religiosität.

Werther hat als Knabe und Jüngling Unterricht in der Religion erhalten; Bilder und Wendungen aus der Bibel und dem kirchlichen Leben
bestimmen auch jetzt, nachdem er sich von der Kirche entfernt hat,
weitgehend seine Ausdrucksweise (vgl. 86,6 ff. und die Anmkg. dazu).
Er hat außerdem die geistige Welt des Rationalismus kennen gelernt,
doch er sieht ihre Einseitigkeit und betont ihre Grenzen (12,23–31;
30,12 f.; 61,23–37; 74,25–37 u. ö.). Werther ist einen Weg gegangen, den

im 18. Jahrhundert nicht wenige gegangen sind; die Kirche wird nur mehr als eine symbolische Form aufgefaßt, die zu einer freieren Religiosität hinführt. Werther sagt: *Ich ehre die Religion ..., ich fühle, daß sie manchem Verschmachtenden Erquickung ist. Nur – muß sie denn das einem jeden sein?* (85,37 ff.) Er geht für sich persönlich an dem Mittlertum des Kreuzestodes vorüber: *Wenn mich nun der Vater für sich behalten will, wie mir mein Herz sagt?* (86,9 f.). Die unmittelbare religiöse Beziehung gibt ihm also sein *Herz*, nicht die geschichtlich überlieferte Lehre. In Werther ist eine echte und starke Religiosität, aber ihr Weg ist der des Herzens, und dieses ergreift Erlebnisse in der diesseitigen Welt und läßt zugleich empfinden, daß sie hinausweisen in eine absolute, für die er das Wort von dem *Vater* beibehält, wobei er dann freilich hinzufügt: *Vater, den ich nicht kenne* (90,38 f.). Immer wieder spricht sich Werthers Religiosität aus. Es ist die Sehnsucht, *aus dem schäumenden Becher des Unendlichen jene schwellende Lebenswonne zu trinken* (52,21 ff.). *Ein großes dämmerndes Ganze ruht vor unserer Seele ... und wir sehnen uns, ach! unser ganzes Wesen hinzugeben ...* (29,12 ff.). Eine Werthersche Sehnsucht – aber doch auch eine allgemein Goethesche, eine schlechthin menschliche. Im hohen Alter, Werther-fern, hat Goethe geschrieben:

> *Im Grenzenlosen sich zu finden,*
> *Wird gern der Einzelne verschwinden,*
> *Da löst sich aller Überdruß;*
> *Statt heißem Wünschen, wildem Wollen,*
> *Statt läst'gem Fordern, strengem Sollen,*
> *Sich aufzugeben ist Genuß.*   (Bd. 1, S. 368.)

Auch Werther will *im Grenzenlosen sich finden*, es ist ihm *Genuß, sich aufzugeben*, er will fort von dem irdischen *heißen Wünschen*. Es ist eine religiöse Sehnsucht, die Goethe aus dem Kern seines Wesens immer wieder aussprechen mußte. Auch Faust hat sie, aber als er himmelstürmend versucht, über die Grenzen seines Ich hinauszugelangen, weist ihn der Erdgeist in seine Schranken zurück. Faust sagt nun:

> *Den Göttern gleich' ich nicht! Zu tief ist es gefühlt;*
> *Dem Wurme gleich' ich, der den Staub durchwühlt ...*
>
> (Bd. 3, S. 28, V. 652 f.)

Und aus dieser weltanschaulichen Verzweiflung, aus dem Anrennen an die Grenzen des Menschseins entsteht Fausts Selbstmordgedanke: *Ich grüße dich, du einzige Phiole ...* (Vers 690). Faust wird aber vom Selbstmord zurückgehalten. Der Grund, warum er ihn wünschte, war ein rein weltanschaulicher; nicht Beruf, Liebe, Krankheit oder Schicksal trieben

ihn, sondern das Gefühl der Begrenztheit menschlichen Wesens, letztlich eine religiöse Verzweiflung.

Ähnlich ist die Situation Werthers. Die erste Stelle, an welcher er von
Selbstmord spricht, steht in einem seiner ersten Briefe. Es ist, bevor er
Lotte kennen lernt. Und was er hier sagt, zeigt, daß die Möglichkeit des
Selbstmordes für ihn ein Element seines Lebensgefühls ist, das er stets
einbezieht und stets nötig hat. Er sagt hier – gleich zu Beginn –, er habe
im Herzen das süße Gefühl der Freiheit, und daß er diesen Kerker
verlassen kann, wann er will (14,16ff.). Zu diesem Satz treiben ihn nicht
Enttäuschung, Beruf, Liebe oder Krankheit, sondern nur sein Leiden
unter der Begrenztheit des Menschen. Er hat dafür das Wort *Einschrän-*
kung (13,11) und bezeichnet damit, daß ihm das Absolute ungreifbar
ist, daß er immer an die engen Grenzen seines Menschseins stößt, die
sich erst im Tode öffnen werden. Darum: *so eingeschränkt er ist, hält er*
doch immer im Herzen das süße Gefühl der Freiheit ... So steht hier
ganz am Beginn Werthers Selbstmord-Gedanke, Selbstmord aus religiöser Verzeiflung. Am Ende des Romans wird der Selbstmord dann Wirklichkeit. Und er hat noch genau den gleichen Sinn wie hier am Beginn:
Vater, den ich nicht kenne! ... Schweige nicht länger! ... Zürne nicht,
daß ich die Wanderschaft abbreche ... (90,38ff.)

Werther empfindet den Tod als Entgrenzung. Es ist Freitod aus religiöser Verlassenheit; aber auch aus Liebe. Die Liebe ist hier mit dem
Religiösen untrennbar vermischt. Wir kommen hier in den Kernbereich
der Dichtung, wo die Auslegung ihre Grenzen hat. (Denn Auslegung
kann nur eine Struktur erhellen, aber nicht Erlebnisse ersetzen.) Das
Mysterium der Einheit von Religion und Liebe war Goethe zu zart, zu
geheimnisvoll, um viel darüber zu sprechen. Im Alter, noch einmal
Werther nahe, schrieb er in der Marienbader *Elegie* die Strophe, welche
alle religiöse Sehnsucht ausspricht:

> *In unsers Busens Reine wogt ein Streben,*
> *Sich einem Höhern, Reinern, Unbekannten*
> *Aus Dankbarkeit freiwillig hinzugeben* ...   (Bd. 1, S. 384.)

Und diese Sehnsucht findet hier einen Weg. Der Dichter der *Elegie*
findet ihn, indem er der menschlichen Gestalt der Geliebten begegnet:

> *Solcher seligen Höhe*
> *Fühl' ich mich teilhaft, wenn ich vor ihr stehe.*

Die liebende Beziehung weist weit über sich hinaus in einen absoluten
Bereich. Diese Verbindung, eine Urerfahrung des menschlichen Her-
zens, sofern es zu Erlebnissen dieser Art fähig ist, hat bei Liebenden,
Religiösen und Mystikern immer wieder nach Worten gesucht. Der

Religiöse empfindet die Gottheit als Liebendes und Geliebtes und greift nach der Sprache irdischer Liebe. Der Liebende erfährt, daß sein Erlebnis ihn in kosmische und religiöse Sphären führt, und greift zu Worten, die er hier findet. Als Goethe persische Dichtung las, überfiel es ihn mit Entzücken, daß gebildete Herzen auch dort dieses Erleben gehabt hatten und in ihrer dichterischen Liebesmystik in freier Beweglichkeit dazu kamen, *uns von der Erde in den Himmel zu erheben und von da wieder herunterzustürzen oder umgekehrt* (Bd. 2, S. 163 u. 539). So bleibt dieses Geheimnis später einer der Hintergründe des *Divan*, geistvoll, zart, aus dem Abstand des Alters angedeutet. Anders in *Werther*. Hier (und nur hier) spricht es sich mit Leidenschaft aus, und die Verbindung von Liebe und religiöser Sehnsucht bildet gleichsam die doppelte Thematik, die als cantus firmus allem zugrunde liegt. Anfangs sind beide Themen noch getrennt, dann schließen sie sich mehr und mehr ineinander – *ich habe kein Gebet mehr als an sie* (55,6) –, und am Ende zeigt Werthers Abschiedsbrief in edler Ekstase die völlige Verbindung.

Werther sind also die Wege der Natur, der Idee, der Tat nicht gegeben, doch er findet seine Beziehung zum Absoluten in der Liebe. Aber eben dieser Weg wird, als er zur Wirklichkeit werden soll, versperrt – Lotte gehört einem anderen. Die Liebe wäre für Werther die Entgrenzung, wäre seliges Aufgehen im anderen, wäre eine Vereinigung, in der das Seelische sein Symbol findet im Körperlichen und dieses über sich hinausweist ins Seelische, Geistige, Religiöse. Wenn Werther sich zurückziehen und Lotte zum reinen Ideal erheben könnte, müßte er nicht sterben. Aber er trennt nicht – wie Dante und das Mittelalter es taten – die Bereiche des Irdischen und Himmlischen, der Wirklichkeit und des Ideals, um nur mit diesem zu leben – nein, er vermischt sie: seine Liebe ist eine Ganzheit. Das erscheint uns heute selbstverständlich, aber die Jahrhunderte vor *Werther* empfanden keineswegs so wie er. Noch Rousseau trennte hohe und niedere Liebe, und im Grunde hat gerade die *Werther*-Dichtung die moderne Auffassung der Liebe als allumfassender Ganzheit durchgesetzt. Wenn für Werther nicht Religiosität und Liebe verbunden wären, könnte er am Leben bleiben; und wenn Lotte für ihn eine *Heilige* wäre, könnte er es auch. Er nennt sie zwar gelegentlich so (122,28) – in dem etwas leichtfertigen Sprachgebrauch der Empfindsamkeit –; aber sie ist es für ihn nicht. Zwar ist sie für ihn ein Geschöpf unmittelbar aus Gottes Hand, das zu erleben ihn in religiöse Bereiche führt, aber zugleich ist sie ihm auch eine sehr sinnenhaft geliebte wirkliche Frau, und seine Briefe geben sich keine Mühe, das zu verhüllen. Werthers Liebe ist eine Ganzheit. Eine Verbindung mit Lotte in diesem Sinne ist aber nicht möglich. Der einzige Weg, der sich ihm ergeben hat, um in der Welt seinen Platz zu finden, der der Liebe, ist ihm also genommen. Jetzt ist es vollends so, daß es ihm *die Gurgel*

zupreßt (98,32). Jetzt kann er nicht mehr atmen, seine Seele erstickt, er
muß sterben.

Werther empfindet den Tod als Befreiung aus einem Kerker (99,17f.),
als Entgrenzung des Ich. Hier endlich wird die *Eingeschränktheit*
durchbrochen, an der er so qualvoll litt. Weil außer dem Tod nur die
Liebe aus dieser Einschränkung hinausführt, verbinden sich Liebe und
Tod als Weg der Freiheit. Ist das eine Grundthema des Romans das
Mysterium von Liebe und Religion, so ist das andere, damit zusammen-
hängende das von Liebe und Tod; auch dieses eins der letzten Geheim-
nisse menschlichen Erlebens und also eins der größten Themen der
Weltliteratur; gemäß seiner Tiefe immer nur abstandhaltend ausgesprochen, denn dem Wissenden genügen wenige Worte, und dem Unwis-
senden würden auch viele nichts sagen. In seinem langen Leben und
reichen Werk hat Goethe nur selten über dieses Mysterium gesprochen.
In seiner Jugend riß er einmal den Schleier von diesem Abgrund und
sprach davon in dem Drama *Prometheus,* das aber, weil es auf Uner-
reichbares zielte, Fragment bleiben mußte. Er spricht da von der Entgrenzung des Ich in der Liebe und im Tod, beide sind ein Zurückkehren
zum Ursprünglichen – Zurückfließen in den Weltgeist, aus dem die
Menschen entstanden sind (Bd. 4, S. 185–187). – Viele Jahre später hat
er dann wieder davon gesprochen, in dem Gedicht von der *Seligen
Sehnsucht,* in welchem im Erlebnis der Liebesnacht, der irdischen Vereinigung, die Vision einer höheren Vereinigung, einer liebenden Vermischung mit der Gottheit auftaucht (Bd. 2, S. 18f.). Dieses große Thema,
selten und zurückhaltend angedeutet, ist nun in *Werther* mitten in den
Alltag gestellt und in Werthers Briefen erschöpfend ausgesprochen. Der
Tod ist für ihn gleichzeitig religiöse Entgrenzung und Liebesvollzug.
Du bist von diesem Augenblicke mein! (117,29). Und darum wird er
ihm zum rauschhaften Glück, so daß er vom *Taumel des Todes* sprechen kann (123,6).

In allem, was Werther erlebt (darin, daß Lotte die Liebe seines Lebens schlechthin sei, daß er zu Gott, aber nicht dem Mittler gehöre, daß
er alle Berufsarbeiten ablehnen könne, daß er sich das Leben nehmen
dürfe), in allem verläßt er sich auf seine Stimme, die er zur Grundlage
seines Daseins macht: auf sein Herz. Er schreibt: *dies Herz, das doch
mein einziger Stolz ist ... was ich weiß, kann jeder wissen – mein Herz
habe ich allein* (74,7ff.). Werther wächst auf in einer Zeit, da man die
Menschen nach ihrem Wissen beurteilt. Wir können uns heute schwer
vorstellen, welche Bedeutung in der Zeit des Rationalismus das Wissen
besaß und welche Revolution es dann war, als eine junge Generation
begann, das Gefühl, das Herz in seiner Bedeutung zu entdecken. Werther bemerkt ganz richtig, erst damit werde der Mensch eigentlich als
Individuum erkannt. Der neuzeitliche Subjektivismus hängt mit der

Bewertung des Herzens zusammen. Nie vorher hat es in der deutschen Dichtung ein Werk gegeben, das mit solcher Ausschließlichkeit wie *Werther* ein Roman des Herzens ist. Auch in Goethes eigenem Schaffen hat das Buch in dieser Beziehung eine ganz eigene Stellung. Die *Faust*-Dichtung hat als Leitwort das *Streben*, in den *Lehrjahren* ist es das Wort *Bildung*, in den *Wanderjahren* sind es *Tätigkeit* und *Entsagung*, im *Divan* ist es *Geist*. Für den *Werther*-Roman ist das Wort, das sich durch alles hindurchzieht, das Wort *Herz*, ob Werther nun von Natur, Liebe, Gott oder Tod spricht. Weil er vom Herzen ausgeht, entdeckt er Bereiche und Seligkeiten, die vor ihm niemand aussprach, aber er muß die menschliche Bedingtheit und Tragik erfahren, daß mit jeder Verfeinerung eine Gefährdung, mit jedem Reichtum auch ein Mangel verbunden ist. Darum ist hier Größe und Gefahr zugleich. Es ist groß, wie Werther die Liebe erfährt und wie das Erleben der Kunst ihm *alle Sinne ausfüllt* (37,16 ff.). Aber diese Kraft des Gefühls steigert sich ins Krankhaft-Einseitige – und wo ist die Grenze, um beides gegeneinander abzuwägen? Wenn Goethe uns auch bis ans Ende nur Briefe Werthers lesen läßt – zwischen den Zeilen steht die Kritik. Werthers Freunde, Wilhelm, Albert, Lotte, sind, weil sie ihn lieben und kennen, langmütig und gütig. Werther beschuldigt sie völlig zu Unrecht, sobald er Verdruß hat (62,30 f.; 67,28 u. ö.); als Albert und Lotte ihm ihre Hochzeit mitteilen, schreibt er einen Brief, der vor allem über das eigene Ich spricht, und zwar klagend und beunruhigend (67, 10–24). Schrittweise steigert sich das Krankhafte. Werther sieht das selbst. Nach außen hin behält er noch seine Haltung. Für Bekannte und Freunde ist er zwar exzentrisch, aber sie ahnen nicht seinen wahren Zustand. Er selber weiß, daß er sich dem Punkt nähert, wo er nicht mehr die Haltung bewahren kann und wo das Pathologische oder das Kriminelle einsetzt. Als er diesen Punkt kommen sieht, nimmt er sich das Leben.

Die Größe dieses Entschlusses und die Tragik von Werthers Existenz werden nun durch einen Zug, der untrennbar zu seinem Wesen gehört, modifiziert und in gewisser Weise verkleinert: durch seine Sentimentalität. Wenn Werther in einem Satze über das Höchste spricht – über den Sinn seines Todes –, dann spricht er im nächsten davon, er wolle in blauem Frack und gelber Weste begraben sein. Er schreibt nicht nur, er müsse und wolle sich töten, sondern sogleich auch von dem Grab, dem Gras im Wind, von Lottes Blick nach dem Friedhof (104,36–105,3). Das ist empfindsam, und diese Verknüpfung der Tragik mit wortreicher Zeitsprache verbindet Werther mit Ossian. Werther ist ein geistiger Typ, der in der Neuzeit auch anderswo möglich wäre. Doch in einem späteren Jahrzehnt hätte man ihn weniger beachtet. Jede Zeit bevorzugt gewisse Menschentypen, und eine Form des Empfindens und Lebens findet meist dann ihre deutlichste Gestaltung, wenn sie neu ist und sich

gegen das Frühere absetzt. Obgleich also das tiefere Problem des Romans überzeitlich ist, ist Werther als Mensch eine Gestalt des 18. Jahrhunderts und der Empfindsamkeit. In der Zeit, als der Subjektivismus
beginnt, durchlebt Werther beispielhaft dessen Größe, aber auch dessen
Gefahr, Einsamkeit und Schrecken.

Es ist der Roman des Subjektivismus, und doch ist darin die Ganzheit
der Welt, und in allen seinen Partien sind die Gegengewichte gegen den
Subjektivismus deutlich vorhanden. Hier liegt das künstlerische Geheimnis des Werks, seine Komposition; in einem bis ins Feinste
abgewogenen Verhältnis vereinigt sie die Motive zu einem symphoni-
schen Aufbau, der in dieser Vollendung nur möglich ist durch eine
geniale Konzeption, verbunden mit einem hohen Kunstverstand. Goethe sagt in *Dichtung und Wahrheit*, er habe den Roman *ziemlich unbe-
wußt, einem Nachtwandler ähnlich, geschrieben* (Bd. 9, S. 587,39). Diese erste Niederschrift besitzt bereits die Fülle der Motive, verbunden
zum Geflecht des Ganzen. Die Umarbeitung von 1786 gestaltete diese
Komposition noch reicher und ausgewogener, ohne die ursprüngliche
Kraft des Ganzen zu beeinträchtigen.

Da *Werther* der Roman des Subjektivismus ist, hat er eine Form, die
vom Ich ausgeht: es ist ein Briefroman. Alle Briefe stammen von dem
Helden selbst; sie werden zur Geschichte einer Seele. Alle geschilderten
Geschehnisse sind also nur solche, die den Schreiber innerlich berühren.
Ein Brief kann von Ereignissen überspringen zu Gefühlen, Betrachtungen, Gedanken; er kann Stimmungen durch Klang und Form vermit-
teln; er kann fragmentarisch sein. Die Briefform des *Werther*-Romans
ist also die gemäße Form, um den Charakter und die innere Entwicklung Werthers zu zeigen. Wir spüren aus den Briefen aber auch die
Person des Empfängers, Wilhelm, mit dem Werther engstens befreundet ist (7,15 f.) und der dem feinsinnigen Freunde seine leidenschaftlichen Stimmungen zwar nicht vorwirft, aber doch lieber *historische Briefe* (13,6 f.) erbittet; man merkt aus Werthers Briefen Wilhelms begüti-
gend-kluge Antworten (43,12–29; 56,2 ff.; 60,17; 85,34 f.; 101,2 ff.); man
kann auch nicht sagen, Wilhelm sei ein schlechter Freund, der aus Werthers Briefen den Weg zur Katastrophe sehe und nichts tue; Wilhelm
weiß, daß seine Briefworte nichts mehr nützen, er will daher Werther
abholen – und vermutlich ist das für ihn ein Opfer –, aber Werther
täuscht ihn absichtlich, indem er den Reisetermin hinausschiebt und in
dieser Zeit den Selbstmord ausführt (101,7–10). Der Leser, der die Briefe liest – wie Wilhelm sie las –, empfindet sich gleichsam als den Freund,
an den sie gerichtet sind; Wilhelm hat etwa die Funktion, die auf manchen Gemälden, die uns weite Bereiche zeigen, eine Rückenfigur im
Vordergrund hat: wir sehen von ihr selbst nicht viel, aber wir blicken
mit ihr ins Bild, und ihre Haltung wird auch zu der unseren; und so

blicken wir mit freundschaftlichen, verstehend-besorgten Augen auf Werthers Erlebnisse. – Zu den Briefen an Wilhelm treten nur ganz wenige Briefe an Lotte (41,11–16; 64,25–66,2; 67,10–24); sie zeigen, wie schwer Werther es seinen Freunden macht und wie weit er davon entfernt ist, sich in ihre Lage einzufühlen, er, der so gern anderen vorwirft, daß sie sich nicht einfühlen könnten (in die Seele der Selbstmörderin, des Bauernknechtes usw.). – Hätten wir Werthers Tagebuch (von dem er sagt, daß er es vernachlässige, 44,6), so belauschten wir ein Selbstgespräch; der Brief aber richtet sich immer noch an die Welt, will Einblick geben und Ausdruck sein.

Werther ist leicht von Eindrücken hingerissen, seine Sinne sind offen; seine Briefe schildern gegenständlich-anschaulich die kleine Stadt, den ländlichen Ball, das Amtmannshaus und Lotte mit den Kindern; sie ziehen sich dann anderseits wieder ganz zusammen zum Bilde des Ich mit seinen Stimmungen und Gedanken. Die Landschaftsbilder sind intensiv, aber nicht breit. Vom Naturbild gehen sie über zum Zustand der Seele (wie das Gedicht *Ganymed* Bd. 1, S. 46 f.). Dadurch, daß alles Gegenständliche in Briefform gegeben ist, wirkt es wie in einen Rahmen gefügt, und das Bildhafte, Idyllische tritt besonders hervor: der Brunnen vor der Stadt (9,35 ff.), die wasserholende Magd (11,11 ff.), der Wirtshausgarten in Wahlheim (29,26 ff.), das Obstpflücken bei Lotte (54,36 ff.); besonders auch die Kinderszenen (30,8–31,3; 35,29 ff.; 50,30 ff. u. a. m.). Für Werther verbinden sich diese einfachen ländlichen Situationen mit homerischen Motiven. Der Umstand, daß er als der Sentimentalische das Gesunde, Einfache, Schöne sucht, bringt in seine Briefe diese gegenständliche Welt hinein, bringt sie freilich auch in ganz bestimmten Rahmen. Obgleich es also ein Roman vom Ich aus ist, ist in ihm doch die Ganzheit der Welt durch die geschilderten Szenen, durch Lotte, Albert und Wilhelm; und am Schluß ist diese Ganzheit da durch den Bericht des *Herausgebers*. Es ergibt sich ein Geflecht, in welchem Bilder mit Stimmungen und Gedanken wechseln, gewisse Motive sich wiederholen und steigern und Parallelhandlungen auftauchen, welche die Haupthandlung spiegeln (oder in denen Werther selbst sich spiegelt), bis alles mit strengster Folgerichtigkeit am Ende zur Katastrophe führt. Die Welt Alberts, Lottens, der Kinder usw. ist wie eine durch das Ganze hindurchführende gleichmäßige Linie, die als Koordinate dient, und Werthers Entwicklung führt davon fort wie die Linie eines Parabelastes. Die Tragödie der religiösen Verzweiflung, das Mysterium von Liebe und Tod, spielt mitten im deutschen bürgerlichen Alltag zwischen dem 4. Mai 1771 und dem 23. Dezember 1772. Alle Briefe sind datiert. Um das Gefüge des Aufbaus, der Teile, Leitmotive, Bilder und Beziehungen zu erkennen, ist es von Vorteil, sich den Gang der Handlung durch diese anderthalb Jahre deutlich zu machen.

Anfang Mai 1771 kommt Werther in der kleinen Stadt an, lebt sich
rasch ein, empfindet innig die Frühlingsnatur und fühlt sich wohl. Dennoch taucht in dieser Zeit schon das Selbstmord-Motiv auf, entstanden
aus dem Leiden an der *Einschränkung* des Menschen (Brief vom
22. Mai). Nach sechs Wochen, am *16. Juni*, schreibt Werther von der
Bekanntschaft mit Lotte bei dem ländlichen Ball. Es folgt ein häufiges
Zusammensein im Amtmannshause, für Werther eine Zeit des reinsten
Glücks. Nach weiteren sechs Wochen, am 30. Juli, kommt Albert. Er ist
gegen Werther ohne Eifersucht, freundschaftlich und großzügig. Dennoch wird diesem die Beziehung zu dritt unerträglich; auch diese Epoche dauert sechs Wochen, dann reist er ab, am 10. September. Am
20. Oktober tritt er eine Stellung bei einer Gesandtschaft an, in einer
süddeutschen Stadt (die nicht näher geschildert wird). Hier bleibt er den
ganzen Winter über. Im Februar heiraten Albert und Lotte; Werthers
Brief an sie zeigt, daß die Wunde nicht vernarbt ist. Am 15. März mel-
det er, er habe in einem adligen Kreise eine peinliche und kränkende
Situation erlebt. Er nimmt sie sich so sehr zu Herzen, daß er eine
Woche später um seinen Abschied bittet. Er erhält diesen am 19. April.
Jetzt ist er frei: Er hat begonnen, seinem Herzen nachzugeben, und er
tut es auch weiterhin. Wieder ist es Frühling wie damals, als er an den
Ort Lottens kam. Die Briefe haben gezeigt, daß die seit dem Herbst
verstrichene Zeit sein Gefühl für sie nicht verwandelt hat. Werther
reist ab und ist am 6. Mai 1972 in seinem Geburtsort, den er wiedersehen will. Er ist auf ein ländliches Schloß eines Fürsten eingeladen
und trifft dort am 9. Mai ein. Aber nach sechs Wochen hält er es bei
dem Fürsten, der ihn schätzt, nicht mehr aus: Der Fürst ist ihm in
Dingen der Kunst zu sehr Verstandesmensch. Er reist fort und tut
seinem Herzen seinen Willen: er fährt zu Lotte und Albert. Im Juli
ist er dort. Seit seinem Abschied sind ungefähr zehn Monate verflos-
sen. Werther möchte gern mit beiden so weiterleben wie im Sommer
davor. Aber seit fünf Monaten sind sie verheiratet, Lotte wohnt
nicht mehr im Amtmannshause; beider Leben hat neue Formen angenommen. Werther kann sich nicht verhehlen, ein Außenstehender zu
sein; zugleich wächst sein Gefühl, daß niemand Lotte so sehr liebt
wie er und daß dieser Umstand doch eigentlich ein seelisches Recht
gebe. Seine Leidenschaft steigt, sein Geist zieht sich völlig in sich zusammen. Als er fühlt, daß er die nach außen noch mühsam gewahrte
Form eines normalen Lebens nicht mehr lange aufrechterhalten kann,
faßt er den Entschluß, zu sterben. Er ist einerseits völlig in seiner
Innenwelt eingesponnen, andererseits regelt er nüchtern, daß Wilhelm
nicht zu früh ankommt, und ordnet, eine Reise vorschützend, sorgfältig seine Sachen. Am 21. Dezember geht er gegen Lottens Wunsch zu
ihr; es ist der Augenblick größter Nähe. Am 22. Dezember bittet

er Albert um die Pistolen und erschießt sich abends. Am 23. Dezember stirbt er.

Werthers Katastrophe dauert ein und ein halbes Jahr. In dieser Zeit schreitet seine innere Zerrüttung allmählich fort. Die Pause von zehn Monaten tut dabei viel. Sie heilt ihn nicht, und er ist nach ihr willenloser als davor. Als er zurückkehrt, ahnt man das Ende voraus. Der Beginn spielt im Frühling; der Winter bringt die Pause; der neue Frühling reißt die Wunden auf. Und der neue Winter wird zum Spiegel der wachsenden inneren Düsternis.

Der ganze Stoff ist in zwei Bücher geteilt. Das *1. Buch* endet mit Werthers Abreise am 10. September. Hier liegt ein Abschnitt im Geschehen. Diese scheinbar äußerlich begründete Teilung hebt aber tiefere Elemente heraus. Am Ende jedes Buches steht das Motiv des Todes, im *1. Buch* als Ahnung und Idee, im *2. Buch* als Tat. Am Ende des *1. Buches* rafft Werther sich auf und läßt Lotte und Albert allein. Am Ende des *2. Buches* rafft er sich wieder auf und läßt sie allein – freilich in anderer Weise. In der Zwischenzeit hat es für ihn kein Aufraffen mehr gegeben, er wurde immer willenloser.

In jedem Buche wechseln Schilderungen von Ereignissen mit solchen von Stimmungen und Gedanken. Beide halten sich etwa die Waage. Jedes Buch hat einige große gegenständliche Szenen. Das *1. Buch:* Ballszene, Besuch beim Landpfarrer, Abschiedsgespräch; das *2. Buch:* Einladung beim Gesandten; der Blumensucher im Winter; der Bauernknecht; der letzte Besuch bei Lotte. Fast alle Gestalten, mit denen Werther zu tun hat, sind anders als er. Dadurch ist in der Gesamtkomposition immer das Gegengewicht gegen seine Innenwelt vorhanden: Lotte, Albert, der Amtmann, die Bauersfrau sind die Naiven gegenüber Werther, dem Sentimentalen; sie sind in sich gerundet, harmonisch, gleichmäßig, er dagegen innerlich gespannt bis zum Zerreißen. Aber eben wegen dieser seiner Art muß Werther diesen gegensätzlichen Typ von Menschen lieben, und deswegen sind sie so zahlreich in seinen Briefen geschildert. Es gibt zu Werthers spannungsreicher Innenwelt keinen größeren Gegensatz als die Welt der Kinder; und Kinderszenen ziehen sich durch das ganze Buch. Mit Recht hat man die Lebendigkeit dieser Bilder immer wieder bewundert. Anschaulich stehen Lotte, die Kinder, die Mägde am Brunnen vor uns, und in diesen Bildern beruht viel von des Buches bezaubernder und beglückender Kraft.

Den Gegensatz zu den gegenständlichen Berichten bildet Werthers Innenwelt. Das Selbstmord-Motiv kommt schon ganz zu Beginn vor, als Werther noch nichts von Lotte weiß. Es folgt bei ihm aus dem Leiden an der Begrenztheit der menschlichen Natur (14,16–18). Später kehrt es leitmotivisch wieder (39,21 ff.; 43,32 f.; 46,6–50,26) und beginnt allmählich sich mit der Liebesverzweiflung zu verbinden. Im *2. Buch*

tauch es zunächst noch einmal in ganz anderem Zusammenhang auf:
Auch als Werther gesellschaftlich verletzt ist, möchte er sich *ein Messer
ins Herz bohren* (69,30ff.); doch aus welchen Ursachen auch der Gedanke aufsteigt, das gleiche bleibt: der Tod als *ewige Freiheit*. Nach
Werthers Rückkehr zu Lotte und Albert wird das Selbstmord-Motiv
immer häufiger, und jetzt verknüpft es sich immer enger mit dem Lie-
besmotiv (83,30f.; 84,2f.; 84,20f.; 91,6ff.). Am Schluß sind beide dann
völlig verbunden, und während bisher der Gedanke, zu sterben, nur
von Zeit zu Zeit erwähnt wird, bildet er jetzt das Hauptthema
(100,11ff.). Werthers Ende im *2. Buch* hat eine Entsprechung im
1. Buch in der Gestalt der Selbstmörderin, an welcher die Struktur des
Nur-Ich-Seins, des Erstickens durch Weltlosigkeit deutlich wird
(48,38–50,3); dadurch, daß Werther selbst diese Geschichte schildert,
zeigt er, daß er völlig in dieser Geistigkeit zu Hause ist, und die Beziehung zu ihm selbst wird besonders deutlich. Auch dieses Mädchen, das
in den Tod geht, hat nur noch kämpfende Kräfte im Ich und keinen
Ausgleich mehr im Wechselverhältnis zur Welt. Werther sagt von ihr:
Sie sieht nicht die weite Welt, die vor ihr liegt. (49,33f.) Diese Situation
tritt dann im *2. Buch* für ihn selbst ein: *Meine Sinne verwirren sich ...*
(100,7ff.).

Mit der hellsichtigen Klugheit seines Zustandes sieht Werther zwei
Möglichkeiten vor sich, wenn seine Katastrophe fortschreitet: er kann,
sobald der Damm nach außen nicht mehr hält, pathologisch oder krimi-
nell werden. Jenes spiegelt die Nebenhandlung mit dem Schreiber, dieses die mit dem Bauernburschen. Da Werther das an sich heranzieht,
was er als verwandt empfindet, ist es leicht erklärlich, daß er von beiden
Schicksalen berichtet. Manches, was er über seine Liebe nicht unmittelbar ausspricht, sagt er mittelbar in der Bauernburschen-Geschichte (zumal ihre erotische Seite); ebenso spiegelt sich in ihr das Verhältnis zu
Albert. Unmittelbar nachdem von Werthers *heimlichem Unwillen* die
Rede war (94,16), folgt die Geschichte von dem Mord. Werthers *unsägliche Begierde*, den Mörder zu retten (96,6ff.), ist Begierde sich selbst zu
retten. Als er sieht, daß er nichts für ihn tun kann, ist er auch selbst
verfallen und läßt sich fallen; die Brücke zur Außenwelt bricht ab; er
weiß nun, daß er sich töten muß; ihn packt die Angst, zu werden wie
jener. – Die andere eigene Möglichkeit zeigt der irre Blumensucher, der
glücklich war, als er tobte; da ist das Welt-Ich-Verhältnis völlig zerstört.
Werther sagt hier nur: *Das fiel mir auf wie ein Donnerschlag* (89,37f.).

Ähnlich wie diese großen Motive werden eine Anzahl kleinerer Motive in die Haupthandlung hineinverwoben. Werthers Zeichnen als Beziehung zur Welt (15,11ff.; 40,30ff.; 74,30) hört auf, je mehr sein Geist
sich verdüstert. Ebenso hören die Homer-Motive auf, es folgen die
Ossian-Motive, die immer mit dem Todes-Motiv sich vermischen. Die

motivischen Beziehungen erstrecken sich bis in Einzelheiten. Von Alberts Pistolen wird schon im *1. Buch* gesagt, daß Werther sie sich zu einer Reise leihen will (45,12 ff.); Lottes Melodie auf dem Klavier verbindet die erste und die letzte Zeit in zerreißendem Schmerz (39,15; 91,29 f.). – In den Briefen vermischen sich Motive aus den Bereichen der Liebe, Natur, Religion, Kunst, sozialer Problematik usw. Jeder Brief enthält erstaunlich viele Einzelmotive dieser Art; dadurch wird das Ganze besonders dicht und das Geflecht der Motivik einheitlich und fest; und doch wirkt keiner der Briefe lakonisch-gedrängt: hierin liegt die besondere Kunst dieser lyrischen, gefühlsgetragenen Prosa.

Werthers Briefe enden mit einem allgemeinen großen Satz. *Was ist der Mensch, der gepriesene Halbgott! Ermangeln ihm nicht eben da die Kräfte, wo er sie am nötigsten braucht? ... da er sich in der Fülle des Unendlichen zu verlieren sehnte?* (92,15–21). Hier sind noch einmal sein Bild des Menschen und seine tiefste Not ausgesprochen. Der Satz ist durch seine Anordnung stark herausgehoben. Denn nun folgt ein Einschnitt. Und dann: *Der Herausgeber an den Leser.* Werthers Weltlos-Werden äußert sich in dem Verschwinden aller Gegenständlichkeit in seinen Briefen. Da setzt nun der Bericht des *Herausgebers* ein. Anfangs waren in Werthers Briefen Ich und Welt verbunden. Diese beiden Bereiche entfernen sich mit der wachsenden Katastrophe immer mehr voneinander; am Ende ist die Beziehung zerrissen; dieses Auseinander-Führen der Linien zeigt, daß Werther zugrunde gehen muß. Seine Briefe sind am Ende nur noch Ich. Die Welt aber geht weiter, und da, wo sie in Werthers Briefen aufhört, wird sie nun gegeben durch den Herausgeber-Bericht. Dieser Herausgeber will sachlich Tatsachen mitteilen, er enthält sich der Kritik; und auch sein Schlußsatz, der im Klang so scharf gezielt ist, bleibt im Inhalt nur ein Bericht und nichts sonst.

Die Sprache des Herausgeber-Berichtes bildet einen Gegenpol zu der Briefsprache Werthers, die immer ihren höchst persönlichen gefühlsgetragenen Ton hat. Doch sind Werthers Briefe in sich wiederum reich an verschiedenen Klängen, teils sind sie gegenständlich (wie der Brief über den Ball), teils lyrisch (wie der Frühlingsbrief: *Wenn das liebe Tal um mich dampft ... 9,1–30*), mitunter pathetisch als Ausdruck religiöser Sehnsucht, aber auch gelegentlich satirisch (wie die Schilderung der Adelsgesellschaft, 68,8–69,11). Werthers liebende Verschmelzung mit Natur und Kunst spricht sich aus in Wendungen wie *mein Wald* (9,12), *mein Homer* (10,21), welche den Rationalisten jener Zeit höchst lächerlich erschienen (man sieht es in den *Werther*-Kritiken). – Zu den Lieblingswörtern der Empfindsamkeit gehört ein Wort wie *dämmern* (29,12), das hier vom Bild der Natur zu dem der Seele wird, und *heilig*, das jetzt alles bezeichnet, was höchsten Wert hat: Natur, Liebe, Freundschaft, Kunst; darum nennt Werther Lotte und sein Gefühl für sie *heilig* (39,12; 64,36; 85,2; 117,2; 122,24; 122,28; 123,18). Wo Werther von seiner religiösen Sehnsucht spricht, zeigt sein Wortschatz viel aus der Sprache der Bibel und der Kirche (vgl. 86,6ff. u. die Anmkg.); wo er gegenständlich ausmalt, zeigt sich der Stil des Sturm und Drang: da sind burschikose Wendungen (*Schlucker* 26,29; *Kerlchen, leicht und lüftig* 36,38) und volkstümliche Wörter (*Scharre* 16,37; *Quakelchen* 31,21), wie die Jugend um 1772 sie im Gegensatz zu der älteren Generation liebte. Werthers Leidenschaft in der Liebe wird nicht nur Wort, sondern auch Klang, und das war für die deutsche Roman-Prosa jener Zeit neu. Werther schreibt abgerissene Sätze, stammelnde, sich nicht genugtunkönnende Wiederholungen, und er bringt freie Wortstellungen, die das Wesentliche herausreißen und die nach der Schulgrammatik der Zeit unrichtig sind (61,33 u. d. Anmkg.). Stellenweise steigert sich die Sprache in ihrer Gefühlskraft so weit, daß sie zu rhythmischer Prosa wird (27,28–35; 74,9f.; 82,10–35; 99,1–5). Der ganze Roman hat stark lyrischen Charakter, das Hinreißende der Liebesklage wird Rhythmus und Klang. Und ein Rhythmus anderer Art liegt in der Brieffolge, die zwischen idyllischen Bildern und zehrender Verzweiflung wechselt; doch aus den idyllischen Bildern werden düstere Bilder und zugleich wird die Schilderung der Außenwelt immer geringer, so daß am Ende nur noch das Ich mit seiner verzweifelten Innenwelt übrigbleibt.

Durch diesen Prosastil war der Roman – ähnlich wie durch seinen Gehalt – in seiner Zeit etwas gänzlich Neues. Briefromane hatte es zahlreich auch schon vor *Werther* gegeben. Richardson hatte damit begonnen, Rousseau in seiner „Nouvelle Héloïse" war ihm gefolgt. In diesen Werken korrespondieren aber immer eine ganze Anzahl von Briefschreibern, während bei Goethe nur der Held allein zu Worte kommt. Hierin hat sein Werk nur in Richardsons „Pamela" eine Vorläuferin, aber dort sind Ereignisse und Reflexionen außerordentlich breit und zerfließend; Goethes Briefroman ist zum Unterschied von allen seinen Vorläufern straff und knapp: etwa 120 Druckseiten waren im 18. Jahrhundert für einen Roman recht wenig. Und in dieser kurzen Form ist das Werk fast dramatisch aufgebaut; mit zwangsläufiger Folgerichtigkeit steigert es sich zur Katastrophe. Daß es lebendige Bilder aus dem bürgerlichen Leben mit der Geschichte einer Seele verbindet, war neu. Bilder des bürgerlichen Lebens gab es im Roman in England aus dem Geist der scharfen und humorvollen Beobachtung eines Goldsmith, Fielding und ihrer Zeitgenossen. Die Geschichte einer großen Leidenschaft hatte Rousseau in seiner „Nouvelle Héloïse" geschildert. Die Verbindung beider Elemente, wie der *Werther*-Roman sie schuf, war für Europa neu und für Deutschland schlechthin überwältigend. Denn die Erzeugnisse der deutschen Romanschriftstellerei waren in der Zeit, als *Werther* erschien, noch recht dürftig. Während in der Lyrik

Klopstock innerliche und edle Klänge geschaffen hatte, während im Drama Johann Elias Schlegel und Lessing eine würdige Höhe erreicht hatten, war der Roman unbedeutendes Unterhaltungsschrifttum, und die wenigen Werke, die aus der Masse hervorragten, Gellerts „Schwedische Gräfin", 1764, und Wielands „Agathon", 1766–67, waren breit, unlebendig, wirklichkeitsfern, moralisierend. Durch *Werther* ist der neuzeitliche deutsche Roman eigentlich erst geschaffen; er erscheint hier als Roman der Seele und zugleich damit zusammenhängend als bildhafte Beobachtung des Lebens und der Welt.

Für den deutschen Roman des 18. Jahrhunderts bedeutete *Werther* das erste Auftreten hoher und edler Leidenschaft; für den europäischen Roman gab es dies schon durch Rousseau. Aber Rousseaus Auffassung der Liebe ist eine andere, er trennt die Seelenliebe von der Ehe, und sein Roman der Leidenschaft, die „Nouvelle Héloïse", bringt im dritten und vierten Teil geradezu ein Gegenbild von *Werther*: die Heldin ist mit ihrem Manne glücklich verheiratet und zugleich mit einem anderen in Seelenliebe vereint, nachdem dieser gelernt hat, seine Leidenschaft zu überwinden. Werthers Liebe ist eine psychophysische Ganzheit; und Lottes Liebe zu Albert ist es auch. In dieser Liebesauffassung (die sich seither so allgemein durchgesetzt hat, daß sie heutigen Lesern selbstverständlich erscheint) war *Werther* neu und bahnbrechend.

Das andere Neue war: Es ist der erste große tragische Roman, nicht nur für Deutschland, sondern auch für Europa. Die tragische Epik, die einst bis zum Nibelungenlied dagewesen war, war längst verschollen. Von der tragischen Prosa Alt-Islands war nichts nach dem Süden gedrungen. Die Gestaltung des Tragischen, welche Geschichte machte, hatten die Griechen geschaffen in ihrer Tragödie; hier hatte das französische Drama angeknüpft. Shakespeare hatte als genialer Schöpfer eine neue Tragik im Bühnenspiel hingestellt. Im 18. Jahrhundert galt als Darstellungsform des Tragischen immer das Drama. Die moderne Form des Prosa-Romans war dafür neu. Sie war in *Werther* innerlich begründet, weil es sich um eine Tragik handelt, die vor allem durch den inneren Seelenzustand verursacht ist. Das Entscheidende ist nicht die äußere Situation, daß Lotte verheiratet ist, sondern die innere, daß Werther die Liebe zu etwas Absolutem macht. Das Tragische ist, daß Werthers Größe zugleich auch seine Krankheit ist. Hier liegt der innere Grund seiner Katastrophe. Weil die Liebe für ihn schlechthin alles bedeutet, bedeutet die Verlegung dieses Weges schlechthin das Nichts, d. h. den Tod. Werther muß sich das Leben nehmen, weil er sonst seine Liebe relativieren würde. Erst sein freiwilliger Tod bedeutet das reine Absolut-Setzen der Liebe; und daß er hierzu fähig ist, unterscheidet seine Tat von der eines gewöhnlichen Lebensmüden und hebt sie aus dem Bereich des Unglücks in das der Tragik. Um diesen inneren Zu-

sammenhang darzustellen, war die Form des Briefromans sehr viel ge-
eigneter als die des Dramas.

Auch durch das Thema des Selbstmordes war das Buch etwas Neues.
In der Welt des 18. Jahrhunderts, die in festen kirchlichen Bahnen lebte
und in ihren geistigen Kreisen von den optimistischen Gedanken der
Aufklärung durchformt war (den Gedanken eines Fortschritts durch
Vernunft), war der Selbstmord eine Ungeheuerlichkeit, die allenfalls
möglich war bei *einfältigen* Menschen, wie Albert im Gespräch mit
Werther sagt (50,15). Gellert traf den Geschmack der Zeit in seiner
Schilderung eines Jünglings, der seiner spröden Geliebten sagt, er wolle
sich umbringen, das dann aber keineswegs tut („Der Selbstmord" in
„Fabeln und Erzählungen" 1746). Daß Goethe den Selbstmord hier als
Tat eines geistigen, hochgebildeten Menschen schilderte und ihn gerade
aus der Verfeinerung und Geistigkeit entspringen ließ, machte das Buch
zu einem Einbruch in das Weltbild der Aufklärung und der Orthodoxie, aus deren Kreisen man dementsprechend auch mit Abscheu darauf
reagierte. Dieser Roman der Tragik und des freiwilligen Todes war
etwas anderes als die empfindsame Grabdichtung bei Young und anderen Zeitgenossen, die bei elegischen Klagen und weitschweifigen Betrachtungen blieben.

So war dieses Werk in allen seinen entscheidenden Zügen etwas Neues. Es ist der erste Roman, in welchem ein Mensch das Absolute sucht
durch Erlebnisse in dieser Welt, durch Naturerleben und Liebe; es ist
also der erste Roman der neuen Weltfrömmigkeit, wie es später Hölderlins „Hyperion", Jean Pauls große Romane und Goethes *Wanderjahre*
sind. Es ist ein Roman, der zwei Mysterien ausspricht: das der Einheit
von Liebe und Religion und das der Verbindung von Liebe und Tod.
Durch alle diese Züge ist *Werther* nicht nur groß als Kunstwerk, sondern ist auch in der geschichtlichen Entwicklung etwas Umstürzendes.
In den Bereich des deutschen Romanschaffens der Zeit kommt durch
Werther plötzlich ein Werk von tiefem Gehalt und vollendeter Form.
Die Folge war, daß hinfort für Deutschland eine neue Epoche der Pro-
sadichtung begann.

Aber die geschichtliche Bedeutung des Werks wird noch nicht genü-
gend deutlich, wenn man es nur in die Entwicklung des Romans hinein-
stellt. Man muß es in der allgemeinen geistigen Entwicklung seines
Jahrhunderts sehen. Vor *Werther* waren Orthodoxie und Pietismus und
Aufklärung; nach *Werther* entstand die weltliche Religiosität von Goethes, Schillers und Hölderlins Reifezeit, vielfach anknüpfend an den
philosophischen Idealismus, wie er besonders von Kant ausgesprochen
wurde. Als man aus den alten Bindungen (Orthodoxie, Aufklärung)
heraustrat und die neuen (Idealismus) noch nicht gefunden hatte, kam
man in eine Leere, in der man sich nur auf das Gefühl verließ: dies ist

die Empfindsamkeit; sie war eine Krisis. Diese Krisis wurde am tiefsten durchempfunden von dem feinfühligsten Dichter dieser Zeit, von Goethe. Und er sprach sie aus in diesem Werk. Insofern ist sein *Werther* ein Zeitroman.

Für Werther, den schwärmerischen und zugleich revolutionären Jüngling, gelten die Begriffe der Orthodoxie und der Aufklärung nicht mehr; aber er weiß anderseits noch sehr wenig von einer neuen Religiosität, denn diese erhielt erst in den nun folgenden Jahrzehnten ihre Ausprägung. Er steht in der gefährlichen Situation, sich einer Gefühlsseligkeit des Herzens zu ergeben und dadurch keinen festen Boden unter sich zu fühlen. Das 18. Jahrhundert hatte seit seinem Beginn von der menschlichen Innerlichkeit gesprochen. Zunächst im Rationalismus: man suchte nicht mehr die Weltordnung im All wie die Pansophie des Barock, sondern die Weltordnung im Innern des Menschen, die Vernunft. Es zeigte sich aber, daß die Vernunft, für sich genommen, allzu leicht nur dem praktischen Leben, dem Streben nach Glück, dem Wunsch nach Naturbeherrschung diente und keinen metaphysischen Sinn besaß. Im Innern des Menschen fand man aber noch andere Kräfte: die des Gefühls; sie schienen gemacht, um zu Gott, Liebe und Tugend hinzuführen. Der Pietismus richtete den Geist nicht mehr auf Bibel und Kirche, sondern auf das religiös-christliche Erleben im eigenen Innern; hier fand der Mensch sich erleuchtet von Gott, fand sich und die Welt von ihm getragen; er empfand seine inneren sittlichen Entscheidungen und gefühlsmäßigen Erlebnisse in Beziehung zu der zentralen göttlichen Kraft. Diese Wendung ins eigene Innere brachte mit sich, daß sich nun ein religiöser Individualismus entwickelte. Und ein zweites kam hinzu: Das Gefühl, von Gott getragen und erleuchtet zu sein, stellte sich nicht nur ein beim Beten und Bibellesen, sondern auch bei Erforschung des Gewissens, ja bei Betrachtung der Natur. Man ließ sich zunächst als Christ führen durch „Zeugen der Wahrheit", religiöse Menschen, aber es kam, daß man diese bald sehr allgemein nahm: man verehrte auch Denker und Künstler; so entstand die Kunstfrömmigkeit und Genieverehrung. Seit der Jahrhundertmitte erfährt das durch den Pietismus verfeinerte Gefühlsleben eine Verweltlichung: Naturempfinden, Freundschaft, Liebe und Kunst werden Gebiete, auf die man jetzt das Wort „heilig" anwendet. Noch freilich macht man es sich nicht deutlich, wie sehr man dabei bereits aus dem kirchlichen Weltbild heraustritt. An diesem Punkte steht Klopstock. Er ist der Dichter eines verfeinerten Gefühls für Natur, Liebe und Freundschaft, gleichzeitig aber der des streng-christlichen „Messias". Die Jugend der Zeit kultivierte das Gefühl für Natur, Freundschaft und Liebe schwärmerisch weiter, rückte der Kirche aber ferner. An diesem Punkte steht Werther. (Bei ihm merkt man nur noch aus dem Wortschatz, daß die Empfindsamkeit verweltlichter Pietismus ist; bezeichnend seine Anwendung von *heilig* 40,6; von *Pilgrim* 72,17 und von biblischen Wendungen wie 86,6ff.) Seine Situation wird noch deutlicher, wenn wir sie vorausblikkend vergleichen mit der Entwicklung, zu der sie später hinführte. Für Hölderlins Hyperion genügt das Erleben der Natur, der Liebe und der Freundschaft, um im irdischen Dasein ein festes Wissen von der Anwesenheit des Göttlichen und der eigenen inneren Beziehung zu ihm zu haben. Kant und Schiller schaffen den sittlichen Idealismus, der im Innern des Menschen ein sittliches Gesetz feststellt, das ihn mit dem Weltgeist verbindet. Goethe seit seinen Weimarer Gedichten wie *Edel sei der Mensch* ... (Bd. 1, S. 147ff.) sieht ebenfalls den Menschen in Beziehung zu einer göttlichen Welt. Er faßt die Welt als *Abglanz* des Absoluten (Bd. 3, S. 149, V. 4727), die Natur ist das *heilig öffentlich Geheimnis* (Bd. 1, S. 358). Auf diese Art bringt die Zeit um 1800 das Bild des Menschen in ein Gleichgewicht: Er ist nicht im Dunkel der Erkenntnislosigkeit, aber hat auch nicht den unmittelbaren Glanz des Göttlichen, sondern er ist ein Geschöpf der Mitte; als solchem sind ihm Kräfte der Vernunft und des Gefühls gegeben, um sich zu bewähren und seinem Dasein Sinn und Steigerung zu geben. Dazu gehört vor allem auch die Tätigkeit im sozialen Gefüge.

Die Zeit Werthers war von diesem Denkbild mit seiner Klarheit, Ausgewogenheit und seiner Richtung zur Tat noch weit entfernt. Anderseits hatte sie sich von der erstarrten Orthodoxie und dem leeren Rationalismus fortentwickelt. Die jungen Menschen wurden nicht durch gemeinsame politische Aufgaben gefordert, die sie zu begeistern vermochten und ihnen einen Mittelpunkt außerhalb des Ich gaben. Sie lebten ihr privates Dasein und entfalteten sich zumal in persönlichen Freundschaften. Hier pflegte man ein schwärmerisches Gefühlsleben, dessen Inhalte, Natur, Liebe, Freundschaft und Kunst, literarisch festgehalten wurden in Briefwechseln, Tagebüchern und Dichtungen. Man empfand die Natur wie Geßner und die Freundschaft wie Klopstock und den Tod wie Young. Die Empfindsamkeit brachte einen eigenen Lebensstil hervor, zu dem es gehörte, daß Freunde einander umarmen und küssen und nicht ohne einander leben mögen; und einen eigenen Briefstil, der als ein Seismogramm des Herzens in überschwenglicher Sprache nur von Gefühlen berichtet.

Als Beispiel diene ein Brief von Lavater an Herder vom 10. Nov. 1772: ,,Noch niemals habe ich das empfunden, was ich jetzt empfinde, da ich mich hinsetze – an Sie, mein ausgewähltester Freund – zu schreiben. O, wie sorgtest du für mich, Kennerin des Herzens, Freudeschöpferin! Fürsehung! wie wenig hab' ich dir noch umsonst geglaubt! ... Itzt, Freund, kann ich nicht antworten – aber schreiben muß ich – und wollte lieber weinen – hinübergeistern – zerfließen – an Deiner Brust liegen – meine Herzensfreunde, zwei Freundinnen mit mir Dir zuführen – und sogar – nicht sagen, blicken, drücken, atmen: ,Du bist und wir sind.' Aber früh, früh muß ich's Dir sagen, Du einziger – ich bin nicht so gut, als Du mich glaubst – wenigstens nicht durchaus – und dann – doch was sollte das Herdern sagen ..." (Deutsche Freundesbriefe. Hrsg. v. J. Zeitler. Lpz. 1909, S. 77f.)

Und noch ein zweites Beispiel, ein Brief Pfenningers an Herder vom 22. April 1774: ,,O Herder! o Engel Gottes! Ihre Güte gegen mich, wie macht sie mein Herz so stolz! Ach, wann werd' ich Sie sehen, Ihnen die Hand zu küssen, voll Dank, voll Ehrfurcht, voll Liebe und – Anbetung! Schönste Wohltat meines Lebens, daß ich bin in der Zeit, da Herder ist und da mein Lavater ist. Ach, ich darf doch mein Herz leichtern gegen Sie in einem eignen Briefchen nächster Gelegenheit? Ich wohne und ruhe in diesem Gedanken, bis er ins Werk gesetzt ist." (Ebd. S. 81).

Dies sind Briefe aus der Zeit kurz bevor *Werther* erschien. Sie sind für ihre Zeit typisch. Vergleicht man sie mit dem *Werther*-Roman, so bemerkt man: Werther schreibt weniger sentimental als diese Briefschreiber. Auch im Stil ist er ruhiger und gleichmäßiger. Goethe hat also den Zeitstil durchaus ins Künstlerische erhoben und geläutert. Die Briefe der Empfindsamen sind Selbstbildnisse des Herzens. Der geliebte andere Mensch ist ,,Engel Gottes", man empfindet für ihn ,,Anbetung"; die Beziehung zur Welt ist das Herz. Der Überschwang äußert sich sprachlich in den unvollendeten Sätzen, apostrophierten Endungen, Wortumstellungen usw.; es ist eine stammelnde Sprache, die sich steigert zu rhythmischer Stilisierung – alles stilistische Eigenschaften, die gemäßigt und künstlerisch geformt auch in Werthers Briefen vorkommen.

Dieser Briefstil ist damals nicht nur die Ausdrucksweise der Jugend, sondern Wieland nimmt mit 40 Jahren genau so daran Anteil wie Lavater mit (1772) 31 Jahren. Wieland schreibt am 4. März 1776 an Lavater: ,,Engel Gottes! Lieber, bester Lavater! Mein Herz nennt Deinen Namen! Glaube nicht, Bester, daß ich zu gut von Dir denke. Gewiß, ich tue es nicht. Aber ein großes seliges Gefühl dessen, der Dich gemacht hat, dessen Organ Du bist, durchdringt mich fast allezeit, so oft ich an Dich denke! Verzeihen Sie mir diese Vertraulichkeit! O Lavater, Sie können auch Menschen, die nichts als natürliche Menschen sind, lieben und Bruder nennen. Ich bin Ihr Bruder! Ich fühl' es, daß ich's bin! ... Könnte ich nur drei Wochen bei Ihnen sein! Aber ich fühl' es voraus, Sie würden mir zu lieb werden. Ich würde im eigentlichen Sinne vor Liebe krank werden; und sterben, wenn ich Sie wieder verlassen müßte ..." (Ebd. S. 68ff.) Solche Briefe schrieb Wieland damals mehrfach. Er hat indes Freunde und Freundinnen besucht, und diese besuchten ihn, sie trennten sich wieder, und er ist keineswegs vor Liebe krank geworden und auch nicht daran gestorben. Werther stirbt wirklich daran. Und hier liegt der Unterschied. Werthers Gefühl ist nicht Modestil, sondern es ist Ernst. Der zeitgenössischen Empfindsamkeit fehlen die innere Konsequenz und die Tragik, die Werthers Leben kennzeichnet. Denn während die Empfindsamen im Strom ihrer Gefühle schwimmen, schildert Goethe in seinem Roman die Gefahr, welche in diesem Nur-Gefühl-Sein liegt. Goethe ist der einzige, der einerseits gefühlsgetragen ist wie die Empfindsamen, aber anderseits sieht, daß hier jede Sicherheit fehlt und daß es zur Katastrophe kommen muß. Er tadelt nicht von außen her wie die Rationalisten, sondern stellt von innen her die Gefahr und Tragik dieser Lage dar.

Das aber haben die Zeitgenossen nicht gesehen. Sie meinten – und dies war das erste Mißverständnis –, *Werther* sei eine Verherrlichung der Empfindsamkeit. Die Sentimentalen nahmen das Buch begeistert auf, und die Aufklärer und Orthodoxen liefen dagegen Sturm. Das zweite Mißverständnis war, daß man in ihm eine Verteidigung des Selbstmords sah. Schon Jerusalems Tod, 1772, hatte in Deutschland unerhörtes Aufsehen erregt. Jetzt erschien dieser Roman, der aufforderte, dem Selbstmörder *Bewunderung*, *Liebe* und *Tränen* zu widmen (7,6 f.), und also die Volkserzieher auf den Plan rief, um zu widersprechen. Man erkannte in ihm Jerusalems Schicksal wieder, aber – da die Schicht der Gebildeten klein war und man gegenseitig von einander wußte – man erfuhr auch sofort, daß Lotte Buff, Kestner und Goethe die Vorbilder seien. Und so kam sogleich das dritte Mißverständnis: man betrachtete das Buch als Schlüsselroman, fragte, was daran „wahr" sei, und sah es nicht als Kunstwerk. – Kein anderes Werk der deutschen Dichtung erregte im 18. Jahrhundert solches Aufsehen wie der *Werther*-Roman. Und wegen seiner Neuheit und Problemhaltigkeit wurde er ein Werk, an welchem die Geister sich schieden. Indem sie urteilten, zeigten sie ihre Standpunkte, die Orthodoxen, die Aufklärer und die Sentimentalen. Zu einer künstlerischen Würdigung waren nur die wenigsten imstande. Um das Werk besser zu verstehen, helfen uns die zeitgenössischen Kritiken nichts. Aber sie lassen uns erkennen, wie fremdartig das Buch war, als es erschien, fremdartig von der Wortwahl bis zu den Ideen.

Werther wurde Goethes größter Bucherfolg, nicht nur in Deutschland, sondern auch in Europa. Goethe, 1772 ein unbekannter junger Jurist, 1773 in Deutschland bekannt werdend durch *Götz*, ist 1775 dank *Werther* eine europäische Berühmtheit. Und er bleibt hinfort für Europa der Dichter des *Werther*. Während man von *Iphigenie*, *Tasso*, *Hermann und Dorothea* im Ausland kaum Notiz nahm, wurde *Werther* immer wieder übersetzt und neu gedruckt. Das Werk erschien in allen europäischen Sprachen. Als Frau v. Staël 1804 nach Weimar kam, war

Goethe für sie der Dichter des *Werther,* und als Napoleon 1808 in Erfurt war, sprach er mit Goethe über dieses Werk, das er genau kannte. Er sah, wie fast alle, in *Werther* nur den Liebesroman. Zur Kenntnis des *Werther* gesellte sich dann in Europa die des *Faust I* und einiger Hauptwerke der Romantik, und man sah von hier aus Goethe als Beginner einer deutschen Romantik, einer Dichtung des Gefühls.

Goethe selbst hatte sich inzwischen längst in ganz anderer Richtung entwickelt. Im Alter beschrieb er abstandhaltend, zögernd die Zeit und die Entstehung seines Jugendromans in *Dichtung und Wahrheit.* Im Laufe des 19. Jahrhunderts traten dann aus den handschriftlichen Nachlässen – zumal dem Kestners – Urkunden zur Entstehung des Werkes hervor. Jene schreibselige Zeit hatte vieles aufgezeichnet und aufbewahrt, was nun plötzlich in diesem Zusammenhange Bedeutung gewann. Und so ist *Werther* eins von den wenigen Werken der Weltliteratur, deren motivische Anregungen wir bis in die Einzelheiten kennen. Im Februar 1774 schrieb Goethe den Roman in einem Zuge nieder. Die Wetzlarer Zeit lag damals fast zwei Jahre zurück. Er malte sich aus, wie es gekommen wäre, wenn . . . – aber es war anders gekommen. Er liebte noch – und hatte die Liebe halb schon überwunden; er schreibt, wie ihm zumute ist – aber zugleich auch schon aus Abstand. Die Wochen und Monate, in denen diese zwei Schichten sich überschneiden, sind der Bereich für das Entstehen des Werks. Und indem er schrieb, brachte er das Erlebte durch die geheimnisvolle Wirkung des Schaffens hinter sich.

Die Entstehung des Werks weist auf drei verschiedene Kreise von Tatsachen; aber diese sind bereits so zu einander gestellt, als habe ein Dämon heimlich auf eine Verbindung hingewiesen. Das erste Element ist: Goethe in Wetzlar im Sommer 1772, Charlotte Buff und Kestner; Goethes Abreise und Aufenthalt in Frankfurt, Selbstmordideen. Das zweite Element ist: Jerusalems Selbstmord. Nun geschieht dieser aber nicht irgendwo, als ein Ereignis für sich, sondern da, wo Goethe als Liebender war, in dem Bereich jener Straßen, jener Spazierwege, die Goethe gegangen war, ja es sind Kestners Pistolen, die er sich leiht. In dem Augenblick, als Goethe diesen Raum verlassen hat, führt ein anderer dort das aus, wovon Goethe träumt. Jerusalem liebte eine verheiratete Frau. Goethe hat sich gehütet, Lotte und Kestner nach ihrer Hochzeit wiederzusehn. Indes er grübelt, wie es wäre, wenn er ihre junge Ehe sähe, sieht er nun eine andere junge Ehe, die Brentanos, und erlebt hier, was er dort zu erleben fürchtete. So verknüpfte das Leben bereits eins mit dem andern. Und nun vermischte es sich in dem Dichter immer inniger zum Kunstwerk. – Kleinliche Philologen haben zuerst die biographischen Quellen gelesen, danach den Roman, und dann behauptet, sie sähen an ihm die „Nähte" der Zusammensetzung. So aber kommt man einem Kunstwerk nicht bei. Man sollte es lieber machen wie Theo-

dor Fontane, der erst den Roman las, dann die Quellen und danach in
heller Bewunderung sagte, es sei überwältigend, wie aus so verschiedenartigen Elementen ein so einheitliches nahtloses Kunstwerk geworden
sei.

Der Roman, im Beginn des Jahres 1774 entstanden, wurde im Sommer gedruckt und erschien zur Herbstmesse. Im Winter 1774/75 war er
schon in aller Händen. Die Fassung, in der er damals Sensation machte,
blieb aber nicht die endgültige. Goethe in Weimar, bereichert um die
inneren Erfahrungen der Liebe zu Charlotte v. Stein, arbeitete das Werk
in einer Epoche besonderer innerer Sammlung um, als er seine *Schriften*
gesammelt herausgeben wollte, und 1787 erschien die 2. Fassung im
Druck. Gegenüber der 1. Fassung ist hier die Form etwas geglättet,
einige Spracheigentümlichkeiten aus der Zeit des Sturm und Drang sind
fortgefallen. Die Episode mit dem Bauernburschen ist hinzugekommen,
sie hatte in der 1. Fassung noch gefehlt. Die Gestalt Alberts wird sym-
pathischer gehalten als in der 1. Fassung, und erst in der 2. Fassung
erkennt Werther im *2. Buche* deutlich, daß er beider Glück stört; dadurch wird seine innere Einsamkeit vollkommen. Goethes Absicht, das
Werk *noch einige Stufen höher zu schrauben* (an Kestner 2. 5. 1783),
war mit dieser Umarbeitung gelungen. Die psychologische und tragische Gesetzlichkeit erscheint erst in der 2. Fassung in reinster Gestalt,
und somit hatte die Dichtung hier ihre vollendete Form erreicht. In
seinen weiteren 45 Lebensjahren hat der Dichter noch viele Drucke des
Romans erlebt. Aber er hat fast nie mehr einen Blick in das Werk
geworfen und kein Wort mehr darin verändert.

Die deutsche Dichtung aber stieg in diesen Jahren auf einen Gipfel-
punkt. Und dem rückschauenden Blick zeigte sich, daß der Roman
Werther, zusammen mit der gleichzeitigen Lyrik (den großen Hymnen,
Bd. 1, S. 33–52), der Beginn dieser Epoche gewesen war. Die Dichtung
um 1800 brachte ein neues Bild des Menschen. Schiller stellt ihn dar in
seinem Ringen um das absolute Gesetz im irdisch bedingten Leben.
Goethe und Hölderlin zeigen die Natur als Offenbarung der Gottheit
und die Welt schlechthin als Symbol des Unendlichen, wie es zum
ersten Mal das Gedicht *Ganymed* ausspricht und dann weiterhin Hölderlins Gedichte und sein großer Roman. In diesen Zusammenhang
gehört als einer der wesentlichsten Züge, daß die liebenden Beziehungen von Mensch zu Mensch als Familie, Liebe, Freundschaft einen metaphysischen Sinn erhalten. Hölderlins „Hyperion" zeigt das Bild eines
Menschen, der durch einen älteren Weisen, durch den Freund und
durch die Geliebte seine Stellung in der Welt findet. Jean Paul sagt, die
Freundschaft bringe „geistige Bande", welche „diese Welt mit einer
anderen und den Menschen mit Gott verweben" (Hesperus, 3. Kap.).
Schiller macht im „Lied an die Freude" aus dem Bild der zwischen-

menschlichen Beziehungen, der „Sympathie“, einen großen kosmischen Mythos: die Liebe führt aus unserer Welt in eine höhere: „Zu den Sternen leitet sie, wo der Unbekannte thronet.“ Dieses Bild, daß der Liebe ein religiöser Sinn innewohne, war zum ersten Male gestaltet in *Werther*.

Goethe, um nicht werthergleich ohne Aufgabe zu sein, wurde in Weimar zum Beamten, der in den Jahren bis zur Italien-Reise pausenlos für das Herzogtum arbeitete. Schiller, um nicht wertherisch im Gefühl steckenzubleiben, beschäftigte sich 10 Jahre mit idealistischer Philosophie und mit Geschichte, bevor er zu den Werken seiner Mannesjahre ansetzte. Werther ist kein Genie, das neue Wege findet und im Schaffen lebt. Er ist nur ein gefühlvoller Mensch seiner Zeit. Und da er noch vor jener Epoche steht, die das neue Bild des Menschen brachte, da er aber auch weder orthodox noch aufklärerisch ist, kann er gar nicht anders als empfindsam sein. Und hier treffen sich, wie in jedem bedeutenden Kunstwerk, das Zeitbedingte und das Bleibende. Die Art, wie Werther fühlt und spricht, ist empfindsam. Aber die Empfindsamkeit war besonders aufgeschlossen für eine Problematik, die weit über sie hinausragt. Was Werther in sich erlebt, den Zusammenhang von Schönheit und Tragik des Lebens, von Liebe, Religion und Tod, das geht weit über alle Empfindsamkeit hinaus. Und darum ist das Werk lebendig geblieben; immer wieder strömt es das Leben aus, das es unvergänglich enthält.

7,1. Titel: *Die Leiden des jungen Werther*. Einige heutige Ausgaben behalten die alte Form *Die Leiden des jungen Werthers* bei, die Goethe in seiner Jugend anwandte. Im Alter bevorzugte er im allgemeinen die modernere Form ohne *-s* (die schwache Flexion); die Ausgabe von 1824 hat *Werther*.

Erstes Buch.

7,19. *Die arme Leonore*. Die hier genannte Gestalt kommt in dem Roman später nicht mehr vor. Je mehr Werther von den Eindrücken an dem neuen Ort gefesselt ist, desto weniger denkt er an den früheren. Zu Beginn, als er den neuen Menschenkreis noch nicht kennt, denkt er an den alten zurück, daher als Überleitung dieses Motiv. Es zeigt, daß Werther durchaus reizvoll für eine Frau sein kann. Es hat Ähnlichkeit mit der Geschichte von den zwei Töchtern des Tanzlehrers in *Dichtung und Wahrheit* (Bd. 9, S. 391–397).

8,31. *Der Garten*. Der folgende Satz zeigt, daß es sich um einen Park im englischen Stil handelt, wie er in Deutschland seit etwa 1760 eingeführt war.

9,9. *und bin nie ein größerer Maler gewesen* ... Anklang an Lessings „Emilia Galotti", wo in der 4. Szene Conti sagt, „daß ich wirklich ein großer Maler bin, daß es aber meine Hand nur nicht immer ist"; doch das Wesentliche ist der Unterschied: bei Lessing spricht ein Maler, der im Schaffen lebt; Werther dagegen bleibt Dilettant, der träumt, der aber niemals vom inneren Zwang des Schaffens besessen ist und für das Werk lebt.

9,10–30. *Wenn das liebe Tal um mich dampft* ... Die erste Partie des Romans, die sich stark der lyrischen Sprache nähert. Manche Sätze könnte man fast in Freie Rhythmen umsetzen, wenn man das Schriftbild dementsprechend änderte. Es ist bezeichnend, daß diese Form zum ersten Mal da auftritt, wo Werthers religiöse Sehnsucht sich zum ersten Mal ausspricht. Der Abschnitt endet mit dem Motiv des *Seele* als *Spiegel des unendlichen Gottes*, das, auf mittelalterliche Tradition zurückgehend, im Pietismus häufig war (A. Langen, Der Wortschatz des dt. Pietismus. 2. Aufl. 1968. S. 316–319) und deswegen von Goethe auch in den *Bekenntnissen einer Schönen Seele* benutzt wird (Bd. 7, S. 361,5 f.). Eine andere im 18. Jahrhundert vielbeachtete Quelle für das Bild war Leibniz. Auch Schiller verwendet es in seiner Jugend, am Ende des Gedichts „Die Freundschaft".

9,36. *Melusine*: Wasserjungfrau, in Deutschland bekannt durch das Volksbuch von Melusine, das Goethe schon in seiner Kindheit las (Bd. 9, S. 36,8). Er nennt das Motiv mehrfach (Bd. 6, S. 165,37; Bd. 9, S. 463,5) und benutzte es später für seine Novelle *Die neue Melusine* (Bd. 8, S. 359–376).

10,4 und 11,21. *Anzügliches* = Anziehendes.

10,10. *Altväter*: Die biblischen Patriarchen; sie stehen für Werther als Gestalten einfacher Seinsformen neben den Gestalten Homers. Goethe spricht über die Bedeutung der *Altväter* für seine jugendliche Bildungswelt in *Dichtung und Wahrheit* (Bd. 9, S. 129–140 u. Anm.).

10,21. *Homer*. Es ist bezeichnend für Werther, daß er eine leidenschaftliche Begeisterung für Dichtung hat. Während am Ende Ossian in den Vordergrund tritt, ist es am Anfang Homer; er bildet eines der Leitmotive des Romans (15,2; 29,29; 29,33; 54,20; 69,10; 73,29; 82,9). Homer ist für Werther das Einfache, Patriarchalische, Volkstümlich-Schlichte, Unreflektierte. Aber er sieht ihn aus Abstand als der Sentimentalische, der zu dem Naiven hinüberschaut: letztlich vermag er doch aus Homer keine Kraft zu schöpfen, und zum Schluß fällt das Wort *Ossian hat in meinem Herzen den Homer verdrängt* (82,9). Diese Entwicklung gehört zu Werthers Charakter und dem künstlerischen Aufbau des Werks. Werther wendet sich anfangs zu Homer, dann zu Ossian, und zwar aus inneren Gründen. Goethe wandte sich anfangs zu Ossian, und zwar aus äußerem Anlaß, weil Herder, unter dessen Einfluß er damals in Straßburg stand, ihm Ossian übermäßig lobte. Dann wandte er sich zu Homer, und dieser blieb ihm fortan unverlierbarer Besitz. Ossian dagegen war abgetan. Er nahm, als er *Werther* dichtete, noch einmal seine alte Ossian-Übersetzung vor, aber nur als brauchbaren Baustein für das Gefüge des Kunstwerks. Innerlich blieb er bei Homer; und er sieht diesen umfassender, als Werther ihn sieht. Werther nennt immer nur die ,,Odyssee", und aus ihr vorwiegend idyllische Züge; Goethe liebte auch damals schon die ,,Ilias", machte in *Künstlers Morgenlied* (Bd. 1, S. 54–56) eine Kampfszene aus ihr lebendig und schrieb im Juli 1772 den Brief an Herder mit dem großen Bilde des Wagenlenkers und den Worten *Dreingreifen, Packen ist das Wesen jeder Meisterschaft* (Briefe HA 1, S. 131–134). Hier ist das, was Werther fehlt. Schon in der Epoche seiner Jugend hat Goethe Züge, die auf die Klassik weisen. (Vgl. Bd. 1, S. 36–42 u. die Anmkg.) Schon in dieser Zeit wird ihm Homer der Bändigende, Klare, der die Ganzheit des Lebens hat. Er bleibt in stetem Umgang mit ihm, als er Leidenschaft, Wirrnis und Pessimismus überwindet. Und wann immer er später gesundet, er gedenkt dabei Homers. Werther aber erkrankt immer schlimmer und vergißt die Sonne der Griechen. Die Homer-Motive hören im 2. Teile des Werkes nach und nach auf. – Bd. 14, Namen-Register. – Ernst Grumach, Goethe und die Antike. Potsdam 1949. Bd. 1. S. 117–214. – Wolfgang Schadewaldt, Goethe-Studien. Zürich 1963. S. 127–157.

10,22. *so ungleich, so unstet.* Sätze wie dieser zeigen den gefährdeten inneren Zustand Werthers, den der Leser hier sieht, bevor Werther Lotte kennen lernt.

10,26f. *Auch halte ich mein Herzchen wie ein krankes Kind* ... Ein für Werthers Wesen bezeichnender Satz, für vieles Folgende ein Schlüssel. Alle Gefahren, die darin liegen, daß Werther nur vom Herzen aus entscheidet und handelt, sind hier bereits ausgesprochen. Werther als Empfindsamer spricht immer wieder von seinem *Herzen.* Schon die 2. Zeile des Buches bringt dieses Motiv (7,15). Und viele weitere Stellen schließen sich an (8,33; 9,18; 10,23; 10,27; 12,2; 12,12; 14,16; 15,32; 19,22), so daß Werthers Art gleich von vornherein deutlich gekennzeichnet wird. Doch dann fehlt das Wort eine Zeitlang: es folgt die Partie gegenständlicher Schilderungen, der ländliche Ball, Besuch beim Pfarrer, die Szene am Brunnen. Doch Werther wendet sich bald wieder nach innen, und nun ist wieder vom *Herzen* die Rede (39,25; 44,17; 50,23; 51,18; 52,2; 53,22; 55,11; 56,12). Das *Zweite Buch* macht dann darin überhaupt keine Pause mehr. Gerade an entscheidenden Stellen wird oft das Herz genannt: *dies Herz, das doch mein einziger Stolz ist ... mein Herz habe ich allein* (74,7–10; bei dem Entschluß, sich nirgendwo zu binden); *Wenn mich nun der Vater für sich behalten will, wie mir mein Herz sagt?* (86,9f.); *Der Gedanke ... steht noch stark in meinem Herzen: ich will sterben!* (104,26–30). Und leitmotivisch zieht sich das Wort durch alle Briefe Werthers bis ans Ende. (65,3; 70,28; 72,21f.; 72,26; 75,10; 80,21; 83,29; 84,6; 85,20; 88,7; 90,17; 91,35; 104,34; 114,29; 116,23; 117,3 u. a. m.) – Vgl. auch die Häufigkeit des Wortes ,,Herz" in den im Nachwort angeführten Briefen aus der Empfindsamkeit.

11,3. *Flüchtling* : nur flüchtig hinsehender, leichtsinniger, unbedachter Mensch.
11,17. *Kringe* : der gepolsterte Tragring, um auf dem Kopf Lasten zu tragen.

12,4. *die Freundin meiner Jugend.* Werther denkt an eine ältere Frau, die für ihn, als er jünger war, Beichtigerin, Führerin seiner Seele, Helfende und Heilige war. Er spricht später über sie noch einmal 116,24–34. In den geistigen jungen Menschen des 18. Jahrhunderts, in denen die weltanschaulichen Probleme ihrer Zeit erwacht waren, entstand die Sehnsucht, einen Halt zu haben; nicht eine Lehre, sondern ein Vorbild. Darum beginnen die großen Dichtungen, welche von Erziehung des Herzens sprechen, oft mit diesem Motiv. In Jean Pauls ,,Hesperus" finden Viktor und Klothilde Rat und Vorbild bei dem alten weisen Immanuel. Bei Hölderlin erhält Hyperion seine Erziehung des Herzens durch den älteren reifen Adamas. Goethe hat weniger männliche Gestalten dieser Art geschaffen als weibliche: Werthers ältere Freundin, die *Schöne Seele* in den *Lehrjahren* und Makarie in den *Wan-*

derjahren. Die Sehnsucht, einen reiferen Menschen zu finden, dem man das ganze Ich vertrauend hinstellen kann, um es besser von ihm zurück- zuempfangen, formte Goethes Beziehung zu Susanne v. Klettenberg. (Vgl. Bd. 9, S. 338–340.) Die Sehnsucht des jüngeren Menschen nach dem reiferen, helfenden ist eins der bedeutenden Motive in den zwi- schenmenschlichen Beziehungen der Goethezeit, und Leben und Dich- tung formen einander hier wechselseitig. Werther als empfindsamer Mensch muß mit seiner Seele an Menschen hängen, die er liebt und verehrt. Er erlebt drei Formen solcher Bindungen: die an die reifere ältere Freundin, die an den altersgleichen männlichen Freund (Wilhelm) und die der Liebe zu Lotte. Eine nahe Bindung an die Mutter fehlt. Aber drei von den großen Formen zwischenmenschlicher Beziehungen, wie sie später zumal in ,,Hyperion" Gestalt gewinnen, hat Werther durchlebt. Doch zu der Zeit, als der Roman spielt, ist die ältere Freun- din bereits tot, ihre Hand kann nicht mehr entwirrend eingreifen. Dar- um ist die Erwähnung dieses Motivs hier so bedeutend: Werther brauchte einen solchen Menschen, aber hat ihn nicht. Und die Bindung an Wilhelm ist nicht derart, daß sie ihm aus der Krisis helfen könnte. Werther hat keine Makarie. Anderseits kann der Roman um Makarie *(Wilhelm Meisters Wanderjahre)* nicht tragisch sein wie *Die Leiden des jungen Werther.* – Erich Trunz, Seelische Kultur. Dt. Vjs. 24, 1950, S. 214–242, insbesondere S. 224.

12,15. *Genie.* Das Wort kommt in *Werther* nur noch S. 16,9 vor, und zwar beidemal in der Bedeutung, wie es um 1773 benutzt wurde; es steht nahe dem Wort ,,Genius", bedeutet den Geist, der kraftvoll her- vortritt und sich möglichst unmittelbar äußert. Es hat noch nicht die Bedeutung wie im 19. und 20. Jahrhundert: ,,ein Mensch von höchster, seltener Begabung". – Dt. Wb. 4,1. Lpz. 1897. Sp. 3396–3450.

12,22. *Akademien*: Universitäten.

12,27–30. *Batteux, Wood* usw. Werther, dem sein Herz das Organ ist, das ihm am meisten gilt, nimmt Kunst mit der Kraft seines unmittelba- ren Erlebens auf und verachtet alle theoretischen Erörterungen, wie man sie in der Zeit des Rationalismus liebte. *Charles Batteux* (1713 bis 1780) schrieb: Cours de belles lettres ou Principes de la littérature, 5 Bde., 1747–50, deutsch von Ramler, 4 Bde., 1756–58, ein Werk, das noch zur Zeit Werthers als maßgeblich für literarische Betrachtung galt. *Robert Wood* (1716–1771), An Essay on the original genius and writings of Homer, London 1768, war übersetzt durch J. P. Michaelis, Frankf. 1773. *Roger de Piles* (1635–1709) hatte theoretische Schriften über die Malerei verfaßt, die noch in den 60er Jahren des 18. Jahrhunderts in französischen und deutschen Ausgaben erschienen. *Johann Joachim Winckelmann* (1717–1768) war seit seinen ,,Gedanken über die Nachah- mung der griechischen Werke", 1755, der große Name in der deutschen

Kunstwissenschaft, und seine „Geschichte der Kunst des Altertums",
1764, gab nicht nur Geschichte, sondern im Sinne des 18. Jahrhunderts
auch Systematik, Ästhetik. *Johann Georg Sulzer* (1720–79) hatte von
seiner „Allgemeinen Theorie der Schönen Künste" zu der Zeit, als
Werther schreibt, gerade den 1. Teil erscheinen lassen, 1771. Der junge
Goethe beurteilte Sulzers zu seiner Zeit vielbeachtetes Werk recht kri-
tisch, weil es den Zweck der Kunst darin sieht, Moral und Glückseligkeit zu fördern. – Auf Werthers Negierung der theoretisierenden
Kunstkritik an dieser Stelle folgt bald als positive Ergänzung sein
Kunstbekenntnis im Sinne der Generation des Sturm und Drang:
15,18–16,15. Das Motiv des Gegensatzes zur theoretischen Kunstbe-
trachtung kommt dann noch mehrmals vor, zumal im *Zweiten Buch*, als
Werther es auf dem Schlosse des Fürsten nicht mehr aushält, weil dieser
über Kunst redet in der Art des *garstigen wissenschaftlichen Wesens* und
der *gestempelten Kunstworte* 74,2–5 und 30–37). Zahlreiche Parallelen
hierzu gibt es in Goethes ungefähr gleichzeitigen Gedichten, die das
Problem der Kunst und des Künstlers behandeln (Bd. 1, S. 53–77).

12,30. *ein Manuskript von Heynen.* Christian Gottlob Heyne, 1729–1812, der
klassische Philologe an der Universität Göttingen, war zu Beginn der siebziger
Jahre der aufsteigende Stern in der Deutung des Griechentums, und Nachschriften
seiner Vorlesungen, die vieles brachten, was in seinen gedruckten Schriften noch
nicht hervorgetreten war, wurden von Kennern als Kostbarkeiten geschätzt. Goethe hat in Frankfurt zeitweilig selbst daran gedacht, in Göttingen bei Heyne zu
studieren (Bd. 9, S. 241,17). In der Bibliothek seines Vaters befand sich eine Nach-
schrift von Heynes Vorlesungen über das Studium der Antike; Goethe übernahm
dieses Manuskript später aus Frankfurt in seine Bibliothek in Weimar, wo es noch
heute vorhanden ist (Ruppert Nr. 2056). – NDB 9, 1972, S. 93–95.

13,9. *das Leben … ein Traum.* Seit dem Dramentitel von Calderon „La vida es
sueno", 1635, eine häufig vorkommende Formulierung, u. a. auch bei Gryphius.

13,11. *Einschränkung.* Mit diesem Wort ist ein Stichwort gegeben für
ein zentrales Thema des ganzen Romans. Werther leidet ganz allgemein
an der *Einschränkung* (oder: *Eingeschränktheit*) des Menschen, der das
Unendliche ergreifen will und immer nur an seine Grenzen stößt. Weil
es für ihn kein Weiterschreiten gibt, sondern die Wände der Begrenzung
sich ihm immer enger ziehen, wird diese *Einschränkung* schließlich sein
Verderben, und nur der Tod löst sie. Darum kommen dieses Motiv und
dieses Wort immer wieder vor. (29,19; 48,29; 50,21; 52,24; 99,17f.;
116,16–18.) – Während bei Werther das Bewußtsein der *Einschränkung*
zum Selbstmord führt, bleibt es in dem Faust-Drama, das in der gleichen
Epoche sich zu entwickeln begann, beim Plan zum Selbstmord, bei dem
Ergreifen der Gift-Phiole; der Grund ist auch hier die Verzweiflung
über die menschliche Begrenztheit. – In späteren Jahren hat Goethe
dann versucht, bei dem Gefüge von *Einschränkung* und *Freiheit*, das die

menschliche Existenz ausmacht, beide Pole zugleich herauszuarbeiten.
Ein Aufsatz-Fragment aus der Zeit von 1784/85 sagt: *Wir können nur
Dinge denken, die entweder beschränkt sind oder die sich unsre Seele
beschränkt. Wir haben also insofern einen Begriff vom Unendlichen, als
wir uns denken können, daß es eine vollständige Existenz gebe, welche
außer der Fassungskraft eines beschränkten Geistes ist. Man kann nicht
sagen, daß das Unendliche Teile habe. Alle beschränkte Existenzen sind
im Unendlichen, sind aber keine Teile des Unendlichen, sie nehmen
vielmehr Teil an der Unendlichkeit.* (Bd. 13, S. 7,10–18). In späteren
Werken ist Goethe diesen Fragen weiter nachgegangen, und demgemäß
gehören zu den weltanschaulichen Formelwörtern, die bei ihm immer
wiederkehren, die Wörter *Einschränkung, eingeschränkt, Bedingung,
Begrenzung, beschränkt, bestimmt* und als Gegensatz *unbedingt, frei,
Unendlichkeit* usw. Zumal die Alterswerke entwickeln ein genaues Bild
von Bedingtheit und Freiheit des Menschen; Goethe hat für sich diese
Fragen anders beantwortet als Werther. (Vgl. Bd. 7, S. 420,24; 521,1
und die Anmkg.; Bd. 8, S. 286, Nr. 21; S. 312,19f.; S. 426,5–13. Ferner
das Gedicht *Urworte, orphisch* in Bd. 1, S. 359f. mit den Worten über
Bedingung und Gesetz. Bd. 14, Sachregister „Bedingtheit, Freiheit"
usw.) In *Dichtung und Wahrheit,* bei der bedeutsamen Stelle über Religion, am Ende des *8. Buches,* heißt es: ... *und so wurde der Mensch
hervorgebracht, der ... sich ... in dem Falle Lucifers befand, zugleich
unbedingt und beschränkt zu sein ...* Über das gleiche Thema sprechen
viele Worte aus den *Maximen und Reflexionen* und späte Briefe wie der
an Graf Brühl vom 23. Oktober 1828: *Betrachten wir uns in jeder Lage
des Lebens, so finden wir, daß wir äußerlich bedingt sind vom ersten
Atemzug bis zum letzten; daß uns aber jedoch die höchste Freiheit übrig
geblieben ist, uns innerhalb unsrer selbst dergestalt auszubilden, daß wir
uns mit der sittlichen Weltordnung in Einklang setzen und, was auch für
Hindernisse sich hervortun, dadurch mit uns selbst zum Frieden gelangen können. Dies ist bald gesagt und geschrieben, steht aber auch nur als
Aufgabe vor uns, deren Auflösung wir unsere Tage durchaus zu widmen
haben. Jeder Morgen ruft zu, das Gehörige zu tun und das Mögliche zu
erwarten.* Wie anders klingen diese Worte als die Werthers! Und doch,
auch in seiner Jugend war in Goethe schon dunkel gefühlt die Ganzheit
des Lebens, Werther ist nur eine Seite von ihm, und wenn man genau
hinsieht, findet man auch im *Werther*-Roman den anderen Pol mit angelegt, in der Art der Darstellung, im Bericht des Herausgebers und
nicht zuletzt in der harmonischen Gestalt Lottens, die, schön und see-
lenhaft, in ihrer Begrenztheit eine Unendlichkeit repräsentiert. – Briefe
Bd. 4, S. 306,4–14. – Vollzählige Aufzählung aller Stellen mit *Einschränkung, Eingeschränktheit, einschränken, eingeschränkt* im Wörterbuch
zu *Werther,* 1966.

14,17. *diesen Kerker verlassen* ... Erstes Hervortreten des Selbst-mord-Motivs. Bedeutsam ist, daß es im Anfangs-Teil des Romans steht, noch bevor Werther Lotte kennen lernt.

14,21. *Hüttchen*: ein Lieblingswort der Empfindsamkeit, Bildmotiv für den Vorstellungskreis der Idylle, der Geborgenheit und natürlichen Lebens. Vgl. Bd. 1, S. 36 *Wandrers Sturmlied*, V. 115; und Bd. 1, S. 36–42 *Der Wandrer*, V. 23, 45, 119, 132, 165. – Bd. 14, Sachregister. – W. Rehder, Das Symbol der Hütte bei Goethe. Dt. Vjs. 15, 1937, S. 403–423.

15,30. *geile Reben*: allzu üppig wuchernde Reben.

16, 7. *Kollegium*: Kreis von Mitgliedern eines Amts; ein im 18. Jahrhundert häufiges Wort (damals aber mit C geschrieben), zumal in Zusammensetzungen wie Justiz-Kollegium, Schul-Kollegium, Rats-Kollegium usw. – Adelung, Wör-terbuch.

16,37. *Scharre* = der Rest, der im Kochtopf zusammengekratzt („gescharrt") werden muß. In südwestdeutschen Mundarten gebräuchlich.

17,6f. *betriegen*: eine bei Goethe in seiner Jugend und auch im Alter häufige Wortform.

17,17f. *in glücklicher Gelassenheit den engen Kreis des Daseins* ... Das Gegen-bild des Sentimentalen und Gefährdeten. Ähnlich in dem Gedicht *Der Wandrer* die Gestalt der Frau mit dem Kind (Bd. 1, S. 36ff.).

17,28. *ergetze*: bei Goethe bis ins Alter häufige Form neben *ergötze,* auch im Reim (z. B. *Divan, Freisinn* Bd. 2, S. 9 unten).

18,2. *gebosselt*: gekünstelt, zurechtgemacht.

20,35. *Versorgung*: Berufliche Stellung, Lebensunterhalt, ein *Amt mit einem artigen Auskommen* (45,3f.).

21,27. *Bestellungen*: vorsorgliche Maßnahmen, Tätigkeiten.

23,9. *Miß Jenny.* Anspielung auf einen der empfindsam-moralischen Modero-mane der Zeit, die, seitdem Richardson seine großen Erfolge gehabt hatte, gern in England spielten. Vermutlich ist das Werk einer damals beliebten französischen Schriftstellerin gemeint: Marie-Jeanne Riccoboni, Histoire de Miss Jenny Glanvil-le. Übersetzt ins Deutsche von Gellius, 1764. – Lawrence M. Price, Charlotte Buff, Madame Riccoboni und Sophie v. La Roche. The Germanic Review 6, 1931, S. 1–7. – Walther Gebhardt, Goethes „Werther" und Madame Riccoboni. Germa-nisch-Romanische Monatsschrift 23, 1935, S. 147f. und 479.

23,20f. *Landpriester von Wakefield.* Des englischen Schriftstellers Oliver Goldsmith Roman „The Vicar of Wakefield", 1766, war rasch nach Deutschland gedrungen und begeisterte hier alle Herzen, die Ein-fachheit, Natur und Seelenwärme suchten, nicht minder als in England. Goethe lernte das Werk in Straßburg durch Herder kennen, er lieh es Johanna Fahlmer (Brief vom März 1773) und behielt es sein Leben lang lieb. In *Dichtung und Wahrheit* hat er später ausführlich darüber ge-sprochen (Bd. 9, S. 426–430 u. Anm.), und seine Schilderung des Sesen-heimer Idylls ist hier ein wenig im Sinne des „Landpriesters von Wake-field" stilisiert. – Was Lotte an diesem Buche anzieht, ist wohl die moderne Idylle, das anschauliche bürgerlich-ländliche Leben und seine harmonische Sittlichkeit – ein Spiegel ihres eigenen Lebens. – Für Goethe mag das Werk besonders insofern fruchtbar gewesen sein, als es ihn darin bestärkte, einen Stoff aus der Gegenwart und deren Menschen im Rahmen der Kleinstadt und der sie umgebenden Natur gegenständlich, bildhaft und idyllisch zu schildern, und er ist in *Werther* hierin ja dann sogleich weit über Goldsmith hinausgelangt. Auch dessen übrige Werke haben Goethe in diesen Jahren lebhaft interessiert. – Fritz Strich, Goethe und die Weltliteratur. Bern 1946. S. 117f. – E. Feise in The Journal of English and Germanic Philology 13, 1914, S. 1–36.

23, 32. *Contretanz.* Modetanz des 18. Jahrhunderts, von mehreren Paaren getanzt, mit einer Reihe von „Figuren"; Vorläufer der Quadrille. – MGG 2, 1952, Sp. 1646–1651.

23,36. *die Namen einiger vaterländischen Autoren.* Es ist die Zeit, in welcher der deutsche Roman sich zu entwickeln beginnt und man stolz ist auf dessen neue Erzeugnisse; man darf etwa denken an: Wieland, Agathon, 1766–67; Hermes, Sophiens Reise, 1769–1773; Sophie v. La Roche, Geschichte des Fräuleins v. Sternheim, 1771.

24,13. *Menuett.* Bevorzugter Tanz der Barockzeit, noch im 18. und 19. Jahrhundert beliebt. Die Tanzpaare machen gleichzeitig alle die gleichen Bewegungen. Vgl. 107,32. – MGG 9, 1961, Sp. 106–110 (mit Abb.).

24,27. *daß sie ... gern deutsch tanze.* Die verschiedenen Arten des Tanzes auf dem ländlichen Ball sind das alte französische Menuett, das immer noch viel getanzt wurde, der englische Contretanz, der damals am beliebtesten war, und der deutsche Walzer, der eben anfing, in den Kreisen der Gesellschaft sich durchzusetzen. – Zu den Einzelheiten sagt Max Herrmann in der Jub.-Ausg. Bd. 16, S. 385 f.: „Das Menuett ist Einzelpaartanz (nicht was wir heute Menuett nennen); in Gesellschaft dehnte man ihn nicht zu sehr aus – daher Werthers Beschwerde über die Damen, die zu spät durch Handreichen das Zeichen zum Aufhören geben. (24,15 f.) Dann folgt ein *Englischer* oder Contretanz, dem nachher noch ein zweiter und dritter sich anschließen, von allen Paaren und zwar hier nach bürgerlicher Art getanzt, wie die Figur der *großen Achte* (25,33) beweist. Der Contretanz ist aber schon entartet, da er sich nicht auf solche Figuren und die *Promenade* (25,37) beschränkt, sondern schon (24,22 f.) eine Walzertour einschiebt. Das *Walzen* ist bereits die Hauptsache *beim Deutschen* (24, 29), der Allemande, die, zunächst eine besondere Form des Contres, doch dem Einzelpaartanz den weitesten Spielraum gibt; hier zuerst liegt die Dame im Arm ihres *Chapeaus,* und so gehört in Bezug auf diesen neumodischen Tanz ein gewisser Freimut Lottens dazu (24,26), einzugestehen, *daß sie herzlich gern deutsch tanze.* Der Walzer hieß „Deutscher Tanz", weil er auf volkstümliche Formen des Tanzes, den „Ländler", zurückgeht. Als „Allemande" kam er von Frankreich nach Deutschland zurück. – MGG, Art. „Allemande", „Ländler", „Walzer". – Oskar Bie, Der Tanz. Bln. 1906, S. 193 bis 231, (3. Aufl. 1925.)

24,30. *Chapeau* = Tänzer, Herr. – Kestner schreibt in seinem Tagebuch über den Ball in Wolpertshausen am 9. Juni 1772: „12 Chapeaux: Mr. Nieper, Jerusalem, Dr. Goede ...(usw.), 13 Dames ..."

26, 10. *Wetterkühlen* = Wetterleuchten, von dem man annahm, daß es eine Abkühlung der Luft bringe. Zedler, Universal-Lex. 55. Bd., Lpz. 1748. Sp. 1070f.

26,29. *Schlucker.* Werther, der vor kurzem auf der Universität gewesen ist, benutzt in burschikoser Weise öfters Wörter, die ein wenig spöttisch sind, ohne scharf oder tadelnd zu sein, z.B. nennt er die gleichen Personen, die er hier *Schlucker* nennt, später *Kerlchen* (36,38). – Dt. Wb. 9, 1899, Art. „Schlucker".

26,39. *Vortrag* = Vorschlag oder auch nähere Anweisungen zu etwas. Dt. Wb. 12,2, S. 1754f. – Fischer S. 715.

27,31. *der herrlichen Ode.* Gemeint ist Klopstocks Ode „Die Frühlingsfeier", entstanden 1759, im gleichen Jahre gedruckt und 1771 in die große Ausgabe der „Oden" aufgenommen, die Klopstock damals in Hamburg veranstaltete. Doch auch schon vor dieser Ausgabe war das Gedicht in den Kreisen der Klopstock-Verehrer allgemein bekannt. Überhaupt war Klopstock, seitdem 1748 sein „Messias" zu erscheinen begann, der große Name in der deutschen Literatur, und die Jugend hatte in ihm ihren Dichter, der sie begeisterte und der ihr seelische Bereiche erschloß, für die bisher niemand Worte gefunden hatte. Mit ihm setzt die neuzeitliche Erlebnislyrik für Deutschland in vollem Maße ein; zu den Erlebnissen, die er gestaltet, gehört neben der religiösen Erhebung, der Liebe und der Freundschaft vor allem das Erlebnis der Natur. Werther und Lotte haben sich schon vorher im Gespräch in gemeinsamem Interesse für Goldsmith und neue deutsche Romane gefunden. Jetzt, als Lotte den größten Lyriker nennt, erkennen beide eine Gemeinsamkeit in einem noch höheren Bereich. Klopstock empfand sein dichterisches Schaffen als eine hohe Aufgabe, und er schuf sich seine Gemeinde in denen, die sein Werk liebten und deren Seelen er nun weiterführte in die Bereiche, welche er erschloß. Indem Lotte seinen Namen nennt, erkennen sie und Werther einander als Angehörige dieser stillen oder offenen Gemeinde, welche damals die Besten der jungen Generation umfaßte. Zugleich finden sie sich in einem Naturgefühl, das für alle Schönheiten einer Landschaft sich öffnet und sie mit religiöser Innigkeit erfaßt. Das Gedicht „Die Frühlingsfeier" spricht in feierlicher beschwingter Sprache von einem Gewitter und von dem, was dabei in der Seele des anbetenden Betrachters vorgeht. Der Dichter denkt zunächst an die Erde als Stern im All, er geht von diesem Größten weiter zum Kleinsten, einem Frühlingswürmchen – Gott ist überall –, und sieht dann ein Gewitter mit Sturm, Blitz und Regen, schließlich die abziehenden Wolken und einen Regenbogen. Dieses Bild der erquickten Landschaft nach dem Gewitter ist es vor allem, an das Lotte hier denkt; es sind die beiden Schlußstrophen der Ode:

> Ach, schon rauscht, schon rauscht
> Himmel und Erde vom gändigen Regen!

Nun ist – wie dürstete sie! – die Erd' erquickt,
Und der Himmel der Segensfüll' entlastet!

Siehe, nun kommt Jehova nicht mehr im Wetter,
In stillem sanftem Säuseln
Kommt Jehova,
Und unter ihm neigt sich der Bogen des Friedens!

Für Werther bedeutet es besonders viel, daß er sich mit Lotte in der
Empfindung für Kunst trifft. Später führt er dies geradezu als Beweis-
mittel an, um zu zeigen, daß sie mit ihm glücklicher geworden wäre als
mit Albert, denn bei der Stelle eines Buches treffen die *Herzen* zusammen (75,25 ff.). Die Gemeinsamkeit durch Goldsmith und Klopstock
wird von ihm infolge seiner Geistesart besonders innig, fast mit eroti-
schem Unterton, erlebt. Später reißt er Lotte mit, über Ossian Tränen
zu vergießen. Doch es ist nie davon die Rede, daß er ihr Homer nahe-
bringt. Und im Umgang mit Albert scheinen literarische Dinge keine
Rolle zu spielen. Die moderne Kunstbegeisterung ist im 18. Jahrhundert
erst durch die Empfindsamkeit geschaffen. Insofern ist Lottes Ausruf
typisch für die damalige Zeit. Vorher gab es das nicht, daß das einfache
Nennen eines Dichternamens Ausdruck sein konnte für ein Erlebnis,
für eine Seelenlage. – R. Alewyn, ,,Klopstock!". In: Euphorion 73,
1979, S. 357–364.

28,31. *zum Zwecke* = zum Ziele. (Ähnlich 98,20).

29,33. *Freier der Penelope*: in der ,,Odyssee", im 20. Gesang.

30,31. *Wenn ihr nicht werdet* ... Matthäus 18,3.

31,3. *radotieren*: viel Worte machen, schwatzen (frz. ,,radoter").

31,21. *Quakelchen*: ,,Kleiner Schreihals, Nestküken; übertragen von der jungen Vogelbrut auf das jüngste Kind der Familie" (Erna Merker, Wörterbuch zu
Goethes *Werther*).

32,20. *Humor* in der alten Bedeutung von Stimmung, Laune. Die Bedeutung
des Worts wird aus dem folgenden Zusammenhang vollkommen deutlich. – Dt.
Wb. 4,2, S. 1906.

32,31. *Fratzen*. Goethe hat die Wörter *Fratze, fratzenhaft* bis ins Alter benutzt,
immer da, wo sich eine Karikatur, etwas Disproportioniertes zeigte statt eines
schlichten, klaren, natürlichen Bildes. – Bd. 14, Sachregister; Briefe HA, Bd. 4,
Begriffsregister. – Boucke, Wort und Bedeutung in Goethes Sprache. Bln. 1901.
S. 172–174, 295, 312.

33,17. *hängt sehr dahin*: neigt sehr dazu.

33,38 f. *von Lavatern ... über das Buch Jonas*. Lavaters ,,Predigten über das
Buch Jonas" erschienen in 2 Teilen in Zürich 1773. Goethe schätzte in der Zeit, als
er *Werther* schrieb, Lavaters Schriften, und in seinen Predigten fesselten ihn die
für ihre Zeit neuartigen psychologischen Einsichten. Die Fußnote spielt an auf die
Predigt ,,Mittel gegen Unzufriedenheit und üble Laune". – Stuart Pratt Atkins,
J. C. Lavater and Goethe: Problems of Psychology and Theology in Die Leiden

des jungen Werthers. PMLA 63, 1948, S. 520–576. – Beutler in (Jb.) Goethe 5, 1940, S. 155. – O. Guinaudeau, Les rapports de Goethe et de Lavater. Etudes Germaniques 4, 1949, S. 213–226.

34,16. *Neid*. Über die Bedeutung des Wortes Neid an dieser Stelle haben J. H. Weigend (Germanic Review 21, 1946, S. 165–172) und Stuart P. Atkins (Modern Language Review 43, 1948, S. 96–98) behauptet, es bedeute Haß, Feindschaft. Doch ist dieses Mißverständnis wieder beseitigt durch Elizabeth Mary Wilkinson, A further Note of the Meaning of „Neid" in Werther's Letter of 1 July 1771. Modern Language Review 44, 1949, S. 243–246.

35,18. *das gegenwärtige ... Geschöpf*: ein Mensch, der zur Stelle ist, wenn man ihn braucht. – Dt. Wb. 4,2, S. 2292–2298.

37,17. *Ossian*. Dies ist die erste Erwähnung Ossians, der dann am Ende des Werks eine so bedeutende Rolle spielt. – Vgl. die Anm. zu 82,9 und 108,5 ff.

37,20. *schlecht* = krank.

37,23. *rangig* = habgierig.

38,4. *Losung* : das für das Verkaufte eingenommene Bargeld, Erlös.

38,15 f. *des Propheten ewiges Ölkrüglein* : 1. Kön. 17,14–16. (Prophet Elia.)

39,19. **Zauberkraft der alten Musik**. In das Weltbild des Altertums, Mittelalters und noch des Barock gehörte die Vorstellung, daß Musik auf Menschen und Tiere magische Wirkung ausübe. Seit der Geschichte von David und Saul (1. Sam. 16,14–23) und der griechischen Orpheus- und Amphion-Sage wurde dies immer wieder ausgesprochen, bei Theophrast, in musiktheoretischen und medizinischen Schriften des Mittelalters, auch noch des Barock. Werther kennt diese Vorstellungen wohl teils aus der antiken, teils aus der barocken Literatur (denn er gehört zu der Generation, die in den väterlichen Bücherschränken noch viel Erbe des 17. Jahrhunderts vorfand, vgl. Bd. 7, S. 359,32 ff. und 558,8 ff. und die Anmerkungen dazu). Und es ist bezeichnend, daß er, der Vor-Romantiker, diese Gedanken vorbringt, die in seiner Zeit sonst keine Rolle spielten und dann in der Romantik noch einmal zu Ehren kamen. – Handwörterbuch des dt. Aberglaubens, hrsg. v. E. Hoffmann-Krayer u. H. Bächtold-Stäubli. Bd. 6. Bln. u. Lpz. 1934/35. S. 633–690. Art. „Musik" von E. Seemann.

40,1. *Bononischen Steine* : Bologneser Schwerspat. Goethe hat sich später genauer mit ihm beschäftigt und in der *Italienischen Reise* darüber berichtet (Bd. 11, S. 110,5–111, 13). Dieser Bericht geht auf ausführlichere Aufzeichnungen zurück, die erst aus dem Nachlaß ans Licht kamen (WA 30, 1903, S. 291–293; Leopoldina-Ausg. 1, 1947, S. 132–134). – Goethe, Über den Bologneser Spat. Mit Erläuterungen von Günther Schmid. Burg Giebichenstein 1937. (45 S.)

40,5. *Surtout* = Überrock, Jacke. (Wie in Hermann und Dorothea I, 36.)

41,7. *prostituiert* : blamiert, bloßgestellt.

41,9. *Schattenriß*. Im Vergleich zu den künstlerischen Versuchen, das *Porträt* zu zeichnen, ist das Herstellen des *Schattenrisses* eine fast rein technische Sache. Man besaß im 18. Jahrhundert Übung darin. Man hatte auf einem Gestell stehende Rahmen, in welche ein Papier gespannt wurde. Neben das Papier wurde die zu silhouettierende Person gesetzt und in gewisser Entfernung eine punktuelle Lichtquelle angebracht (eine Kerze genügte). Der Zeichner zog dann die Umrißlinien des Schattens auf dem Papier nach. Diese wurden ausgetuscht, und das Bild war fertig. Eine Silhouette dieser Art von Lotte Buff hatte Goethe 1773 in Frankfurt in seinem Zimmer hängen (Briefe HA 1, S. 144,14 und 158,3). – Die Goethezeit in Silhouetten. Hrsg. v. H. T. Kroeber. Weimar 1911. – Viel Material über Silhouetten und deren Herstellung im Goethe-Museum in Düsseldorf.

41,30. *Märchen vom Magnetenberg.* In „Tausend und eine Nacht" (Histoire du troisième Calender, fils du Roi), auch in dem deutschen Volksbuch von Herzog Ernst. – Kath. Mommsen, Goethe und 1001 Nacht. Bln. 1960. S. XIII, 3 f., 33, 223.

42,35. *der Fratze.* Werther benutzt dieses Wort in Bezug auf sich selbst; es nimmt vorweg, was in den folgenden Sätzen mit den Wörtern *närrisch* und *verwirrtes Zeug* bezeichnet wird. Er beobachtet also an sich selbst etwas verzerrtes. Vgl. 32,31 u. Anm.

45,27–30. *dahlt* (volkstümlich): albert, scherzt (vgl. Bd. 11, S. 290,34); *Gewehr*: Waffe; *Maus*: Daumenmuskel im Handballen.

46,21 f. *daß gewisse Handlungen lasterhaft bleiben.* Der ganze Roman ist von Selbstmord-Motiven durchzogen, von der ersten Erwähnung, daß der Gedanke dieser Möglichkeit zu Werthers Lebensgefühl gehöre (14,16–18) bis zu dem Vollzug des Selbstmords am Schluß. Meist sind es verzweifelte Stimmungen Werthers, die das Motiv hervortreten lassen. In diese Reihe ist nun aber auch ein Abschnitt gesetzt, welcher die theoretische Rechtfertigung bringt, das Gespräch mit Albert (45,8–50,26). Albert findet Selbstmord *lasterhaft* (46,22) und hat kein Verständnis dafür, daß *ein Mensch von Verstande* so handeln könne (50,15 f.). Albert ist ein gebildeter Mann und ist geistig keineswegs eng. Selbstmord wurde in Deutschland im 18. Jahrhundert fast allgemein so beurteilt wie hier, meist noch strenger. Werther lebt in dieser Umwelt mit ihren traditionellen Begriffen. Wer studiert hatte, wußte zwar, daß in der Antike die Stoiker den Selbstmord anders beurteilt hatten und daß in neuerer Zeit Philosophen wie Montesquieu (Lettres Persanes, 1721, lettre 76) ihn gerechtfertigt hatten; das konnte man schon in Zedlers Universal-Lexikon im Artikel „Selbstmord" nachlesen; doch diese Urteile einzelner Geister früherer Zeit waren in keiner Weise wirksam in dem deutschen Bürgertum des 18. Jahrhunderts. Die Kirchen verurteilten den Selbstmord nach wie vor. Während man bis zur Zeit der Aufklärung Selbstmörder wie Verbrecher, die am Galgen endeten, außerhalb des Friedhofs beerdigt hatte, duldete man im 18. Jahrhundert meist die Beerdigung auf dem Kirchhof, dabei freilich

,,nicht alle Solennitäten", wie Zedler schreibt. – Zedlers Universal-Lexikon, Art. ,,Begräbnis" Bd. 3, 1733, Sp. 927–937, und ,,Selbstmord"
Bd. 36, 1743, Sp. 1595–1614. – D. G. Morhof, Polyhistor. Editio tertia.
Lubecae 1732. S. 994. – RGG, Art. ,,Begräbnis" und ,,Selbstmord". –
Handwörterbuch des dt. Aberglaubens. Hrsg. von Hoffmann-Krayer
und Bächtold-Stäubli. Bd. 7, 1936, Art. ,,Selbstmord" Sp. 1627–1633. –
Lester G. Crocker, The Discussion of Suicide in the Eighteenth Cen-
tury. Journal of History of Ideas 13, 1952, S. 47–72. – Reiches Material,
insbesondere auch zum 18. Jahrhundert, bietet: Hans Rost, Bibliographie des Selbstmords. Augsburg 1927. Darin nicht nur Titel von Bü-
chern und Aufsätzen, sondern auch instruktive textliche Einführungen
zu jedem Abschnitt, z. B. ,,Der Selbstmord und die Moral", ,,Der
Selbstmord und die Begräbnisfrage", ,,Der Selbstmord in der Werther-
periode" usw. – Stichwort ,,Selbstmord" in Bd. 14, Sachregister; und in
Briefe Bd. 4, Begriffsregister.

47,4 f. *geht vorbei wie der Priester* . . .: im Anschluß an Lukas 10,31
und 18,11. (Vgl. Anm. zu 86,6 ff.)

48,6 f. *Radotage* (frz.): Rede ohne Zusammenhang, Geschwätz, Unsinn, Fa-
selei.

48,23. *Krankheit zum Tode.* Der Ausdruck stammt aus Joh. 11,4, ist also einer
der zahlreichen Anklänge an den Wortschatz der Lutherbibel. Vorbereitet ist das
Motiv bereits 43,30–32, – E. Beutler in der Zeitschrift Goethe 5, 1940, S. 138 f. ist
der Meinung, diese Stelle habe Kierkegaard den Titel seines Buches ,,Die Krankheit zum Tode" gegeben und ebenso habe ihn die *Werther*-Stelle 43,18 zu seinem
Titel ,,Entweder-Oder" angeregt. Dagegen betont Walther Rehm, Kierkegaard
und der Verführer, München 1949, S. 559, daß diese Beziehung zu *Werther* sehr
fraglich sei, und nennt alle diesbezüglichen bisherigen Untersuchungen. Kierke-
gaards Titel ,,Krankheit zum Tode" knüpft wohl unmittelbar an die Bibel an, und
der andere Titel kann sehr leicht aus ganz anderen Zusammenhängen als der
Werther-Stelle entstanden sein.

48,38 f. *Ich erinnerte ihn an ein Mädchen* . . . Über eine motivische Anregung zu
diesem Abschnitt: E. Beutler in (Jb.) Goethe 5, 1940, S. 138–144.

50,37. *Prinzessin, die von Händen bedient wird.* Motiv aus dem Märchen ,,La
chatte blanche" von Marie Cathérine d'Aulnoy aus den ,,Contes de Fées". – Kath.
Mommsen, Goethe und 1001 Nacht. Bln. 1960. S. 21.

51,2 f. *Inzidentpunkt*: Zwischenfall, Punkt im Gefüge der Handlung, Neben-
punkt. (Aus der juristischen Sprache).

53,29 f. *Wenn wir uns selbst fehlen, fehlt uns doch alles.* Eins der
Motive die bei Goethe in ganz verschiedenen Epochen wieder auftauchen. Später im *Divan* heißt es: *Jedes Leben sei zu führen,/Wenn man
sich nicht selbst vermißt* (Bd. 2, S. 71), und an der gleichen Stelle ist die
Rede von der Dialektik der Liebe: Indem das Ich sich aufgibt und sich
verliert im Du, gewinnt es sich selbst erst voll und glücklich wieder.
Werther fehlt hier etwas, dem er sich hingeben kann, sei es die Kunst,

die Arbeit oder ein geliebter Mensch, und also fehlt er sich selbst. Das
Motiv kehrt gesteigert wieder in der Katastrophe am Schluß: *die Stimme der ganz in sich gedrängten, sich selbst ermangelnden ... Kreatur*
(86,24 ff.).

54,5 f. *die Fabel vom Pferde*. Sie kommt bei Horaz, Episteln I, 10 vor und in den
im 18. Jahrhundert sehr bekannten Fabeln von La Fontaine IV, 13: „Le Cheval
s'étant voulu venger du Cerf".

54,14. *mein Geburtstag*. Der 28. August ist auch Goethes Geburtstag.

54,19. *zwei Büchelchen in Duodez*, also in ganz kleinem Taschenformat, aus
der Offizin des Amsterdamer Buchdruckers *J. H. Wetstein* (1649–1726). Die Ho-
mer-Ausgabe von *J. A. Ernesti*, dem berühmten Leipziger Theologen und Philologen, Lpz. 1759–1764, enthält neben dem griechischen Text eine lateinische Übersetzung, weil Kenntnis des Griechischen im 18. Jahrhundert sehr selten war und
die Kenntnis des Lateinischen so verbreitet, daß man sie bei jemandem, der Homer lesen wollte, voraussetzen konnte. Auch die kleine Ausgabe, welche Werther
jetzt geschenkt erhält, „Homeri opera ... graece et latine, curante. I. H. Lederlino
et post eum S. Berglero, ex officina Wetsteniana, Amstelaedami 1707", ist zweisprachig. Sie setzt die Tradition der musterhaften holländischen handlichen Klas-
sikerdrucke des 17. Jahrhunderts fort.

56,30. *romantisch*. Das um 1773 noch seltene Wort, in dem zu dieser
Zeit noch die Herkunft von der Bedeutung „romanhaft" nachklingt,
kommt in dem Roman nur noch einmal vor, S. 104,10. – Dt. Wb. 8,
1893.

56,35. *Boskett* (frz.): Baumgruppe, parkartig angelegtes Wäldchen.

57,27 f. *Wir werden uns wiedersehn*. Das Wiedersehn im Jenseits
kommt im 18. Jahrhundert nicht nur in der speziell kirchlichen Literatur (Kirchenliedern, Erbauungsbücher) vor, sondern auch ganz allgemein in der Dichtung und Popularphilosophie, z. B. bei Young und
Richardson, die auch in Deutschland sehr beliebt waren, bei Mendels-
sohn in seinem „Phädon", 1767, und bei Klopstock in seinen Oden,
z. B. „An Fanny". Werther kennt Klopstocks Oden, und er weiß, daß
Lotte in ihnen gelesen hat. – In dem Bericht Kestners über Jerusalem
heißt es: „Mendelssohns Phädon war seine liebste Lektüre". – Vgl.
117,32 ff. u. Anm. – E. C. Mason, „Wir sehen uns wieder!" Zu einem
Leitmotiv des Dichtens und Denkens im 18. Jahrhundert. Literaturwiss.
Jahrbuch der Görres-Ges. 5, 1964, S. 79–109.

Zweites Buch.

60,4. *sich ... einhalten*: zu Hause bleiben, im Zimmer bleiben.

61,24. *Der Gesandte macht mir viel Verdruß*. Wir sehen Werther im
2. *Buch* zum ersten Mal beruflich tätig. Die Episode bei der Gesandtschaft ist innerhalb der Erzählung unentbehrlich, um zu zeigen, daß

Tätigkeit nicht Werthers Weg ist, um dem Leben Sinn zu geben. Werther spricht niemals von einer Aufgabe, sondern immer nur von der Person seines Vorgesetzten, mit dem er *Verdruß* hat. Er hat es freilich mit seiner Stellung nicht eben gut getroffen. Aber das liegt daran, daß er sie sich nicht selbst gesucht hat, sondern sich durch Freund und Mutter dazu hat bestimmen lassen (40,18 bis 28; 53,35 ff.). Die Episode bei der Gesandtschaft ist außerdem diejenige Partie, in welcher die sozialen Motive, die durch den ganzen Roman verstreut sind, ihre stärkste Ausprägung finden. Werthers Liebe für die *geringen Leute* (10,31 ff.; 78,37 ff.) wird hier zur Abneigung gegen die *Gebildeten, zu Nichts Verbildeten* (79,1) und gipfelt in der Satire auf die Adelsgesellschaft (68,8–30). Aber Werther ist weniger revolutionär als manche Gestalten in den Dramen von Lenz; er bedenkt, *wie nötig der Unterschied der Stände ist* (63,16 f.). Er ist empfindsamer Subjektivist, haßt die Subordination (40,19 f.) und empfindet berufliche Tätigkeit als ein *um anderer willen ... sich um Geld oder Ehre oder sonstwas abarbeiten ...* (40,26 ff.) Das Gegen-Motiv gegen alles das, was Werther *Joch, Aktivität* nennt (62,30 f.), wird dann – absichtlich mitten in dieser Partie – angedeutet mit dem Stichwort *Fülle des Herzens* (65,3). – Bezeichnend für Werthers Charakter ist es auch, daß der Ausgangspunkt für seinen Streit mit dem Gesandten eine ästhetische Frage, eine Stilfrage ist. (61,32–36.)

61.26. *Base*: hier etwa in der Bedeutung „umständliche alte Tante“.

61,30. *Aufsatz*: Schriftstück.

61,33. *Inversionen*: Wortumstellungen im Satz. Das kleine Motiv sagte in der Zeit, als der Roman erschien, den Lesern recht viel, denn die Inversion ist damals das Zeichen einer jungen Generation, die Ausdruck und Gefühl in der Sprache will, es ist der Stil der Empfindsamkeit und des Sturm und Drang im Gegensatz zum Stil des Rationalismus und seiner grammatischen Regeln. (Vgl. die Beispiele von empfindsamen Briefen im obigen Nachwort, sie sind voll von Inversionen, mehr als Werthers Briefe es sind.) Herder schrieb 1767 in seinen „Fragmenten“: „Je mehr sich die Aufmerksamkeit, die Empfindung, der Affekt auf einen Augenpunkt heftet, je mehr will er dem andern auch eben diese Seite zeigen, am ersten zeigen, im hellsten Lichte zeigen – und dies ist der Ursprung der Inversion.“ (Fragmente über die neuere dt. Lit., 1. Sammlung, 12. Abhandlung.) Goethe las dies in Wetzlar und schrieb an Herder im Juli 1772: *Seit 14 Tagen les' ich Eure „Fragmente“ ... aber doch ist nichts wie eine Göttererscheinung über mich herabgestiegen, hat mein Herz und Sinn mit warmer heiliger Gegenwart durch und durch belebt als das, wie Gedank' und Empfindung den Ausdruck bildet.* Demgemäß formt Goethe nun eine freie Wortfolge, die sich dem Gang der Vorstellungsbilder des Geistes anschließt. Er tut dies vor allem in seinen großen Hymnen dieser Jahre, gelegentlich aber auch in *Werther*. Werthers Satz *Das alles, Wilhelm, von ihr zu hören, mit der Stimme der wahrsten Teilnehmung – ich war zerstört . . .*(70,34ff.) hat vom Standpunkt der Regel aus zwei Fehler: erstens ist die Reihenfolge der Wörter falsch, und zweitens ist der Satz unvollendet. Inversionen, wie sie den Regeln des 18. Jahrhunderts widersprechen, sind z. B. auch: *so ungleich, so unstet hast du nichts gesehn als dieses Herz . . .* (10,22 f.) oder: *So vertraulich, so heimlich hab' ich nicht leicht ein Plätzchen gefunden.* (14,33–35.) Vergleicht man Goethes genial hingeworfene Jugendbriefe mit den Briefen Werthers in dem Roman, so sieht man, daß dort die Inversionen und unvollendeten Sätze viel, viel häufiger sind als hier. Vergleicht man Goethes Jugendbriefe mit den gleichzeitigen Schriftstücken, welche er als Rechtsanwalt verfaßte, so glaubt man zunächst kaum, daß überhaupt derselbe Mensch sie geschrieben hat: die Distanz ist so groß, daß diese zwei Stile schlechterdings nichts mehr miteinander zu tun haben, als daß sie beide deutsche Prosa sind, hier Kanzleiprosa aus barocker Tradition, dort Ausdrucksprosa des Sturm und Drang. Später in der Weimarer Zeit haben beide Schichten sich einander genähert, und das gilt nicht nur für Goethe, sondern für die deutsche Prosa der Zeit allgemein: das Deutsch der Amts- und Gelehrtensprache wurde durchblutet und das der Geniesprache gebändigt. – Der Gesandte hat recht, daß er die Geniesprache im Amtsstil ablehnt; aber Werther hat recht, daß er die verschnörkelte und vertrocknete Amtssprache beleben möchte und die allzugroße, völlig unorganische Spanne zwischen den Stilen verringern und überbrücken will. – Das Motiv des Streits um die Inversion gehört in die Reihe der Motive von Werthers Streit gegen die rationalistische Kunstauffassung (12,27–30; 15,18–16,15; 74,2–5; 74,30–37), ein Punkt, in welchem er besonders empfindlich ist. – Vgl. Bd. 1, Kommentar zum Abschnitt „Die großen Hymnen". – Erich Schmidt, Richardson, Rousseau und Goethe. S. 244–261.

61,34. *seinen Period* (1. Fassung) bzw. *seinen Perioden* (2. Fassung), beides in der Sprache des 18. Jahrhunderts korrekt. Im Mittel- und Neulatein ist „periodus" Masculinum, ebenso im Französischen „le période"; daraus war im Deutschen des 18. Jahrhunderts geworden „der Period" oder „der Periode", stark- und schwachformig. Bei Goethe nicht selten als schwaches Masculinum. – Dt. Wb. 7, 1889, S. 1545. – Fischer S. 474.

62,17. *Belletristen* = Liebhaber der „belles lettres", der Dichtung; Schriftsteller, Schöngeister.

62,26. *allgemeine Leben*: tägliche Leben, allgemeine Leben. Der Graf ist also tätig für einen Menschenkreis, der ihm unterstellt ist; ein Motiv wie später in den *Lehrjahren* die Tätigkeit des Grafen Lothario.

62,28 f. *Deraisonnement*. Eins der vielen französischen Fremdwörter im 18. Jahrhundert: unvernünftiges Reden, Geschwätz (ohne „raison").

64,3–5. *das eherne Jahrhundert* und das *eiserne* sind für Werther und seinen Freund, dem er schreibt, geläufige Wendungen, da ihnen seit ihrer Schülerzeit Ovid bekannt ist. Das antike Motiv der vier Weltalter, deren letzte das eiserne und das eherne sind, war in die Dichtung und Bildkunst des 17. und 18. Jahrhunderts eingegangen; hier ist es auf die menschlichen Lebensalter übertragen.

65,3. *Fülle des Herzens.* Dieser Ausdruck, der so bezeichnend für Werther ist, kehrt bald darauf wieder bei Friedrich Leopold Stolberg. Sein Prosa-Dithyrambus „Von der Fülle des Herzens", 1777, spricht von der Eigenschaft, welche der Mensch vor allem haben muß, um im Endlichen das Unendliche zu erfahren, und die darum zugleich die „menschlichste" und die „göttlichste" aller Gaben ist; „Fülle des Herzens", sagt Stolberg, sei nicht weinerliche Empfindsamkeit, sondern innere Kraft, die sich entfaltet im Seelenleben der Familie, in der Liebe, in der Freundschaft, im Naturgefühl und im Kunstempfinden. Stolberg war beeinflußt durch Goethes *Werther,* und er seinerseits übte wieder Einfluß auf Hölderlin. Die Entdeckung des seelischen Reichtums des Menschen im 18. Jahrhundert konnte nur in dieser Art sich vollziehen als ein Hineinwachsen des einen in die von dem anderen eroberten seelischen Bereiche; darum ergab sich diese Verbindungskette der an sich so verschiedenartigen und selbständigen Dichter, von Klopstock über Goethe und Stolberg zu Hölderlin. – Stolberg, Von der Fülle des Herzens. Deutsches Museum, 7. Stück, 1777, S. 1 ff. Neudruck: F. L. Stolberg, Ges. Werke, Bd. 10, S. 355 ff. Und: Kürschners dt. Nationalliteratur, Bd. 50, 2. Abt. = Göttinger Dichterbund, Bd. 3. Hrsg. v. A. Sauer. S. 18–27. Leicht zugänglich in dem Neudruck von J. Behrens. Reclam Universal-Bibl. Nr. 7901. Stuttg. 1970.

65,4f. *Raritätenkasten*: Guckkasten, wie er im 18. Jahrhundert auf Jahrmärkten und in Schaubuden gezeigt wurde. Der Vergleich kommt bei Goethe in seiner Periode des Sturm und Drang mehrmals vor, z. B.: *Shakespeares Theater ist ein schöner Raritätenkasten, in dem die Geschichte der Welt vor unsern Augen an dem unsichtbaren Faden der Zeit vorbeiwallt.* (Aus dem Sendschreiben *Zum Shakespeares*-Tag.) Oder: *Tausend Menschen ist die Welt ein Raritätenkasten, die Bilder gaukeln vorüber und verschwinden* ... (In der Schrift *Dritte Wallfahrt nach Erwins Grabe.*) Meist Hinweis auf eine Bilderreihe, im Gegensatz zu der komponierenden, systematisierenden Sehweise des Rationalismus. – Abbildung eines Guckkastens: Meyers Lexikon. 7. Aufl. Bd. 5. Lpz. 1926. S. 776. – Ausführlich über Guckkästen im 18. Jahrhundert: August Langen, Anschauungsformen in der dt. Dichtung des 18. Jahrhunderts. Jena 1934.

66,18. *Eingeweide*: in der Goethezeit häufig für Herz, Seele, Inneres; so 97,18; auch: Bd. 7, Anm. zu 241,7.

68,1. *die noble Gesellschaft.* Hier beginnt die Szene des kränkenden Erlebnisses in der Adelsgesellschaft. Für den Verlauf der Handlung bringt sie die Begründung von Werthers Ausscheiden aus dem Amt, und diese Trennung von der Berufsarbeit (die er sich finanziell gestatten kann), bringt für ihn wiederum die Möglichkeit, zu reisen und in die Stadt, wo Albert und Lotte wohnen, zurückzukehren. Darüber hinaus zeigt dieses Motiv die Verletzlichkeit von Werthers Seele und die besondere Art ihrer Reaktion; denn auch dieses Erlebnis löst den Gedanken an Selbstmord aus: *da möchte man sich ein Messer ins Herz bohren* (69,30f.); *ich möchte mir eine Ader öffnen, die mir die ewige Freiheit schaffte.* (71,5f.) Die Verletzung, die er hier empfängt, hat ihre besonders starke Wirkung deswegen, weil seine Seele bereits durch das mit Lotte Erlebte verletzt ist, und: *Ein kleines Übel, das auf die größeren folgt, erfüllt das Maß.* (136,30f.) Das Motiv des kränkenden Erlebnisses stammt aus Kestners Bericht. Es steht dort ganz am Anfang, als eine Erklärung alles Folgenden: „Jerusalem ist die ganze Zeit seines hiesigen Aufenthalts mißvergnügt gewesen, es sei nun überhaupt wegen der Stelle, die er hier bekleidete, und daß ihm gleich anfangs (bei Graf Bassenheim) der Zutritt zu den großen Gesellschaften auf eine unangenehme Weise versagt worden, oder insbesondere wegen des Braunschweigischen Gesandten, mit dem er bald nach seiner Ankunft kundbar heftige Streitigkeiten hatte . . ." Goethe hat aus der Geschichte Jerusalems manchens entnommen, anderes ließ er weg. Jerusalem war in Wolfenbüttel aufgewachsen. Dort war sein Vater Hofprediger, und nicht nur das, er war der persönliche Freund des Fürsten. Es war in Norddeutschland üblich, daß die Adligen gegenüber den hohen Geistlichen keine Standesgrenzen spüren ließen, in diesem Falle galt das besonders. Die Situation, daß der Hofprediger der Freund des Fürsten war, wirkte sich auf den Sohn aus. Der junge Jerusalem konnte in Wolfenbüttel in allen Kreisen verkehren, ob es Gelehrte oder Adlige waren. Er war vielseitig begabt und philosophisch interessiert. Lessing schätzte ihn sehr. Nun kam er nach Wetzlar. In der kleinen Stadt gab es eine für diesen Ort viel zu große Zahl von Vertretern aller deutschen Kleinstaaten am Reichskammergericht, die leitenden Männer waren sämtlich Adlige. Sie grenzten sich ab gegen das Wetzlarer Bürgertum und gegen die bürgerlichen Mitarbeiter. Es war bekannt, daß nirgendwo in Deutschland ein so kleinlicher Standesdünkel tonangebend war wie in Wetzlar (H. Gloël, Goethe und Lotte. 1922. S. 3–7). Kestner tönt seinen Bericht gut ab: er nennt als Gründe für Jerusalems Depressionen die Ablehnung durch den Adel, den Ärger mit seinem Vorgesetzten und die unglückliche Liebe zu Frau Herd. Diese Motive wurden nach Jerusalems Tode auch von anderen genannt. Goethe erinnert später in *Dichtung und Wahrheit* daran: *Jedermann fragte nun, wie das möglich gewesen, und als man*

*von einer unglücklichen Liebe vernahm, war die ganze Jugend, als man
von kleinen Verdrießlichkeiten, die ihm in vornehmerer Gesellschaft
begegnet, sprach, der ganze Mittelstand aufgeregt, und jedermann
wünschte, das Genauere zu erfahren.* (Bd. 9, S. 592,29–34) In bezug auf
seine Übernahme des Motivs in den Roman sagt er dann weiterhin: *In
dieser Zeit war meine Stellung gegen die oberen Stände sehr günstig.
Wenn auch im „Werther" die Unannehmlichkeiten an der Grenze zwei-
er bestimmter Verhältnisse mit Ungeduld ausgesprochen sind, so ließ
man das in Betracht der übrigen Leidenschaftlichkeit des Buches gelten,
indem jedermann wohl fühlte, daß es hier auf keine unmittelbare Wirkung abgesehen sei.* (Bd. 10, S. 116,9–15) Werther ist empört über das
Benehmen der Adelsgesellschaft, aber er sagt: *Zwar weiß ich so gut als
einer, wie nötig der Unterschied der Stände ist.* (63,16f.) Er schätzt, ja
verehrt den Grafen C. (61,12f.), dieser bedauert den kränkenden Vorfall (69,4ff.). Der Minister schreibt ihm einen Privatbrief (66,30), der
Erbprinz und der Minister bedauern ehrlich sein Ausscheiden aus dem
Dienst (71,35ff.); ein Fürst lädt ihn ein (71,21ff.), *schätzt seine Talente*
(74,6) und hält ihn *so gut man nur kann* (74,23f.). Diese Motive lassen
das Motiv der Kränkung in seinem besonderen Zusammenhang erkennen. Zwischen den Abschnitten über *das glänzende Elend, die Langeweile, die Rangsucht* (62,36ff.) und über die Kränkung in der Adelsgesellschaft (67,26–69,11) steht das Wort, das den Gegenpol bezeichnet:
Fülle des Herzens (65,3). Wenn man die Menschen unter diesem Ge-
sichtspunkt beurteilt, fallen alle Rangunterschiede fort. Goethe wußte
diese Einsicht in Wetzlar und in Weimar in Leben umzusetzen; Werther
weiß es nicht. – Über Jerusalem (Vater und Sohn): NDB 10, 1974,
S. 415–418 mit Literaturangaben. – Rosa Kaulitz-Niedeck, Goethe und
Jerusalem. Gießen 1908. – Heinrich Gloël, Goethe und Lotte. Bln.
1922. S. 144–189. – Über das Reichskammergericht: Rudolf Smend, Das
Reichskammergericht. Weimar 1911. – Karl Demeter, Das Reichskammergericht in Wetzlar zu Goethes Zeit. Goethe-Kalender 33, 1940,
S. 41–68. – Kestners Bericht über Jerusalem an Goethe ist vollständig
abgedruckt in: Fischer-Lamberg 4, 1968, S. 351–356.

68,20. *angestochen*: verletzt (wie durch einen Stich). GWb 1, Sp. 702.

68,24f. *Krönungszeiten Franz des Ersten.* Franz I. wurde 1745 gekrönt. Der
Roman spielt, wie die darin angegebenen Daten sagen, in den Jahren 1771/72.

68,25f. *in qualitate* (lat.): entsprechend seinem Rang als Adliger (nicht als
Inhaber eines Amts).

68,27. *übel fourniert*: schlecht, minderwertig ausgestattet (von frz. ,,fournir").

68,33. *zirkulierte*: die Runde machte; und zwar, nachdem das zunächst bei den
Damen geschehen war, nun auch bei den Herren (*auf die Männer*).

69,10. *Ulyß* = Odysseus. Die Bewirtung bei dem Schweinehirten
steht im 14. Gesang der ,,Odyssee". Obgleich Werther Homer im Ur-

text liest, bleibt er – ebenso wie Goethe sein Leben lang – bei der
lateinischen Namensform *Ulyß* oder *Ulysses,* die dieser Generation geläufig war durch alles, was sie seit ihrer Jugend lateinisch, französisch
und deutsch gelesen hatte. Die griechische Form setzte sich erst in den
folgenden Jahrzehnten durch, zumal durch die Vossische „Odyssee"-
Übersetzung, 1781, und dadurch, daß das Griechische nun immer mehr
neben dem bis dahin allein herrschenden Lateinischen an den Gymna-
sien gelehrt wurde. Goethe ist in der griechischen Sprache nie ganz
sattelfest gewesen, er hat bei seiner Homer-Lektüre immer auch auf die
nebenstehende lateinische Übersetzung geblickt. Wahrscheinlich muß
man sich Werthers Homer-Lektüre ähnlich denken, denn die Homer-
Ausgaben, die er benutzt, sind beide zweisprachig. (Vgl. die Anm. zu
54,19.)

70,23. *gestern nacht,* wie häufig bei Goethe: gestern abend (da *Nacht* in seinem
süddeutschen Sprachgebrauch den Abend nach dem Dunkelwerden bezeichnet);
parallel dazu in derselben Zeile *heute früh.*

71,5. *ich möchte mir die Ader öffnen* ... Das Selbstmord-Motiv er-
klingt hier im Zusammenhang des Leidens durch Kränkung und böses
Geschwätz. Es ist keineswegs nur mit der Liebe zu Lotte verbunden.
Das ist auch schon zu Beginn des Romans betont, dadurch daß das erste
Auftreten dieses Motivs (14,16–18) vor der Bekanntschaft mit Lotte
liegt.

71,13. *Säftchen.* Wie eine bittere Medizin, die in wohlschmeckendem
Saft gereicht wird.

71,17. *Halte.* Das Wort *die Halte* (das Haltmachen) ist hier formelhaft ohne das
Verbum „machen" benutzt. Dt. Wb. 4,2 (1877), Sp. 274.

72,16. *die Wallfahrt nach meiner Heimat.* Die Episode von Werthers
Fahrt nach der Kleinstadt, in der er seine Kindheit verbrachte, bringt
noch einmal einen Aufschub, bevor er zu Lotte fährt. Sie zeigt, daß er
völlig seinen Stimmungen hingegeben ist und sich empfindsam treiben
läßt. (Wörter wie *Wallfahrt* und *Pilgrim,* aus der kirchlichen Sprache
übernommen, waren Lieblingsausdrücke der Empfindsamkeit geworden). Zugleich erfahren wir etwas über Werthers Jugend. Schon als
Knabe gab er sich gern Stimmungen hin; der Schulstube gedenkt er mit
Schauder (73,8–13). Doch ihm blieb harter Zwang erspart. Wir erfahren, daß sein Vater früh starb (72,12) und daß seine Mutter dann mit
ihm in eine größere Stadt umzog. Er wuchs also nur bei der Mutter auf,
aber es stellte sich zu ihr kein herzliches und nahes Verhältnis ein.
Werther pflegt seiner Mutter anscheinend am liebsten auf dem Umweg
über Wilhelm, der am gleichen Orte lebt, Nachricht zu geben, auch in
wichtigen Sachen. (8,5; 71,12f.; 72,4f.; 121,26f.) Daß Werther ohne

Vater ist und seiner Mutter fernsteht, ist von Bedeutung für seinen
späteren Entschluß zum Selbstmord, denn er fühlt sich so gut wie frei.
Man male sich einmal aus, was geschähe, wenn in den *Wanderjahren*
Odoard Selbstmord beginge (auch ihm bringt die Liebe Schmerzen), als
Hunderte von Menschen darauf warten, von ihm in einer neuen Provinz
angesiedelt zu werden und zu Arbeit und Brot zu gelangen. Männer wie
Odoard, Lenardo, der Abbé haben ihren Mittelpunkt in objektiven
Aufgaben, und damit ist für sie im Bereich ihrer persönlichen Möglichkeiten der Selbstmord gar nicht vorhanden. Dagegen ist der Harfner in
den *Lehrjahren*, der sich das Leben nimmt, ein Einsamer ohne Aufgabe.
Werther lehnt das kirchliche Gesetz, daß Selbstmord eine Sünde sei, für
sich ab; über das ungeschriebene Gesetz, daß man Menschen, denen
man etwas schuldig ist, nicht im Stiche läßt, denkt er wenig nach, weil er
in diesem Punkte sich weitgehend ohne Bindungen fühlt. Die Episode
der Reise dient also unter anderem auch dazu, diese seine Isoliertheit,
die für den nun folgenden Teil der Erzählung bedeutsam wird, noch
deutlicher zu machen, und sie ist darum an dieser Stelle paßrecht eingefügt.

73,29f. *ungemeßnen Meer*: z. B. Odyssee X,195; *unendliche Erde*: z. B. Odyssee XV,79.

73,31. *Was hilft mich's.* Goethe benutzt das Verbum *helfen* gewöhnlich mit
dem Dativ, wie es im Neuhochdeutschen üblich ist, z. B. 11,14 und 11,15. Aber ein
alter Akkusativ der Person, der in der Wendung *was hilft mich's* formelhaft erstarrt war, kommt gelegentlich bei ihm vor, wenn er lässig schreibt; an Charlotte
v. Stein, 7. 2. 1776: *Was hilft mich's, daß Sie in der Welt sind* ... Werther schreibt
Brief-Stil, und so liegt diese Wendung hier bei ihm nahe. – Dt. Wb. 4,2. Lpz. 1877.
S. 956f. – Fischer S. 330.

74,24. *nicht in meiner Lage*: nicht in meiner geordneten, richtigen Lage. Hier in
übertragenem Sinne: nicht in meinem seelischen Gleichgewicht.

74,26. *von ganz gemeinem Verstande*: von durchschnittlicher Intelligenz, wie
auch viele andere sie haben; darin liegt auch wohl: ohne eine starke Persönlichkeit
zu sein.

77,12. *kränkt* = krank macht. Das Motiv, die Vereinsamung des Unglücklichen als Krankheit zu sehen, auch 48,23 und 54,13.

78,4. *Protestationen* (aus dem mittleren und neueren Latein): Bezeugungen,
Darlegungen.

79,24ff. *blauen Frack ... gelbe Weste und Beinkleider dazu.* eine um 1772
häufige Zusammenstellung in der Herrenmode. Kestner in seinem Bericht an
Goethe schreibt, daß Jerusalem so gekleidet war, als er sich das Leben nahm.
Dadurch, daß Goethe seinem empfindsamen Helden diese Tracht gab, wurde sie
dann plötzlich für eine Zeitlang zur Mode der empfindsamen Jugend.

79,26f. *unscheinbar*: unansehnlich, unschön.

81,9. *Zutrauen.* So in allen Drucken aus Goethes Zeit. Fischer-Lamberg macht
die Konjektur *Zutragen*, ,,da ja von den realen Aufgaben der Dorfbewohner die
Rede ist" (Bd. 4, S. 361).

81,14ff. *Untersuchung des Kanons ...*, *Lavaters Schwärmereien ...*, *Kennikot, Semler und Michaelis*. Der *Kanon* sind die Bücher, die in der Bibel zusammengestellt und offiziell-kirchlich anerkannt sind (im Gegensatz zu den Apokryphen). Während im Mittelalter alle Teile der Bibel in gleicher Weise als gottgegeben und alle als ein großer systematischer zeitloser Zusammenhang galten, begannen im 18. Jahrhundert Forscher, diese Schriften als Erzeugnisse aus verschiedenen Jahrhunderten zu betrachten, die mehr oder minder mit der Kultur des alten Orients zusammenhängen und deren Wert für die Gegenwart verschieden groß ist. Außerdem begann man sie philologisch-kritisch anzusehen in bezug auf Textfehler, Textvarianten, Wiederholungen, spätere Zusätze usw. Es begann also eine Kritik des Kanons und seiner einzelnen Texte und eine historische Betrachtungsweise, wie sie dann auch Herder handhabte. Der englische Theologe Benjamin *Kennicot* (1718–1783) war seit 1753 bahnbrechend für die alttestamentliche Textkritik. Johann David *Michaelis* (1717–1791), Professor für orientalische Sprachen in Göttingen, erforschte Brauch und Sitte im alten Morgenland und begann von da aus eine undogmatische, historisch-kritische Betrachtungsweise der biblischen Schriften. Johann Salomo *Semler* (1725–1791), Professor der Theologie in Halle, stellte im biblischen Kanon stellenweise „jüdische Lokalideen" fest und sah den Wert der biblischen Bücher mannigfach abgestuft. – Goethe fühlte, daß diese neue historische Richtung der Religiosität – auch in ihrem allgemeinsten Sinne – gefährlich werden könne; deswegen seine Zurückhaltung da, wo er fürchtete, man könne zerstören, ohne zugleich etwas anderes, Gleichwertiges aufzubauen. *Lavater* (81,17; vgl. auch 33,38) mit seinem unhistorischen Gefühlschristentum wird hier der historisch-kritischen Richtung entgegengestellt. Goethes persönliche Urteile erscheinen bei Werther alle in übersteigerter Art, denn diese Äußerungen dienen zur Charakteristik Werthers; zu ihm paßt es, daß er alles Gelehrte, alles Vernunftgemäße ablehnt, alles Schwärmerische schätzt. Goethe hat sich später von Lavater abgewandt und hat an der historischen Bibelkritik selbst teilgenommen, die ihn übrigens schon in seiner Jugend interessiert hatte und ihm durch Herder geläufig geworden war. (*Noten und Abhandlungen zu besserem Verständnis der West-östlichen Divans*, Bd. 2, S. 126–264, insbesondere S. 128f., 206–225). – HA Goethes Briefe und Briefe an Goethe, mit zahlreichen Texten aus dem Briefwechsel Goethe-Lavater und Anmerkungen dazu. – Die Religion in Geschichte und Gegenwart. 2. Aufl. 5 Bde. u. 1 Register-Bd. Tüb. 1927–1932. Artikel „Bibelwiss.", „Michaelis", „Semler" u. a. – E. Beutler in: Goethe 5, 1940, S. 144 bis 157. – Karl Aner, Die Theologie der Lessingzeit. Halle 1929.

81,35. *Prätensionen*: Ansprüche.

82,9. *Ossian*. Nachdem schon vorher (37,17) Ossian einmal erwähnt

ist, spricht Werther hier seine Begeisterung für ihn aus und gibt eine
treffende Schilderung der Ossianischen Welt, nur stark gesehen aus
seiner eigenen empfindsamen Haltung. Die Motive, welche er nennt
(82,10–35), sind typische Motive der Ossianischen Dichtungen; sie kehren später wieder in den „Gesängen von Selma", welche Werther vor-
liest, und haben Beziehung zu seinem eigenen Schicksal: *die Wehklagen
des Mädchens* (82,15 f. entsprechend 108,35–110,14 und 114,1 bis II) das
empfindsame Lied an den Abendstern (82,20 f. entsprechend 108,5–14)
und vor allem das Vorausdenken an den eigenen Tod: die Stelle *Der
Wanderer wird kommen* ... (82,31–35) wird von Werther hier zitiert,
weil sie für Ossian typisch ist und ihn selbst persönlich besonders berührt. Werther zitiert aus dem Kopfe, d. h. nicht genau; eine genaue
Übersetzung dieser Stelle, auf Grund des englischen Textes (aus dem
Lied „Berrathon"), liest Werther dann später vor (114,34–37). Es ist
bezeichnend, daß dieses erste Ossian-Zitat, das wir vernehmen, das
Motiv des Todes bringt; das letzte Ossian-Zitat, das wir später hören
(114,31–37), bringt das gleiche. Hier liegt die Berührung zwischen
Werthers Gedankenkreisen und Ossians Welt: es ist eine Welt, in welcher der Mensch, schuldlos in tragischer Lage, nichts kann als würdig
sterben. Einsam ruft er sein Leid hinaus in die düstere Landschaft, und
ihm antwortet nichts als ein Echo. Er ist allein gelassen, allein mit
seinem Gefühl. Ja, es antwortet ihm nicht einmal ein Gott. Die jenseiti-
gen Bereiche bleiben unerforschlich, unerreichbar. Daß die Ossianischen Dichtungen diese Motive und Stimmungen bringen, in denen
Werther sich spiegeln kann, liegt daran, daß sie aus der gleichen geistes-
geschichtlichen Situation heraus entstanden sind, aus der Strömung der
Empfindsamkeit. Jede geistige Strömung der Neuzeit suchte Bundesge-
nossenschaft, indem sie aus der Vorzeit Verwandtes heranzog. Die Strömung um 1760, 1770 suchte alte Volksdichtung und glaubte diese zu
finden in Ossian. Hier waren einerseits die Gefühle und Stimmungen,
die man selbst empfand; anderseits aber eine Welt alter Helden und
Heldinnen, mannhaft, kampfesmutig und stark; dies alles in vorchristli-
cher Zeit. Macpherson hatte aus der Not, daß er nicht wußte, welche
Götter er seinen alten Helden andichten solle, eine Tugend gemacht: er
schildert Menschen, die ohne den Trost der Götter leben und ihr
Menschsein darum desto ernsthafter empfinden. Damit hängt zusammen, welche ungeheure Bedeutung für sie die Dichtung hat: der Tote
hat nur Ruhe, wenn die Barden ihn besingen; und diese besingen ihn
nur, wenn er würdig und groß gelebt hat. (Macphersons Menschen sind
nicht unreligiös und glauben auch nicht, mit dem Tode völlig zu vergehen.) Ossians Dichtung ist zum großen Teil Preislied und Beklagung
der Toten. Sie bot sich dar in gefühlsgeladener, leidenschaftlicher Sprache und in freien Rhythmen, so daß sie dem neuen Kunstwollen entge-

genkam, das die alten Zierlichkeiten und Schulregeln der Dichtung überwinden wollte. Kein Wunder also, daß man, als seit 1760 die Ossian-Dichtungen erschienen, sie sogleich begeistert aufnahm. Das, wofür man sie hielt, waren sie nun freilich nicht. Man sah sie als alte schottische Gesänge von Barden der Vorzeit. In Wirklichkeit sind sie Dichtungen des 18. Jahrhunderts, welche alte Sagen-Motive benutzen. Die überall in Europa lebendig gewordene Suche nach alten Liedern und Epen war auch nach Schottland gedrungen. Gelehrte und Schriftsteller hofften hier, daß es noch Reste alter nationaler Dichtung gäbe; aber die meisten beherrschten die gälische Sprache nicht mehr. In Edinburgh lebte damals als armer Hauslehrer der 23jährige James Macpherson, dichterisch begabt, sehr belesen, voll Ehrgeiz und beseelt von dem Wunsch, an bedeutende Männer und an Geldquellen zu gelangen. Er war im Hochland auf dem Lande geboren und konnte Gälisch. Man drängte ihn, alte Lieder zu suchen. Er dichtete, alte Sagen-Motive benutzend, etwas Eigenes und sagte, er habe es aus dem Gälischen übersetzt. Als der Edinburgher Professor Hugh Blair dieses Werk sah, war er begeistert und machte sich zum Künder dieser – nach seiner Meinung – alten großen Dichtung. Für den jungen Macpherson winkten Ruhm, Geld und bürgerliche Stellung. Blair und sein Kreis trieben ihn, weiter zu suchen. Und er brachte ihnen in den folgenden Jahren weitere „Übersetzungen"; sie alle zusammen wurden von Blair gedeutet als Fragmente von ein oder zwei großen alten Epen, deren Held Fingal, deren Verfasser Ossian ist. Ossian ist ein alter Sänger, er ist (wie Homer) blind. Er blickt auf die Zeiten seiner Jugend zurück, auf die Taten seines Vaters Fingal und seines früh gestorbenen Sohnes Oscar und die anderer Helden, die meist früh und tragisch dahingerafft sind. Von diesen Ossianischen Werken brachte Macpherson 20 mehr oder minder lange Lieder episch-lyrischen Charakters, eins davon sind die „Gesänge von Selma", ein anderes „Berrathon". 1765 erschien eine erste Gesamtausgabe in 2 Bänden, 1773 eine umgearbeitete Ausgabe. Die Dichtung als Ganzes zeigt eine Verbindung von verschiedenen Einflüssen. Da sind Motive aus alten irischen und schottischen Sagen und Volksballaden; sodann Motive und Bilder aus Homer; sprachliche Wendungen aus den Psalmen und anderen Teilen der Bibel; manches aus Milton; Elemente moderner Naturdichtung von Thomson bis Young; sodann die allgemeine empfindsame Seelenhaltung der Zeit; und schließlich Macphersons persönliche, nicht geringe dichterische Fähigkeit und Eigenart. Das alles ist hier zu einer seltsamen und eindrucksvollen Mischung gelangt. Das Werk wurde ein europäischer Erfolg. Klopstock und die Dichter des Göttinger „Hains" begeisterten sich dafür und machten sich, da man germanische und keltische Vorzeit noch nicht unterscheiden gelernt hatte, ein höchst phantasievolles Bild von Ossian als einem

dichterischen Ahnherrn. Herder, der in dieser Zeit das Programm des
Sturm und Drang von Echtheit, Gefühlskraft und Volkstümlichkeit der
Dichtung verkündigte, sah in Ossian alle seine Ideale verkörpert. Er
kannte ihn seit seinen Rigaer Jahren aus Übersetzungen und war über-
schwenglich von ihm begeistert. Im Winter 1770/71, in Straßburg, war
Goethe Herders ständiger Besucher und wurde von dem weiten neuen
Geistesbereich des Älteren eine Zeitlang völlig verzaubert. Er ließ sich
in diesem Zusammenhange auch für Ossian interessieren und übersetzte
in dieser Zeit oder bald danach Ossians „Gesänge von Selma". Im Juli
und August 1771, in Bückeburg, faßte Herder das, was er in Straßburg
seinen jungen Freunden mündlich mitgeteilt hatte, zusammen in dem
Aufsatz „Über Oßian und die Lieder der alten Völker", gedruckt 1773
in dem Sammelband „Von Deutscher Art und Kunst", welcher auch
Goethes Aufsatz *Von deutscher Baukunst* enthält. Goethe hat sich nie
so häufig und so begeistert über Ossian geäußert wie Herder. Er hat
wohl deutlicher als dieser die modern-empfindsamen Stimmungen, aber
unter dieser Hülle auch den Kern tragischer Geschehnisse und männlichen Heldentums herausgefühlt. Wieviel Sinn er in diesen Jahren für
volkstümlich-balladeske Tragik hatte (in mancher Hinsicht mehr als
sein damaliger Meister), zeigen die Balladen, die er selbst im Elsaß
sammelte, und seine Übertragung der südslawischen Asan-Aga-Ballade
Klaggesang von der edlen Frauen des Asan Aga (Bd. 1, S. 82–85). – Vgl.
108,5 ff. und die Anmerkung dazu. –

Rudolf Tombo, Ossian in Germany. New York 1901. = Columbia University
Germanic Studies, I,2. – Paul van Tieghem, Ossian et l'Ossianisme dans la Littérature Européenne au 18ᵉ siècle. Groningen 1920. – Hans Hecht, James Macpher-
son's Ossian-Dichtung. German.-Roman. Monatsschrift 10, 1922, S. 220–237. –
Rudolf Horstmeyer, Die dt. Ossian-Übersetzungen des 18. Jhs. Diss. Greifswald
1926. – Lawrence M. Price, The Reception of English Literature in Germany.
Berkeley, California, 1932. = Univ. of California Publications. – Lyrische Welt-
dichtung in dt. Übertragungen aus sieben Jahrhunderten. Hrsg. v. J. Petersen u.
E. Trunz. Bln. 1933. = Literarhistor. Bibliothek, 9. S. 142–149, 188. – Alexander
Gillies, Herder und Ossian. Bln. 1933. = Neue Forschung, 19. – A. Gillies,
Herder. Oxford 1945. Deutsch von W. Löw. Hamburg 1949. S. 70–79. – Elisabeth
Büscher, Ossian in der Sprache des 18. Jhs. Diss. Königsberg 1938. – Herbert
Schöffler, Ossian. Hergang und Sinn eines großen Betrugs. Goethe-Kalender 34,
1941, S. 123–163. – Ernst Beutler, Bilder zu Ossian. Goethe-Kalender 34, 1941,
S. 163–169.

85,12. *ein verlechter Eimer*: ein rissiger Eimer; *lechen* (eine Weiterbildung ist
„lechzen"), altes Wort für: Risse bekommen vor Trockenheit (davon das heutige
„leck"); zu Goethes Zeiten bekannt durch Bibelstellen (Prediger 12,6) und Mundart (Hessen). – Dt. Wb. 12,1, S. 754. – Fischer S. 886.

85,36. *Müdseligkeit* steht im Erstdruck 1774, *Mühseligkeit* in den Himburgschen Raubdrucken. Da Goethe für die Herstellung der Fassung von 1787 einen
Himburgschen Druck benutzte, ging *Mühseligkeit* in alle seine Drucke seit 1787

über. Zu der Fassung des Erstdrucks vgl. 98,23 das Substantiv *Lebensmüde*. Also wohl nicht Druckfehler, sondern einmalige Neubildung im Zusammenhang dieses Briefs.

86,6ff. *sagt nicht selbst der Sohn Gottes, daß die um ihn sein würden, die ihm der Vater gegeben hat? Wenn ich ihm nun nicht gegeben bin?* Sehr eigenwillige Weiterbildung von Motiven aus Joh. 6,44 und 6,65. – Dieser Brief, in welchem Werthers religiöse Sehnsucht und Verzweiflung sich noch einmal voll ausspricht, hat zahlreiche Anklänge an Worte der Bibel. Auch wenn Werther sich in ehrlicher Weise von der Kirche absetzt (85,37–86,16) – er hat religiöse Anschauung und religiöse Sprache nur durch die kirchliche Überlieferung gelernt. Im Vergleich mit den motivischen und sprachlichen Anklängen an Homer und Ossian sind die Beziehungen zur Bibel sehr viel zahlreicher. Und es ist bezeichnend für die Intensivierung von Werthers religiöser Sehnsucht, daß diese Anklänge sich steigern, je mehr sein Tod naherückt.

10,10ff. *wie sie, alle die Altväter, am Brunnen Bekanntschaft machen und freien ...*

1. Mos. 24,13f. Herr, siehe, ich stehe hier bei dem Wasserbrunnen, und der Leute Töchter in dieser Stadt werden heraus kommen, Wasser zu schöpfen. Wenn nun eine Dirne kommt, zu der ich spreche „Neige deinen Krug ...", und sie wird sprechen „Trinke, ich will deine Kamele auch tränken", daß sie sei, die du deinem Diener Isaak bescheret habest ...

30,22ff. *meinem Herzen sind die Kinder am nächsten ... immer wieder hole ich dann die goldenen Worte ... „Wenn ihr nicht werdet wie eines von diesen!"*

Matth. 18,3. Wahrlich, ich sage euch, es sei denn, daß ihr euch umkehret und werdet wie die Kinder, so werdet ihr nicht ins Himmelreich kommen.

38,15ff. *ich habe selbst Leute gekannt, die des Propheten ewiges Ölkrüglein ohne Verwunderung in ihrem Hause angenommen hätten.*

1. Könige 17,16. und dem Ölkruge mangelte nichts, nach dem Wort des Herrn, das er geredet hatte durch Elia.

46,29. *Wer hebt den ersten Stein auf ...*

Ev. Johannis 8,7. Wer unter euch ohne Sünde ist, der werfe den ersten Stein auf sie.

47,2ff. *Ihr steht so gelassen, so ohne Teilnehmung da, ihr sittlichen Menschen ... geht vorbei wie der Priester und dankt Gott wie der Pharisäer, daß er euch nicht gemacht hat wie einen von diesen.*

Luk. 10,31. Es begab sich aber ohne gefähr, daß ein Priester dieselbige Straße hinabzog, und da er ihn sahe, ging er vorüber.

Luk. 18,11. Der Pharisäer stund und betete bei sich selbst also: Ich danke dir, Gott, daß ich nicht bin wie die andern ...

48,22f. *wir nennen das eine Krankheit zum Tode* ...

Joh. 11,4. Da Jesus das hörte, sprach er: Die Krankheit ist nicht zum Tode ...

55,35. *das bärene Gewand und der Stachelgürtel*

Matth. 3,4. Johannes hatte ein Kleid von Kamelhaaren und einen ledernen Gürtel um seine Lenden ...

85,10ff. *und der ganze Kerl vor Gottes Angesicht steht ... wie ein verlechter Eimer.*

Prediger 12,6. Ehe denn ... der Eimer zerleche am Born ...

85,14f. *wenn der Himmel ehern über ihm ist*

5. Mose 28,23. Dein Himmel, der über deinem Haupte ist, wird ehern sein.

86,6ff. *Sagt nicht selbst der Sohn Gottes, daß die um ihn sein würden, die ihm der Vater gegeben hat?*

Joh. 6,44. Es kann niemand zu mir kommen, es sei denn, daß ihn ziehe der Vater ...

Joh. 6,65. Darum habe ich euch gesagt: Niemand kann zu mir kommen, es sei ihm denn von meinem Vater gegeben.

86,16ff. *Und ward der Kelch dem Gott vom Himmel auf seiner Menschenlippe zu bitter, warum soll ich großtun ...*

Matth. 26,39. ... fiel nieder auf sein Angesicht und betete und sprach: Mein Vater, ist's möglich, so gehe dieser Kelch von mir ...

86,27f. *Mein Gott! mein Gott! warum hast du mich verlassen?*

Matth. 27,46. Und um die neunte Stunde schrie Jesus laut und sprach: Mein Gott, mein Gott, warum hast du mich verlassen?

86,30f. *der die Himmel zusammenrollt wie ein Tuch*

Psalm 104,2. Du breitest aus den Himmel wie einen Teppich.

Jesaia 34,4. Der Himmel wird zusammengerollt werden. Offenbarung Johannis 6,24. der Himmel entwich wie ein zusammengerolltes Buch.

117,30. *Ich gehe voran! gehe zu meinem Vater.*

Joh. 14,28. Ich gehe zum Vater; denn der Vater ist größer denn ich.

Joh. 13,1. ... da Jesus erkannte, daß seine Zeit kommen war, daß er aus dieser Welt ginge zum Vater ...

123,3ff. *daß Priester und Levit vor dem bezeichneten Steine sich segnend vorübergingen und der Samariter eine Träne weinte.*

Luk. 10,31–33. Es begab sich aber ohngefähr, daß ein Priester dieselbige Straße hinabzog, und da er ihn (den von Räubern Überfallenen und Zerschlagenen) sahe, ging er vorüber. Desselbigen gleichen auch ein Levit, da er kam bei der Stätte und sahe ihn, ging er vorüber. Ein Samariter aber reiste und kam dahin; und da er ihn sahe, jammerte ihn sein ...

123,6f. *Ich schaudre nicht, den kal-*
ten, schrecklichen Kelch zu fassen ...

Joh. 18,11. Soll ich den Kelch nicht
trinken, den mir mein Vater gegeben
hat?

Die wesentlichsten dieser Stellen beziehen sich auf Werthers unmittel-
bares Verhältnis zu dem *Vater,* und zugleich auf die scharfe Ablehnung
der selbstgerechten *Priester.* Zu diesen Anklängen an Bibelworte kommen zahlreiche weitere Beziehungen zur Sprache der Kirche: *Tauf-*
handlung 36,12; *Prophet* 36,14; *Gnade* und deren *sichtbare Zeichen*
(Sakramente) 117,13 ff.; *Pilger im heiligen Lande* 73,14; *Zelle* und *Ge-*
wand des Mönchs 55,35 und anderes mehr. Aber gerade durch die
Anklänge werden auch wieder die Unterschiede deutlich. Werther
spricht immer nur von dem Vater, und bewußt nicht von der Mittler-
schaft und Erlösungstat des Sohnes. Wo Jesus genannt wird, ist er der
Lehrer der Menschen, der *goldene Worte* spricht (30,30), ist also von der
humanen „natürlichen" Religion des 18. Jahrhunderts aus gesehen; eine
zweite Stelle weist auf ihn als Geschöpf, als *Kreatur* (86,26), nicht als
Mittler. Bibelanklänge sind nicht auch immer Bibelnähe. Dem Gläubigen wären die Worte Christi am Kreuz zu heilig, als daß er sie auf sich
selbst in solcher Weise anwenden könnte, wie Werther es tut (86,27 f.);
manche zeitgenössischen Kritiken haben die Bibel-Anklänge als Profa-
nierung getadelt. Da, wo Werther von dem Weg zu dem Vater spricht,
von der Freiheit, in die er geht, da verbindet sich ihm dieser Weg mit
dem Bilde Lottens: *Ich schaudre nicht, den kalten, schrecklichen Kelch*
zu fassen ... Du reichtest mir ihn ... (123,6 ff.) Denn für ihn wird die
Liebe zum religiösen Weg; sie wird vergeistigt – aber sie bleibt Liebe.
An anderen Stellen hat die Beziehung zu dem *Alliebenden* (90,34 f.)
Züge von Naturfrömmigkeit (9,10–30; 52,2 ff.) und auch sprachliche
Ausdrücke, die dem Gedicht *Ganymed* (Bd. 1, S. 46 f.) nahe kommen.
In ausgesprochenem Gegensatz zum Christentum steht Werther darin,
daß er zu den Grundelementen seiner Existenz (unentbehrlich für sein
Lebensgefühl) die Freiheit rechnet, die Stunde seines Todes selbst be-
stimmen zu können. – Bei sprachlichen Anklängen an die Bibel muß
man ausgehen von Bibeldrucken des 17. und frühen 18. Jahrhunderts,
nicht von sprachlich modernisierten Texten der Gegenwart. – Gertrud
Janzer, Goethe und die Bibel. Lpz. 1929. (Auch: Theol. Diss. Heidelberg 1929.) – Hanna Fischer-Lamberg, Das Bibelzitat beim jungen
Goethe. In: Gedenkschrift für Ferdinand Josef Schneider. Weimar
1956. S. 201–221.

89,11. *die Generalstaaten:* die niederländische Regierung, die als besonders
reich galt.

90,15. *einer irdischen Hindernis.* Das Wort *Hindernis* ist bei Goethe und anderen Schriftstellern seiner Zeit meist Femininum. – Dt. Wb. 4,2, S. 1410. – Fischer
S. 345.

91,29 f. *Und auf einmal fiel sie in die alte, himmelsüße Melodie ein ...*
Es ist die Melodie, von der Werther einmal im Anfang seiner Liebe
berichtete (39,15–23). Wie leicht vermischt Liebe sich mit einer Melodie
– und mehr als alles andere vermag die Melodie dann den ganzen Kreis
des Erlebens plötzlich in überwältigender Kraft lebendig zu machen.
Der *Werther*-Roman als Inbild einer liebenden Seele hat sich diesen Zug
nicht entgehen lassen, wennschon das Motiv untergeordnet bleibt. Goethe in seiner Jugend hatte also innere Erfahrungen auch in diesem Bereich. Sie haben sich viele Jahre später in gesteigerter Form wiederholt
in jener Krisis, die ihm *Werther* wieder so nahe brachte und aus der das
Gedicht *An Werther* entstand: die Marienbader Leidenschaft von 1823
verband sich ihm mit Melodien, welche die Pianistin Szymanowska dort
spielte, und als sie ihm einige Monate später auf einem Besuch in Weimar das gleiche wieder vortrug, erlitt er eine Erschütterung bis an die
Grenze eines Zusammenbruchs.

98,8 f. *in seinem wirksamen Leben*: in seinem Leben, sofern dieses Wirksamkeit, Tätigkeit war.

102,9. *geschickt*: so handelnd, wie es der Schicklichkeit (dem Anstand, der
Notwendigkeit) entspricht; zuvorkommend, artig, sich schickend (= sich fü-
gend). – Dt. Wb. 4,1, 2. Teil, S. 3884. – Fischer S. 285.

103,4. *Politisch*. Das Wort hat hier die alte Bedeutung, die um 1700 allgemein
war und noch zu Goethes Zeit häufig vorkam: weltklug, praktisch, schlau, diplo-
matisch, und zwar in bezug auf den einzelnen, das Individuum.

105,36. *Kleider einnähen*: in Schutzhüllen, für eine Reise.

107,32. *eine Menuett*. Das aus dem Italienischen und Französischen herkom-
mende Wort ist hier als Femininum gebraucht, ebenso Bd. 9, S. 394,3; dagegen
Bd. 11, S. 511,6 als Maskulinum.

108,5 ff. *Stern der dämmernden Nacht ...* Werther liest Lotte ein
Stück aus Ossian vor, das er übersetzt hat. Es ist das Werk, das bei
Ossian den Titel hat „Songs of Selma", eines der kürzeren Ossian-
Gedichte, sehr viel kürzer als die umfangreichen Epen „Fingal" und
„Temora". Goethe hat diesen Gesang vermutlich im Herbst 1771 über-
setzt, als er durch Herder für Ossian interessiert war. Eine sorgfältige
Reinschrift (betitelt *Die Gesänge von Selma,* jetzt im Goethe-Museum
Düsseldorf) wurde als Geschenk an Friedrike Brion übersandt (wahrscheinlich auf dem Wege über Salzmann in Straßburg). Goethe maß
dieser Arbeit bald darauf wohl nicht mehr viel Bedeutung bei. Doch
1774 nahm er sie wieder vor, nicht um Ossians willen, sondern weil sie
in *Werther* paßte als Element zur Charakterisierung des empfindsamen
Helden. Er arbeitete nun die alte Übertragung sprachlich um, und das
ganze lyrische Können, das ihm seither erwachsen war, wurde dabei
fruchtbar; es äußert sich in der Wortwahl und vor allem in dem Rhythmus, der weit hinausgeht über die Klänge der Übersetzung von 1771,

auch über die des englischen Textes, dessen rhythmische Prosa er weicher, melodischer und wandlungsreicher ins Lyrische steigert. Die „Songs of Selma" sind typisch für die Ossianische Welt. Am Beginn steht Naturlyrik, dann erscheinen, schattenhaft, Gestalten der Heldenzeit. Sie singen von vergangenen tragischen Ereignissen. Dabei werden die Menschen mit der Natur, mit Felsen, Blumen und Wind verglichen. Eine Anzahl Namen taucht auf und neue Geschichten folgen fast ohne Übergang. Der Zusammenhang bleibt undeutlich, sofern man sich nicht sehr genau den verschachtelten Aufbau klarmacht. Was Werther und Lotte ergreift – und die ganze Zeit ergriff –, sind einige tragische Einzelmotive und ist vor allem der klagende sehnsuchtsvolle lyrische Klang. Ossian, der greise Sänger, beginnt mit einem Gesang auf den Abendstern. (108,5 ff.) Er erinnert sich dann an seine *geschiedenen Freunde* (108,15 f.) und gedenkt einer Zusammenkunft in der Königshalle seines Vaters Fingal auf Selma (108,21 f.). Die Ossianischen Dichtungen gehen von der Vorstellung aus, daß bei solchen Zusammenkünften *Barden* (108,18 f.) Lieder sangen und daß diejenigen Lieder, welche besonderen Anklang fanden, von den Sängern im Gedächtnis behalten und später wieder vorgetragen wurden. So singt Ossian nun, was er einst auf Selma gehört hat, und zwar sind es drei balladeske Lieder. Das erste ist ein Lied, das Minona sang. Minonas Lied stellt die Klage Colmas dar. Diese Klage Colmas wird in direkter Rede gebracht. Wir haben also hier (der Text umfaßt bisher noch nicht einmal eine Druckseite) bereits eine zweifache Schachtelung: Ossian trägt vor, was Minona sang, Minona das, was Colma sang. Colma singt davon, wie ihr Geliebter und ihr Bruder sich wechselseitig töteten. Das Gedicht bringt sein Geschehen nicht knapp-balladesk wie alte Volksdichtungen, sondern es ist subjektive Klage im empfindsamen Zeitstil, eingefügt in die Naturstimmung mit Nacht, Wind und Mond. Als Kern bleibt das alte tragische Handlungsmotiv. – Nach Minona tritt der Barde Ullin auf (110,18). Er hat einst einen Wechselgesang zwischen Ryno und Alpin gehört, welche den Tod Morars beklagten. Dieser Wechselgesang wird jetzt wiederholt, und zwar singt Ullin die Partie Alpins, Ossian selbst die Rynos, beide begleiten ihren Gesang mit Harfen. Diesmal also dreifache Schachtelung: Ossian singt von seinem und Ullins damaligem Gesang, sie wiederholten damals Rynos und Alpins Gesänge, diese beide sangen von Morar. Wieder ist es Totenklage. Durch sie wurde damals Armin angeregt (112,12 ff.), das traurige Schicksal seiner Kinder zu besingen. Daura, die Tochter, wird von Erath entführt; ihr Bruder Arindal nimmt Erath gefangen; Armar, Dauras Verlobter, glaubt den Entführer Erath vor sich zu sehen, tötet aus Versehen Arindal und kommt selbst im Wasser um. Daura stirbt. – Hier bricht Werthers Lesung ab. Weder Lotte noch ein anderer Hörer, wenn man ihm diese

Übersetzung vorläse, überblickt sogleich den verschachtelten Zusammenhang. Doch es kommt auf ihn nicht an. Was sofort haftenbleibt, sind ein paar Situationen: Die junge Heldin, deren Bruder und Geliebter infolge einer unheilvollen Fügung einander töten; die andere junge Heldin, deren Bruder versehentlich von ihrem Geliebten getötet wird und die dann auf dem Inselfelsen umkommt, indes ihr alter Vater hilflos am Ufer steht. Die Parallele ist nicht aufdringlich, aber deutlich: auch um Lotte sind zwei Männer und ist schuldlose Schuld, Verzweiflung und Todesnähe. Die Tragik des Lebens, welche Werther und Lotte nie unmittelbar gegen einander aussprechen, sagen sie sich jetzt in der übertragenen Form der Dichtung. Und welches andere Werk außer Ossian hätten sie dafür nehmen können? Wie einst Klopstock für sie das Stichwort war für religiöses Naturgefühl, so ist Ossian nun das Stichwort für Tragik. Bei diesem vermischt sich das tragische Motiv, das auf alte Dichtungen und Sagen zurückgeht, nun mit der Empfindsamkeit zeitgenössischen Geistes, langen Klagen, Naturstimmungen, lyrisch-ergreifender Sprache. In allen Geschichten, die hier verknüpft sind, handelt es sich um den Tod junger Männer und die Klage junger Frauen, und Werther denkt dabei an seinen eigenen Tod. Wenn Colma und ebenso Daura erleben, daß von den Jünglingen, welche einander die Nächsten sein sollten, einer den anderen tötet, wird Werther vorlesend an seinen Schreckensgedanken erinnert: *in diesem zerrissenen Herzen ist es wütend herumgeschlichen, oft – deinen Mann zu ermorden.* (104,34 f.) Schon als er zu lesen beginnt, ist er innerlich zum Zerreißen gespannt. (108,2–4.) In seiner ganzen Vorlesung spricht seine Stimme aus, was ihn innerlich bewegt, auch wenn seine Worte nur den geschriebenen Text bringen. Lotte empfindet diesen Klang, und damit vermischen sich ihr dunkel die Hauptmotive des vorgelesenen Gedichts: schuldlose Schuld, unentrinnbares Schicksal, ein verzweifeltes Mädchen, ein toter Jüngling, hilflose Klage. Mit dem Bild des ertrinkenden Mannes und des einsamen verzweifelten Mädchens bricht die Lesung ab. (113,36 bis 114,16.) Werther setzt dann nach kurzer Pause nochmals mit Lesen an, und diesmal spricht der Text davon, daß jemand – der Sänger – den eigenen Tod voraussagt (114,31–37). Werther empfindet hier die Parallele zu dem, was er selbst erlebt und vorhat, überwältigend stark. Und hier führt das Zusammenfallen des Gelesenen und Gelebten nun zu dem Ausbruch gestauten Gefühls, das den Höhepunkt bringt. – Für den Roman als Kunstwerk ist die letzte gelesene Partie (114,31–37) die unmittelbare Fortsetzung der vorigen (die 114,16 endete). Betrachtet man dagegen die Entstehung des Werkes, so sieht man: die Partie 114,31–37 stammt aus dem Ossian-Liede „Berrathon" und ist mit Bedacht hier eingefügt als lyrische Steigerung, knappste Formulierung des Todesmotivs und Wendung zum eigenen Tod. Sie wiederholt außerdem, was

schon in Werthers erstem Brief über Ossian erklang (82,31–35): das
Denken ans eigene Grab. Sie steigert also alle bisherigen Ossian-Motive
zum Höhepunkt (sowohl in bezug auf die Partie 82,9–39 wie die Partie
108,5–114,16), und wie deren Beginn betont sie: Ossian-Welt ist Todes-
erwartung. – Dagegen hat Goethe das, was in den *Gesängen von Selma*
noch folgt, absichtlich weggelassen. Es lautet in seiner Übersetzung von
1771 folgendermaßen: *Will keins von euch aus Mitleiden reden? Sie
sehen ihren Vater nicht an. Ich bin trüb, o Carmor; aber nicht gering die
Ursach meines Schmerzens! – So waren die Worte der Barden in den
Tagen des Gesangs, da der König den Klang der Harfen hörte und die
Geschichten vergangener Zeiten. Die Fürsten erschienen von allen ihren
Hügeln und hörten den lieblichen Ton. Sie priesen die Stimme von Cona
(Ossianen), des ersten unter tausend Barden. Aber das Alter ist nun auf
meiner Zunge, mein Geist ist weggeschwunden. Ich höre manchmal die
Geister der Barden und lerne ihren lieblichen Gesang. Aber das Ge-
dächtnis schwindet in meiner Seele. Ich höre den Ruf der Jahre. Sie
sagen, wie sie vorübergehn: Wie, singt Ossian? Bald wird er liegen im
engen Haus, kein Barde seinen Ruhm erheben. Rollt hin, ihr dunkel-
braunen Jahre, ihr bringt mir keine Freude in eurem Lauf. Eröffnet
Ossian sein Grab, denn seine Stärke ist dahin. Die Söhne des Gesangs
sind zur Ruhe gegangen, meine Stimme bleibt über wie ein Hauch, der
fern um den seeumgebenen Felsen saust, wenn sich der Sturm gelegt hat.
Das finstere Moos rauscht, und aus der Ferne sieht der Schiffer die
wallenden Bäume. –* Es handelt sich auch hier um Vorblick auf den
eigenen Tod, aber bei einem alten Manne; die „Berrathon"-Stelle bringt
das gleiche Motiv viel knapper, lyrischer und ergreifender. – Für Werther und Lotte ist die Ossian-Dichtung ein Spiegel ihres eigenen Schick-
sals, nicht in den Einzelheiten, aber als Tragik und Gefühl. Werther
wird ergriffen, weil es eine Dichtung voll empfindsamen Gefühlsaus-
drucks ist, und seine Ergriffenheit überträgt sich auf Lotte. Die tragischen Geschehnismotive allein hätten diese Wirkung nicht erreicht; läse
Werther ein tragisches Geschehnis vor, das die herbe Sprache der Asan-
Aga-Ballade hat (Bd. 1, S. 82–85), es würde beide nicht so in Tränen
versetzen. Hier dagegen kommt der lyrische Klang der modern-empfindsamen Sprache hinzu. In dieser Zeit lag die Edda gedruckt vor in der
Ausgabe von Petrus Resenius, 1665, und im Anhang von Mallets „In-
troduction à l'histoire de Dannemarc", 1755/56; von dem Nibelungenlied hatte Bodmer 1759 den zweiten Teil, die großartig-tragische Geschichte des Burgundenuntergangs, zum Druck gebracht. Das waren
alte Volksdichtungen mit großen tragischen Situationen. Aber die Zeit
ging an ihnen achtlos vorüber; der Abstand war zu groß. Macpherson
dagegen mit seiner Verbindung tragisch-balladesker Handlungsmotive
und moderner Gefühlssprache traf genau den Geschmack der empfind-

samen Zeit und machte in dieser Form seiner Gegenwart die alten Stoffe
schmackhaft. Noch 50 Jahre später, in der Romantik, mußte erst eine
halb moderne, halb mittelalterliche Fassung des Nibelungenliedes, von
F. H. v. d. Hagen, 1807, erscheinen, bevor man es wagte, zu dem echten
alten Werk weiterzuschreiten. Als man dann das Tragische in der alten
Dichtung erkannte und es zugleich in neuen Dichtungen wieder neu
erschuf, war die Rolle Ossians zu Ende. Aber in der Epoche davor hat
er – als Verbindung von Tragik und Empfindsamkeit – den Zeitgenossen viel bedeutet. Deswegen greift Werther als empfindsamer und zugleich tragischer Mensch zu diesem Werk. Goethe schiebt in den Roman die Ossian-Vorlesung ein, weil sie mehrere Funktionen zugleich
erfüllt: sie charakterisiert Werther, sie führt ihn und Lotte mittelbar
zusammen, sie spricht die Tragik der Situation aus, sie bildet ein Ritar-
dando vor der Katastrophe und deutet zugleich als Spiegelung auf sie
voraus; sie zeigt auch, wie sehr Werthers Liebe von geistiger Art ist und
was es für den modernen Menschen bedeutet, in künstlerischen Bereichen einig zu sein: wie das erste Einander-Finden mit Lotte im Zeichen
einer Dichtung sich ereignete, so auch dieses letzte. – Eine Wirkung, die
mit dem Roman als Kunstwerk nichts zu tun hat, war dann die, daß
Ossian hierdurch mehr als durch alles andere berühmt bei den Empfindsamen wurde. So aber hatte der Dichter es nicht gemeint. Die Ossian-Vorlesung ist für ihn ein Roman-Motiv, nicht Verherrlichung eines
Dichters; für ihn selbst war Homer viel bedeutender.

Goethes Übersetzung in der Fassung von 1771: Der junge Goethe. Hrsg. v.
M. Morris. Bd. 2. Lpz. 1910. S. 84–91. – Fischer-Lamberg 2, 1963, S. 76–81, 327. –
Weim. Ausg., Bd. 37, 1896, S. 66–77. – Abdruck der Übersetzungen von 1771 und
1774 nebeneinander: Der junge Goethe. Goethes Gedichte. Hrsg. v. Eugen Wolff.
Oldenburg u. Lpz. (1907.) S. 95–108 und dazu der Kommentar S. 452–455. – Über
die Handschrift: Katalog d. Sammlung Kippenberg. Bd. 1. 2. Aufl. Lpz. 1928. S. 3,
Nr. 5. – Über Goethes Übersetzungen: John Hennig, Goethe's Translations of
Ossian's Songs of Selma. The Journal of English and Germanic Philology 45,
1946, S. 77–87. – John Hennig, Goethe's Translation from Macpherson's Berrathon. Modern Language Review 42, 1947, S. 127–130. – Vgl. außerdem die
Anmkg. zu 82,9.

109,6. *schnobend.* Heute gebräuchlicher „schnobernd". Nebeneinander vor-
kommend: schnoben, schnobern, schnopern, schnuppern u. a. Formen.

109,7f. *des verwachsenen Stroms* = des Stroms, in und an welchem Pflanzen
wachsen. – Dt. Wb. 12,1, S. 2067f.

116,24ff. *Ich hatte eine Freundin* ... Von ihr war in einem der ersten Briefe die
Rede (12,4–19). Dort spricht Werther von der Sehnsucht, einen älteren weisen
Menschen zu haben, dem er sich ganz anvertrauen könne; jetzt spricht er von der
Sehnsucht, ihr im Tode nachzufolgen. Es gehört zu der Tragik von Werthers
Existenz, daß er keinen Menschen hat, der so wie diese Verstorbene die verwirrten
Fäden seines Innern ergreift, sie ordnet und ihn sich selbst wiedergibt. – Vgl. die
Anm. zu 12,4ff.

117,12. *versiegelten*: waren ein Zeichen für . . ., bestätigten.

117,32ff. *ich fliege dir entgegen . . . in ewigen Umarmungen.* Die
Formulierung erinnert an ähnliche Stellen bei Klopstock. Damit ist
nicht gesagt, daß Werther hier an Klopstock denkt oder in Lotte Erinnerungen an diesen wecken will, sondern nur, daß Werthers Unsterb-
lichkeitsvorstellungen und deren sprachliche Formulierungen weitgehend von Klopstock (nicht von den Theologen) beeinflußt sind. In
Klopstocks Ode, die in der Darmstädter Ausgabe, 1771, ,,An Daphne"
heißt, in der Hamburger Ausgabe, 1773, ,,An Fanny", wird ausgemalt:

> Dann wird ein Tag sein, den werd ich auferstehn!
> Dann wird ein Tag sein, den wirst du auferstehn!
> Dann trennt kein Schicksal mehr die Seelen
> Die du einander, Natur, bestimmtest.

Klopstock wagt hier das heikle Thema des Zueinanderfindens derer im
Jenseits, welche ,,Natur" für einander bestimmt hat. Fanny hatte einen
anderen Mann gewählt, Klopstock aber glaubte, daß sie von Natur ihm
selbst bestimmt sei. Das wird in der Ode folgendermaßen ausgesprochen:

> Ach, wenn du dann auch einen beglückteren
> Als mich geliebt hast, laß den Stolz mir,
> Einen Beglückteren, doch nicht edlern!

Und ähnlich wie in Werthers Worten vollzieht sich dann eine Vereinigung im Jenseits vor dem Auge Gottes:

> Dann wägt, die Waagschal in der gehobenen Hand,
> Gott Glück und Tugend gegen einander gleich;
> Was in der Dinge Lauf jetzt mißklingt,
> Tönet in ewigen Harmonien!
> Wenn dann du dastehst, jugendlich auferweckt,
> Dann eil ich zu dir . . .

117,36f. *Wir werden sein! wir werden uns wieder sehen!* Werther zitiert hier
wörtlich Sätze aus dem Gespräch mit Lotte und Albert am Abend vor seiner
Abreise im September 1771 (57,22f. und 57,27f.). Dort war von Tod und Wiedersehen im Jenseits die Rede, Lotte hatte selbst die Sprache darauf gebracht, als sie
von ihrer Mutter erzählte. Werther weiß, daß Lotte bei den Worten, die er hier
schreibt, an jenes Gespräch zurückdenken wird, und wie dort wird hier das Reich
der Seelen bezeichnet, indem er ihre Mutter nennt.

118,5f. *Ihre Pistolen leihen?* Werther hat schon im August 1771 davon gespro-
chen, sich für eine Reise diese Pistolen zu leihen (45,13f.); auf diese Weise ist das
Motiv schon vorbereitet. Es war im 18. Jahrhundert nicht ungewöhnlich, daß man
wegen der Gefahr, angefallen zu werden, Pistolen auf eine Reise mitnahm. – Daß
Werther, der Albert sonst in den Briefen duzt, hier *Sie* schreibt, entspricht dem
Stil der Zeit, denn es ist ein unpersönlich formuliertes Billett, und man wechselte
damals je nach Art und Ton des Schreibens vielfach zwischen ,,Du" und ,,Sie".
(Vgl. den im Nachwort zitierten Brief Wielands an Lavater vom 4. März 1776.)

120,5 f. *wie sie mehr zu tun pflegte*: wie sie öfters zu tun pflegte.

120,18. *Die Erscheinung von Werthers Knaben*: die Ankunft von Werthers Diener. Das Wort *Knabe* bezeichnet im 18. Jahrhundert anders als im 20. Jahrhundert auch Burschen, junge Männer, zumal sofern sie Bedienstete sind. (Bei dem Wort ,,Mädchen" hat sich die entsprechende Bedeutung länger erhalten.)

122,23 f. *aufgehabenen*. In Übereinstimmung mit allen Goetheschen Drucken; kein Druckfehler für ,,aufgehobenen". Die Form *aufgehaben*, durch die Lutherbibel bekannt, kommt im 18. Jahrhundert auch bei Göcking, Heinse, Moritz, Musäus u. a. vor. Während das Simplex im 18. Jahrhundert meist ,,gehoben" lautete, hielt sich im Kompositum noch die Form *aufgehaben*; und in den Formen ,,erhaben" und ,,Gehaben" hielt sie sich bis heute. – Dt. Wb. 1, S. 663.

123,2 ff. *daß Priester und Levit* ... Anklang an das Gleichnis vom barmherzigen Samariter, Lukas 10,30–37. Mit den Wörtern *Priester* und *Levit* (Tempeldiener) meint Werther hier die Theologen und ihren Anhang, mit *Samariter* den undogmatischen, weichherzigen, empfindsamen Menschen. – Vgl. Anm. zu 86,6 ff.

123,32. *den Blick vom Pulver*. Das Wort *Blick* bedeutet bis ins 18. Jahrhundert: Blitz, heller Strahl. In diesem Sinne auch in dem (*Werther* zeitlich nahestehenden) *Mahomets-Gesang: Seht den Felsenquell, / Freudehell, / Wie ein Sternenblick!* (Bd. 1, S. 42 und die Anm. dazu.) – Dt. Wb. 2, S. 113 f.

124,21 f. *,,Emilia Galotti" lag auf dem Pulte* ... ,,Emilia Galotti" ist zu Werthers Zeit die einzige moderne deutsche Dichtung, die auf einer hohen Ebene Tragik darstellt. Das aufgeschlagene Buch ist Hinweis, daß es Situationen gibt, die zum Tode führen müssen, nicht als Ausfluß sentimentaler Schwärmerei, sondern als Rettung sittlicher Freiheit. Aus Werthers Feder wäre ein solcher Hinweis denen, die seinen Tod sehen, belanglos, aus Lessings Feder müssen sie ihn anerkennen. Emilia bittet den Vater, sie zu erstechen, und es geschieht. Ein verwandtes Motiv erwähnt Werther einmal früher, einen *edlen Waffenträger*, der einen Fürsten *von der zückenden Qual des langsam absterbenden Lebens ... befreit* (82,36 bis 38). Es ist Tod auf Wunsch an Stelle von Selbstmord. Nach den Anschauungen der Orthodoxie und auch der Aufklärung war beides verwerflich. Aber für Emilia Galotti und ihren Vater besteht das Ziel ihrer Tat darin, die Tugend zu bewahren und Böses zu verhüten. Emilia wie Werther wünschen aus einem Schuldgefühl heraus den eigenen Tod. Werther deutet hier an, daß man auch seinen Tod in solchem Lichte sehen solle. Darum Lessing, der kühle, klare, nicht Ossian. Das erklärende Wort an Lotte ist der nur für sie bestimmte Abschiedsbrief. Das erklärende Wort an die übrige Welt – ein sehr zurückhaltendes, taktvolles Wort, das ganz offen läßt, wieviel hier Zufall, wieviel Absicht sei – ist ,,Emilia Galotti". – In Kestners Bericht an Goethe heißt es: ,,Emilia Galotti lag auf dem Pult am Fenster aufgeschlagen." Goethe hat diesen Satz also leicht verkürzt übernommen. Er hätte es nicht getan, wenn er nicht in das innere Gefüge des Romans gepaßt hätte.

E. Feise, Zu Entstehung, Problem u. Technik von Goethes „Werther". The Journal of English and Germanic Philology 13, 1914, S. 1–36. – E. Feise, Lessing's Emilia Galotti and Goethe's Werther. Modern Philology 15, 1917, S. 321–338. – J. Petersen, Goethe u. Lessing. Euphorion 30, 1929, S. 175–188. Auch in: Petersen, Aus der Goethezeit. 1932. S. 1–18. – R. T. Ittner, Werther and „Emilia Galotti". The Journal of English and Germanic Philology 41, 1942, S. 418–426. – L. Forster, Werthers's reading of „Emilia Galotti". Publ. of the English Goethe Society N. S. XXVII, 1958, S. 33–45. – Ilse Appelbaum-Graham, Minds without medium. Reflections on „Emilia Galotti" and „Werthers Leiden". Euphorion 56, 1962, S. 3–24.

124,33. *tuschten* = stillten, beschwichtigten.

124,34 f. *Nachts gegen eilfe ließ er ihn ... begraben.* Es war im Ausgang des 18. Jahrhunderts üblich, daß Beerdigungen am späten Abend oder nachts stattfanden und daß Gesellen einer Handwerkerzunft den Sarg trugen. Darin also weicht Werthers Beerdigung in nichts von dem Gebräuchlichen ab. Aber das Fehlen eines Geistlichen ist ein Unterschied von dem üblichen, der im 18. Jahrhundert stark ins Auge fiel, denn hierdurch wird Werther zum Mörder gestempelt. Geistliche des 18. Jahrhunderts beerdigten keinen Selbstmörder, und es wurde erst in der 2. Hälfte des 18. Jahrhunderts auf Grund der nun sich durchsetzenden milderen Anschauungen möglich, in solchem Falle eine Grabstelle auf dem Friedhof zu erhalten. Werther bittet in seinen Abschiedsbriefen – der an den Amtmann wird nur indirekt erwähnt (122,34–37) –, *auf dem Kirchhofe ... hinten in der Ecke nach dem Felde* zu beerdigt zu sein. Der Bericht formuliert nun nicht: „Werther wurde an der Stätte begraben", sondern macht den *Amtmann* zum Subjekt: ... *ließ er ihn an die Stätte begraben, die er sich erwählt hatte.* Die Leser des 18. Jahrhunderts verstanden diese knappe, zurückhaltende Sprache: Ohne den Amtmann wäre schwerlich alles so nach Wunsch verlaufen. – Goethe hat aus Kestners Bericht den Satz „Das Kreuz ward voraus getragen" nicht übernommen, jedoch den folgenden Satz *Kein Geistlicher hat ihn begleitet,* und zwar wörtlich; doch dadurch, daß er ihn zum Schlußsatz des Romans macht, hat er ihm einen Nachdruck verliehen, den er in Kestners Bericht nicht besitzt. – Über Jerusalems Beerdigung: H. Gloël, Goethe und Lotte. Bln. 1922. S. 170–172. Oder: H. Gloël, Goethes Wetzlarer Zeit. Bln. 1911. S. 233 f. – Allgemein über Beerdigung von Selbstmördern im 18. Jahrhundert: Zedler, Universal-Lexikon 2, 1733, Art. „Begräbnis" Sp. 927–937, und Bd. 36, 1743, Art. „Selbstmord" Sp. 1595–1614. – RGG Art. „Begräbnis" und „Selbstmord". – Hans Rost, Bibliographie des Selbstmords. Augsburg 1927. Insbesondere S. 39–42 und 316–326.

Unser Text bringt das Werk in der 2. Fassung, in der es Goethe von 1787 an immer zum Druck brachte. – Textgeschichtlich gehört diese Fassung zu den schwierigsten Werken, die es gibt.

Der *Werther* erschien im Erstdruck in 2 Teilen 1774 bei dem Verleger Weygand in Leipzig. Der Verleger brachte rasch hintereinander im gleichen Jahre noch zwei weitere Drucke, wobei er z. T. Goethes Handschrift noch einmal verglich.

1775 begann der Berliner Verleger Himburg unrechtmäßig „Goethes Schriften" herauszugeben und druckte als „Ersten Teil" *Die Leiden des jungen Werther*. Er druckte in den folgenden Jahren das Werk noch zwei weitere Male nach. Himburgs Drucke enthalten Angleichungen an den Berliner Sprachgebrauch, aber auch willkürliche Änderungen und zahlreiche Fehler. Beispielsweise wurde aus *meine* (7,19) *meinige;* aus *nachher* (63,32) *hernach;* aus *verlassen von aller Welt* (49,35) *verlassen von der Welt;* aus *Deine Stimme glich dem Waldstrome* (111,17f.) *gleich dem … usw.*

1781 begann Goethe für die von ihm geplante Sammlung seiner Schriften *Werther* neu zu bearbeiten. Er besaß kein Exemplar der Weygandschen Drucke mehr und lieh sich von Frau v. Stein einen Himburgschen Nachdruck. Diesen ließ er von einem Schreiber ganz abschreiben und trug in diese Handschrift (H) seine Veränderungen und Ergänzungen ein. Fast alle Fehler und Änderungen des Himburgschen Drucks wurden dabei übernommen; einiges wurde korrigiert, teils von Goethe, teils von Herder. An dieser Handschrift hat Goethe in den folgenden Jahren mehrfach Ergänzungen angebracht; sie ist erhalten geblieben und wird im Weimarer Archiv aufbewahrt; diese Handschrift diente als Vorlage des Drucks von 1787, von welchem Goethe keine Korrekturbogen sah. Dieser Druck wurde dann maßgeblich für alle folgenden Drucke.

Offensichtlich sind in diese Fassung eine Menge Himburgsche Fehler und Willkürlichkeiten übernommen, die nie und nimmer hineingekommen wären, wenn Goethe einen authentischen Weygandschen Druck benutzt hätte. – Seit Seufferts *Werther*-Edition in der Weimarer Ausgabe, 1899, sehen es die wissenschaftlichen Herausgeber als ihre Aufgabe an, aus Goethes 2. Fassung dasjenige auszuscheiden, was eindeutig auf Himburg zurückgeht. Das läßt sich weitgehend tun, aber in einigen Punkten bleiben unlösbare Fragen; denn manche Sprachformen, die Himburg einsetzte, hat Goethe in seinen ersten Weimarer Jahren auch von sich aus in seine Prosa eingeführt; denn er verließ damals die Schreibweise seiner Jugend, welche nach süddeutscher Mundart vielfach die Endungs-e fortließ und in Art des Sturm und Drang sich dem gesprochenen Wort nahe hielt. Aus diesem Grunde ergibt sich also bei manchen Einzelheiten der 2. Fassung die Frage, ob nicht Himburgs Form Goethes neuem Stil entsprach, von ihm autorisiert ist und also nicht in die Urfassung zurückgeändert werden darf.

Im folgenden sind die Cottaschen Ausgaben bezeichnet mit den für sie üblichen Siglen:

A = Werke 1806–1810.
B = Werke 1815–1819.
C = Ausgabe letzter Hand 1827–1830.

Die Weimarer Ausgabe (W) erwarb sich ein bleibendes Verdienst, indem sie ihrem Druck erstmalig die Handschrift (H) zugrunde legte, die eindeutigen Him-

hab' ich gemacht. Dieser Satz fehlt in W, J und F, da er in der Handschrift von 1786 fehlt; doch ist er vermutlich nur aus Versehen ausgefallen. Von Wl wieder eingesetzt. – 13,10. *manchem* J, F, Wl; *manchen* W. – 13,27. *hochgelahrten* W, Wl; *hochgelahrte* J, F. – 14,28. *einmal* J, F. Einmal in den alten Drucken, W, Wl; Großschreibung wirkte in der Goethezeit nicht so stark hervorhebend wie heute. – 16,31f. *weiß Brot* W, F; *Weißbrot* J, Wl. – 19,20. *einer.* 1. Fassung, J und F; *einer?* 2. Fassung, W und Wl. – 22,16. *hinten* fehlt in der 2. Fassung – wohl versehentlich – und in W. Auf Grund der 1. Fassung eingefügt in J, F und Wl. – 23,22. *mußte* in der Erstausgabe und deren 2. Auflage. In den Himburgschen Nachdrucken *wußte;* diese Form ging dann in Goethes spätere Ausgaben ein, auch in W. *mußte* wieder in J, F und Wl. – 24,21. *eine* (gesperrt) J und F; *Eine* (großgeschrieben, ohne Sperrung) ist die Art der Hervorhebung in der Goethezeit, beibehalten in W und Wl. – 30,5. *einem* (gesperrt) J, F; *Einem* W, Wl; vgl. 24,21. – 30,19. *beklagte, des* W; *beklagte: des* W, J, F. – 32,14. *die kurze* Zeit in der Handschrift von 1786 und allen folgenden Drucken: *die Kurzeit* in der 1. Fassung (Druckfehler?). – 32,22. *ward* J, F und Wl, weil in den Drucken der 1. Fassung, auch in der Handschrift H und dem Druck von 1787; *war* W, weil in A, B, C. – 33,35. *müßten* J und Wl nach der 1. Fassung; *müssen* W und F nach H bis C. – 34,38. *erbärmlichsten* in den Himburgschen Drucken, übernommen in H und allen Drucken der 2. Fassung (vgl. F, S. 284); *erbärmlichen* in den ersten 3 Weygandschen Drucken, auch in W, J, Wl. – 35,10f. Wl interpungiert – meines Erachtens fehlerhaft – als direkte Rede: *die mir rief, „Wir wollten fort," brachte . . .* – 36,20. *den Kindern* Himburgs 3. Druck, die Handschrift H und alle folgenden Goetheschen Drucke, auch Wl (vgl. W, Seite 373); *die Kinder* Weygands Drucke der 1. Fassung, W, J, F. – 45,33–35. Die Drucke aus Goethes Zeit setzen keine Anführungsstriche. Daher ist Beginn und Ende von direkter Rede nicht immer eindeutig erkennbar. W und J schreiben auf Grund der alten Drucke: *ungeladen. Lieber Schatz, was ist Vorsicht? die Gefahr läßt sich nicht auslernen! Zwar – Nun weißt du . . .* F setzt Anführungszeichen und endet die direkte Rede mit *Zwar";* dagegen endet sie Wl schon mit *ungeladen."* – 51,11. *ihn* Himburg und fortan alle Goetheschen Drucke; Düntzer (im Text); W und F; dagegen *ihm* Erstdruck; von J wieder eingesetzt; auch in unserem Text hätte besser *ihm* gestanden. – 54,15. *Päckchen* (bzw. *Päckgen*) in allen frühen Drucken von dem Erstdruck bis zur Ausgabe A (1808), auch in F; dagegen in den späten Drucken B und C die Form *Päcktchen,* aufgenommen in W, aber mit dem Bemerken „Setzerwillkür?" (S. 384), auch in J und Wl. – 56,32. *zwischen den Kastanienbäumen* in allen Drucken der 1. Fassung, J, F und Wl; wohl versehentlich ist *den* bei der Abschrift für die 2. Fassung fortgefallen, es fehlt in H, S, A, B, C und W.

Zweites Buch. 61,3. *ihrem* in Handschrift und Drucken der 2. Fassung, W und Wl. Dagegen *ihren* in der 1. Fassung, J und F. – 61,34. *seinen Period* in der 1. Fassung; *seinen Perioden* in der 2. Fassung, W, J, F und Wl. – 73,31. *mich's* W, F, Wl; *mir's* J (vgl. W, Seite 397). – 76,21. *Wenn ich zum Tor* W, J, F; *Wenn ich so zum Tor* Wl (vgl. W, Seite 399). – 83,18. *Er ist schon geschwollen* 1. Fassung, Wl; *Er ist geschwollen* 2. Fassung, W, F. – 88,16. *seh' ich* 1. Fassung, W, J, F; *sah ich* 2. Fassung, Wl. – 89,30. *Ihnen* W und F als Konjektur, die sich aus dem Zusammenhang ergibt; alle alten Drucke haben *ihm* bzw. *Ihm,* ebenso J und Wl. – 99,11. *meine Leiden* Goethes Drucke seit 1787, F, Wl; *all mein Leiden* Weygands erste 4 Drucke, *mein Leiden* J, W. – 99,26 *Ehrenämtern* in allen Drucken aus Goethes

Zeit; die Konjektur *Ährenfeldern* bei Morris Bd. 6, S. 412 im Lesartenapparat, bei Fischer-Lamberg Bd. 4, S. 168 im Text. – 107,21. *unser* W, J, F; *unserer* Weygands Drucke der 1. Fassung; *unsrer* Himburg und die späteren Goethischen Drucke, Wl. – 111,11 f. Die 1. Fassung lautet hier: *und wird der Trauernde sitzen auf deinem Grabe.* Goethes Drucke der 2. Fassung und W haben: *und auf deinem Grabe der Trauernde sitzen.* Das hier vermutlich aus Versehen ausgefallene *wird* ist eingeschoben in J, F und Wl, dieser Einschub bereits erwogen in W, Seite 423. – 118,31. *gestanden und* alle Goetheschen Drucke, J, F; *gestanden war und* die Handschrift für den Druck von 1787, W, Wl. – 122,23 f. *aufgehabenen.* Kein Druckfehler in unserem Text. Alle Goetheschen Drucke haben die alte, im 19. Jahrhundert abgekommene Form *aufgehabenen.* Vgl. die Anmerkung zu dieser Stelle. – 123,18 f. *ich habe auch deinen Vater darum gebeten.* 2. Fassung, W, F; *ich habe auch darum deinen Vater gebeten* 1. Fassung, J.

Erste Fassung. Die 1. Fassung, die wir in allen Drucken vor 1787 sehen, war kürzer als die 2. Fassung. Die neuen Partien der 2. Fassung sind vor allem: 17,33–19,17; 38,24–26; 41,11–16; 44,5–11; 65,9–16; 66,3–19; 73,37–74,2; 75,1–3; 76,35–79,21; 79,31–80,24; 84,8–10; 87,11–16; 88,3–8. Starke Änderungen erfuhren zumal die Partien 92,22–120,17. Vielfach geändert und größtenteils neu ist 92,23–100,35; ganz neu ist 101,18–34. Von 106,7 bis 107,11 haben starke Veränderungen und Einschübe stattgefunden, ebenso 118,7–120,17. – Die 1. Fassung ist heute in zahlreichen Neudrucken leicht erreichbar (vgl. die Bibliographie). Vergleichende Tabellen, in welchen die beiden Fassungen in allen Einzelheiten nebeneinandergestellt werden, bringt die Fest-Ausgabe, Bd. 9, S. 296–301; knapper Gräf S. 554–556.

BIBLIOGRAPHIE

Die folgende Bibliographie enthält – wie alle Bibliographien der Hamburger Ausgabe – nur eine Auswahl aus der zahlreichen Literatur. Ausführlichere Angaben findet man in: Goethe-Bibliographie, begründet von Hans Pyritz. Bd. I. Heidelberg 1965. Bd. 2. 1968. – Internationale Bibliographie zur dt. Klassik. Hrsg. von Hans Henning u. Siegfried Seifert. Weimar 1964 ff. (jährlich). – Bibliographie in: Goethejahrbuch (jährlich).

DIE LEIDEN DES JUNGEN WERTHER

Abkürzungen

Adelung = Joh. Chr. Adelung, Versuch eines vollständigen grammatisch-kritischen Wörterbuchs. 5 Bde. Lpz. 1774–1786.

Dt. Vjs. = Deutsche Vierteljahrsschrift für Literaturwiss. und Geistesgesch.

Dt. Wb. = Deutsches Wörterbuch. Hrsg. v. Jacob Grimm und Wilhelm Grimm. 1854 ff.

Fischer = Paul Fischer, Goethe-Wortschatz. Lpz. 1929.

Fischer-Lamberg = Der junge Goethe. Hrsg. von Hanna Fischer-Lamberg. 5 Bde. u. 1 Register-Bd. Bln. 1963–1974.

Goethe = Goethe. Vierteljahrsschrift (bzw. Viermonatsschrift und seit 1944 Jahrbuch) der Goethegesellschaft. Weimar 1936 ff.

Gräf = Goethe über seine Dichtungen. Hrsg. v. Hans Gerhard Gräf. 1. Teil, 2. Bd. Frankf. a. M. 1902.

HA = Hamburger Ausgabe.

Jb. = Jahrbuch.

MGG = Die Musik in Geschichte und Gegenwart. Hrsg. von Friedrich Blume. Kassel 1959 ff.

NDB = Neue deutsche Biographie. Berlin 1953 ff.

PMLA = Publications of the Modern Language Association of America.

Morris = Der junge Goethe, Hrsg. v. Max Morris. 6 Bde. Lpz. 1909–1912.

RGG = Die Religion in Geschichte und Gegenwart. 2. Aufl. Tüb. 1927–1932. – 3. Aufl. 1957–1962.

Ruppert = Goethes Bibliothek. Katalog. Bearbeitet von Hans Ruppert. Weimar 1958. (XVI, 826 S.)

WA = Goethes Werke. Weimarer Ausgabe. 4 Abteilungen mit insgesamt 133 (in 143) Bänden. Weimar 1887–1919. Bandweise bibliographiert: HA Bd. 14. – Wenn nicht anders vermerkt, ist die 1. Abteilung (Werke) gemeint.

Ausgaben
Erste Fassung

Die Leiden des jungen Werthers. Teil 1.2. Lpz., Weygand, 1774.

Faksimile-Druck der Erstausgabe: Insel-Verlag, Lpz. 1907. – Vgl. Katalog d. Sammlg. Kippenberg. Bd. 2, 2. Aufl. 1928. S. 293.

Der junge Goethe. Neue Ausgabe, besorgt von Max Morris. Bd. 4. Lpz. 1910. S. 220–329.

Die Leiden des jungen Werthers. Faksimile-Druck der 1. Ausgabe von 1774 nach dem Handexemplar der Herzogin Anna Amalia. Hrsg. v. Gerhard v. Branca. Weimar 1922.

Goethes Werke. Fest-Ausgabe. Bd. 9. Werther. Krit. durchgesehen von J. Wahle, eingel. v. O. Walzel. Lpz. (1926). S. 179–281.

Goethes Werke. Welt-Goethe-Ausgabe Bd. 16. Hrsg. v. Fritz Adolf Hünich. Mainz u. Lpz. 1938. S. 9–111: Werther 1774.

Goethe. Berliner Ausgabe. Bd. 9. Hrsg. von Margot Böttcher, Werner Liersch u. Annemarie Noelle. Bln. 1961. – 3. Aufl. 1976.

Der junge Goethe. Hrsg. von Hanna Fischer-Lamberg. Bd. 4. Berlin (West) 1968.

Zweite Fassung

Goethes Schriften. 1. Band. Lpz., Göschen, 1787.

Goethes Werke. 11. Bd. Tübingen, Cotta, 1808.

Goethes Werke. 12. Bd. Stuttg. u. Tübingen, Cotta, 1817.

Goethes Werke. Ausg. letzter Hand, Bd. 16. Cotta. Stuttg. u. Tüb. 1828

Goethes Werke. Weimarer Ausgabe. Bd. 19. Werther. Hrsg. v. Bernhard Seuffert. Weimar 1899.

Goethes Werke. Jubiläums-Ausgabe. Bd. 16. Hrsg. v. Max Herrmann. Stuttg. u. Bln. (1906).

Goethe, Die Leiden des jungen Werther. (Mit zeitgenössischen Kupferstichen.) Lpz., Inselverlag, 1911.

Goethes Werke. Ausg. in 40 Teilen, hrsg. v. Karl Alt u.a. Berlin, Lpz., Wien, Stuttg. Verlag Bong. Bd. 17. Werther. Hrsg. v. K. Alt. (1912.) Und dazu Anmerkungs-Bd. 1 (1913).

Goethe, Die Leiden des jungen Werthers. Ed. with notes and a critical essay by Ernst Feise. New York 1916.

Goethe, Die Leiden des jungen Werther. Hrsg. v. Max Hecker. Mit 71 Abb. nach zeitgenöss. Vorlagen u. einer Einführung in Werther u. seine Zeit von F. A. Hünich. Lpz. 1922.

Goethes Werke. Festausgabe. 9. Bd. Werther. Krit. durchgesehen v. J. Wahle, eingel. v. O. Walzel. Lpz. (1926.) S. 39–150.

Goethes Werke. Welt-Goethe-Ausgabe. Bd. 16. Hrsg. v. Fritz Adolf Hünich. Mainz u. Lpz. 1938. S. 115–232, 261–265: Werther 1787.

Goethe. Gedenkausgabe. Bd. 4. Hrsg. v. Ernst Beutler. Zürich 1953.

Goethe, Die Leiden des jungen Werther. 1. und 2. Fassung. Hrsg. von Erna Merker, Bln. 1954 = Werke Goethes, hrsg. v. d. dt. Akad. d. Wiss. zu Berlin.

Goethe. Berliner Ausgabe. Bd. 9. Hrsg. von Margot Böttcher, Werner Liersch u. Annemarie Noelle. Bln. 1961 – 3. Aufl. 1976.

Bibliographie

Goedeke Karl, Grundriß zur Gesch. d. dt. Dichtung. 3. Aufl., 4. Bd., 3. Abt. Dresden 1912. S. 163–221. – 4. Abt. Dresden 1913. S. 88–94.

Katalog der Sammlung Kippenberg. 2. Auflage. Lpz. 1928. Bd. 1, S. 255–289. Bd. 2, S. 293–317.

Gesamtkatalog der Preußischen Bibliotheken. (Sonderband:) Goethe. Hrsg. von der Preußischen Staatsbibliothek. Bln. 1932.

Goethe's Works with the exception of „Faust". A catalogue by members of the Yale University Library Staff. (William A. Speck Collection.) Edited, arranged and supplied with literary notes … by Carl Friedrich Schreiber. New Haven, Yale University Press, 1940.

Bibliography of Comparative Literature. By Fernand Baldensperger and Werner Paul Friedrich. Chapel Hill 1950. = University of North Carolina Studies in Comparative Literature, 1. S. 628–642.

Goethe-Bibliographie, begründet von Hans Pyritz. Bd. 1. Heidelberg 1965. – Bd. 2. 1968.

Entstehung

Goethe und Werther. Briefe Goethes, meist aus seiner Jugendzeit, mit erläuternden Dokumenten. Hrsg. v. A. Kestner. Stuttg. u. Tüb. 1854. – 3. Aufl. (1910).

Herbst, Wilhelm: Goethe in Wetzlar. Gotha 1881.

Jerusalem, Karl Wilhelm: Philosophische Aufsätze (1776) mit Lessings Vorrede und Zusätzen. Neu hrsg. v. P. Beer. Bln. 1900. = Dt. Literaturdenkmäler des 18. und 19. Jahrhunderts, Bd. 88–89.

Goethe über seine Dichtungen. Hrsg. v. H. G. Gräf. 1. Teil, Bd. 2. Frankf. a. M. 1902. S. 493–695.

Fontane, Theodor: Werthers Leiden. In: Th. Fontane, Aus dem Nachlaß. Hrsg. v. J. Ettlinger. Bln. 1908. S. 221–223. – Mehrfach wiederabgedruckt.

Kaulitz-Niedeck, Rosa: Goethe und Jerusalem. Gießen 1908.

Der junge Goethe. Hrsg. v. Max Morris. 6 Bde. Lpz. 1909–1912.

Gloël, Heinrich: Goethes Wetzlarer Zeit. Bln. 1911. (Eine teils gekürzte, teils ergänzte Neubearbeitung dieses Buches ist:) Heinrich Gloël, Goethe und Lotte. Bln. 1922.

Goethe, Kestner und Lotte. Hrsg. v. Eduard Berend. München 1914. = Goethe und seine Zeitgenossen. Briefwechsel und Äußerungen. Hrsg. von Friedrich v. d. Leyen. Bd. 1.

Ulrich, Oskar: Charlotte Kestner. Ein Lebensbild. Bielefeld 1921.

Bode, Wilhelm: Goethes Leben. II. 1771–1774. Der Erste Ruhm. Bln. 1921.

Jerusalem, Karl Wilhelm: Aufsätze und Briefe. Hrsg. v. Heinrich Schneider. Heidelberg 1925.

Price, Lawrence Marsden: Richardson, Wetzlar and Goethe. Mélanges d'Histoire Littéraire offerts à F. Baldensperger. Tom. II. Paris 1930. S. 174–187.

Rose, William: The historical background of Goethe's Werther. In: W. Rose, Men, Myths and Movements in German Literature. London 1931. S. 125–155.

Krogmann, Willy: Goethes Ringen mit Wetzlar. Bln. 1932 = Germanische Studien, 116.

Beutler, Ernst: Wertherfragen. Goethe 5, 1940, S. 138–160.
Kayser, Wolfgang: Die Entstehung von Goethes „Werther". Dt. Vjs. 19, 1941, S. 430–457.
Elschenbroich, A.: K. W. Jerusalem. In: NDB 10, 1974, S. 416–418.

Text, Fassungen, Stil

Dohrn, Wolf: Die künstlerische Darstellung als Problem der Ästhetik. Untersuchungen mit einer Anwendung auf Goethes „Werther". Hamburg u. Lpz. 1907 = Beiträge zur Ästhetik, 10.
Lauterbach, Martin: Das Verhältnis der zweiten zur ersten Ausgabe von Werthers Leiden. Straßburg 1910. = Quellen u. Forschungen zur Sprach- u. Culturgesch. der german. Völker, Bd. 110.
Fittbogen, Gottfried: Die Charaktere in den beiden Fassungen von Werthers Leiden. Euphorion 17, 1910, S. 556–582.
Feise, Ernst: Zu Entstehung, Problem und Technik von Goethes „Werther". The Journal of English and Germanic Philology 13, 1914, S. 1–36.
Gerhard, Melitta: Die Bauernburschenepisode in „Werther". Zeitschr. für Ästhetik u. allg. Kunstwiss. 11, 1916, S. 61–74.
Rieß, Gertrud: Die beiden Fassungen von Goethes „Die Leiden des jungen Werthers". Breslau 1924.
Witkowski, Georg: Textkritik und Editionstechnik neuerer Schriftwerke. Lpz. 1924. S. 33–37.
Diez, Max: The Principle of the Dominant Metaphor in Goethe's „Werther". PMLA 51, 1936, S. 821–841, 985–1006.
Langen, August: Der Wortschatz der dt. Pietismus. Tübingen 1954, 2. Aufl. 1968. Insbes. S. 458–465.
Lange, Victor: Die Sprache als Erzählform in Goethes „Werther". In: Formwandel. Festschr. f. P. Böckmann. Hamburg 1964. S. 261–272.
Stenzel, Jürgen: Zeichensetzung. Göttingen 1966. = Palaestra 241. S. 40–54: Werther.
Merker, Erna: Wörterbuch zu Goethes „Werther". Bln. 1966. (X, 324 S.).

Geistesgeschichtliche Zusammenhänge

Schmidt, Erich: Richardson, Rousseau und Goethe. Jena 1875. Neudruck: 1924.
Waldberg, Max Freiherr v.: Goethe und die Empfindsamkeit. Berichte des freien dt. Hochstifts. Bd. 15. Frankfurt a. M. 1899. S. 1*–21*. (Auch als Sonderdruck.)
Brüggemann, Fritz: Die Ironie als entwicklungsgeschichtliches Moment. Jena 1909. S. 39–56.
Kluckhohn, Paul: Die Auffassung der Liebe in der Literatur des 18. Jahrhunderts und in der dt. Romantik. Halle 1922. 2. Aufl. 1931.
Delp, Wilhelmina: Goethe and Geßner. Modern Language Review 20, 1925, S. 333–337.
Rehm, Walther: Der Todesgedanke in der dt. Dichtung. Halle 1928 = Dt. Vjs., Buchreihe, Bd. 14.
Clark, Jr., R. T.: The Psychological Framework of Goethe' Werther. The Journal of English and Germanic Philology (Urbana, Ill.) 46, 1947, S. 273–278.

Tieghem, Paul van: Le Romantisme dans la littérature Européenne. Paris 1948. =
  L'évolution de l'humanité, 76.
Atkins, Stuart Pratt: J. C. Lavater and Goethe: Problems of Psychology and
  Theology in „Die Leiden des jungen Werthers". PMLA 63, 1948, S. 520–576.
Voisine, J.: L'influence de la „Nouvelle Héloïse" sur la génération de „Werther".
  Etudes Germaniques 5, 1950, S. 120–133.
Trunz, Erich: Seelische Kultur. Eine Betrachtung über Freundschaft, Liebe und
  Familiengefühl im Schrifttum der Goethezeit. Dt. Vjs. 24, 1950, S. 214–242.
Bémol, Maurice: Goethe et Rousseau, ou la double influence. Etudes Germani-
  ques 9, 1954, S. 257–277.
Kahn, Ludwig W.: Literatur und Glaubenskrise. Stuttg. 1964.
Schings, Hans-Jürgen: Melancholie und Aufklärung. Stuttg. 1977.

Deutung

Gundolf, Friedrich: Goethe. Bln. 1916 u. ö. S. 162–184.
Korff, H. A.: Geist der Goethezeit. Bd. 1. Lpz. 1923. S. 297 bis 317.
Viëtor, Karl: Der junge Goethe. Lpz. 1930. – Neue Ausgabe: Bern u. München
  1950.
Ayrault, Roger: Werther. In: Faculté des Lettres de Straßbourg, Goethe. Etudes
  publiées pour le centenaire de sa mort. Paris 1932. S. 95–111.
Schöffler, Herbert: Die Leiden des jungen Werther. Frankf. a. M. 1938. – Neu-
  druck in: Schöffler, Dt. Geist im 18. Jahrh. Göttingen 1956.
Blumenthal, Hermann: Ein neues Wertherbild? (Jb.) Goethe 5, 1940, S. 315–320.
Schaeder, Grete: Gott und Welt, Hameln 1947. S. 59–82.
Flitner, Wilhelm: Goethe im Spätwerk. Hamburg 1947. S. 52–56.
Anstett, J.-J.: La crise religieuse de Werther. Etudes Germaniques 4, 1949,
  S. 221–128.
Staiger, Emil: Goethe. Bd. 1. Zürich u. Freiburg 1952. S. 147–173.
Lange, Victor: Goethe's Craft of Fiction. Publ. of the English Goethe Society,
  N. S. 22. 1953. S. 31–63.
Storz, Gerhard: Goethe-Vigilien. Stuttg. 1953. S. 19–60.
Haß, Hans-Egon: Werther-Studie. In: Gestaltprobleme der Dichtung. Günther
  Müller zum 65. Geburtstag. Hrsg. von R. Alewyn, H. E. Haß u. C. Heselhaus.
  Bonn 1957. S. 83–125.
Hirsch, Arnold: Die Leiden des jungen Werthers. Ein bürgerliches Schicksal im
  absolutistischen Staat. Etudes Germaniques 13, 1958, S. 229–250.
Appelbaum-Graham, Ilse: Minds without Medium. Reflections on Emilia Galotti
  and Werthers Leiden. Euphorion 56, 1962, S. 3–24.
Reiss, Hans: Goethes Romane. Bern u. München 1963.
Ryder, Frank G.: Season, Day and Hour. Time as Metaphor in Goethe's „Wer-
  ther". Journal of English and Germanic Philology 63, 1964, S. 389–407.
Michéa, René: Les notions de „coeur" et d' „âme" dans „Werther". Etudes
  Germaniques 23, 1968, S. 1–11.
Müller, Peter: Zeitkritik und Utopie in Goethes „Werther". Bln. (Ost), 1969.
  (308 S.)
Jäger, Georg: Empfindsamkeit und Roman. Stuttgart 1969. (159 S.)

Kaschnitz, Marie Luise: Zwischen Immer und Nie. Frankf. 1971. – S. 110–118: Werther.

Goethe ‚Die Leiden des jungen Werther'. Erläuterungen, Dokumente. Hrsg. von Kurt Rothmann. Stuttgart, Reclams Univ.-Bibl. 8113/13a (181 S.).

Graham, Ilse: Goethes eigener Werther. Eines Künstlers Wahrheit über seine Dichtung. Schiller-Jahrbuch 18, 1974, S. 268 bis 303. – Dasselbe, englisch: Graham, Goethe. Portrait of the Artist. Berlin, New York, 1977. S. 7–33.

Blackall, Eric A.: Goethe and the novel. Cornell University Press. Ithaca, New York, 1976.

Thomé, Horst: Roman und Naturwissenschaft. Frankfurt u. Bern 1978. = Regensburger Beiträge, Reihe B, Bd. 15.

Blessin, Stefan: Die Romane Goethes. Königstein 1979. Insbesondere S. 269–301.

Zimmermann, Rolf Chr.: Das Weltbild des jungen Goethe. Bd. 2. München 1979. S. 167–212.

Wirkung

Allgemeines

Appell, Johann Wilhelm: Werther und seine Zeit. Lpz. 1855. 4., vermehrte Aufl. Oldenburg 1896.

Hillebrand, K.: Die Wertherkrankheit in Europa. In: Hillebrand, Zeiten, Völker und Menschen. Bd. 7. Bln. 1885. S. 102–142.

Hünich, Fritz Adolf: Aus der Wertherzeit. Jb. der Sammlg. Kippenberg 4, 1924, S. 249–281.

Rost, Hans: Bibliographie des Selbstmords. Augsburg 1927. S. 316–326.

Gesamtregister zur Zeitschrift für Bücherfreunde 1897–1931. Von Hans Ruppert. Bd. 1. Weimar 1933. S. 210f.

Jahresbericht über die wissenschaftlichen Erscheinungen auf dem Gebiet der neueren dt. Literatur. N.F. XII. Bibliographie 1932. Bln. u. Lpz. 1935. S. 165–170. (Auslands-Wirkung.)

Strich, Fritz: Goethe und die Weltliteratur. Bern 1946.

Bibliography of Comparative Literature. By F. Baldensperger and W. P. Friedrich. Chapel Hill 1950. = University of North Carolina Studies in Comparative Literature, 1. S. 628–642.

Atkins, Stuart Pratt: The Testament of Werther in Poetry and Drama. Cambridge, Mass., 1949. = Harvard Studies in Comparative Literature, XIX.

Deutschland

Goethe im Urteil seiner Zeitgenossen. Hrsg. v. Julius W. Braun. Bd. 1–3. Bln. 1883–1885. = Schiller und Goethe im Urteil ihrer Zeitgenossen, hrsg. v. J. W. Braun, 2. Abteilung.

Das Wertherfieber in Österreich. Eine Sammlung von Neudrucken. Eingeleitet von Gustav Gugitz. Wien 1908.

Goue, August Siegfried v.: Auswahl (seiner Schriften) von Karl Schüddekopf. Einführung von Heinrich Gloël. Weimar 1917.

Goethe in vertraulichen Briefen seiner Zeitgenossen. Hrsg. v. Wilhelm Bode. 3 Bde. Bln. 1918–1923. – Neu-Ausgabe mit Quellennachweisen und Registern von Regine Otto. Bln. u. Weimar 1979.

Lenz, J. M. R.: Briefe über die Moralität der „Leiden des jungen Werther". Hrsg. v. L. Schmitz-Kallenberg. Münster 1918. (Auch abgedruckt in: Zeitgenössische Rezensionen, hrsg. v. H. Blumenthal. 1935.)

Die deutschen Werther-Gedichte. Hrsg. v. Fritz Adolf Hünich. Jb. d. Sammlg. Kippenberg 1, 1921, S. 181–254. – Ergänzungen dazu: Ebd., Nd. 5, 1925, S. 293–301; Bd. 7, 1927/28, S. 316–320.

Sommerfeld, Martin: Nicolai und der Sturm und Drang. Halle 1921.

Nicolai, Friedrich: Freuden des jungen Werthers. Bln. 1775. Faksimile-Neudruck. München 1922.

Sommerfeld, Martin: I. M. R. Lenz und Goethes Werther. Euphorion 24, 1922, S. 68–107. Wieder abgedruckt in: M. Sommerfeld, Goethe in Umwelt und Folgezeit. Leiden 1935.

Hünich, Fritz Adolf: Werther und seine Zeit. In: Goethe, Die Leiden des jungen Werther. Hrsg. v. M. Hecker. Lpz. 1922. S. V–XXXIV. (Mit 48 Seiten Abbildungen.)

Sauerlandt, Max: Werther-Porzellane. Jb. d. Sammlg. Kippenberg 3, 1923, S. 100–106.

Werther-Schriften (von 8 Autoren). Hrsg. von Fritz Adolf Hünich. Lpz. 1924.(Vgl. Katalog d. Sammlg. Kippenberg Bd. 1, 2. Aufl., 1928, S. 287, Nr. 3364.)

Die Wertherillustrationen des Johann David Schubert. Hrsg. v. Wolfgang Pfeiffer. Weimar 1933. = Schriften d. Goethe-Ges., 46.

Nollau, Alfred: Das literarische Publikum des jungen Goethe. Mit einem Anhang: Neudrucke zeitgenöss. Götz- u. Werther-Kritiken. Weimar 1935. = Literatur u. Leben, 5. – Dazu die Rezension von Hermann Blumenthal: Anzeiger für dt. Altertum 54, 1935, S. 123–125.

Zeitgenössische Rezensionen und Urteile über Goethes „Götz" und „Werther". Hrsg. von Hermann Blumenthal. Bln. 1935. = Literarhistor. Bibliothek, Bd. 14.

Blumenthal, Hermann: Karl Philipp Moritz und Goethes „Werther". Zeitschr. f. Ästhetik u. allg. Kunstwiss. 30, 1936, S. 28–64.

Bickelmann, Ingeborg: Goethes „Werther" im Urteil des 19. Jahrhunderts. 1830–1880. Gelnhausen 1937. Diss. Frankfurt a. M., 1937.

Der junge Goethe im zeitgenöss. Urteil. Bearb. von Peter Müller. Bln. (Ost), Akademie-Verlag. = Dt. Bibliothek, 2. – S. 119 bis 231: Werther.

Scherpe, Klaus R.: Werther und Wertherwirkung. Bad Homburg 1970. – Dazu: R. Alewyn in: Germanistik 1970, S. 756f. – Peter Müller in: Weimarer Beiträge 1973, S. 109ff. – Gerhard Kaiser in: Euphorion 65, 1971, S. 194–199.

Die Leiden des jungen Werthers. Ausstellung des Goethe-Museums Düsseldorf. 1972. Katalog, hrsg. von Jörn Göres. (200 S. mit Abb.).

Goethe im Urteil seiner Kritiker. Hrsg. von K. R. Mandelkow. Bd. 1. 1773–1832. München 1975. – Bd. 2. 1832–1870. München 1977. – Bd. 3. 1870–1918. München 1979.

England, Amerika, Niederlande, Schweden

Withington, Robert: The Letters of Charlotte – an Antidote to Die Leiden des jungen Werthers. PMLA 27, 1912, S. 26–46.

Long, Orie W.: English Translations of Goethe's Werther. The Journal of English and Germanic Philology 14, 1915, S. 109–203.

Long, O. W.: The Attitude of Eminent Englishmen and Americans toward Werther. Modern Philology 14, 1916, S. 455–466.

Long, O. W.: English and American Imitations of Goethe's Werther. Modern Philology 14, 1916, S. 193–216.

Carré, J. M.: Goethe en Angleterre. Paris 1920.

Klippenberg, Anton: Die erste englische Ausgabe des „Werther". Jb. d. Sammlg. Kippenberg 5, 1925, S. 13–21.

Mac Killop, Alan D.: The first English Translator of Werther. Modern Language Notes 43, 1928, S. 36–38.

Hill, Charles J.: The first English Translation of Werther. Modern Language Notes 47, 1932, S. 8–12.

A Critical Bibliography of German Literature in English Translations. By Bayard Quincy Morgan. 2. Edition. Stanford University Press. London, Oxford 1938. S. 156–159.

Long, O. W.: Werther in America. Studies in Honour of John Albrecht Walz. Lancaster, Pa. 1941. S. 86–116.

Rose, William: Goethe's Reputation in England during his Lifetime. In: Essays on Goethe. Ed. by W. Rose. London (1949). S. 141–185.

Zeydel, Edwin H.: Goethe's Reputation in America. In: Essays on Goethe. Ed. by W. Rose. London (1949). S. 207–232.

Menne, Karl: Goethe's „Werther" in der niederländischen Literatur. Lpz. 1905. = Breslauer Beiträge zur Literaturgesch., 6.

Wrangel, Ewert: Werther und das Wertherfieber in Schweden. Goethe-Jb. 29, 1908, S. 128–146.

Frankreich, Italien, Spanien

Baldensperger, Fernand: Goethe en France. Paris 1904. 2. Aufl. 1920.

Morel, Louis: Werther au théâtre en France. Archiv f. d. Stud. d. neueren Spr. u. Lit., Bd. 118. 1907. S. 352–370.

Morel, L.: Les principales imitations françaises de Werther. 1788–1813. Archiv f. d. Stud. d. neueren Spr. u. Lit., Bd. 121. 1909. S. 368–390.

Morel, L.: La fortune de „Werther" en France dans la poésie et le roman. 1778–1816. Arch. f. d. Stud. d. neueren Spr. u. Lit., Bd. 125. 1910. S. 347–372.

Hainrich, Paul: Werther und René. Greifswald 1921. = Romanisches Museum, Bd. 18.

Sondheim, Moritz: Werther und der Weltschmerz in Frankreich. Frankfurter Gesellschaft der Goethefreunde, Bd. 9. 1928. (Privatdruck.)

Evans, D.-C.: Une supercherie littéraire: le Werther français de Pierre Leroux. Revue de littérature comparée 18, 1938, S. 312–325.

Seeber, Edward D.: Literature and the Question of Suicide: Werther in France. Goethe Bicentennial Studies. Bloomington 1950. = Indiana University Publications, 22. S. 49–59.

Zschech, F.: Sografis Komödie „Werther" und Ugo Foscolos Roman „Letzte Briefe des Jacopo Ortis". Germanisch-Romanische Monatsschrift 3, 1911, S. 597–614.

Tecchio, Giovanni: Ugo Foscolo. Straßburg 1914. = Einführung in die romanischen Klassiker, Heft 8.

Pieper, K.: Werther und Jacopo Ortis. Archiv f. d. Stud. d. neueren Spr. u. Lit., Bd. 148. 1925. S. 207–220.

Borgese, G. A.: Leopardi wertheriano e l'Omero di Ugo Foscolo. Mélanges d'Histoire Littéraire offerts à F. Baldensperger. Tom. I. Paris 1930. S. 63–69.

Bertrand, J.-J. A.: Goethe en Espagne. Mélanges d'Histoire Littéraire offerts à F. Baldensperger. Tom. 1. Paris 1930. S. 39–53.

Pageard, Robert: Werther en Espagne. In: Gesammelte Aufsätze zur Kulturgesch. Spaniens Bd. 11. Münster 1955. S. 215–220. (span. Forsch. d. Görres-Ges.)

Polnische, tschechische, russische, jugoslawische Literatur

Wojciechowski, Konstanty: Werter w Polsce. (Werther in Polen.) Lwów (Lemberg) 1904. – Wyd. 2 (2. Aufl.) Lwów, Warsuawa, Kraków 1925.

Falkowski, Zygmunt: Orgień i lzy Wertera, Przegląd Powszechny 49, 1932, Heft 580.

Ciechanowska, Zofja: Die Anfänge der Goethe-Kenntnis in Polen. Germanoslavica 1, 1931–1932, S. 387–407; 2, 1932 bis 1933, S. 14–43.

Kraus, Arnošt V.: Goethe a Čechy. (Goethe und Böhmen.) V Praze (Prag) 1896. (Der 2. Teil behandelt Goethes Wirkung auf die tschechische Literatur.)

Sipovskij, V. V.: Vlijanie „Vertera" na russkij roman XVIII st. (Der Einfluß des „Werther" auf den russischen Roman des 18. Jahrhunderts.) Žurnal Ministerstava Narodnogo Prosveščenija (Journal des Ministeriums für Volksaufklärung) 1906, Nr. 1, otd. (Abt.) 2. Auch als Einzelschrift. St. Petersburg 1906.

Literaturnaja Ånciklopedija (Literaturenzyklopedie) 2. Moskau 1929. Sp. 184–187: B. Puriščev, Verter i Verterizm.

Berkow, P. N.: Werther in Puškins „Eugen Onegin". Germanoslavika 2, 1932–33, S. 72–76.

Bem, A.: Der russische Antiwertherismus. Germanoslavica 2, 1932–33, S. 357–359.

Zirmunskij, V. M.: Rossijskij Verter. (Der russische Werther.) In: Sbornik statej, posvjascennych akademiku A. S. Orlovu. (Sammlung von Aufsätzen, dem Akademiker A. S. Orlov gewidmet.) Moskau 1934. S. 547–556.

Žirmunskij, Viktor Maksimovič: Gete v russkoj literature. (Goethe in der russischen Literatur.) Leningrad 1937.

Mojaševič, Miljan: Deutsch-jugoslawische Begegnungen. Wien 1970. – S. 168–183: Die Leiden des jungen Werther.

Japan

Kimura, Naoji: Werther in japanischer Übersetzung. In: Sprache und Bekenntnis. Festschr. f. H. Kunisch. Berlin 1971, S. 57–77.

Hoshino, Schin-ichi: Goethe und das japanische Publikum. Goethe-Jahrbuch der Goethe-Ges. in Japan (Nippon-Universität) Bd. 20, Tokio 1978, S. 29–51.

Kimura, Naoji: Die Wertherwirkung in Japan. Goethe-Jahrbuch der Goethe-Ges. in Japan (Nippon-Universität) Bd. 20, Tokio 1978, S. 69–95.

INHALTSÜBERSICHT

DIE LEIDEN DES JUNGEN WERTHER

Goethe · Leben und Werk im Verlag C.H.Beck

Die kommentierte Hamburger Goethe-Ausgabe

Goethes Werke

Dünndruckausgabe in 14 Bänden

Herausgegeben von Erich Trunz, unter Mitwirkung von
Stuart Atkins, Lieselotte Blumenthal, Herbert von Einem,
Eberhard Haufe, Wolfgang Kayser, Dorothea Kuhn,
Hans Joachim Schrimpf, Dieter Lohmeier, Waltraud Loos,
Marion Robert, Carl Friedrich von Weizsäcker, Benno von Wiese.
Unveränderter Nachdruck. 1982. 11000 Seiten, davon 3000 Seiten
Kommentar und Register. 14 Leinenbände in Kassette

Albrecht Schöne

Götterzeichen, Liebeszauber, Satanskult

Neue Einblicke in alte Goethetexte
2. Auflage. 1982. 230 Seiten mit 6 Abbildungen. Leinen

Goethe in vertraulichen Briefen seiner Zeitgenossen

Zusammengestellt von Wilhelm Bode. Quellennachweis, Text-
revision und Register von Regine Otto, Anmerkungen von Paul-
Gerhard Wenzlaff. 1982. 3 Bände zusammen 1717 Seiten mit
74 Abbildungen. Leinen im Schuber

Der Briefwechsel zwischen Schiller und Goethe 1794–1805

Zwei Textbände und ein Kommentarband

Herausgegeben von Siegfried Seidel. 1985. Zusammen 1647 Seiten
mit 3 Frontispizabbildungen. 3 Leinenbände im bedruckten Schuber

Johann Peter Eckermann

Gespräche mit Goethe in den letzten Jahren seines Lebens

Herausgegeben von Regine Otto unter Mitarbeit von Peter Wersig.
2. Auflage. 1984. 885 Seiten, davon 208 Seiten Anmerkungen, Per-
sonen-, Sachwort- und Werkregister sowie 40 Abbildungen. Leinen

Kanzler Friedrich von Müller

Unterhaltungen mit Goethe

Mit Anmerkungen versehen und herausgegeben von
Renate Grumach. 1982. 401 Seiten. Leinen

Stefan George
Werke in vier Bänden

4 Bände in Kassette
Gesamtumfang 1216 Seiten
5940 / DM 48,–

Band 1:
Hymnen · Pilgerfahrten · Algabel
Die Bücher der Hirten- und
Preisgedichte · Der Sagen und Sänge
und der Hängenden Gärten
Das Jahr der Seele
Der Teppich des Lebens und die Lieder
von Traum und Tod
Mit einem Vorspiel

Band 2:
Der siebente Ring
Der Stern des Bundes
Das neue Reich
Tage und Taten

Band 3:
Dante · Die Göttliche Komödie ·
Übertragungen
Shakespaere Sonnette
Umdichtung
Baudelaire Die Blumen des Bösen
Umdichtungen

Band 4:
Zeitgenössische Dichter
Übertragungen · Erster Teil
Zeitgenössische Dichter
Übertragungen · Zweiter Teil
Die Fibel · Auswahl erster Verse
Schlußband
Nachwort von Werner Vordtriede
Zeittafel zu den Werken

Martin Luther
Die reformatorischen Grundschriften in vier Bänden

Neu übertragene und kommentierte Ausgabe von Horst Beintker

dtv-Originalausgabe 5997

Band 1
Gottes Werke und Menschenwerke

Vorrede zur Sammelausgabe der frühen
Thesenreihen von 1538

Die 95 Thesen

Sermon von
Ablaß und Gnade

Die Heidelberger Disputation

Von den guten Werken

Band 2
Reform von Theologie, Kirche und Gesellschaft

Auslegung zu Psalm 5

Sermon von der Betrachtung
des heiligen Leidens Christi

An den christlichen
Adel deutscher Nation von
des christlichen Standes
Besserung

Band 3
Die Gefangenschaft der Kirche

Von der babylonischen
Gefangenschaft der Kirche

Predigt in der Kaufmanns-
kirche zu Erfurt

Band 4
Die Freiheit eines Christen

Traktat von
der christlichen Freiheit

Eine kurze Form der
Zehn Gebote,
des Glaubensbekenntnisses
und des Vaterunsers

Sendbrief an Hartmut
von Cronberg

Sendschreiben an die
Gemeinden zu Riga, Reval
und Dorpat